黑 马 河

杨川宝　周俊芳 / 著

山西出版传媒集团
SHANXI PUBLISHING MEDIA GROUP

山西经济出版社

图书在版编目（CIP）数据

黑马河 / 杨川宝 , 周俊芳著 . — 太原 : 山西经济
出版社 , 2023.4
ISBN 978-7-5577-1092-7

Ⅰ . ①黑… Ⅱ . ①杨… ②周… Ⅲ . ①报告文学－中
国－当代 Ⅳ . ① I25

中国国家版本馆 CIP 数据核字（2023）第 001582 号

黑马河
HEIMA HE

著　　者：	杨川宝　　周俊芳
出 版 人：	张宝东
责任编辑：	申卓敏　　宁姝峰
封面设计：	阎宏睿

出 版 者：	山西出版传媒集团·山西经济出版社
地　　址：	太原市建设南路 21 号
邮　　编：	030012
电　　话：	0351-4922133（市场部）
	0351-4922085（总编室）
E－mail：	scb@sxjjcb.com（市场部）
	zbs@sxjjcb.com（总编室）

| 经 销 者： | 山西出版传媒集团·山西经济出版社 |
| 承 印 者： | 山西出版传媒集团·山西人民印刷有限责任公司 |

开　　本：	890mm×1240mm　1/32
印　　张：	11.25
字　　数：	272 千字
版　　次：	2023 年 4 月　第 1 版
印　　次：	2023 年 4 月　第 1 次印刷
书　　号：	ISBN 978-7-5577-1092-7
定　　价：	32.00 元

序　幕

　　2015年8月12日清晨，一辆白色面包车行驶在邢太线蜿蜒的山路上。车上七个人，故城乡党委副书记萧伟、司机、我以及另外四个和我一批驻村的第一书记。

　　雨后山景，透着清亮。车上鸦雀无声，一车人谁也不说话，各自想着心事，要进山驻村，总没那么轻松。

　　从车窗望出去，山并不是很高，也说不上绵延，缓坡层叠起伏，树倒是不少，就是不成片，东一棵西一棵，各自为政。喜人的是，远山近水都是绿油油的。那些叫不上名字的野草野花，还有野藤子，成团成片，五彩斑斓，漫山遍野。

　　我们这一批由红谷县委组织部派出的第一书记，共有二十六名，各驻一村，其中，二十名派驻软弱涣散村，六名派驻建档立卡贫困村。

　　被派到故城乡的六个第一书记，两个入驻软弱涣散村，四个入驻建档立卡贫困村。

　　我们今天去报到的六个人中，张继是从县卫计局抽调，派往南沟村的；荣小鹏是从县审计局抽调，派往龙庄村的；孙晓东是从县交通局抽调，派往大店村的；马忠是从县疾控中心抽调，派往窑口村的；杜永是从县环保局抽调，派往南杏村的；我是从县教育局抽调，派往田庄村的。六个人当中我的年龄最大，四十九岁。荣小鹏年龄最小，二十九岁。我和杜永去的村是软弱涣散村，其他四个人入驻贫困村。

杜永要去的南杏村，离县城不到五公里，于是，他就走另一条路报到去了，我们五个则进了大山里。不过，杜永的日子也未必好过，刚才在乡政府开会的时候，他被直接任命为南杏村党支部书记，原因是村里闹派性，两委班子斗得你死我活，原先的支部书记让人给告了，据说问题还不小……

面包车七拐八绕，颠簸了半个小时，我困得直打瞌睡，咯吱一声，车停了下来。"龙庄到了"，萧伟叫了一声，打开车门，从副驾上跳了下去。

我们五个也依次下车，荣小鹏最后一个下来，手里提溜着几个包，我赶忙过去，帮他拎了一个。

车停在一座院门前，萧伟进院子里喊了两声："麦义，麦义。"

"哎——"随着答应声，从中间房门里走出一个五十多岁的男人，瘦高个，长脸，小眼睛，翘起的嘴巴突出两个大龅牙。

"萧书记来了。"

萧伟朝荣小鹏招了招手，荣小鹏赶紧走了过去。"这是龙庄村的党支部书记兼村委会主任王麦义，这是县委派到咱们村的第一书记荣小鹏，以后你们就在一起并肩战斗了。"

"欢迎，欢迎。"王麦义伸出手，荣小鹏赶紧把提行李的右手腾出来，和王麦义的手握在一起。

荣小鹏个子不高，长脸，干净端正，白面书生模样。他的长脸和王麦义的不一样，王麦义的长脸是翘起的，而荣小鹏的长脸是平的，两个人的眼睛都很小，估计一笑，谁也看不见谁了。

又寒暄了几句，萧伟问荣小鹏落下东西没，听到"没有"二字，便转身上车，带我们向下一个目标进发。

龙庄村在公路东边的山沟里，一溜有五十多户人家，这在山里也算个不小的村子。村子的右边就是红谷的母亲河——黑马河，王麦义家的院子，差不多就居于村子的中央。

车上，萧伟说，我们山里的村干部就这样。大部分村的两委办公室都设在原来的学校里，学校撤并到乡所在地后，留下的几乎都破败不堪，村里也没钱维修。没有个像样的办公条件，村干部一般就在家里办公。

离开龙庄村，又走了十几分钟，来到窑口村。和龙庄村不一样，窑口村不在山沟里，而在公路边上。

我们停车的地方是一块小平地，平地右边是一排长长的、比较气派的老房子，虽然旧了点，但每间房都有大大的玻璃窗，隐约能想象出当年的豪华。老房子雨搭上头的白墙上，还残留着红色的"窑口供销社"的印记。

很想进去看看供销社和小时候是不是一样，但根本顾不上，萧书记已经迈开他不算大的步伐，急吼吼地推开供销社旁边的那扇门，喊了起来："侯狗，侯狗"。

"来了，呀，萧书记。"

"侯狗，这是县里派到你们村的第一书记，马忠，马书记。"萧伟一把拉过马忠，推到了侯狗面前。

"欢迎，欢迎。"侯狗伸出手拉住了马忠的手抖了起来。

"马书记,这是窑口的党支部书记兼村委会主任杨侯狗,杨书记。"

杨侯狗上身白绸缎衬衫，下身蓝布裤子，一双前后漏口的皮凉鞋，整体来看，倒也干净利落。马忠三十出头，个子高，大块头，四方脸上架着一副近视眼镜，说起话来也是慢悠悠的。他是县疾控中心的办公室主任，在单位应该是个忙人，不知道为啥，也下来当第一书记。第一书记要求全脱产，他单位那摊子事能脱了产?

　　我还没有打量完杨侯狗，萧伟已经催我们把马忠的行李放下，赶紧走。少了荣小鹏、马忠，车里宽松了许多。

　　沿着弯曲的山区公路，开了七八里，车拐了个弯，爬上一段长长的上坡路。这下我终于感受到了什么叫山路。刚才我们走的路七拐八弯的，虽说难走，但毕竟是邢太线，是一条老省道，路的平整度和宽度还可以。现在的路和邢太线比起来，不知道难走了多少，虽说是水泥路，但坡陡弯多，如歌里所唱"山路十八弯"，这条路至少有五十个弯，整条路全是在爬坡，而且上下起伏呈波浪状。坐在车里，人一会儿上，一会儿下，有时还有飞的感觉，幸亏我们几个都不晕车，否则的话，一定会吐得满车都是。

　　路不太宽，约有三米，宽的地方也就四米，窄的地方不到两米。路的左边是一条深沟，有十几米深，沟里没有水。路的右边是山坡，坐在车里看，坡并没那么高，低的地方十几米，高的地方百十来米。

　　前几年搞村村通公路，将这条路修成水泥路。真不知道原先老百姓是咋走的。又颠簸了约半个小时，我们终于到了目的地——南沟村。

　　南沟村并不算大，有三四十户人家，分布在路右边的阳坡上。我们停车的地方，看得出是将小山包削平的一片空地。

　　砖砌的围墙，大门朝东，门是用钢筋焊起来的，显得很简陋。南面有一座砖台，上面立着一根六七米高的铁杆，锈迹斑斑，看来是好久不用的旗杆。

　　在大门口，就听到有人答应。接着，一颗瘦瘦的男人脑袋从拉开的门缝里伸了出来。"呀，萧书记！"

　　"这是你家的第一书记，张书记。"

　　"嗯，张书记好！"

　　叫东新的男人从门里走了出来，一只手拉住萧伟，一只手拉住张继。这个男人，个子不高，消瘦，红脸，但不像是日头晒出来的那种红，而是有些病态的泛红。

"张书记，这是南沟村的党支部书记石东新，以后你们俩就并肩战斗吧。"

"石书记好。"张继紧紧地握了一下石东新的手。

"不和你们多说了。"萧伟边说边向大门外走去。

"萧书记，吃了饭再走吧！"

"不了。"萧伟边笑边拉开了车门，我们几个跟着上了车。

车原路返回，因为是下坡，所以比来时快多了。二十分钟，又回到了邢太线，继续沿公路向山里行驶。约莫又过了二十分钟，车在路右边的一排房前停了下来。

"到了，杨书记。"萧伟边招呼我，边拉开车门跳了下去。我和孙晓东也下了车。

大门朝东，整个院子比路面高出六七十厘米。路对过应该是一条深沟，路边茂密的杨树遮蔽了视线，只能听见"哗哗"的流水声。很快我就知道，这不是一条沟，而是红谷的母亲河——黑马河。

大门口站着一个人，六十岁上下，头不大，还有一点儿尖，短头发，眼睛也不太大，脸也小，我觉得我一巴掌就能盖住他的脸，满是皱纹的脸晒得黑黝黝的。中等个，身量偏瘦，上身穿一件咖啡色涤纶休闲装，下身穿一条暗黄色涤纶裤子，裤脚吊得很高，脚上穿一双小眼的黑皮凉鞋。奇怪的是，胸前上衣口袋居然插着一支笔。这年头，胸前插笔的人不多见。

看见我们从车上下来，那人向我们走来。

"树奎伯。"萧伟喊了一声。

"萧书记，怎么现在才来？早就等上你们了。"

"已经送了三个了，杨书记是第四个。"萧伟抬起手朝我指了指。

"这是今年县里派到我们田庄的第一书记，杨书记。"

"那好，那好。"这个叫树奎的男人朝我笑着点了点头，态度不卑不亢，不热情也不排斥，一看就是精于世故，又难掩质朴的山里人。

"杨书记，这是田庄村的党支部书记田树奎。"萧伟扭过头向我介绍。

我微微地朝田树奎点了点头："田书记，以后就多打扰你了，多多关照。"

"哪里哪里，以后还要多靠你们呢。"田树奎朝我笑着说，顺手接过了我一只手里的行李。

"萧书记，进屋里吧。"田树奎朝向了萧伟。

"不了不了，还有一个没有送呢，还得去大店。"萧伟指了指站在车边的孙晓东。

萧伟边说边拉开车门上了车，孙晓东也跟着赶紧上了车，从车窗伸出头朝我摆了摆手，面包车调了个头，顺着原路冒着一屁股烟走了。

"走吧，杨书记，我们进屋。"田树奎提着我的行李朝院里走去。

我的第一书记生涯将在这里度过，而我对田庄还一无所知……

目　录

第一章
初到田庄

　　院子挺大，南北有十五六米，东西有四十多米，整体呈西高东低。正房是一溜排开的十五间瓦房，只是有些破败，东面三间瓦房较新。西房比东房要高出六七十厘米。西边八九米宽的地用旧砖硬化了，其余都是泥地。院子东北角有片二分大的空地，种着白菜、大葱，绿油油的，很是鲜嫩。旁边有根水管，水管上面的水龙头锈迹斑斑。

　　大门旁南房墙根下有条走人的小道，光溜溜的。大门对面破败的西正房门口，趴着一条半大不小黑白相间的花狗，闭着眼睛，我们进来，连眼都没睁一下。院子里很多地方长着杂草，十几只芦花鸡在草丛中穿来穿去，不时停下来用爪子刨刨土，在地上啄几下，悠闲自在。

　　我跟着田树奎进了院门，就开始爬坡，沿着南房墙根那条光溜溜的小道，走到最西边的南房门口。房门朝北，紧靠着西边的院墙。推门进去，三间掏空的房子，通透宽敞，门对面一溜三个窗户，外面就是邢太线。正午的阳光照进来，屋内十分亮堂。

　　屋子东面三张簇新的深红色写字台，三把简易皮椅，墙上挂着两张半新不旧的党建宣传图，内容是关于保持党的纯洁性教育活动方面的。南墙下边放着一排老式的布沙发，玻璃茶几上落满了灰。西墙下摞着一堆三足铁凳。西墙三组柜子里摆满了书，崭新的，有的塑封还没有打开。门仡佬立着几块牌子，一块红底黄字，上写"红谷县故城乡田庄村党支部"；一块白底黑字，上写"红谷县故城乡田庄村村民委员会"；还有一块写着"田庄村农民技术学校"，其他两块字模糊得看不清。

北面墙窗户下面摆一张旧长条桌，放着一台老式电视机，还有一台老式功放机和用红绸布包着的两个座式话筒。屋子中央放着一张大桌子，可围坐十几个人。周边杂乱摆放着好几种样式的旧椅子、旧凳子。屋子显然刚被扫过，只是不怎么干净。

进了门，田树奎把行李放在中间的大桌子上，我把手里提的包也放了上去。

"杨书记，坐下吧，早就听说你们要来呢。杨书记是教育局的？"田树奎指着沙发对我说，"这几天忙，也没有顾上打扫"。

"不用客气，以后就是一家人，我如今也是咱田庄的人了。"我边说边把行李袋拉开，从里面放的小包中取出了我的组织关系介绍信，交给了田树奎。

县里很重视这一批第一书记。确定人选后，组织部就在县委党校对我们进行了为期三天的培训。要求在村工作时间不低于全年工作日总数的三分之二。任职期间，原人事关系、工资和福利待遇不变，党组织关系转到所在村。

田树奎看了一下说："乡里告诉我们了，你们的吃住都在村里，可是你看咱们这儿连个吃住的地方都没有。"

"外边不是有不少房子吗？"我疑惑地看了田树奎一眼，从窗户向外望。

"那都坏了，不能住。现在晌午了，到我家吃了饭再说吧。"田树奎慢悠悠地说。

"不要了，田书记，我自己带的呢。"在来田庄担任第一书记前，我曾在王北乡当过三年的第一书记，还是有农村工作经验的。田庄是软弱涣散村，村里情况肯定复杂，我来了第一天就在书记家吃饭，不知道会给以后的工作带来多大的麻烦。

"杨书记，家里都准备好了。去家里吃吧，带上的干涩圪料（方言，干硬，没滋味）的怎么吃呢？"田树奎慢悠悠嘟囔着。见我态度坚决，他只好说："那你就先瞎吃点，歇歇，后晌我再来。"

"好的，田书记，你先回家吃饭吧，有啥后晌再说。"

我边说边把田树奎送到了院子里。院子里南房东边的房门口站着两个人，一男一女，六十上下。男的瘦高个，头上戴着迷彩帽，穿着一身迷彩服，一双解放牌绿胶鞋。女的瘦小，穿一件花布衬衫，梳着两根不太长的辫子，是典型的山民形象。

看到我们走过来，男的朝我们喊了一声："树奎，今前晌过来了。"

"嗯，这是上头派来的第一书记，杨书记。"田树奎朝后指着我说。

"杨书记。"男的笑眯眯，朝我喊了一声。

"杨书记是咱们教育局派过来的。"

"杨书记，这是建奎子和他婆姨，建奎也是村里的党员，是给咱村委会看门的。"不知道为什么，听到我是教育局派过来的，建奎子家婆姨特地抬起头，朝我笑了笑，眉目慈善。

送田树奎到大门外，我看了一眼手机，十二点半，早上吃得早，肚子早就饿了。我想沿公路肯定有小饭店或小卖铺，随便买碗面吃了，晚上再吃包里带的方便面。

出村委会大门，沿公路两边没有任何建筑，不像有饭店或小卖铺的样子。于是，我拐到村里，许是中午，路上没行人，也没车辆。

约十分钟走到村口,深沟里,哗啦啦的流水声在静谧中显得特别响亮。

村里房子在公路的左边沿山坡一溜排开。路的右边偶尔也有房顶露出来。房子虽然破旧,但基本是瓦房。有红砖墙的,有蓝砖墙的,个别是土墙的。有的有院墙,有的没有院墙。奇怪的是,门一律关着,看不见一个人。安静得就像是一个空壳村。

出了村也没有看见一个人,更不用说小饭店或小卖铺了。奇怪了,好歹是条省道,居然会没有吃饭的地方。

又过了约二十分钟,我走到了又一个村子边,一路上也没有看见一个人,更别说小饭店或小卖铺了。

这个村和田庄差不多,房子分布在公路两侧。不同的是,也许是这一段沟不太深的缘故,这里的房子不仅仅能看到房顶,还能看到房子的墙。门一律关着,看不见一个人。

已经一点半了,肚子饿过了劲儿,竟然不觉得饿了,倒是腿有点发软,白色T恤湿透了,贴在前胸后背,特别难受。心里有点瘆得慌,两个村竟没看见一个人、一辆车。

我爬上右边小坡,来到一个院门前,想问问哪儿有小饭店,结果门上挂着一把大铁锁。往前走到又一个院,一样挂着大铁锁。继续向第三个院门走去,心里说不出的颓丧,这可真是见鬼了,人都去哪儿了?

只能往回走,但我满头雾水,不知为何。就在这时,公路上传来了"咚咚咚咚""咚咚咚咚"的声音。心中大喜,是三轮车?我赶忙跑下坡,站到公路中央。

果然,一辆中型农用三轮车驶了过来。我连忙举起胳膊晃动,示意停车,三轮车在我面前停了下来,开车的男人头上围着一块白毛巾,伸长了脖子问我:"去哪呀?"

"田庄。"

"这就是田庄呀。"他不解地看了看我。

"就是前面那个村子。"

"那是槐树庄。"

"是去田庄村委会。"

"大队喽?"当地一些上了年纪的村民,还是习惯使用过去公社时期的叫法,称村委会为大队或大队部。

"嗯。"

"上来吧。"

"谢谢!"我一步跨上去,坐在副驾驶座上。

三轮车"咚咚咚咚"向前开。车开得比较快,一扫燥热,我感到脸上、身上都凉飕飕的,舒服极了。

"头一回来这里吧?"他边开车边问我。

"以前路过过,没有进过村子。"

"怪不得。"他笑了笑。说话间已经来到田庄村委会大门口,三轮车停了下来。我从车上跳下来,朝他拱了拱手:"谢谢!谢谢!"

"笑人呢,小事一桩,谢啥?"他说了一声开车走了。

我转身进了村委会院里,建奎正蹲在房门口端着碗吃饭。他旁边"响鸡儿"(一种用黄土泥制作的可移动的烧柴的灶)上的铁锅里,还冒着热气。

看见我走过来,他站了起来。"杨书记,还没有吃吧?"

"吃了,吃了。"我咽了口唾沫。心里说:"鬼才吃了。"

听见我说话,建奎家婆姨也掀起门上的竹帘,伸出了半个身子。"杨书记,没有吃就吃点。"她手里还拿着半截大葱。

"吃了,吃了。"我边说边朝我放东西的屋子走去。

脱下T恤,我倒在旧沙发上躺了会儿,肚子开始咕咕叫了。意识到自己没吃饭,站起来走到大桌子边,拉开行李。行李袋里有什么,我其实不太清楚，东西都是老婆程川放的。

程川是红谷中学的数学教师，漂不漂亮我没想过，不过见过的人都说她身材好，穿啥都好看，这让我有一种说不出的幸福满足感。结婚二十多年了，我俩几乎没吵闹过，她和我父母，还有四个妹妹也从没红过脸。

父亲去世后，母亲一直和我们住在一起。用我妈的话说，别人家是见了儿子亲，我们家是见了媳妇亲。

拉开行李包，我高兴得几乎叫起来，早知道包里有这么多吃的东西，何必费那么大劲去找饭店。行李包里除了洗漱用品、餐具外，还有十包方便面、一罐牛肉酱、一罐老干妈、一罐我妈腌的老咸菜，还有五包干馍片。惊喜的是，居然还带了一小包小米、一小瓶老白汾和电热壶。昨晚老婆给我整理行李的时候，我还告诉她少带点东西，又不是出什么远门。她说反正有车，又不用我拿。没想到今天派上大用场了。

我到田庄当第一书记的事，家里人是持反对意见的。程川觉得我师范院校毕业，搞教育是老本行，得心应手。幼儿园、小学一直到高中都管理过，现在又是县督学责任区的书记。工作环境挺好，要面子有面子，要圈子有圈子，还到山上当什么第一书记？我妈呢，认为我好不容易从村里熬到城里，现在要去山上，这不是转了一圈又混回去了，是不是犯什么错误了？我只有一个女儿，刚上高中，都说女儿是父亲前世的情人，小姑娘很黏我，坚决反对我下乡。

原先在南台村当第一书记时是兼职，偶尔去一下。南台离县城也近，基本在平川，开车二十分钟就到了，晚上也不用住村里。这一次到田庄当第一书记就不一样了，既要求全脱产，又要求驻村，每周五天四夜。这就意味着一个星期有五天不在家，女儿见不到爸爸，她当然不愿意。

可我坚持要来，她们也没办法。

按照中共红谷县委组织部和中共红谷县委农村工作领导组办公室的文件，要求这一批二十六名第一书记从县机关事业单位的优秀干部、后备干部中选派，有农村工作经验或有涉农方面专业技术特长的优先。

实际选派中各单位情况不尽相同，有的单位确实是选派优秀干部，下乡两年回来准备提拔；有的单位是选派在单位没事干，经常爱惹事的，让领导头疼的"刺儿头"；有的单位则是选派岗位调整暂时没办法安排的。我有点不一样，我是自愿下乡的。

我除了在南台村当过三年第一书记，在职业中学当校长时，一直研究农村四位一体循环生产模式，尝试过"公司 + 合作社 + 农户"的农业经营模式。后来，由于职业教育整合，职业中学合并，我不再担任校长，这些事就中断了。

在南台的三年中，为了实施"公司 + 合作社 + 农户"的农业经营模式，我成立了农业有限公司，刚有点眉目，就回到了机关。每次想起来，总有些不甘心。这次选派第一书记，当教育局局长郭有柱和我试探性地一提，我当即就点头答应了。

我从行李包取出方便面、牛肉酱、老干妈和电热壶。走到院子里，打开锈迹斑斑的水龙头，接了一壶水。水清澈见底，正渴得紧，端起壶美美喝了一大口。呀，又清凉，又甘甜，田庄的水怎么这么好喝！

我捧起壶一口气喝了多半壶，长长地出了一口气，顺手把壶里剩下的水浇到了头上，光着膀子，水花四溅，好不爽快。

我又装了一壶水，回到屋子里，把电热壶的插头插在插座上，按开了开关。转身拿毛巾把浑身上下擦了一遍，换上了干净 T 恤。这会儿工夫电热壶的水应该开了吧，我取了包方便面撕开包装将面饼和调料放进了饭盒。

嗯？怎么电热壶没有反应呢？用手一摸壶身是冷的，我仔细看了一下电热壶。嗨，怪不得程川总说我是马大哈，原来电源指示灯根本就没有亮。可是电热壶的插头明明是插在插座上的，开关也是打开的，电源指示灯怎么会没有亮？

我检查插座，是插好的。检查水壶，崭新的。按电视按钮，没开；拉灯绳，没亮。哦，看来是没电。

村委会没电？吃个方便面还要干吃？那晚上怎么办，摸黑？不行，得去问问。

来到建奎房门口，屋里传出不太均匀的呼噜声，犹豫了一下，还是掀开竹帘，敲了几下门。

"嗯，嗯，谁呀？"

我赶紧放下竹帘，把身子撤到一边。"我，建奎哥。"

"嗯，来了。"接着，听见翻身穿鞋的声音。

"呀，杨书记！"建奎从竹帘伸出脑袋看着我，"有事呢？"

"建奎哥，你家里有没有电？"

"来，我看看。"建奎撤回身子，我听到了他拉电灯开关的声音。

"有电了，杨书记。"建奎又探出了头。

"怎么村委会没有电啊？"

"杨书记，你用电呀？"

"嗯。"

"你早告诉我么。大队的电是在我电表上接的呢，不用的时候就摘了，用的时候再接上，来，我给你接上吧。"

建奎把头撤回了竹帘里。一会儿，他拿着一把改锥走了出来，领着我走到他住的房东边的墙边。墙上钉着个方形的木头盒子，木头盒子里一上一下安着两个电表，每个电表右边安着一个刀闸，上边是一个三相电的刀闸，下边是一个两相电的刀闸。线接得一点儿也不规范，三四根电线根部是裸露的，两相电的刀闸旁边还有两根电线吊在那里。建奎拉下两相电的刀闸，把吊在那里的两根电线接到两相电的刀闸上然后合上了刀闸，回头对我说，"行了，有电了"。

"好，谢谢建奎哥。"

"没事，杨书记，有啥你就说。"建奎掀开竹帘回了屋。

我一进门，就听到电热壶"吱吱吱"响，看来我不用干吃方便面了。水开了，我泡好方便面，把牛肉酱、老干妈挑了一些放进去拌了一下，吃了一口，呵，辣乎乎的，好吃！

收拾完餐具，看了看手机快三点了，手机上面有几个未接来电，都是上午九点以前的。因为设置成了静音，这一路上到现在才有工夫看手机，所以几个电话一个也没接到，里面有三个是老婆打的。离家前我曾答应她到了就给她打个电话，这一忙就给忘了。拨号，才发现拨不出去，没有信号！到院子里试试，没有信号，到公路上试试，也没有信号。什么鬼地方？！

已经三点了，公路上断断续续有了车辆，听声音多是农用车和三轮车，大型车辆一辆也没有，这是省道，怎么会这样？

趁田树奎还没有来，我仔细观察了院子里的房子。果然，要找一间我能住的，还真不容易。三十多间房，能用的只有南边这几间。北面正房是十五间瓦房，破破烂烂，门已经变形，门缝大得放得下一个拳头；窗户上没有玻璃，糊着不知何年何月的报纸，颜色成了黄黑色，满是窟窿眼眼。几乎每间房房顶上都破着几个洞，一处后墙已经倒塌。东边的三间瓦房虽然矮一些，倒是比较新，玻璃上从里面贴满白纸，里面堆着不少杂物，地上湿湿的，墙上还有水珠；最奇葩的是西面的三间房，从前面看好好的，从门缝里一看，房顶全塌了、后墙也塌了半边，怪不得屋里那么亮。

剩下就是南边的八间，建奎占了五间，村委会占三间。

我正在院子里溜达，忽然听到身后有人问：

"杨书记，歇了会儿没有？"

我转过身看见是田树奎。

"田书记，过来啦。"我招呼田树奎进屋坐沙发上。"田书记，这次派第一书记到咱们村的情况，你知道吗？"

"知道了，乡里已经告诉我们了。"

"那好，这一方面我就不多说了，我想先了解一下咱们村的情况，田书记能给我介绍一下吗？"

"行喽，行喽。"田树奎连声答道。

从他的介绍中，我了解到田庄村位于红谷县最南端，与榆县接壤，是红谷县的南大门，也是红谷县故城乡较偏远的山村。全村有坪上、田庄、槐树庄、太河、井源、黑沟、马庄、磨沟、石家河、崔儿庄、里寨、双玖亩十二个自然村，农户一百九十多户，人口四百三十七人。其中坪上、田庄、槐树庄、太河、井源、黑沟、马庄、磨沟八个村在公路两侧，习惯上称"沿线八村"，交通便利。石家河、崔儿庄、里寨、双玖亩四个村，在邢太公路右边的一个深沟里，习惯上称"沟里四村"。离田庄最近的是石家河，离田庄约两公里；离田庄最远的是双玖亩，离田庄约十公里。

田庄地处红谷县水源保护区的上游，雨量充沛，是典型的绿水青山的所在。农业生产以种植小米、玉米等大秋作物为主。养殖业以散养笨鸡、羊、牛为主，林木大都是生态林，经济林占比较小，有苹果、梨、核桃树，也有少量枣、杏树。

村里的两委成员没有配全，缺一个支委成员。田庄党支部共有党员三十七名，文化程度以小学、初中为主，个别高中，整体文化程度偏低，年龄偏大。村委会大院是原来的槐树庄小学，学校撤并到故城小学后，村委会就从田庄搬到这里办公。

因年久失修，这里只剩下挨着公路的几间房能用，而这间既是党支部，又是村委会，还是财务室、农家书屋、农民学校、党员活动室……反正就一间房办村里所有的事。看来，我的住处还真成了问题。

"咱们田庄怎么就成了软弱涣散村呢？"我看着田树奎，换了个话题。

"这个，这个……"田树奎看着我，支支吾吾把头扭到一边。"这是他们说了，咱们不承认。"田树奎说话慢条斯理的。

"问题不是咱们承认不承认，而是现在咱村被划定的就是软弱涣散村。县委、组织部划定软弱涣散村肯定是有标准的，全县一百九十八个行政村，二十个软弱涣散村其中就有咱们村。故城乡十九个行政村，两个软弱涣散村，就有咱们村，难道没有原因？"虽然不满意他的话，但毕竟第一天来，我尽量克制着压低声音。

他感到了我的不满意，于是"啊"了一声，不再言语。为了避免尴尬，我转移了话题。

"田书记，明天上午咱们开个两委会吧，你通知一下两委班子成员九点回村委会开会。"

"行喽，行喽。"

"还有，就是一两天安排开一个党员大会和村民代表、各自然村负责人会议。"

"行喽，行喽。"田树奎一边点头，一边答应着。

"田书记，接下来说说我的生活问题。你知道我们这一次下来是要求住下来的，我得和大家同吃、同住、同劳动。"

"这事乡里提前通知我们了，过去也有过这样的通知，可是从来没有人住过，杨书记你真的要住？"

这是什么话？赶我走？看来他的思维还停留在前几年，对于国家要建设社会主义新农村的决心还没有什么概念。

我没有说话，笑着看着他，我想他会懂得我的意思的。

"杨书记，要不你就到我家吃住吧？"果然，见我看着他笑，田树奎马上说道，看着态度倒也诚恳。

到他家吃住？那肯定是不行的。主要是我也不了解他在村里的情况，万一他在村里有反对面，容易形成对立，不利于开展工作。而且刚入村就和村支书走得太近，容易让村民产生"官官相护"的想法，影响下一步工作。当然，吃住在他家也有一个好处，就是容易和他沟通感情，便于合作。不过总的说还是弊大于利。"谢谢你的好意。我要住两年呢，可不是一两天，不用麻烦了，我就住在村委会吧。"我态度坚决。

"这，哪能住呢？"田树奎面带疑惑地看着我。

"要不和建奎换一下？我看见他们占的那间大一些。"

"建奎占的那个房里外五间，咱们的三间。可他看大门住到里面不合适，有时候他小子和媳妇回来也住不开，队里没钱，人家看门咱们不给钱……要不，杨书记还是住我家吧。"田树奎又是车轱辘话。

田树奎说的也对，总不能我刚到田庄，就和老百姓抢住的地方吧。我试探地问："能不能去其他村民家找个吃住的地方？干部家谁家也不去。"

"杨书记，咱们村年轻人都到下面住了，村里住的大部分都是六七十岁以上的，家里就不成个摊气（方言，样子），还是去我家吧。"田树奎又劝道。

"不用了，那我就住咱们村委会吧。"

"这哪里能住呢？"

"试一试吧，不行了再说。"

看到我态度很坚决，田树奎不再坚持。

"田书记，咱们这里手机怎么没信号？"我的几个疑惑还是想弄清楚。

"你用的谁家的？要是移动就有，有时候信号不好，联通、电信的就没有信号。"

"联通的哪里有信号？"

"道上走吧，保不齐哪里就有信号，往山上爬，高一点也能有信号。"

"啊？哪里有小饭店，或者是小卖铺呢？"

"这一片都没有，得到窑口才有呢，离咱们这里有十几里。那一片移动、联通、电信也都有信号。"

"那咱们买东西怎么办？"

"到城里，一天有两趟公共汽车，上午一趟，下午一趟，回来也一样。也能截上车去，不过不保险，有时去能截上，回的时候截不上。"

"哦，那村民买东西怎么过去？"

"一般是开上蹦蹦车，年轻点的也有骑摩托车的。"

村里住的大部分都是六七十岁以上的老人，怪不得大中午一个人也没有看到。可是一条省道上中午看不到一辆车也是怪事呀！看了看时间已经晚上七点多了，有啥疑问明天再说吧。

送走了田树奎，我就准备晚上睡觉的事。这会儿我感受到了田树奎说的"这哪里能住呢"的困窘。

床？屋里自然是没有的。别说是没有，就是有，屋子里放满了桌子、椅子、凳子、柜子、沙发、写字台等，乱七八糟，连放床的地方也没有。

打地铺？屋里空的地方不是窄就是短，关键是地面不知道是什么年月打的水泥地，上面厚厚的一层污垢黑乎乎的，我实在没有勇气睡在上面。

睡沙发上吧？可是沙发有点窄，睡上面不好翻身，关键是它太旧，还有刺鼻味，呛也呛死了，怎么睡？

这总不能坐着睡觉吧？

在屋里转了两圈，我真的不知道该怎么办了，沮丧地坐在了椅子上。忽然，我眼睛一亮。哈哈！天无绝人之路，刚才怎么没想到，屋子中间的大桌子不就是一张大床吗？好，就睡这上面吧，虽然有点高，但毕竟又宽又大的。

我拿脸盆去院里打了半盆水，顺便把电热壶也打满水。回到屋里给电热壶通上电，找了块旧毛巾，放脸盆里洗干净，开始擦桌子。

这张桌子可真脏，刚擦了一遍，盆里的水就成了黑的，黏糊糊的，一直换到第四盆，水才算变清了。

电热壶的水也开了，我从行李包拿了点小米，放进电热壶。

大桌子干了，我在上面铺上了被褥。米汤也熬好了，我把老咸菜、干馍片，还有小瓶老白汾拿出来放到茶几上，抿了两口酒，靠在椅子上长长地舒了口气，舒坦。

无论如何要给老婆打个电话。到了公路上，我一边走，一边摇动着手机，天已经黑了下来，路上没有了车辆和行人。

走了十几分钟，看手机还是没信号。怎么办？不行的话就爬山吧！我看了看周边，在路边三十多米处有一个小山包，我三步并两步爬了上去。果然，有了两格信号。拨通了老婆的手机，还没有等我说话，就听到她在那边嚷了起来："呀，你还要急死人呢，一天也不来个电话！"

"想打呢，这里没有信号。"

"啊！现在还有没有信号的地方？你说你，去的都是啥地方呀！"

"你以为这是什么地方，大山深处。"我苦笑了一下。

"吃饭了吗？"电话里隐隐约约听见我妈在问。

"吃了，你给我带上的东西可顶上大用了。"

"是吧！我就知道。"隔着电话，都能感受到她得意扬扬的样子。

"能住吗？条件怎么样？"

"挺好的，你们不用担心。这里的水真的好，喝到口里清清爽爽，甜丝丝的，等以后我给你们带回去点。"

打完电话回到村委会已经九点多了。脱鞋爬到"床"上，连灯都没有顾上拉就睡着了。

"嗡嗡嗡……"

睡得正香，耳边传来一阵噪声。既不是黑马河"哗啦啦"的流水声，也不是公路上的车辆声。我迷迷糊糊地睁开眼睛。

"啊——"我吓了一跳，顿时睡意全无。

眼前十几个比芝麻大的黑点飞来飞去。我立即感觉到了手上、胳膊、腿上、脚上、脖子上、脸上，身上几乎每个地方都又痛又痒。

看了一眼，上面布满了大大小小的红疙瘩，摸摸脖子上、脸上也一样，用手挠了挠，更痒。

我赶忙拉开行李箱翻了起来，找到风油精和一瓶花露水，打开风油精盖子，倒在手心在身上搓了起来，身上不知道是凉还是辣，皮肤扎得难受。

赶走了蚊子，想再睡一觉，才感觉到"床"有点硬，不舒服。咳！下回再来要多带一床垫子。

这觉怎么睡？我想到了张继、荣小鹏、孙晓东、马忠他们几个，也不知道他们情况怎么样。应该都比我强吧，最起码睡觉、吃饭没问题吧。

胡思乱想了一阵，迷迷糊糊就要睡着了，可耳边却又响起"嗡嗡嗡"的声音。讨厌的蚊子，看老子今天不弄死你们！

看着几个小黑点在眼前飞来飞去，我屏住呼吸，慢慢伸出双手，突然朝一个黑点拍去，"叭"的一声，我感觉到手心里黏糊糊的一片血，奶奶的，居然能吸我这么多的血。

再接再厉，我又拍到四五个蚊子，眼前的小黑点总算没有了。我爬回"床"上躺下，头刚挨上枕头，耳边"嗡嗡嗡"的声音又响了起来。我腾地一下坐了起来，又看到几个小黑点在眼前飞来飞去。

嘿！哪来这么多蚊子，我跳下"床"，走到门口检查，门倒关得严严实实。再看窗户，南边挨公路的三个窗户全都钉死了，北边的三个窗户打开着，纱窗破了不少洞，看来蚊子就是从这里钻进来的。我赶紧把窗户关上，这才发现，窗户和门上都没有挂窗帘，里外透亮。这隐私？今天太累了，连窗帘都没有顾上看，好在院子里没有人。

"啪啪啪。"十几声掌声过后，屋里小黑点看不见了。

哈哈！这就能好好睡觉了吧？

重新躺了下来。没想到也就是十来分钟，我又一次坐了起来。

关了窗户，屋里太热了，现在我是满头大汗，背上黏糊糊的，裤子已经湿了，关键是刚才身上蚊子叮的包，让汗水一浸又痛又痒。打开窗户蚊子多，不打开窗户更难受。

"咚咚咚。"静谧的夜本来只能听到"哗啦啦"的流水声，突然响起了敲门声。

"谁呀？"我问了声。

"我，杨书记。"是建奎的声音。

"建奎哥？"

"嗯。"

我跳下了"床"，趿拉着鞋过去开了门。

"杨书记，蚊子咬了吧。给你这——"说着他递给我一团毛茸茸的草团，我接过来一看，原来是一团编成辫子状的干艾草。

"把这点上蚊子就不咬了，听见你折腾，就知道蚊子咬得你不能睡。"说完，他掉头走了。

"谢谢建奎哥。"

"没事,快睡吧！"建奎头也没回,摆了摆手走了。我转身关了门，赶紧把所有窗户打开，一股凉气冲了进来，真爽!

我又从行李包里取出小刀和打火机，把那团干艾草切成小段，从院子里找了几块砖头夹住，用打火机点着，吹灭了火焰，青烟升起，屋里充满艾草香味。

这下可以好好睡一觉了吧? 不过我还是有点担心，这要睡着了万一艾草着火了怎么办? 艾草的烟要太多了会不会让人窒息? 艾草点完了蚊子会不会再来? 胡思乱想中又睡着了。

没想到，意料之外的事还是出现了。

第二章
两委见面

意料之外的事是早晨我居然会被冻醒。

天已亮，但从窗户上还看不到太阳，我赶紧盖好被子又躺了一会儿，翻了几次身，大脑特别清醒，反正睡不着，干脆起床。

穿衣出门，居然感到有些冷。空气真新鲜啊！我用力大口吸了几下，舒服。现在来看，田庄至少有两大宝贝，甜甜的水，新鲜的空气。

公路上陆续有车辆经过，我回到屋里，拿脸盆到水龙头前打了半盆水，开始洗漱，把昨天的衣服也洗干净。

建奎婆姨在她门口的"响鸡儿"点火。撅着屁股，低着头，一边用棍子扒拉着柴，一边用嘴吹着。听见我走过来，她站了起来。

"呀，杨书记，洗涮来？起得这么早。"

"建奎嫂，做饭了，你也挺早！"

"不早了，清早就在我们家吃饭吧。"

"不用了，建奎嫂，我带的了，谢谢！"

"不用谢，你缺啥就过来。"

"谢谢你，建奎嫂。"

"没事，没事。"建奎嫂憨厚地笑着说。

吃完饭收拾利索已经七点半了，我赶紧扫地抹擦桌子。三个写字台上有一层厚厚的灰，看来根本没人用过，抽屉、柜子都空空如也。

我把三个写字台沿东墙一溜摆开，靠墙留出三张椅子的位置，把被褥、行李包等都放进柜子里。

屋子算基本干净了，过了八点半，两委成员一个都没到。

坐在一个写字台前，我拿出工作笔记，列了一下今天会议的议题提纲。约莫过了十来分钟，院子里由远到近响起了"踢踏、踢踏"的脚步声。

"杨书记，你夜来黑夜（方言，昨天晚上）睡得还行吧？"听声音是田树奎到了。

"田书记，还是你早，睡得好不好，你还想不到？"

"嘿嘿！"田树奎扫了一眼我手上、胳膊上的红斑点，"我说你到我家吧，你就是不同意。"

"田书记，咱不说这了，今天的会议内容，咱俩先碰碰头。"我打断他的话。

"行了，杨书记你说吧。"

"就三点：一是自我介绍，二是我把来田庄工作的目的和任务给大家介绍一下，三是把我这一段时间的工作安排和大家讲一下，对两委人员的工作进行安排。"

"行了行了，杨书记，就按你说的开吧。"正说着，听到由远到近响起"踢踏、踢踏"声，这脚步声比田树奎要重一些，更慢一些。

门被推开了，进来一个人。六十岁左右，个子瘦高，嘴巴微翘，眼窝深陷，头发直立，皮肤黝黑。上身穿一件绿色军衬衣，下身穿灰黑裤子，脚上一双迷彩军用胶鞋，没穿袜子，裤脚高高吊着，给人一种不太精干的感觉。田树奎叫了一声"铜虎"，转头指着我说："这是县里派到咱村的第一书记，杨书记。"

"杨书记，这是田铜虎，咱村村委成员兼会计，也是太河村的队长。"

"铜虎哥，坐！"我站起来朝田铜虎点了点头，指着沙发说。

田铜虎朝我笑了笑，坐到沙发上，用胳膊擦了一下鼻子。

我心里就纳闷了：这么邋遢的人，能做会计？

没容我多想，门口又进来一个六十多岁的妇女，个子不高，四方脸，蓝花布衬衣，黑条纹裤子，方口千层底布鞋，红花蓝袜子，显得很土气。

田树奎朝着妇女笑了笑："这是县里派到咱村的第一书记。杨书记，这是石爱叶，咱们村的村委成员兼妇女主任。"

"爱叶姐，坐吧！"我微笑着指着沙发对她说。坐到沙发上，看得出她很拘谨，两腿并着，两只手规规矩矩放在膝盖上。

接下来进门的男子，个子不高，嘴巴不大，眼睛却不小，眼珠子转来转去，一副很精明的样子。一进门就问："今日又开甚会呢？"

田树奎指着我说："这是县里派到咱们村里的第一书记，杨书记。"

"杨书记，这是王堂玉，支委成员兼槐树庄村的队长。"没等我说话，王堂玉已拉出椅子坐下，嘴里嘟噜着："县里又派上书记了？"

我正想说话，院子里响起洪亮的声音："今日又开甚会了呀？忙得不行，还得跑上来。"

一个四十出头的中年男子进来，白色夹克拉锁开着，露出花白衬衣，下身穿亚麻休闲裤，脚穿一双黑皮凉鞋，黑色袜子。怎么看也不像山里人，连农村人都不像，倒像是做生意的小老板。

田树奎盯着他走近，指着我说："水生，这是县里派来的第一书记，杨书记。杨书记，这是石水生，是去年选上的新村长。"田树奎说"新村长"三个字时，稍稍加重了口气。虽然早就改了村委会，村长改成村委会主任，但在一些村民口头上，仍会将村主任叫作村长。习惯成自然，常常混着叫，混着答应。

我朝石水生微笑点头的时候，他已拉出椅子坐下了，抬手深深吸了口烟，长长地吐出了一串圆圆的烟圈。

"杨书记？干甚的？"

我没有理他，朝着田树奎说："开会吧。"

田树奎和我坐在写字台后面，看了一圈在座的人慢悠悠地说："人都全了，开会吧。今天开会就是宣布县里给咱们村派了第一书记，杨书记，你说吧。"

我很不满意田树奎的开场白，这么简单就推给我了，可是遇到这样的对手，我也没办法，只能硬着头皮接上说："同志们，咱们就认识了。头回生、二回熟，以后咱们就要长时间在一块共事了，请大家多多关照。我先自我介绍一下。"我停顿了一下，扫视了在座的一圈人。

石爱叶还是两腿并着，两只手分放膝盖上；田铜虎一只胳膊放在沙发扶手上，一只放在腿上。俩人直勾勾看着我。王堂玉也看着我，但眼珠子滴溜溜在转。石水生坐在大桌子前继续吸烟，田树奎倒是安静。

"我叫杨健立，是县委组织部派到咱们村的第一书记。今年全县派出的第一书记共有二十六名，二十名是派到二十个软弱涣散村的，其余六名是派到六个建档立卡贫困村的。我是派到二十个软弱涣散村的二十名第一书记之一。"我停顿了一下，又扫视了一下，在座的人没有什么反应。"既然我是派到软弱涣散村的第一书记，大家就知道我来咱们村是干什么来了。"

"杨书记，你多会儿走呢？"王堂玉直不笼统地插嘴问。

我心里咯噔了一下。我刚来就要我走啊。嘿！这算是下马威？！

心里顿时来了气。本想说组织部安排我们的任期是两年，但话到嘴边却变了："堂玉哥，我来咱们村就是摘软弱涣散村帽子的，咱们村软弱涣散村的帽子一天不摘，我就一天不会走。"我提高了声音。

王堂玉觉察到了我的不愉快，干眨巴眼不说话了。

"咱们村是怎么成了弱涣散村的？我刚来还不了解情况，大家应该比我更清楚吧。"我刚说完，正在抽烟的石水生站起来捻着烟头，满不在乎地接上了话茬："那都是他们上一届班子的事。"

"水生，你怎的说话了，怎么就是我们上一届班子的事？"田树奎本来很淡定，一副事不关己高高挂起的表情，此刻有些急了，接了嘴。

"不是你们是谁呢？"王堂玉站起来，朝田树奎吼了起来。

田树奎霍地站了起来，大声叫起来："那就都是我们来？"

我拉了拉田树奎，朝大家摆了摆手："不要吵，都坐下，怎么成了软弱涣散村，原因我想很快就会弄清楚。"

"都坐下，好好说。"田铜虎劝道，声音沙哑低沉。

田树奎坐了下来，王堂玉也坐了下来。我看见石爱叶努了努嘴，想说什么，终究没有吭声，悄悄坐在那里。

"以后开会定个规矩，有话大家好好说，不要吵。脾气来了不由人，但一定要控制，我们都是干部，应该给村民做个表率。"

接下来，我把近期的工作计划给他们说了一下："明天下午前，田书记把全体党员花名和近三年村里写入党申请的村民花名、入党积极分子花名、入党培养对象花名提供一份；下周二，也就是8月17日上午九点，开支委会议；散会后，大家把村里存在的问题汇总一下；下周三，也就是8月19日上午九点，开班子会；近期分别召开一次党员大会、群众代表大会、全体领导干部大会。"

"那不就成了天天开会了？啥也不用做了！"我刚说完，石水生就嚷了起来。

"照你说会就不用开了？"我盯着石水生反问道。

"反正不能天天开会吧。"石水生嘴里嘟噜着，看了一眼周边的班子成员，情绪很抵触。

"杨书记，你看能不能这么办？"田树奎道，"咱们村里的党员、群众代表、领导干部大部分是重复的，能不能放在一天开。"

"怪我不了解情况，既然咱们村里的党员、群众代表、领导干部大部分是重复的，咱们就按田书记说的，三个大会放在一天开，时间，下周三我们开班子会定。大家放心吧，以后必要的会必须开，没有必要开的会绝对不开，不会瞎耽误大家时间的。"我有意识地瞟了石水生一眼，他红着脸没有吱声，在座的其他几个人也没有吱声。会场静默了下来，我看了看田树奎，他也正看着我，见他不吱声，我只好宣布："既然大家没什么要说的，今天的会就开到这里。"

"没啥了，咱们就散会吧，下来咱们按杨书记说的办。"我宣布完，田树奎扭过头对着其他人说。

石水生站了起来，把手里的烟头弹在地上，用脚踮了踮，伸了个懒腰，满不在乎地说："没事我就先走了，人家还忙的呢！"撂下话，转身迈着四方步摆着两个衣角走了。

看到石水生走了，田铜虎和石爱叶也站了起来，脸上带着笑容，朝着我和田树奎说："没啥我们也走吧？"

王堂玉也站了起来。我以为他也是打个招呼就走了。没想到，他却朝我走了过来，两手按住写字台，身体前倾朝我探了过来，笑眯眯地说："杨书记，帮个忙吧？"

"什么忙？说吧。"

"小事，就是我们槐树庄的拦河坝今年让水冲塌了，这马上就要收秋了，收秋了就要用，能不能给咱们闹（方言，搞，弄）上两吨水泥修一修？"

两吨水泥？这倒不是什么大事，我刚想一口答应下来。可话到嘴边，还是在脑子里转了一下："拦河坝？咱们下午过去看看再说吧？"

"行喽。杨书记，下午我过来叫你。"

"好的，下午三点我在村委会等你。"

"行喽行喽。"说完王堂玉站起来转身走了。村委会就剩下了我和田树奎，田树奎转过身笑着对我说："杨书记，晌午去我家里吃饭吧，要不，还是到我那里住吧。"

"不了。田书记，谢谢！我还是住这里吧，咱们两相方便啊。"

看到我态度坚决，田树奎尴尬地笑了笑："由你吧，有啥困难就和我说。"

"嗯，田书记还真的要你帮忙呢，看能不能帮我买上点鸡蛋？"我边说，边弯腰拉开写字台柜子的门，从行李袋取出五十元递给田树奎。

"不用不用，一刹刹（方言，一会儿）我给你拿过来点吧。"田树奎一边搓着双手，一边往后退，脸涨得通红，"吃的一点点鸡蛋还要钱？"

"那可不行，田书记，不拿群众一针一线是我们的纪律。"我拉住田树奎的手，把钱摁在他手心里。

"杨书记，那我就买鸡蛋去了。"田树奎转身出门。

屋子里剩下我一个人静了下来，窗外"哗啦啦"的水流声似乎更响了。看见屋子里又乱七八糟了，我走过去把大桌子旁边王堂玉坐过的椅子和石水生坐过的凳子摆好。地上丢着几个烟头已经踩扁，留下五六片不规则的黑点，旁边还有几片污渍，像是吐了痰用脚蹭过的痕迹。一股恶心，我赶紧拿了笤帚和簸箕把烟头扫了，可是地上的痕迹却根本除不掉。

看了看屋里没有拖把，我就到院子里找，看看建奎家是不是有。

看了个遍,连拖把的影子都没有见到。我去推建奎屋子的门,门锁着,看来两口子是到地里干活去了。

算了,再想办法吧。

回到屋里,打了半盆水,用手捧着洒在有痕迹的地方,用笤帚扫了扫,地上干净多了。又用笤帚反复扫了几次,才罢休。

"杨书记,鸡蛋买回来了!"田树奎手里提着一个小篮子走了进来。

篮子挺漂亮,像是用春天剥了皮的柳条编的,半圆球形,除了篮子口上用红油漆染了一圈,其余地方都是白白的。再配上半圆形的白提手,很是悦目。

看见我在打量篮子,田树奎把篮子放在大桌子上:"杨书记,这是咱这里的笨鸡蛋,十块钱一斤,一共是五斤,我数了是五十颗,你也数数。"

"不用数,谢谢你!"

"没事没事。你要不到我家吃饭,我就先回去了。"

"好的,田书记你回吧,以后要常麻烦你了。"

"行喽行喽。杨书记,有啥你就说。"

"好的,好的。回去得先把我今天会上布置的事带头办了。"

"行喽行喽。"

送他出来,还没回到村委会,就见一辆汽车停在大院门口。

"就是这里吧?"一个慢悠悠的声音传到我耳朵里。

"对的呢。"这一声倒是又快又响亮。

"差不多吧?"慢悠悠的声音又响了起来。

"老杨,老杨!"这又快又响亮的声音像张继。呀,是马忠和张继来了。

这俩家伙怎么有闲工夫过来看我?我赶忙转身向院门口快步走去。没走几步就看见马忠和张继进了院里。

"那不是老杨？"张继用他那粗大而响亮的嗓门指着我对马忠说。

"你们怎么来了？快进屋里。"

"怎么？不欢迎？"还没有等我说话，进了屋的马忠便说道："呀，这里不错了，干干净净的。"

张继一屁股坐在沙发上："老杨，我们俩没饭吃了，找你讨吃来了。"

"胡说了吧？"我以为张继在说笑。

"真的，要不我们俩中午来你这里干吗？"没想到马忠平时慢悠悠的也能发出这么大的声音。看着他伸着腿大大咧咧地坐在椅子上的样子，我笑了起来。

他们俩对视了一眼，仰起头"哈哈哈"大笑起来。看得我一头雾水，接着又同时站起来伸出一只胳膊向我的胳膊靠了过来。

三只胳膊上都布满了大大小小的红斑点。

"哈哈哈！"相同的遭遇让我们仁都仰起头大笑起来。

张继居然夸张地大声咳嗽起来，弯下腰用手擦起了鼻涕。还是我先收住笑，朝他俩摆了摆手："不用笑了，我给你们先煮鸡蛋吧。"

"呀，不赖，还能吃上鸡蛋？"马忠大声叫了起来。

"刚刚买的，田庄的纯天然笨鸡蛋。"我自豪地炫耀着。

用电热壶煮上鸡蛋，我们又聊了起来。

"真是，那房子还让人住了？床没有，门和窗户都是漏缝的，一黑夜还要把人咬煞，至现在还挠人呢。"张继亮起了粗大的嗓门，边说边挽起裤腿用手在腿上挠了几下。我扫了一眼他的腿，上面的红疙瘩还在，感觉比我的还多。

"我比你又强些。"马忠说开了，"我还有个炕，是老土炕，铺的个烂席片，被褥铺上去，刚躺下就'噗'的一股土，呛得我咳嗽了半天，赶紧又把铺盖搬到椅子上。"

"我也是在椅子上躺了一黑夜，哪能睡？一整夜没有合眼。"张继插上了嘴。

"你们看看我的胳膊，我的腿。"马忠说着捋起裤腿，用另一只手指着他胳膊和腿上的红疙瘩，"这咬了多少呢！"

"你们抹风油精了吗？"

"你这儿还有风油精？快拿出来我抹上些！"张继叫了起来。我赶忙拿出风油精递了过去，两个人抹了起来，屋子里弥漫着浓浓的风油精味道。

电热壶的鸡蛋熟了。这个电热壶不小，能煮九颗鸡蛋，正好每人三颗。煮完鸡蛋我又用电热壶接满了清水烧上，从包里取出了餐具和三包方便面、牛肉酱、老干妈、老咸菜，还有那一小瓶酒放在大桌子上。

"还有酒呢？老杨，不赖了。"马忠猛然一喊，还吓了我一跳。

"就那么一点，一人分着喝一口吧。"我边说边把鸡蛋递给他们，"每人三颗鸡蛋，各剥各的。"

我先拿起酒瓶抿了一小口，咬了一口鸡蛋："没有杯子，对着酒瓶喝吧。"张继抢过酒瓶直接就喝了一口，马忠也抢过去喝了一大口。

"姜还是老的辣。你看人家老杨准备得多好，哪像你呢？"两人你一句我一句地逗着嘴，吃着鸡蛋喝着酒。

水开了，我便拿了饭盒泡方便面。我的饭盒也不算小，一下泡了两包，调好味道，我推到了他俩面前："反正就一把勺子，一双筷子，你们两个人将就的一起吃吧。"

"行了，你也一起吃吧。"张继边说边夹了一筷子面送到嘴里。

"你们俩先吃，我再煮一包。"刚才水还没有用完，再泡一包也有富余。我又在电热壶里荷包了三颗鸡蛋，给他们俩夹过去两颗，顺手把一包方便面放进去。他们俩已经把饭盒里的方便面和汤消灭得干干净净，牛肉酱和老咸菜早就底朝天了。

"老杨，够意思。"马忠打了一个饱嗝，懒洋洋地说。

"老杨，吃完了，晚上自己想办法吧。"张继笑眯眯地擦着嘴。

"今天星期五，晚上就回家了。"我把电热壶里的荷包蛋和方便面倒进饭盒，吃了起来。

"来，我们给你收拾。"马忠说着拿起电热壶走出了门外。张继见我吃完，拿起笤帚开始扫地。

"嗨，这里的水真好喝呢。"马忠端着一壶水走了进来。

"那当然，我刚来就发现了田庄两个宝，水和空气。今天晌午我们吃的笨鸡蛋是发现的又一宝。"我还没有炫耀完，张继就插嘴，"伙计们，尿上一泡吧。"

"卫生间在哪？"马忠问。

"卫生间？你要卫生间还是茅厕，这里茅厕都没有，还要卫生间。"我苦笑了一下，"在后面的树林里。"

"啊！"两个人同时张大了嘴，拉长了声调。想到我昨天到处找卫生间的事，不免觉得有点好笑。昨天我是找遍了整个院子都没厕所，后来还是在一户人家门口找到的。里面臭气熏天，脏就不说了，大茅坑上安着的两块旧木板不知用了多少年，随时有断裂危险，过后我还让田树奎告诉这家人不要用了，小心掉进茅坑里。

田树奎告诉我没事，家家户户的茅厕都是这样的。

撒完尿回到屋里，马忠说："老杨，到你住的地方吧，咱们也歇歇。"

"歇歇吧！"我指了指大桌子。

"就这？"马忠瞪大了眼睛。

我笑了笑："这还不好？"我把被褥拿出来放在大桌子上铺好："来吧，伙计们。"

我率先爬上了大桌子躺了下来，他俩也爬上来，这下大"床"

显得有点挤了。

躺下后张继"嘿嘿嘿"笑了起来："老杨，还行，比椅子上舒服，就是有点硬。"

"咳，有个能睡觉的地方就不错了，还嫌硬？"

"这院子里那么多房子，你怎么还睡办公室？"马忠慢悠悠地问道。

"你看这院子里还有能用的房子吗？"

"隔壁那几间房子不是好的吗？"张继朝隔壁指了指。

"那是看门的住的。"

"就是我们吃饭时从窗户上眈我们的那对老婆老汉？"马忠说道。

"嗯。"

"咳，人家做饭还用的是'响鸡儿'！"马忠大惊小怪。

刚才出去撒尿的时候，他俩看见建奎家的"响鸡儿"了。这是一种因长相似公鸡、体积小容易搬动而得名的简易柴火炉子。小时候家家户户都用，做起饭来，烟火缭绕，只能放在户外空旷的地方，下雨天就在房檐下，柴火淋湿了，烟气更呛。做一次饭弄得整个院子都是烟气，呛得人流眼泪……如今，都是21世纪了，煤气、天然气、电炉子非常普遍，没想到在农村这种柴火炉子还有人用。

"我也没想到，现在还有人用'响鸡儿'做饭。"我纳闷道。

"唉，山区就是山区，这比城里可是差了不是一星半点儿。"张继感慨万分。

"咳！伙计们，不说这些了，说说你们到了村里怎么样吧。"

"我？我那儿还不如你呢。夜来（方言，昨天）你们走后，杨侯狗就把我领到他办公室隔壁，说是早就给我准备好了。进去一看，是一盘旧土炕，啥样我就不多说了。地上有一张写字台倒是新的，还有几把椅子和一个火炉子，说生起炉子就能做饭，还问我带了做饭的东西没有，我还得自己做饭？这天气在屋里做饭还不把人热死？

地上是刚打的水泥地，倒是比你这儿干净。快晌午的时候，说是有事就走了，告我说门外头就有饭馆，做不上就买碗面吃，把账记到大队账上。我去吃了一碗，真贵了，一碗十五块。"马忠慢条斯理讲述，"吃完问记账的事，人家说大队里早就不让记账了。再说晚上吧，把我领到说是一个村委的家里，看见家里收拾得不错，地上还贴了瓷砖，就是厨房脏，手也不洗，黑乎乎就切菜、下米，烧烙饼的案板上黑污那么厚。实在没有胃口吃。"

"你还去人家厨房了？"张继插嘴问。

"还要专门看？扫上一眼就看见了。今早上我给单位打了电话请示头儿，坐上公共汽车回单位把办公室的车开过来。刚回到窑口，就看见张继在我门口站着。"

"你那儿还不错呢，手机有信号，交通也方便。我那里手机没有信号，想打电话也不行，交通也不方便。今天是搭上东新的车下来的，要是搭不上车，我今天下午怎么回呀？明天双休日我可不想待在山上，可是回得太早了，让人看见又不好。我就说看看老马的情况，到了他门口，锁着门，正准备走呢，就看见他开车来了。老杨，你这里手机有没有信号？"

"你自己拿出手机打一下不就知道了。"我推了张继一下。

张继拿出手机摆弄半天，又坐起来摆弄："哼，和我那里一样，没有信号。"张继还在絮叨，马忠已经发出呼噜声，可见是真累了。

不知道是屋子里风油精味道太浓，还是白天的原因，午觉我们没有受到蚊子的打扰。

"咚咚咚！"一阵敲门声惊醒了我，接着就听见有人在喊："杨书记，杨书记！"

田树奎？下午没有他的事，他怎么来了？

我腾地坐了起来，张继、马忠一左一右也已经坐了起来。

"老杨，什么情况？"两人异口同声。

"没事，田庄的书记，伙计们下。"我跳下来穿上鞋，他们两个也跳了下来。我开了门让田树奎进了屋。

"杨书记，你们睡的来？"其实院子里看得屋子里清清楚楚，我把田树奎和他们两个相互介绍了一下，大家都坐下。田树奎把几张纸递给我，我看了一眼，第一张是《田庄党员花名表》，就放到第一张写字台的抽屉里。

田树奎接着问道："堂玉还没有来？"

"应该快了吧。"我看了看手机，快三点半了。

"杨书记，堂玉子那个人，怎么说呢？我想还是和你们看看坝去吧！其实，那事他们小队里就能自己解决了。"

"哦。"我拉长声音答应了一声。

田树奎今天开完会回到家里，他老婆李云翠听到街门响，急忙迎了出来："树奎，杨书记走了？"

"没有，在大队了。"

"你没有叫他来咱们家吃饭？"

"叫了。人家还是不来。"

"不来？这人还是日怪呢，他是要做啥呢？"

田树奎听了老婆的话哼了一声："管他做啥呢，反正他也待不了几天就走了，爱咋地就咋地吧。"

"树奎，你可不能大意，小心人家把你的书记撸了。"

"没事，有事润儿还能不提前打招呼呢？"

润儿是田树奎的女婿，县财政局一个股长，每次有什么风吹草动就会给田树奎通气，这次派第一书记来却一点信息也没有。可能他估计派第一书记也就那么回事，走走过场而已。

"树奎，不行，万一有啥呢，咱们村的情况你又不是不知道。那他住的咱们这里是干啥呢？"

"不知道，后晌说是和堂玉子看他队里的拦河坝呀！"

"堂玉，那可不是个好东西，和咱们也不是一伙伙的，不行，你后晌得跟上呢。"

"我跟上做啥呀，堂玉是专门耍弄他呢！槐树庄又不是没钱，他们就能自家解决了，还用刚来的第一书记办，你说我跟上做啥呀？"

"我觉得你还得跟上，万一堂玉耍啥瘪，给你垫上黑话呢。再说你也能看看他这第一书记有啥本事呢，咱们可得拿住他呢。"

"嗯。"田树奎听上老婆的话，三点钟就到了村委会。

我和田树奎正说着，王堂玉就走了进来："杨书记，咱们走吧？"

"走吧。"我边应声边站了起来。

"老杨，你要是有事我和张继就先走吧。"张继、马忠也站了起来。

"不用，你们俩要没事就和我一起去看看黑马河，完了就把我捎回去了。"

"嗯，老马，一会儿咱们相跟上回吧。"张继说道。

"嗯。行喽。"

王堂玉诧异地看着张继、马忠，我给他们简单介绍了一下，然后王堂玉领着我们出了村委会大院。

槐树庄的拦河坝离村委会并不远，顺着水流方向沿公路走三百来米往右拐，下坡就到了。

沟底，"哗啦啦"的流水声更响了。说实话，黑马河在这一段的水流并不急，但由于河床落差比较大，加上山体的回声，显得声音特别大。

顺着水流方向左边山体有二十多米深，很陡，立立的。上面是省道邢太线。右边山体较缓，有几层梯田，种的都是玉米。整个沟底宽窄不一，宽的地方三十多米，窄的地方八九米。河床里种了不少白杨树，不算太粗却很高，树干光溜溜的，枝叶很茂盛，把整个河底遮得阴森森的。大部分河床裸露着，堆着大小不一的石块。

河床杂草不多，可是很乱，左边的岸上有两趟木电杆，一趟是电话线，一趟是村里的照明线。

拦河坝建在沟底较窄的地方，中间约七米宽，坝的左右两边各有五六米宽的河滩。

拦河坝的坝顶至坝底最深处约 2.5 米，最浅处也就十几厘米，坝两面和坝体上部凸凹不平，整个坝体垒得非常粗糙。坝的设计是漫水坝，按理说，是不容易被洪水冲毁的。但这条拦河坝的右边已经塌了两米多，下部塌得更多，河水从塌了的豁口处流走，拦不住水不说，豁口也安放不住水泵，更不用说用泵浇地了。看来，这个拦河坝是非修不可了，不然秋天真没办法用了。

"堂玉哥，这座坝能浇多少地？"我看着王堂玉问道。

"咱们这个坝管大事呢，整个槐树庄就用的这个坝，拦住水能放三台泵，浇的一百多亩大田地，还有三十多亩果树地。"

"这坝是漫水坝，怎么能塌了呢？"

"本来这坝修起就二十多年了，加上今年的河水大就塌了。"

"平常怎么维护？"

"维护？"王堂玉似笑非笑地说，"刚修起来的时候还维护呢，这几年，嘿嘿！"

"你们就是光用不修。"田树奎插嘴道。

"你说的个啥呢，树奎，那你村里修呢？还不是一个样。"王堂玉不满地瞪了一眼田树奎。

"你村自己账上有钱，又不是自己修不了？怎的杨书记刚来就让给你村里修坝，杨书记来是给你村里修坝来了？"田树奎也不示弱，数落起王堂玉。

"我又不是让杨书记修，是看看杨书记能不能帮忙解决一下，村里账上的钱我能随便动？"

"你们就是想省下自家分呢。"

我不想听他们俩抬杠，打断了他们的话："堂玉哥，这个坝，你想怎么修？"

"杨书记，把塌了的地方补起来就行。"

"这么修可不行，明年水大了还要塌，咱们不能年年修坝吧？"

"那你说怎么修呢？"田树奎和王堂玉都望着我。

"这么办吧，我星期一先弄过两吨水泥来。我看了看咱们河里沙子、石头、石子都有，发动村里的人出点劳力好好修一修，起码保个几年。"

"杨书记，那是最好了。"

"堂玉哥，咱们就这么定了，我负责水泥，剩下的你负责。"

"行喽，杨书记。"王堂玉笑眯眯地答应着。

田树奎见我在看他，也赶忙说："行喽，杨书记，你说咋办就咋办。"

"咱们先回吧。"我转头招呼张继、马忠，才发现我们在研究这道拦河坝的时候，他俩不知道到哪儿去了。我朝沟两边喊了两声"老马——张继——"并没有回应。

"这两人，到哪儿去了？"我小声嘟噜。

"杨书记，没事，就在这沟里呢，你们两个先回，我去找吧。"王堂玉说完就转身往河的下游去了。

回到村委会，田树奎靠近我，在沙发上坐下："杨书记，你就不该答应堂玉，槐树庄村里账上有钱，他们村里就能自家修了，他是故意试你了。"田树奎说的时候，我隐约闻到他身上一股羊膻味。看来，他家养了不少羊。

"田书记，你家养的多少羊？"

"嗯，你怎么知道我养的羊？"田树奎用奇怪的眼神望着我，"有人告你来？"

"你看见来，咱们村谁和我闲聊过？我会算。"我故弄玄虚，朝他眨巴眨巴眼。

"不是吧？杨书记，你还会相面呢？"田树奎将信将疑地看着我。

"嘿嘿，堂玉哥想试试我，我也知道。他那点小心思你都看出来了，我能不知道？堂玉哥是一箭三雕。"

"一箭三雕？"

"你看，一是他想试试我几斤几两，要是连这点事我都解决不了，我还有什么资格当第一书记？给我个下马威。二是他要回水泥来，在村民面前显得他有能耐，能提高他的威望。三是给村民办了事，还给村里省下钱，将来年底分钱的时候他也能多分点。"

"狗的，耍赖呢！"田树奎笑了起来。

"反正都是给老百姓办事，我们就应该支持。"

正聊着，院子里传来了张继的大嗓门："不够意思，回来也不等上我俩。"还没等我走到门口，他俩已经进了屋，都挽着裤腿，马忠手里还提着半塑料袋水，朝我说："老杨，说逮上几根鱼儿喝鱼汤吧，费了好大劲才逮这几根小鱼儿，这能熬鱼汤？"我这才发现马忠手里提着的塑料袋里有几条黑条子游来游去。

"嗨，不错了，还能抓几条小鱼苗子，这里鱼早就让 723 厂的人用电瓶打绝种了。"田树奎解释道。

"不是早就不让用电瓶打了吗？"张继疑惑地看着田树奎。

"那几年管得不紧，这两年管紧了才没有人打了，哪能那么快恢复。"

"可是损透了。老马，快把你那几条小鱼儿放回河里吧。"张继高声嚷了起来。

屋里已经黑了下来，"哎，伙计们，六点多了，咱们回吧。"

"杨书记坐一会儿再回吧，我还想让你给我看看呢。"田树奎伸手拉住了我的胳膊。

"这会儿给你看？时间不够不说，哪有黑夜看相的？改天有时间我给你好好算算。"我卖着关子，不想再继续这个话题，"我刚来，以后有的是时间。"

"那好那好，路上慢点。"田树奎很识趣，放开了我。

回的路上，不知道是老马开车技术好，开得快，还是回的时候路变短了，总之，比来时快了许多。

回到家，快八点了，可家里比刚才村委会屋子里还亮，看来山里比城里就是黑得早。

因是暑假，老婆和女儿都在家，老妈做好了一桌子菜，都是我爱吃的，蒜泥茄子、凉拌粉皮、花卷、灌肠、辣豆腐，也有我老婆爱吃的黄瓜拌粉条，女儿爱吃的青椒炒腊肉，桌子中间是一大盆酸菜鱼。

坐到桌子上，一家人边吃边问我山里的情况。报喜不报忧，和他们说实际情况，徒劳让家人担心。我相信，一切慢慢会好起来。

第二天，我睡到自然醒，家里人都已经出去了。老婆和女儿补课去了，老妈去菜市场买菜。

吃完早饭，我第一件事就是赶快联系水泥。开车在县城转了一圈，价格都差不多，32.5# 的水泥三百二三一吨。每家店员都很热情，可一谈到要送到田庄就不卖了，得要自己弄车拉。

等到老婆电话催回家吃午饭，我才打道回府。家里可真热闹，四个妹妹、妹夫都在，餐桌上摆好了十几个菜，老妈还在厨房里忙来忙去。看见我回来，就把头伸出厨房门朝她们喊："你哥哥回来了，快坐下开饭。"

"早就饿得不行了，就等哥哥你了，快坐下吃吧。"小妹叫了起来。

坐到餐桌边，十五个人有点挤，等老妈从厨房端出最后一道菜——大盆麻辣杂菜汤坐下后，正式开饭。

三妹妹开口了："哥，你从山上回来也不在家歇歇，一上午干啥？忙得连饭都顾不上吃。"

我便把上午买水泥的事说了一遍。话没说完，小妹抢过话头："哥你真愣，田庄鸟不拉屎的地方，你让人家送，谁卖给你呢？两吨水泥光运费就二百块，说起来人家是四百多块钱一吨卖给你，名声不好听，你自己拉，你看人家卖不卖给你。"

"你去过田庄？"

"当然呢，红谷哪个地方我没有去过呢？"

"人家是电信的经理，有人的地方就有电信，全覆盖嘛，红谷哪个地方能不去呢？"三妹妹戏谑地挤眉弄眼，用筷子指着小妹。

"可不是，本来就想给那条道上通了来，可成本高，回报低，去了几次都定不下来，你们联通覆盖的呢？"小妹反唇相讥，怼了回去。

"我又不是经理，我要是经理，早就覆盖了。"

"吹牛吧，那可得把你们公司赔塌了！"

两个人一言一语，我和四个妹夫正喝着酒乱侃，听她俩说到信号全覆盖便气不打一处来，"还说你们的信号全覆盖呢，都是吹牛，什么信号都没有！"

"哈哈，谁让你去的是鸟不拉屎的地方。"小妹快人快语。

"还是说大哥的水泥吧。"一直没说话的大妹开了口："哥，水泥钱谁报销呢？不能让他们来拉一下？"

"还不知道谁报销呢？我刚去了，不好意思叫他们。"

"那就是得你贴？凭啥呢？"二妹接嘴道。

"你哥就爱充大头，你们又不是不知道。"老婆还火上浇油。

"大哥不用发愁，星期一我用皮卡车给你拉过去吧，又用不了多少钱。"小妹夫龙龙接嘴说。

"我不管你，你爱巴结大哥你就送呗！"小妹说道。

"两个愣鬼。"二妹用筷子指着龙龙。

"就你精。"二妹夫怼了二妹一句。

不知道喝了多少酒，反正我睡醒时，发现自己断片了，怎么上的床一点儿记不得了。

周一，我醒得很早，可家里比我起得更早的还有老妈和老婆，她们在厨房做了好多菜，有炒西红柿、炒肉丝、大炒肉、烧茄子、炒土豆块等，都用罐头瓶装着摆满灶台，我看了一圈，心里真是过意不去："不用带这么多，吃不了。"老婆嗔怪："多带点吧！别光是你一个人吃，大家也分享点儿。"

老妈也说："这不，给你炒点醋调和，煮了面一调就能吃。"

东西真多，除了吃的，还有用的，什么水壶、电磁灶、蚊帐、炒锅、雨伞、雨衣、雨鞋、手电筒等。小东西更多，风油精、红花油、花露水、蚊香、打火机、油、盐、酱、醋、茶等应有尽有，整整装了满满一后备厢。

看见我要开车走，老婆眼睛就湿了，我赶忙安慰："又不是去哪里，就在红谷，再说我还开着车，想回来就回来，方便着呢。"老婆还是擦眼睛："就怕你受罪。"

"没事，放心好了。"我发动了车，黑色雅阁在轰鸣中冲了出去。按规定，周一乡政府要开第一书记例会。

路上，龙龙在电话里告诉我已经在装水泥，我告诉他路线和田树奎电话，就奔向乡政府。

第三章
初次碰头

到了乡政府才八点半，九点开会，会议室还没人。

我刚掏出手机想看看新闻，大店村第一书记孙晓东就到了，接着南沟村第一书记张继、龙庄村第一书记荣小鹏、窑口村第一书记马忠、南杏村第一书记杜永，一个个陆续都到了。

马忠一进门就朝我们吼："伙计们，你们那儿吃住怎么样？"

"别提了。"张继马上接嘴，"孙晓东、荣小鹏你们那儿能吃住？"

荣小鹏摇了摇头。孙晓东眨巴眨巴眼："我那里还将就吧。"

张继又朝我看了过来。"你看我干吗？我那里你没去过？"我咧嘴笑道。

"永胜你呢？"张继朝杜永望去。

"我？南杏就离城两公里，我不住。"杜永说。

"还是你好。"马忠大声说道，"今天例会必须和书记、乡长说道说道。吃住不解决，怎么开展工作？"

正在说话，乡党委书记田平艳、乡长袁木、乡党委副书记萧伟，以及六个村的支部书记和乡党委组织委员石红梅、乡党委办主任张小超等有关部门负责人，陆续进了会议室。

田平艳最后一个进来,径直坐到主席台,打开笔记本,朝萧伟点了点头。萧伟咳了两声,清了清嗓子说:"大家都来了,我们开会吧。今天参加我们第一书记例会的有乡党委书记田平艳、乡长袁木,以及我们乡的相关负责人。

"今天会议的议程有四项:第一项,请第一书记说说两天在村的生活、工作情况;第二项,请各村书记针对第一书记提出的问题和情况,说说自己的意见和想法;第三项,请乡长袁木同志针对各村的情况进行工作安排;第四项,请乡党委书记田平艳同志对第一书记工作进行指导。

"下面先进行第一项,请第一书记说说在村的生活、工作情况。"

我们几个第一书记互相看了看,都低头不吱声。萧伟笑了笑:"大家不要不好意思,都是自己人,想说啥就说啥。"又看了一圈,见还是没人说话,便开导:"说说吧,要不我就点名吧。老杨,你先说。"

我站起来,田平艳看到我站起来,忙朝我摆手,示意坐下说。"去了才两天,田庄的情况我还不太了解,上周五第一次开两委班子会,觉得问题还不少,至于生活方面……"我停顿了一下,正想着如何措辞,马忠接了嘴:"我觉得最大的问题就是生活问题。"

顿时大家的目光都转向了他。马忠干脆站起来用手指着我们几个:"你们说咱们那住的,是人住的地方?"

田平艳朝马忠摆了摆手:"马书记,坐下来慢慢说,有什么问题咱们解决什么问题。"

马忠像没有听到,继续站着给大家描述这两天的生活。接着,张继也站了起来。会议室这下可热闹了,几个第一书记你一言我一语,问题集中在了吃、住、交通、通信几方面。

主席台上的田平艳面色凝重,和袁木、萧伟不停交换着目光,一会儿与他俩低声交流,一会儿在笔记本上写着什么。袁木自始至终绷着脸，萧伟东看西望，一副轻松模样。

台下几个村的书记也是表情各异，王麦义低着头抠指甲，就像指甲缝里有宝贝似的；杨侯狗仰着头眯着眼看着屋顶，好像屋顶正唱着一场大戏；田树奎则用手托着下巴，胳膊肘撑在桌子上笑嘻嘻地看着大家；大店村的书记刘梅琴对着主席台，直挺挺坐着；数石东新最活泼，就像屁股下面坐着枣核的猴子，不停地扭来扭去，一会儿看看这里，一会儿又瞅瞅那里。

见没有停的意思，田平艳朝萧伟努努嘴，萧伟拿起话筒："喂，喂，安静……"他还想说什么，田平艳一把拿过话筒："各位第一书记，大家说的情况我们已经知道了，既然连生活问题都解决不了，我们还怎么要求大家工作呢？今天的碰头会就什么也不办了，先解决书记们的生活问题。你说呢，袁乡长？"

看到袁木朝她点头，田平艳接着说："这样，第一书记先各自回村吧，其他人留下。请各位书记放心，大家反映的问题一定会得到解决。"

我们几个站了起来，向会议室门外走去。马忠、孙晓东、荣小鹏开了单位的车，虽然是面包车，但能派出来也很不容易，足见单位的支持。杜永和我开的是自己的车，张继是搭马忠的车过来的。杜永先上了他的红色QQ，发动了车就走了。我们五个山里的第一书记凑到了一块。

"伙计们，你们上呀？"张继看着我们几个说。

"上吧，不然干什么呀？"孙晓东接上话。

"你们都有车，我没车，公交车也没有。"张继抱怨道。

"让你村里开上蹦蹦车接你。"马忠诡笑着看着张继。

"喊，老马，还是你拉上我吧？孙晓东离我那儿太远，老杨是自己的车。"张继望着马忠说。

"我还得回单位呢，让老杨拉上你吧。"马忠把目光转向了我。

"我拉老张倒没问题，今天是我让我妹夫往过送水泥，来我打个电话看看走到哪儿了。"我边说边掏出了手机，拨了龙龙的电话，无法接通，山里没信号。

大家都看着我，我对张继说："走，老张上车！"说完朝其他人摆摆手，和张继上了我的车。

马忠打着哈哈说："还是老杨硬，来不来倒做上工程了，挣上钱不要忘请伙计们吃饭。"

我苦笑了一下，朝他摆了摆手，发动车开出了乡政府大门。

一路上，张继不停地说着驻村的困难，我只能应答着，心里想的是龙龙送水泥的事，也不知道到了没有。

回到村委会十一点多了，龙龙的皮卡车停在了村委会门口。看到我的车停下来，他从车里下来："哥，可难寻呢！导航到田庄，寻不见村委会，给你打电话手机没信号，问人才寻到这里。"

我拿出手机朝龙龙摆了摆手："没事，来我打电话联系。"

今天来的时候，我换上了老婆的移动卡，拨通了王堂玉的手机号。不一会儿王堂玉到了，看了看车上的水泥："杨书记，拉上水泥来了？咱们拉到坝跟前吧？"我正准备说话，看到田树奎开着一辆旧款的白色奥拓车停在村委会门口。

"你们的会这么快就开完了？"

"不是，乡领导要下来看各村第一书记的吃住情况，他们去龙庄了，我知道你今天拉水泥，就请假先回来了。"

原来，我们走后，几个村的支部书记乱成一锅粥，石东新最活跃，一会儿问这个，一会儿又问那个，直嚷嚷："莫不是请上爷爷了吧，这也太难伺候了！"

田平艳板着脸，一言不发。

四五十岁的田平艳，是红谷县三区七乡镇中唯一一个女书记，从参加工作到现在三十年，就有二十八年在乡镇工作。乡镇工作经验丰富的她，深知乡村工作的不容易。可是她怎么也没有想到，第一书记的吃住，这个最不该是问题的事，竟然成了大问题。在第一书记下来前，她就做了周密的安排，责成乡党委副书记萧伟负责，可第一次碰头会，就因为生活问题开砸了。

田平艳个子不高，身体已发福，圆脸略扁平，眼睛小而有神。因为多年在乡镇工作，习惯了穿着简约朴素。白色衬衫、过膝黑裙、中跟皮鞋，几乎是她夏季的标配装扮。

农业大学毕业后，在乡镇，她从办公室干事做起，到股室长、办公室主任，乡镇的股室转了个遍。乡镇副乡长、副书记一干就是十几年，回县信访局刚当了两年局长。本来已经定了调任县卫计局局长，组织部也谈了话，想想这可就能过几天舒坦日子了，没想到，临危受命又接下了故城乡这个烂摊子。

县委书记郝明在安排乡镇书记时，对故城乡也是愁得没办法。这里出的问题实在太多，上访量大，必须选派一个乡镇工作经验丰富的人担任一把手。选来选去，选中了田平艳。说实话，田平艳是一万个不愿意，她太清楚在乡镇工作的酸甜苦辣了。可书记找她谈话，她还能说什么，迎难而上呗。

上任一年来，她劳心劳力，夜不能寐。可是故城乡历史遗留问题太多，半年就有五个村的村长或者支部书记进了监狱，全乡二十二个行政村就有十来个村的两委班子不全，全年越级上访案件上百起。

故城乡位于红谷县城东，境内有省道邢太线，以及南循环公路、利明公路。纵横交错，四通八达，交通便利，土地肥沃。乡政府所在地故城村在县城东十公里。

历史上的故城，自带光环。故城村从西汉设县起就是本县域县衙门所在地，称故城县，故城村就是红谷的古城。后来县城移到塔村，才更名红谷县。

红谷古十景中"古城桥芳""马庄飞雪"就在故城乡。抗战时期红谷抗日县政府就在故城乡西南部的太岳山区战斗了八年。得天独厚的地理条件，使故城的历史上出了不少人才。

改革开放以来，故城乡依靠自身的人脉取得了快速发展，农业以"红枣产业基地化，瓜果产业优质化，畜牧产业规模化，色素产业特色化"的四化战略为目标，全面推进农业产业化进程，形成了以粮食、色素、瓜果、蔬菜、畜牧、红枣为主的多元化农业产业格局。工业以玛钢、碳素为龙头，带动了以玛钢、碳素、冶炼、铸造、建材、玻璃器皿为主的多元化工业发展，全乡有中等规模以上企业八十多家，是红谷县三大工业乡镇之一。

故城能人多，名人多，有钱人多，出名的产业多。而这些光环遮住了不少存在的问题，前几届的乡党委、政府为了保住故城乡的光环，对问题总是能遮则遮，能压则压。随着问题积累，加上这几年国家反腐力度增加，经济总体下滑，问题引发的矛盾终于爆发了。

故城乡上访率逐渐攀升。随着上访成功率升高，越级上访人次也逐渐增加。这也成了田平艳上任后最头痛的事。

此番县里选派第一书记的事，她很上心，第一时间就和组织部刘宇部长打了招呼。她希望借助第一书记的力量，改变村两委班子的结构和风气，继而改变干部作风及村风、民风。

此刻，听各村支部书记嚷嚷，田平艳脸绷得紧紧的。她怎么会不知道，这帮村干部把村子看作自己的领地，时刻提防有人侵入，威胁自己的那点权力。

他们有的在村里已经干了十几年。每个行政村由八到十二个自然村组成，能连续多届连任绝非易事，他们的存在不仅关乎自己，还代表着整个家族和村里一部分人的利益。他们炸窝了，就意味着他们代表的那部分人炸窝了，也就意味着山区五村不再安宁，这可不是她想看到的局面。她要的是稳定、安宁、和谐，这也是县委领导派她到故城的首要任务。

有时候，村干部对乡里的安排阳奉阴违，甚至肆无忌惮地抵制。他们就是觉得乡里不会把他们怎样，各村的很多事还要他们出面处理。正因如此，田平艳必须把第一书记像钉子一样钉下去，改变村风、民风。要让第一书记慢慢渗透进去，春风化雨般改变村里的歪风邪气，形成积极向上的正气。

她不急，让村干部嚷嚷够了再说。这么点事，看看他们能吵出什么花样来。看见田平艳面无表情，一言不发，袁木和萧伟也摸不着头脑，干脆也不吱声。下面支部书记们嚷了一会儿，看见只有他们在干嚷，台上三个领导都不吭声，也就安静下来，朝主席台上看。

说实话，村支书们并不傻，说他们不怕乡领导也是假话。乡里需要他们管理村子，也需要他们解决村里的问题。同样，他们也需要乡里的支持，准确说，是需要乡党委书记、乡长的支持。只有获得主要领导的支持，才能保住他们在村里的威信，才能保住他们在村里的利益。今天的事对他们来讲，也不是什么大事，但他们确实怕第一书记的进入会削弱他们的权力。因此，他们不希望第一书记真正驻村，实在不行就让他们来村里走走过场，应付应付。

正因如此，在前几天萧伟开会安排此项工作时，尽管再三强调，但他们还是应付了事，目的就是不想让第一书记住下来。他们的这点小算盘，田平艳心里明镜似的，但她不能点破。

等会场安静下来，她拿起了话筒，低沉缓慢一字一板地说："第一书记们都走了，剩下我们都是自己人，关起门来什么都能说，你们说咱们今天败不败兴。"她语气略停顿了一下，眼神犀利扫视了一下台下的人，"人们都说咱们山里人憨厚朴实、待人热情，别说人家是帮我们工作来了，即使来个客人我们这样合适吗？都是多年的老书记了，这是咱待人接物的水平？还是萧书记没有安排到位？"她用眼睛冷冷地扫了一下萧伟。

萧伟这时的心情很复杂。说老实话，这个工作他是认真做了安排的。按照县委要求，第一书记的事由他分管。在县里开会的时候，他就感觉到这一次派第一书记从中央到省、市都非常重视。回到乡里他在给田平艳汇报的时候，田平艳强调，要充分发挥好第一书记的作用，一定要安排好他们的生活，让他们安安心心吃得下、住得好、工作好。在给各村书记开会的时候，他组织他们认真学习了中共红谷县委组织部、中共红谷县委农村工作领导组办公室文件《印发〈关于做好选派机关优秀干部到村任第一书记工作的方案〉的通知》（红组发〔2015〕29号），并根据文件要求，对第一书记的生活安排提出了详细要求，让每个村都表了态。当时每个书记都把胸脯拍得嘣嘣响，都说没有问题，可结果却这么尴尬。

看到田平艳的目光，他心里凉了一下，想说什么，但又不知道该说什么。骂骂下面的书记？似乎不妥。解释一下，怎么解释？他真后悔，安排工作以后没有再下去到各村检查一下。作为乡镇副书记，他可不想因为这件事给田平艳留下工作不扎实的印象，那以后他在故城的日子会不好过。

"各位书记，你们说说咱们是这么安排的？麦义儿你先说吧？"

麦义儿硬着头皮，接过田平艳的话。

"我安排来呀，"麦义儿用手挠着头，露出他的大龅牙，"可能是咱们的安排达不到人家的要求吧。"

"就是，咱们是请上爷爷了。"石东新插嘴道。

听到石东新插嘴，萧伟刚想说话，田平艳突然站了起来，朝下面摆了摆手："大家都不用说了，咱们现在就到各村看看，看看你们都是怎么安排的。南杏就不去了，离城近，第一书记也不用住，不存在生活方面的问题。"

说完她大步向会议室外走去。看到田平艳头也不回地走了，袁木和萧伟对视了一眼，袁木低声说"走吧"，两人也一前一后走出了会议室。

田平艳已经上了车，等袁木和萧伟也上了车，说了声"去龙庄"，乡政府的车便首先开走了。

五个村的书记也赶忙上了自己的车，紧跟在后边。到现在他们根本不知道书记先到哪儿，他们很奇怪今天书记是怎么了，不就是这么点小事，用得着如此兴师动众？

可是田平艳不这想，她要借此机会向她的部下传达以下信息：一是要让第一书记们感到她是非常重视他们的，是会为他们做主的；二是她要让部下知道她是务实的，只要她安排的工作，无论大小事都要认真做，休想糊弄；三是借此正好敲打敲打村干部们，让他们知道必须无条件服从领导，为下一步第一书记开展工作做铺垫。

一路上，袁木和萧伟看见书记不说话，也不想说话，因为他们也感到今天书记有点反常。

袁木三十六岁，在乡镇正职中算是年轻的。大高个子，戴副眼镜，显得文质彬彬。人长得精神，衣着也时尚，白色蚕丝短袖衫，黑色纯棉直筒裤，配双真皮凉鞋，帅气十足。他父亲曾是县政府办主任，他算是县里的"官二代"。他的履历也简单，大学毕业后被分配到政府办当通讯员，到故城乡前是县政府办副主任。他到故城任乡长比田平艳早一个月，政府部门的工作他熟悉，可要说农村工作经验那就差远了。因此，到故城他是抱着学习的态度，对田平艳很尊重。

一年来，他在老大姐指导下工作，受益匪浅。今天他一直在想，如果他遇到这种情况该怎么处理，在心里不断做着比较。但此刻，他也不确定老大姐葫芦里卖的什么药。

萧伟一路忐忑，他一直在想怎么和书记解释这件事，决不能让书记觉得自己做事不靠谱，这对他今后的发展会有影响。

乡政府的黑色现代公务车在蜿蜒的公路上疾驰，二十多分钟，到了龙庄下车。麦义儿赶紧跑到前面带路，一行人进了龙庄村委会。

龙庄的村委会也是在村里原来的小学校。这是山区村委会的基本形态。这说明原先村里最好的房子是学校，等村里学校撤并到乡镇小学后，村委会就搬进来办公。从另一个方面也说明，红谷人对教育的重视，这也是红谷县成为文化大县的一大原因。

龙庄村委会比田庄强多了。

大门南面是一片很大的空地，场地宽敞，房屋也很漂亮。

操场留着一组单杠、一组双杠，一副篮球筐还在，不过已经锈迹斑斑，看来很长时间没有人打球了。南边有一排健身器材，簇新的，沾满了灰尘雨渍。

王麦义带着一行人，直接向大门对面的房间走去。

院子很开阔，大门右边两间传达室，西南角是男女厕所。东西两边墙边各有一排高大挺拔的杨树，长得茂盛，总有十几米高，让人不由想到茅盾先生的《白杨礼赞》。

门厅外面有座正方形的国旗台，王麦义带着大家绕过国旗台进了门厅，向左拐过楼道。一边走一边喊："荣书记、书记、乡长们过来看你了。"声音虽然高，嗓音却略沙哑。话音还没落，就推开一个门。

荣小鹏正站在凳子上清扫墙壁，忽然听到喊声，赶忙从凳子上下来。还没有站稳，门已经被推开。荣小鹏头上顶着一块花毛巾，白净的脸上沾满灰尘，像晋剧里的大花脸，手里提着一把秃笤帚。他没想到会有这么多人来，一时间愣在当地，不知所措。

田平艳朝着荣小鹏微微点头，王麦义刚想说什么便被她摆手制止，开始朝屋里扫视。她不说话，大家也就不吱声，跟着她扫视起来。

这间房不小，三十多平方米，南边有两个大窗户，采光很好。太阳照进来，屋里亮堂堂的。西北角摆着一张床，上面铺着崭新的被褥，和那张旧床极不协调。

地下放两个纸盒子，一个放着西红柿、茄子和几根黄瓜，一个放着一小袋面粉和一小袋大米。靠南一张桌子上放着油、盐、酱、醋、调料盒和电磁灶，摆得整整齐齐的。桌子比窗台低了一点点，太阳正好晒不着。

屋子的水泥地刚扫过，墙皮有点旧，仔细看，墙角还挂着蜘蛛丝呢，荣小鹏还没来得及扫。

田平艳不说话，只朝屋子扫视。荣小鹏脸红了："田书记，不好意思，东西刚从家里拿过来，还没有摆好，屋子也没清扫完，没想到你们要来……"

田平艳微微一笑："小鹏，不愧是办公室主任，以后和咱们麦义书记好好合作，把龙庄的工作搞好。"

"行喽，我一定好好干，不足之处，你们多批评指正，不吝赐教。"

"好，小鹏那你先忙，我们还要去看看其他几位书记，以后有什么困难就到乡里直接找我。"田平艳边说边扫了王麦义一眼。王麦义想说什么，田平艳没给他机会，转身就朝门外走去。其他人也跟着走出来。

抓住这个空当，田树奎赶到前面和田平艳说了我往田庄拉水泥的事，担心我人生地不熟卸不了。田平艳想了想，就同意他先回田庄。

其实，田树奎是看了看龙庄的情况，感觉田庄离龙庄差得太多，回来先安顿安顿我，不要等田平艳到了田庄，我说得不合适让他挨批。他回来正赶上我让王堂玉过来准备卸水泥。

听了王堂玉的话，我便朝龙龙挥了挥手："跟上走。"我上了龙龙的皮卡车。田树奎把他的白色奥拓掉了个头停下，王堂玉上了田树奎的白色奥拓。

不到两分钟，就到了向河床拐弯的地方。刚打转向，龙龙就张大嘴，刹住了车："哥，这路咱的车拉上水泥可不敢下。"

我连忙下了车，看到又陡又窄的下坡路，不禁也皱了眉头。虽然看不见修拦河坝的地方，但上周五我去的时候打量过，这儿离拦河坝还有一里多，要把水泥卸到这里，再往前头运就费劲了。此时，他俩的车已经看不见了。

"龙龙，你把车打正，在这儿等我。"我连蹦带跳向河底跑去。到了河底，见田树奎和王堂玉已经下了车，站在拦河坝上。我赶忙招呼他们俩："树奎哥，你们过来吧。车下不来，水泥卸哪儿？"

"下不来？能行吧？"田树奎边朝我说，边走过来。王堂玉跟在后头也走了过来。

"蹦蹦车就能下来呀！"王堂玉插嘴道。

"上去看看再说。"我转身向公路上跑，他俩也跟着我上了坡。两个人围着皮卡车转了一圈，又看了看下坡的路，田树奎先摇了摇头："嗯，是够呛，要不拉东西还差不多。"

王堂玉把头一歪："那不行就先试一试？杨书记。"

我气不打一处来，但还是忍了："堂玉哥，要不你试一试开上下去？"

"嘿嘿嘿，我不会呀！"王堂玉嬉皮笑脸地打着哈哈。

"堂玉哥，把水泥就卸这儿吧，你想办法拉到坝跟前。"我强压住心里的火说。

"不行，不行，杨书记，这么远呢，那还不把人给扛死。"王堂玉急忙摆手说。

"那你说怎么办吧？"王堂玉避开了我的眼睛，用手挠了挠脑袋，把头转向了田树奎。

"堂玉，你找上个蹦蹦车倒下去不就行了？"田树奎瞪了王堂玉一眼。

"这年月谁家的能白用？"王堂玉嘟囔着。

"你家不是就有？"田树奎声调明显提高了许多。

"我不会开呀，平常都是我小子开，今天他出去了。"王堂玉声音也提了起来。

"那我开吧。"田树奎气呼呼地说。

"行了，你开吧！"王堂玉说完就往村里走去，田树奎跟在了后面。

他俩刚走，龙龙从驾驶室下来："哥，你们这里都是些啥人呢？做好饭还得送到嘴里呢。"

不一会儿，田树奎开着一辆农用三轮车来了。王堂玉从车上跳下来，冲着我说："这得雇上两个人搬水泥呢。"

"你早干啥去了？"我不满地对王堂玉说，"再说，咱们自己的事还需要雇人？"

"让谁卸呢？用谁卸也得花钱。"王堂玉挠着头说。

"我们自己卸吧！"我爬上皮卡车搬起一袋水泥，扔到紧挨着的三轮车上。

嘭的一声，把王堂玉吓了一跳："杨书记，慢些慢些。"看到三轮车上下颤了几颤，王堂玉心疼得喊了起来。

看到我搬水泥，龙龙赶忙从车上下来："哥，还能让你搬呢？你快下来，来我搬。"说着就要往皮卡车后厢爬。

我忙拦住："不行，你不能搬，你是贴车、贴油又贴人，一会儿还要往回开车呢。"我故意提高了声音，看着田树奎和王堂玉。

"哥，还是我搬吧！"龙龙继续说。

"不用，一会儿弄得脏乎乎，怎么开车？"我坚持，"咱们三个人搬吧！咱们都是共产党员，两个书记，一个支委，为村里人做点好事，应该吧？就算咱们在践行为人民服务的宗旨。"我一本正经朝着田树奎和王堂玉说。

田树奎听了我的话，就往皮卡车后厢爬。王堂玉还在犹豫："咱们仨这年岁能行？"

"行喽，你不用上来，就在下面招呼就行。"我边说，边往车上扔了一袋水泥。

不一会儿，就扔了十袋水泥。我拉了一下田树奎："田书记，咱们少点少点往下拉吧，小心没大差。"

"行喽，杨书记。"田树奎答应着跳下车，我也跟着跳下车，走到三轮车跟前，拿起摇把，把三轮车摇着了。

田树奎笑着对我说："杨书记，你还能做这呢？"

"我也是村里人呀。"我笑着说。

田树奎开着三轮车小心翼翼地往河底驶去。王堂玉招呼我要坐着三轮车一起下去，我拦住了他，跟着三轮车慢慢地下了坡。

一共倒了四趟，才把水泥全部安置到坝下面。卸完水泥，我已经满头大汗，衬衫也湿透了，浑身沾满水泥，田树奎和我也差不多。王堂玉倒是身上干干净净的，头上也没有汗水。上了公路，田树奎拉着王堂玉送三轮车去了。我上了皮卡车，和龙龙回到村委会大院。

已经中午十二点多了，我招呼龙龙进了村委会办公室兼我的卧室："中午就在我这儿吃吧。"

"哥，你这儿能吃饭？"

"能行，今天早上走，你嫂子带了可多吃的东西，吃了饭歇歇再走吧，回去就不早了，路上容易犯困，咱们安全第一。"

"行喽，就吃了再走。"

"你帮我把后备箱的东西搬进来吧，我洗涮洗涮。"我把车钥匙递给龙龙，拿上洗脸盆和毛巾，到了院子的水龙头跟前脱了衬衫就洗了起来。水清凉清凉的，泼到身上很爽快。

洗完打了半盆清水回到了屋里，脱了裤子把脚泡在水盆里，凉得很舒服。

我换了身衣服，龙龙刚搬完东西，摆了一大桌子。

"龙龙，你也洗洗吧？"

"不了，哥。山上比城里边凉快，我没有出汗。"

"行，你拿锅接一锅水。"我指着桌子上的锅，"我来拾掇拾掇。"

龙龙拿着锅接水去了。我把桌子上的东西，除了中午吃饭用的，剩下的分类放进写字台的柜子和抽屉里。

柜子和抽屉都被塞得满满的，留下一床厚褥垫子放不进去，我只好放在写字台下面。这边朝着墙，进屋看不见。

龙龙进门看见桌上只剩下一点东西，很惊讶："哥，那么多东西一转眼就剩下这？"我笑着指了指写字台，接过他手里的锅放在电磁灶上开始烧水。

这时，田树奎走了进来："杨书记，你又做饭呀？要不还是去我家吃吧！"我指着大桌子上放着的用罐头瓶装的炒西红柿、炒土豆片、炖豆角、小炒肉、大炒肉、蒜泥茄子、煮花生米，还有牛肉酱、辣椒酱等十几个菜，他张大嘴巴："呀！杨书记，这么多菜，是不是把家都搬过来了？"

田树奎说话慢悠悠的，不过从他今天卸水泥的表现，我对他有了一丝好感。于是我笑着说："要不，你和我们一起吃吧？"

"那怎么好意思？再说田书记还说要过来呢。"他看了看手表，"这都十二点半多了，估计不来了吧。"他话音刚落，就听到马路上有停车的声音。

接着就听见院子里杂乱的脚步声。"来了。"田树奎赶忙转身向门口走去，我也跟在他后面向门口走，刚出屋门就看见田平艳在前面，袁木、萧伟跟着，后面八九个人。

"嗯。田书记快进来。"我和田树奎把田平艳等人迎进屋子里。屋子里马上显得拥挤起来。

看到桌子上用罐头瓶装的菜，田平艳的眼睛马上亮了一下："杨书记，带了不少吃的？"

"啊，老婆做的，非让带上。晌午了，要不就在我这里吃吧？"我笑着说。

"不了。杨书记，你这点菜不够我们这么多人吃，你睡觉的地方呢？过去看看。"还没有等我回答，田树奎抢过了话头："田书记，咱们村里的房子紧，我是说让杨书记去我家住吧。"

"去你家住？"田平艳疑惑地看了田树奎一眼，又把目光转向了我。

"树奎哥是让我去他家住，我觉得太不方便。我就住到这间办公室了。"我解释道。

"怎么看不见床？你打地铺？"田平艳向屋里环视了一圈。

"这就是大床呀。"我指着大桌子说。

"这？这床也够大够高了。"田平艳笑了笑，转过身又绷起了脸，对她身后的人说，"今天上午咱们把山区五村都转了，对各家第一书记生活的情况各人也心知肚明。现在回乡里吧，我已经安排食堂准备了便饭，下午我们继续开会，研究第一书记的吃住问题。"

"杨书记，我们就回乡里了，也不打扰你吃饭了。这位是？"她看见了站在我身后的龙龙。

"田书记，他叫龙龙，今天上午开他的皮卡车，义务给咱们送水泥，你们来之前我们和田书记刚刚卸完车。"我指着旁边的田树奎说。

"水泥？怎么回事？刚才树奎哥说请了假和你卸水泥，我也没有顾上问。"

我便把上星期五开班子会王堂玉提出修复槐树庄损坏的拦河坝的情况简单说了。田平艳听了沉默几秒，对田树奎说："这是不是堂玉子给杨书记下马威呢？杨书记这水泥是自己买的吧？"

"没事，我过去看了拦河坝，确实是要修了。"我连忙解释。

"好了，这事以后再说。时间不早了，我们回乡里，要不你们连饭也吃不成了。"说完转身出了屋门，其他人也都跟着走了。

送走了田平艳，我和龙龙煮好了面，就坐在大桌子边开始了午餐。因为带了不少菜，我们俩吃得津津有味，下午龙龙要开车回去，就没有喝酒，倒是喝了不少面汤，一个劲儿夸这里的水好。

吃罢饭，收拾完，我把厚褥垫子、褥子和枕头拿出来，放在大桌子上铺开睡了上去。因为今天铺了厚褥垫子，不再感到硌人，睡到上面挺舒服的。不知道是白天的缘故，还是那天点了艾草的味道还在，蚊子也没有光顾。

午觉醒来送走龙龙，我回到办公室坐到写字台前，拿出笔记本和上周五下午田树奎给我的那几张纸。一共五张，一张是"田庄党员花名表"，其余是四份《入党申请书》。最早的一份是 2011 年 5 月 12 日，申请人杨玉颖；最晚的一份是 2013 年 6 月 2 日，申请人石子玉。我要的《入党积极分子花名》《入党培养对象花名》却没有。

我盯着"田庄党员花名表"，长久地陷入了沉思。

田平艳一行人回到乡政府,快一点半了。大家在食堂吃了顿便饭,桌子上也就两大盆凉菜,一盆凉拌黄瓜、一盆香葱拌豆腐,一人一碗西红柿炸酱面,喝的是面汤。

酒?那就想也别想了。自从2012年12月中共中央"八项规定"出台后,政府部门的吃喝风就一去不复返了。田平艳到了故城乡,对这方面也抓得紧。除了开"两会",中午是四菜一汤、两素两荤,平常就是两个凉菜、一碗面。早、晚两顿更简单,一小盆咸菜,再炒个素菜,炒辣子白、炒茄丝或炒土豆片、炒土豆丝等。酒,在故城乡政府院子里,算是绝迹了。

吃完饭在凉亭下的长凳上休息片刻,两点半萧伟就召集大家到会议室,田平艳和袁木已端坐在主席台上。

见大家进来坐下,萧伟拿起话筒:"都进来了吧,安静了,我们接上午的会继续开。上午我们到各家看了看,大家说说自己是怎么安排第一书记生活的,下面就按照去的顺序说吧。"

萧伟这样一说,大家把目光投向了王麦义。王麦义略显羞涩地站了起来:"那我就先说吧。咱们龙庄在萧书记开了会以后,按照乡党委、乡政府的要求,进行了认真的安排……"

"你不是说认真安排来,你就给我们说说,墙角的蜘蛛丝是怎么回事?"田平艳打断话头,板着脸说。

王麦义涨红了脸,嘴噘得更高了:"田书记,我们确实是认真安排了,只不过是有的地方做得不细。"

"不是没有达到我的要求,是你们从来就没有把乡党委、乡政府的安排当回事。"田平艳扫视了一下会场,口气严厉地说。看到田平艳生气的样子,王麦义一时间手足无措,不知道如何是好。

"龙庄的情况大家都看到了,你们确实是准备了,但却是消极应付地准备,你先坐下吧,轮谁说呢?接着说吧。"

等王麦义坐下，杨侯狗慢悠悠地站起来。他先偷偷地看了田平艳一眼，见田平艳盯着他看，便低下头："咱们窑口在萧书记开了会以后，可真是按照乡党委、乡政府的安排认真安排来……"他又偷偷看了田平艳一眼，接着说："只是咱们窑口条件有限，也就没有办法让人家第一书记满意。"

"你的意思是你尽心尽力了？那我问你，你家现在还是土炕上放一张炕席子？旧社会也不过如此吧。你看看整个红谷县睡土炕的还有几家？把土炕拆了，打打地费多少工夫？花多少钱？这不就是赶人家走吗？你们这也算是认真安排来？"面对田平艳的严厉质问，杨侯狗不知道该怎么回答，椭圆形的脑袋上冒了一头汗。

看到杨侯狗这个样子，田平艳停顿片刻，语气缓和了点："侯狗哥，你也坐下吧。但凡你们把乡党委、乡政府的安排当回事，工作还能做成个这？接下来轮谁？"

大店村的党支部书记兼村主任刘梅琴站了起来。刘梅琴六十多岁，尽管是个女同志，却长得人高马大。

今天，她上身穿蓝花布短袖衫，下身穿蓝布裤子，脚上一双方口黑皮鞋。

一看这个女人就不简单。她在故城乡也是赫赫有名呢！带领村民脱贫致富，村级组织建设在故城乡、红谷县乃至魏榆市都遥遥领先，本人还当选为县人大代表、市人大代表。

田平艳在接到去故城乡担任乡党委书记的调令后，就先对故城乡进行了调查了解。特别是对故城乡的名人更是做了详细了解，刘梅琴的人生轨迹她清清楚楚，她很佩服这位曾经的"铁姑娘"、如今的致富带头人。来故城乡上任的第一天，她就拜访了刘梅琴。

此刻，看见刘梅琴站了起来，田平艳忙摆了摆手："梅琴大姐，大店的情况大家都看到了，虽然说条件不好，房子旧点，但无论是办公室，还是吃住的地方，都收拾得干干净净、利利索索。而且，我还了解到，第一书记孙晓东到任的几天，都是你在做饭，这才叫不折不扣地执行乡党委、乡政府的工作要求。这才像一个欢迎人工作的姿态。东新你说说南沟的情况吧。"

刘梅琴只好坐下，此刻她最好不说话，枪打出头鸟，其他几个村都没有做好接待工作，她如果巴拉巴拉说自己做得怎么好，那只能是适得其反，遭人恨不说，也不利于整体工作的推进。这个道理刘梅琴懂，田平艳更是心知肚明。她的目的是解决问题，不是激化矛盾，制造分裂。

石东新挠着脑袋站了起来："咱们南沟在萧书记开了会以后，可真是想按照乡党委、乡政府的要求认真安排来，可咱南沟比较困难，就学校那两间破房子，收拾半天也收拾不出来，集体账上没有一分钱，发愁得我就不行，也不知道该怎么办。"

"东新，客观条件你就不用说了，你就说说萧书记开了会以后，你对第一书记生活安排的计划吧。"田平艳口气生硬，不留情面。

"计划吧，也没啥计划，我就是觉得第一书记就是来走走过场。这几年，上面老是说吃住在下面，就没有见一个人住过。我觉得这一回也差不多，将就地应付一下就行了。"石东新声音不高嘟囔着。

"这就对了，东新咱没有准备就是没有准备，应付就是应付来，咱们都是自家人，没有必要你哄我我哄你的。你坐下吧，树奎哥你说说田庄吧。"田平艳还是绷着脸说。

田树奎听到田平艳点他名，马上站了起来，满脸堆笑地说："田庄的情况你们也知道，干啥也就那一间房。我原本安排让第一书记吃住到我家里，可是杨书记不愿意去，我只能由人家。"

"树奎哥，难道你就没有和东新一样的想法？你是不是也有将就地应付一下第一书记就走了的想法？"田平艳绷着脸，语气缓和了不少。

"那想法倒也是有呢。"田树奎眨巴眨巴眼睛说。

"因此，第一书记们在碰头会上对生活的基本条件不满意的主要原因，还是大家没有把乡党委、乡政府的工作安排当回事，按你们自己臆想，想怎么干就怎么干造成的。当然，田庄的第一书记老杨在碰头会上倒是没说什么，可大家说说让人家吃饭、睡觉、工作和村里办公挤在一间房里合不合适？各村经济的情况我也知道，田庄、南沟、窑口至今村集体经济收入还没破零，但我们的经济真的是紧张到连两间房都收拾不出来吗？我们的经济真的是紧张到连张床也买不起吗？你们应该心里比我更清楚，彼此心照不宣罢了。当然，像树奎哥刚才说的把第一书记安排在自己家里住也未尝不可，但大家想一想，从工作角度上是否方便？而且如果让他们长期住到你们家，你们真的乐意？"她扫了一眼台下，见没人吭声，都盯着她听她讲，于是接着说，"同志们，说老实话，咱们是自家人，正因为如此，我更应该对大家要求严格。就我来故城的一年多，我们有多少的两委主干出了事，想必大家比我更清楚。大家要想搞好工作不出事就必须紧跟乡党委、乡政府的步伐，不折不扣执行上级指示，认真完成上级布置的各项工作。今天我并不是对第一书记们有什么特殊的关照，而是县委、县委组织部的安排和要求。作为乡党委、乡政府就一定要不折不扣地执行县委、县委组织部的安排和要求，你们也必须不折不扣地执行乡党委、乡政府安排。乡党委、乡政府是怎么安排的呢？让萧书记给大家再说说吧。"说完她把目光投向萧伟。

萧伟看到田平艳看他，忙把话筒移到自己的跟前，"各位书记，我觉得我们还是共同学习一下中共红谷县委组织部、中共红谷县委农村工作领导组办公室文件《印发〈关于做好选派机关优秀干部到村任第一书记工作的方案〉的通知》(红组发〔2015〕29号)。"

说完,他拿起主席台上准备好的文件读了起来,边读边对重点部分进行讲解。读完文件,他又把前几天的会议安排和要求重申了一遍。他感谢田平艳给了他一个洗白的机会,决不能给田平艳留下自己工作不务实、敷衍潦草的印象。最后,他说:"各位书记,大家必须充分认识到派驻第一书记的意义。向贫困村和软弱涣散村派驻第一书记,并不仅仅是我们红谷县,而是我们整个国家多年来在一些地方和单位探索选派机关优秀干部到村任第一书记、派干部驻村等做法,抓党建、抓扶贫、抓发展,取得了明显成效,积累了有益经验的基础上在党的群众路线教育实践活动中的进一步运用和推广。

"实践证明,选派机关优秀干部到村任第一书记,是加强农村基层组织建设、解决一些村'软、散、乱、穷'等突出问题的重要举措,为的是促进农村改革发展稳定和改进机关作风。为深入贯彻落实习近平总书记关于大抓基层、推动基层建设全面进步全面过硬和精准扶贫、精准脱贫等重要指示精神,必须紧紧围绕协调推进"四个全面"战略布局,坚持和运用选派第一书记的经验,进一步把农村基层党组织建设成为推动科学发展、带领农民致富、密切联系群众、维护农村稳定的坚强战斗堡垒。

"根据中央农村工作会议、全国组织部长会议部署、中共中央组织部、中央农村工作领导小组办公室、国务院扶贫开发领导小组办公室文件《关于做好选派机关优秀干部到村任第一书记工作的通知》(组通字〔2015〕24号)的精神,是否能保证第一书记正常开展工作也是对我们各位书记政治立场和大局观念的检测。当然,今天碰头会上,第一书记反映的食宿问题,我也有责任,我是给大家做了详细的安排,但是没有及时跟进、督促、检查不到位,这也是我工作中官僚主义的表现,在今后的工作中,我一定克服。我就从这一次解决第一书记食宿保障做起，从明天起，我就一个村一个村下去抓落实。"说完他把目光投向了田平艳。

田平艳对着话筒说："同志们，就刚才萧书记的讲话来看，我感觉他的安排非常到位。萧书记自己对这项工作表了态，接下来大家轮流表个态吧。"

山区五村的书记看到今天田平艳落实工作的架势，大为震动。

田平艳来故城乡一年多，他们大多数时候感受到的是她的和蔼可亲，个别人甚至觉得一个女书记好糊弄。但今天，他们感到这个女书记可能并不像他们想象的那样好糊弄，甚至可能比前几任男书记都难对付，看来以后得注意点了。这时，听到田平艳提的要求，不敢再瞎说八道，一个个认真做了表态。

"同志们，大家刚才对这项工作做了表态，我觉得工作重在实际做，而不在于表态，希望大家下来一定要按照表态的那样安排好第一书记的食宿。要知道第一书记在他们单位都是能人，我们一定要发挥好他们的作用，相信会后大家回去会把这个工作完成好。下面，请乡长袁木同志讲话。"

袁木一直静静地坐着，他一直在想，如果是他遇到这种情况会如何处理，并且不时和田平艳的做法进行比较。整个过程中，他看到了书记们工作态度的转变，不由暗暗佩服。

"同志们，今天会议时间也不短了，田书记和萧书记都做了详细周密的安排，我就不多说了。强调一点，大家一定要从今天的工作失误中吸取教训。今后，一定要对各项工作不折不扣地执行，和党中央保持一致，我们的工作就是一级对一级负责，大家对乡党委、乡政府负责，就是对县委、乡政府，对党中央和国家负责。"

袁木说完，田平艳站起来朝下面的人摆了摆手："散会，路上注意安全。"

　　田树奎开完会，回到村委会已经快晚上七点了。我还望着那份"田庄党员花名表"在发呆。整整一个下午，我就待在村委会，先是查阅了一下农村两委成员的分工和职责方面的资料。来回翻弄那几页纸——一份"田庄党员花名表"和四份《入党申请书》。让我感到震惊的是，田庄一共三十六名党员，加上我，三十七名党员，这放在只有四百多人口的山区行政村，党员比例并不小。但年龄结构让人吃惊，八十岁以上的党员八名，八十岁以下七十岁以上的党员十名，七十岁以下六十岁以上的党员十二名，六十岁以下五十岁以上的党员六名，二十五岁党员一名。

　　年龄最大的杜狗堂，八十六岁。年龄最小的尹秋江，二十五岁，备注是大学生村官。最早入党的石勇生八十四岁，入党时间 1951 年 1 月，除尹秋江外最迟入党的是杨子新，五十三岁，入党时间是 2005 年 7 月。

　　也就是说，从 2005 年 7 月到 2015 年 7 月的十年间，田庄党支部没有发展过一名党员。

　　田庄村成为全县二十个软弱涣散村之一和党支部十年都没有发展过党员有没有关系？明天开支委会我该讲什么内容，以什么为主题？哪些话该说，哪些话不该说？

　　直到田树奎回到村委会，我还没有理出个头绪。在此期间，我给组织部副部长吴慧明打了个电话，问了两个问题。一个是把田庄定为软弱涣散村的原因，另一个是红谷县农村两委主干的职责和分工情况。

　　慧明是我走上教师工作岗位的第二批学生。他认真查了当时确定软弱涣散村的会议记录和相关材料，告诉我田庄被定为软弱涣散村原因有三点：

　　一是党支部发挥作用不明显，越级上访量异常，全年超过三十起；

二是村级领导班子不团结，两委主干闹矛盾，造成村内大量工作无法完成，村集体经济一直没有破零；三是党支部组织建设不正常，支委在去年的选举中没有配全，三个支委只选出两个。关于第二个问题，他看一下资料给我发到手机上。

慧明劝我："杨老师，我就不知道你怎么还做个这呢？田庄现在不正常得厉害，是全县上访的热门村，条件也差，您要是觉得干得不舒服，我和相关领导招呼一下把您抽调回来。"

我是慧明初中三年的班主任，他很熟悉我的倔强性格。"人家是不到黄河心不死，咱们杨老师是到了黄河也不死心。"他知道劝我也是白劝。

田树奎进了村委会办公室，看到我发呆，便搬了把椅子坐在我对面。

看到我没吱声，"杨书记，那里面有你原来认得的人呢？"看我摇了摇头，他说，"看见你盯着看，我还以为有认得的人呢。"

我笑了笑："我原来没有和咱们这边的人接触过，都认不得。我是看咱们三十六个党员，怎么连三个支委也配不够呢？"田树奎脸色微微变了一下，马上又笑了起来："杨书记，那都是原来的事了，你来了就好了，乡里田书记开会训我们来，就因为你们吃住的事。"

见我没吱声，他接着说："你看咱们田庄现在也实在腾不出房子来，咱们的这间房子里放床也没有地方，我看要不你还是住到我家来吧？"我也不想和他再扯工作上的事，就说："田书记，我在咱们村委会吃住就挺好，乡里我去解释，不过有两件事你看能不能解决一下。"

"杨书记，你说吧，只要咱们能办到的。"田树奎慢悠悠笑着说。

"一件是电的事，咱们村委会用的电怎么能挂到建奎子的电表上呢？以后我在这儿要长期用电，咱们单独挂一个村委会的电表，电线也换一下,我怕我长期用电磁灶电线扛不住;另一件是厕所问题,好歹也是个村委会,总到老百姓家上厕所,既远又不方便,如果来个人,特别是女同志,总不能也让人家到树林里吧?"

"行喽,杨书记。我也早就想解决这两个问题呢。电的事马上就能解决,明天我就到电管站申请个电表,让电工把电线换了。不过修茅厕的事得过一段时间。"

一看快八点了,我对田树奎说:"你也累了一天了,回吧。明天上午我们还定的开支委会呢。"

"行喽,你真的不到我家吃饭?"看见我点头,田树奎便站起来走了。

田树奎走后,我简单地做了点晚饭。吃完饭,收拾利索,把褥被铺好,点上蚊香,和家里通了会儿电话,已经九点半多了。我坐到写字台前,打开笔记本,列了一下明天开支委会的提纲。

我心里已经有了主意,明天支委会就围绕三项内容:

一、分析田庄成为软弱涣散村的原因,让支委先统一思想,对目前存在的问题有清晰的认识,对县委、县委组织部把田庄定为软弱涣散村有一个正确的态度。

二、找出田庄党支部没有发展新党员的原因,对这种现象的性质进行准确的定义。

三、从今天起如何发挥好党支部的战斗堡垒作用和支部党员的先锋模范作用。

我基本有了改变田庄软弱涣散村现状的思路,第一步就是要发挥好党支部的战斗堡垒作用和田庄支部党员的先锋模范作用。只要做好党员的工作,让所有的党员都动起来,我就不相信田庄软弱涣散面貌改变不了。

因为没有了蚊子的干扰,大床也不硌人了,窗户上也挂了窗帘,这一夜我睡得很香。

田树奎离开村委会回到家里，老婆李云翠又开始了每天的常规工作，两口子一直聊到十一点多。李云翠再三叮嘱："你可轻易不要得罪这个杨书记，我觉得这个人可是不简单。"

第二天上午九点，田树奎和王堂玉都准时到了村委会。从迟到到准时，我很满意："今天不错，大家都按时到了，今天开的是我们田庄的党支部支委会议。会前，我想了解一下支委的分工和职责，田书记，你说一下吧。"

田树奎吭哧吭哧，半天也没说出个所以然。我又问王堂玉，他眨巴眨巴眼睛，一脸蒙。

"同志们，我们连自己是干什么的都不知道，怎么能干好工作呢？"昨天下午，我查阅了关于农村两委成员分工和职责方面的资料，结合慧明给我手机上发的资料，便现炒现卖把农村党支部和支委的分工、职责给他俩讲了一遍。

我发现他们两个光是听，光是点头，却没带笔记本，这是农村干部的通病，开会都是靠脑袋记，不愿动手记。倒不是懒惰，而是他们发愁写字。这毛病经常让开会布置的内容大打折扣，必须纠正。

于是，我让他们把我刚才说的内容复述一遍。两个人你看我、我看你半天都没有说话。王堂玉搔着脑袋："杨书记，你一下说了那么多，哪能记住？"

我笑了笑："靠脑袋肯定记不住，可是你们的笔记本呢？"

"嗨，原来村里开会从来没有人像你这样正儿八经，说一说就算了，就没有记过笔记。"

"从今天开始开会必须带上笔记本，尤其是田书记，口袋里常插着笔，难道说就是专门用来签字的？"我开了个玩笑，想缓和一下气氛。

尽管已经听出是在和他开玩笑，他还是涨红了脸："不是不是，杨书记，保不住什么时候要用笔。"

"几十年了吧，应该是毕业以后口袋里就一直插着笔了吧？"我笑着说。其实我心里也动了一下，从田树奎毕业几十年口袋里就一直插着笔，可以看出他对学生时代的留恋，说明他的理想追求犹在，我何不从这一点入手，调动他的工作积极性？之后的工作中，也确实证实了我的这一推断。

"嗯，是呢，从学校出来就喜欢带笔，不过今天没有带笔记本，先用纸记上吧？"田树奎笑着回答。

"就知道你们不会带，我早给你们准备好了。"说完我从写字台柜子里拿出了行李包，拉开拉链取出两本笔记本和一支笔扔到他俩的跟前。这些随手带的东西，没想到第一次开支委会就派上了用场。

"要不说杨书记能掐会算。"田树奎笑着说。

我点了点头："今天支委会的第一项内容，就是明确支委的分工和职责，接下来，讨论表决。田书记，在咱们支部会议记录本上记上。"

多年的工作经验让我懂得，要想让每个人做好分内工作，必须首先让他们明确自己应该干什么。现在看来，他们两个连自己应该干什么都不太清楚，我只好调整了昨晚准备的会议内容，先生让他们知道自己该干什么。

"行喽。"田树奎边答应着边从他的包里拿出组织部印发的《基层党组织三会一课活动记录本》。等他翻开记录本，做好记录准备，我接着说：

"树奎哥，你是支部书记，按照农村支部书记的职责要求，你具体负责以下工作：一是召集支部委员会和支部大会，认真传达贯彻上级的决议、指示，并保证党的路线、方针、政策以及上级的决议、指示和下达的各项任务在咱们村的落实和完成。二是制订咱们的村经济建设和社会发展计划，并组织实施。三是安排好党支部工作，组织广大党员带领和帮助村民奔小康致富，积极发展和壮大集体经济，增强集体经济的凝聚力。四是及时了解、掌握并分析党员的思想工作和学习情况，健全党内组织生活制度，组织党员积极参加各种有益的社会活动，搞好党员教育，做好经常性的思想政治工作。五是抓好全村的精神文明建设，落实村规民约的实施。六是经常检查党支部工作计划、决议的执行和落实情况，发现问题及时处理，并向支部委员会提出研究及向上级党组织报告工作。七是与两委成员保持密切联系，交流情况，相互配合，支持两委成员的工作，注意抓好村内各类组织建设，协调好相互关系，指导他们围绕总体目标积极主动地开展各项工作，充分调动他们的积极性，加强对其他民间组织的指导。八是抓好支部委员会的学习，不断提高班子的政治思想和业务工作素质，按照规定召开支部委员会的民主生活会，加强对党支部一班人的自我督促，注意搞好一班人团结、协调，增强班子的整体功能，充分发挥支部委员会的集体领导作用。

"简单说，就是十六个字：召集、贯彻、落实、指导、制定、学习、协调、督促。"

看见田树奎边记边朝我点头，我接着说："堂玉哥，你是支部组织委员，按照组织委员的职责要求，你具体负责以下工作：一是了解和掌握咱们支部的组织状况，做好管理工作。检查、督促党员过好组织生活，并按党章规定，积极做好党组织的换届改选准备工作。二是了解、掌握咱们支部党员的思想状况，对党员进行思想、纪律教育和党员培训。收集、整理党员的模范事迹，及时向党组织提出表扬和奖励建议。三是负责做好发展党员的工作。及时了解掌握入党积极分子的情况，并负责对其进行培养教育和考察，正确掌握发展党员的标准，根据本支部的情况，按照发展党员工作的方针和原则，有计划地提出咱们支部发展党员的意见。具体办理接收党员和预备党员转正的手续。四是接转党员组织关系，收缴党费，定期向党员公布党费收缴情况，做好党员和党组织的统计工作。

"另外，咱们村缺一个支委，没有纪检委员，有关纪律检查方面的工作暂时由你代理。

"简单说，也是十六个字：组织建设、组织发展、党费收缴、纪律检查。"

我刚说完，王堂玉马上就说："杨书记，我还能一个人做两个人的活计？给人家做不了怎么办呢？"

我笑了笑："堂玉哥，咱们支部也就三十多个党员，你觉得有多少活呢？"

我继续说："接下来说一下我作为第一书记的分工：我来的主要任务就是帮咱们村摘掉软弱涣散村的帽子，我的工作就是围绕这个展开，具体来讲就是：一是督促村两委执行和落实党的方针政策，完成好上级党委、政府安排的各项工作。二是加强基层组织建设，抓好村两委班子建设，保证组织活动正常化，监督各项制度的落实。三是搞好调查研究，抓住主要矛盾，解决突出问题，保证村内和谐稳定。四是发展村里经济，根据村里的实际，找出适合田庄村民发展的产业，并促成产业的形成和发展。五是解决两委班子成员工作中遇到的困难，协助和指导两委班子成员圆满完成自己的岗位工作。

"简单说，也是十六个字：督促、完成、加强、保证、维稳、发展、解决、指导。"

看着田树奎记完，我接着说："下面，我们开始对我刚才说的支委成员分工进行表决。"说完我先举起了右手，接着田树奎也举起了右手。王堂玉没有说话举起了右手。

"既然支委一致通过了我们的分工，以后我们就要按照这个分工完成好各自的工作，每个月的支委会上，要对工作完成情况进行总结汇报，你们说行不行？"

"行喽，行喽。"两个人都点头答应。

"好，接下来进行今天支委会的第二项内容，分析田庄成为软弱涣散村的原因。树奎哥，你是支书，你先分析一下。"

"杨书记，要说田庄是软弱涣散村，我就不承认，咱们村什么没有做？要说有的工作不到位我承认，可怎么就是软弱涣散村呢？"田树奎一本正经地看着我说。

见我看他，王堂玉又搔起脑袋："我觉得上头把咱们村定成软弱涣散村，肯定有上头的道理，要我说理由，我也说不出来。杨书记，你见得多，你给说说。"王堂玉把皮球又踢给了我。

他们也说不出个所以然，但首先必须让他们统一思想，认识到田庄存在的问题，对田庄成为软弱涣散村有充分认识，知耻而后勇。于是，我严肃地说："我们支委首先要统一思想，田庄是不是软弱涣散村，先看一下什么样的村是软弱涣散村，对照一下。根据中组部文件精神要求，具有下列情况之一的，应当列入软弱涣散基层党组织集中整顿对象：一是党组织班子配备不齐、书记长期缺职、工作处于停滞状态的；二是党组织书记不胜任现职，工作不在状态，严重影响班子整体战斗力的；三是班子不团结，内耗严重，工作不能正常开展的；四是组织制度形同虚设、不开展党组织活动的；五是换届选举拉票贿选问题突出；六是宗族宗教和黑恶势力干扰渗透严重；七是村务居务财务公开和民主管理混乱；八是社会治安问题和信访矛盾纠纷集中；九是无村级组织活动场所；十是党组织服务意识差、服务能力弱、群众意见大。那么我们就拿咱们村支部的情况对照一下吧。第一条，作为一个正常的支部，按照《中国共产党章程》和相关规定咱们村支部应该配备几个支委？树奎哥，你是支部书记，你说吧。"

田树奎看了看我，又看了看王堂玉，低声说："要按规定说应该是三个，咱们是两个，就符合人家说的，可党员们选不出来也不能怨咱们呀。"

"为什么选不出来？"我步步紧逼，也是让他有所触动，别老是习惯性推卸责任。

"人家党员们不选，咱们也不能逼着人家选呀。"王堂玉偏着脑袋说。

"嗯，是么。"田树奎附和。

"是吗？"我故意提高声调，"如果一个支部三十六个党员连三个支委都选不出来，是我们支部其他三十四个党员都不够支委标准呢，还是党员不团结，根本没办法选出来？你们可能还为其他人都选不上沾沾自喜，觉得还是你们自己了不起，别人都不行。其实，你们想一想，矮子里边的将军又能高到哪里去？在一个连选举工作都不能完成的软弱涣散基层组织当支委，想想都觉得挫败。"

听到我这样说，田树奎和王堂玉脸一下就红了。我没有理他们，"光第一条我们支部就够软弱涣散的基层组织，是集中整顿对象了。我们接下来再对比一下。"有了昨天慧明给提供的情况，我心里有了底，便把二到十条的情况对照说了一遍，最后我们终于统一了意见："一是田庄党支部是软弱涣散的基层组织，属于集中整顿对象。田庄村自然也就是软弱涣散村；二是田庄党支部软弱涣散的表现主要体现在 1、2、3、4、8、9、10 七条方面；三是从现在起包括我在内三个支部领导要分工合作，团结一致把田庄党支部建设成为具有凝聚力、号召力、战斗力的农村基层党组织，两年内摘掉软弱涣散村的帽子。"接着我又把他们引入今天会议的第三项内容：找出田庄党支部多年没有发展新党员的原因。

"今天支委会的前两项内容结束了，接下来我们具体研究一下，造成软弱涣散的重要原因之一——党员发展问题。昨天树奎哥给我拿过来一份"田庄党员花名表"和四份《入党申请书》，入党积极分子、重点培养对象的名单没有看到，是不是就没有？"

田树奎红着脸，点了点头："就是那四份《入党申请书》，其他人都不写。"

"是人家不写，还是你就把住不让别人入门？"王堂玉还不等田树奎说完就怼了一句。

"是我不让人家入？"田树奎红着脸站了起来。

"那你说你当了八九年支书，有一个人入党了没有？"王堂玉也毫不相让地站了起来。

接着两人你不让我不让你，你一句我一句吵了起来。我没有马上制止他俩，从他俩的吵架，我知道了田庄好多信息和存在的问题。

等他俩吵了十几分钟，我已经了解了田庄的不少内幕，看火候差不多了，便拍了几下手："嗨嗨，你们像话吗？一共就两个支委还吵成这样，群众能觉得你们是一个团结的班子吗？"两人停了下来，王堂玉不服气想再说，我摆了摆手："都坐下，今天开的是支委会，不是吵架会。我们是查找问题，寻找问题产生的原因和解决的办法。吵一下能摘掉软弱涣散村的帽子，你们就接着吵。"

"刚才听树奎哥说没有发展党员的时间不到十年，我看了一下"田庄党员花名表"中最后发展的党员是杨子新，入党时间是2005年7月，这以后有发展的党员吗？"

田树奎刚刚不红的脸，又红了起来，吞吞吐吐，"嗯，那倒没有"。

王堂玉有点得意："去，算一算是不是十年？"

我觉得有必要打击一下王堂玉："堂玉哥，咱们支部十年都没有发展党员，作为支部书记有责任，但你作为组织委员，主要职责是什么？是组织发展，别说十年，就说你担任组织委员以来，在组织发展方面做过哪些工作？"

"人家就不想让人们入党，我做啥呢？"王堂玉又把责任推向田树奎。

"堂玉哥，我觉得这就是你的不对了，作为支部的组织委员，你在组织发展方面什么也没有做，怎么就能断定是树奎哥不让入呢？"

"那倒没有，我是觉得人家就是这意思。"

"堂玉哥，你的说法就有问题，什么叫觉得？组织发展工作是我们党支部最重要的工作之一。组织发展工作的停顿，其实就是组织瘫痪的最明显标志，作为组织委员应该负主要责任。田庄党支部十年没发展党员，你最起码负百分之八十的责任。树奎哥有责任，他的责任就是没有领导和督促好你的工作。"

"啊？杨书记，你要是这样说，我也承认。"王堂玉仰起了头说道。

看到他俩都不再吱声，我语气缓和了："当然，如果把责任都算在你们头上也不合适。客观地说，这几年社会大形势也有影响。"

"影响大呢。"王堂玉说。

我笑了笑："习近平总书记一直讲从严治党，组织发展工作也逐步走上了正轨。既然都认识到我们存在的问题，尤其组织发展方面，我们是不是就以组织发展为突破口，把瘫痪的工作恢复起来？"

我有意识地把他们引入今天支委会的第一项内容：如何发挥好党支部的战斗堡垒作用和支部党员的先锋模范作用？

"行喽，行喽，杨书记，你说咱们怎么办，咱们就怎么办。"两人异口同声。

"不是我说怎么办就怎么办，而是要按上级党组织的安排和《党章》的要求做好支部工作，不要说谁说了算，要大家商量表决通过。"

"行喽，行喽，杨书记你说吧。"

"既然大家都这样说，我就说一下：一是以后各项工作支委必须做到高度统一，有什么意见都在支委会上摆出来。一旦支委会形成决议，必须不折不扣地执行，不管有什么意见都不能在下面乱说乱道，更不能在村民中散布不满言论；二是每个支委都要敢于担当，支委会形成决议每个支委都要有责任意识；三是从今天开始我们恢复包括"三会一课"在内的全部党组织活动，从党员的政治思想教育入手，充分发挥支部党员的先锋模范作用，让党员把村民带动起来，让正能量充满咱们田庄。"

田树奎看着我没说话，王堂玉不停眨巴眼，似乎有点不相信。不过还是说："行喽，行喽，我们都同意，你就具体说我们该做啥吧？"

"既然这样我就不客气了。"于是我就把明天要开"两委班子"的内容说了一下，重点和今天一样，目的就是要统一思想。

开完会十二点多，我又单独把王堂玉留下，就如何开展组织工作交换了意见，与其说是交流，倒不如说是安排。我发现，他根本就不知道组织发展工作是怎么回事，更不用说发展思路了。

第四章
修坝风波

下午三点，王堂玉过来了。进门就说："杨书记，你看这事怎么办？"

原来，王堂玉中午回去吃饭的时候，召集槐树庄的村民，表功说要回来修拦河坝的水泥了。结果有个叫二楞子的村民就问他，光有水泥怎么修拦河坝？没工钱谁去修？村民也跟着起哄要工钱。为了显示自己有本事，王堂玉又找我来了。这些都是后来村民们告诉我的。

我一脸蒙，忙问："出啥事了？"

"修拦河坝的事，大家都说光有了水泥不行呀，还得用人工呢。"

"嗯，没有人工肯定修不起，咋了？"

"用人工就得人工费，咋解决呀？"

"你的意思是我把人工费也给了你？"我一脸不高兴。

看到我拉着脸，王堂玉也有点不好意思："杨书记，哪能要你的钱，看看能不能从上面要点，实在不行，咱队里账上还有钱，能不能用队里账上的钱？"

"堂玉哥，别说上面不一定给这钱，就是给也马上要不回来吧？

今年秋天咱们不浇地了？"

"那就用队里账上的钱吧。"

"用队里账上的钱是不是也要有一些程序？"

"嗯，得开村民大会，村民签字，大队批了，去乡里农经站办理。可是怕村民大会有的村民不签字。"

"为什么不签字？"

"因为拦河坝修起并不是所有村民都受益，有一部分村民那一片没有地，就不会同意。"

"不能这样吧？如果他们那一片要办事，这一片的村民又不签字，那村里还能办成什么事？"

"可是，现在的人就不管这呀。"

"那受益的这部分人，他们就不能义务修一修？"

"现在的人谁还给你义务呢？抬脚动步都要钱。"

我突然就有了一个想法，我想看看田庄党员队伍的状况，这不正是个好机会？于是，我说："堂玉哥，咱们槐树庄有几个党员呢？"

"连我七个。"

"能不能现在通知开个会。"

"现在？不是一两天就开党员大会吗？"

"可是我想提前开一下槐树庄的党员会，你看行不行？"

"行，正好夏天都回来了，我去叫人。"

"嗯，现在是三点半，你看五点开行不行？"

"行，我叫人去了。"王堂玉说完，急匆匆走了。

我拿起手机给田树奎打了个电话，告诉他五点开槐树庄党员会，请他过来参加，他爽快地答应了。

给田树奎打完电话，我就出了村委会，决定到拦河坝塌的地方看看怎么修。反正树奎有村委会的钥匙，用不着等他。

还没到坝跟前，就感到一股凉意。坝的豁口处河水哗啦啦流着，水流很急。我仔细观察，拦河坝右边塌了有两米多。

我对工程建筑一直很感兴趣，对于建坝也略懂一二。这个坝除了修建得粗糙外，设计本身也存在问题。

一是坝的蓄水面坡度太大，承受水的冲击力较大；二是七米的坝体没有用一根钢筋，坝的整体性差，易局部坍塌；三是没有设计泄洪口，洪水暴发时，坝体承受了洪水巨大的冲击力，无卸力处。

目下要做的，第一步，清理坍塌处，把上下凿齐，打出一个近三米宽的豁口；第二步，用水泥砂浆给原有坝体全部灌缝；第三步，对原有的坝体底部加宽，使坝面坡度变缓，减少冲击力；第四步，在坍塌处留一米五的泄洪口，加设闸板，需要蓄水浇地时把闸板插上，不浇地时把闸板卸掉，让水流走，尽量减少水流对坝体的冲击。

后来的事实也证明，我这个修复方案有效可行。2016 年乌马河暴发了五十年来最大的一次洪水，田庄的八条拦河坝只有槐树庄这一条幸存了下来。

回到村委会已经四点半多了，田树奎一个人坐着，看见我进来马上站起来。

"我去槐树庄的拦河坝看了一下。"

"啊？那咱们今天开啥会呀？"

我就把王堂玉反映修复拦河坝的情况讲了一遍。

"嗯。堂玉自家就能解决的事情，就要弄得这么复杂。谁用谁修就行，这事你管他呢。要是我就不管,他们爱用不用。"田树奎很不满。

"树奎哥，话可不能这么说。咱们是村干部，就应该给村民们分忧解愁，别说这不是他王堂玉一个人的事，就是他一个人的事，我们也得管呀。"

"嗨，杨书记，你是不知道，那一片就数他家地最多，要不他就那么上火呢。"

"咱不说这了。树奎哥，村民的事就是咱们的事。况且除了他的地，还有好多家村民的地呢。"

"倒也是，不过杨书记，修拦河坝怎么还开党员会呢？"

"我想让党员们带个头，义务把拦河坝修好。"

"不行吧，杨书记。这么多年人们就没有义务劳动过，一干活就要工钱。还有，槐树庄的党员年纪都大……"

"试试吧，树奎哥，以后就要动员咱们的党员多进行义务劳动，增加他们的荣誉感和责任感，让他们时刻意识到自己是一名共产党员，不能和普通老百姓一样，同时也能增强支部的凝聚力。"

正说着，王堂玉带着人进了村委会。我一看心就凉了一大半，真如田树奎说的，年纪都偏大，还数王堂玉最年轻。其中一个老党员特别吸引人，个子很高，骨架子大，不胖不瘦，古铜色长脸，眉毛黑白相间，又浓又长，鼻子大而高挺，年轻时肯定是个俊小伙。别看年纪大了，往那儿一站，精气神十足。

他就是田庄村年龄最大的党员，八十六岁的杜狗堂。1951 年 2 月，在抗美援朝战场上火线入党，是一名为祖国浴血奋战的志愿军老英雄。

招呼大家坐下，我先做了自我介绍，讲了第一书记的任务和职责。让大家把各自的基本情况，特别是入党情况介绍一下。

槐树庄七名党员：八十岁以上党员两名，杜狗堂八十六岁，1951 年 2 月入党，高小文化；杜虎半八十二岁，1958 年 1 月入党，高小文化。七十岁以上党员两名，杜三子七十八岁，1963 年 1 月入党，小学文化；石虎儿七十一岁，1974 年 1 月入党，初中文化。六十岁以上党员三名，杜够儿六十六岁，1976 年 1 月入党，高中文化；石爱叶（女）六十五岁，1984 年 7 月入党，高中文化；王堂玉六十二岁，1992 年 7 月入党，高中文化。

虽然不清楚我的意图，但大家还是很认真，能听出来他们对过去岁月的怀念和对自己入党经历的自豪。

可惜他们都老了，会同意义务修拦河坝吗？即便同意，身体能承受修坝的劳动强度吗？万一因身体劳累出个问题怎么办？我有些犹豫。可箭在弦上，我必须一试。

等他们都介绍完，我就把槐树庄修拦河坝的情况和大家讲了一遍，想看看大家的反应再做决定。

听我说完，会场没有一个人说话。我扫视了一圈，除了杜狗堂直视着我，其他人都低头不语。一分钟、二分钟、三分钟、五分钟、十分钟，没有人说话。期间我看了田树奎几眼，有一次田树奎和我对视了几秒，嘴巴动了动，似乎想说什么，我朝他微微摇了摇头，他闭了嘴，把目光转向党员们。

此时此刻，我不需要他的动员或是劝说，我需要的是，槐树庄的党员里有人站出来表态，什么样的表态都行。我就是要看看，槐树庄党员的觉悟到底有多高。我不相信会一直沉默，我一定要等到有槐树庄的党员站出来表态。我来回扫视着在座的人，其他人还是都低着头，只有杜狗堂看着我。我把目光停在了杜狗堂脸上，充满了期待。

"老杨，要不我先说上几句吧？"他终于开口了，苍老但洪亮的声音，打破了会场的寂静。大家目光几乎同时朝发声处投去。杜狗堂站了起来，年过耄耋，器宇轩昂，身子展展的，头昂得高高的。

"老杨，我代表不了别人，我只代表自己。你说怎么干吧？我听你的指挥。"我忙站起来，示意老人坐下说。

没等我开口，王堂玉笑道："狗堂哥，就你那年纪还能修坝呢？你就是要干，我们也不敢用你呀，出个事谁负责？杨书记，你敢用？"

王堂玉边说边把目光投向了我，其他人也唰的一下把目光投向我。我刚想说话，那洪亮的声音又响了起来："堂玉，你说甚呢？我早就看不惯了。我老了，不想说了，要不要脸呢？"

王堂玉的脸立马涨红了："狗堂哥，你是说谁不要脸呢？"

"都不要脸，也包括你。"老人狠狠地说。

"狗堂哥，你这是做啥呢？谁惹你了？"王堂玉一脸尴尬，求助地朝我看了过来。

"堂玉，你说吧，你是队长还是支委，那坝多会儿就塌了？还等到现在？那一片是不是你家的地最多？咱们党员里是不是数你年轻？修的个自己用的坝，还用大队专门开会？羞不羞呐？还有脸？脸在哪儿？"杜狗堂涨红了脸，边说边跺了两下脚。

尽管开会前我预料到槐树庄的党员都是老党员，都是从集体时代走过来的，一定会有人站出来说话的，但杜狗堂反应这么激烈，还是出乎意料。我怕老人太激动出什么事，赶忙走到他身边，拉住他的手说："老大哥，不要着急，有话坐下，慢慢说。"

"不是，老杨，你不知道咱们这里。自从农业社散了以后，都是各顾各，谁也怕吃了亏。遇上好事一拥而上争破了头，谁也怕少了。遇上为大家出力的事，哪怕是一点点都躲得远远的，只怕多了。干点事张口就是钱。"

"嗨，人家现在就是这社会么。"王堂玉一脸尴尬地嘟噜着。

"啥呢？你说啥呢？堂玉，你是不是共产党员？那会儿入党时你是怎么说的呢，你给咱们村的老百姓干点事就累死你了？我不管你们，我听老杨的安排，跟上老杨给咱们村修坝去。"说完老人紧握住我的手，我赶忙双手握着老人的手，扶他坐下。

我扫视了一下在座的党员，把目光停在石爱叶脸上。看见我在看她，石爱叶的脸微微一红，站了起来声音低低地说："狗堂哥说得对的了。咱们是党员，给老百姓干点事应该，何况还有咱们的地呢？够儿，你说呢？咱们也不管人家，听杨书记的安排，给咱们村修坝去。"她把目光投在旁边的瘦高个老汉杜够儿脸上。

杜够儿也站了起来："行喽，杨书记。我们不管别人，我们两口子听你的安排，跟上你修坝去。"原来他们是两口子。

"老杨，也算上我一个。"杜虎半老人也开口了，还没有等他说完，杜三子和石虎儿也站了起来："老杨，也算上我一个。"

"老杨，也算上我一个。"

我的眼睛顿时有点湿润了，忙朝大家摆手："好，好。大家坐下说，大家坐下说。"正如我所料，槐树庄的党员尽管年龄大了，但他们是一支经过火红岁月锤炼的党员队伍，一心为公、为人民服务的思想，在他们身上依然存在，这是山区发展的一支宝贵力量。

这时，我把眼睛盯在了唯一没有表态的王堂玉脸上。

王堂玉满脸尴尬，讪笑道："杨书记，大家能行，我更行。"

我把目光投向了田树奎。见我看他，田树奎开了口："今日咱们槐树庄的党员们不赖，多长时间没有解决的问题今日就解决了。"

"槐树庄的党员啥时赖过，是你不行……"那个苍老而洪亮的声音又响起。

田树奎干笑着把目光投向我。我忙摆了摆手："咱们今天的会先说修坝，别的题外话就不说了。"见没人再吱声，我就把制订的修坝方案讲了一遍。"刚才是修拦河坝的一个初步方案，看看大家有什么好的建议和意见。"等了一分钟没人吱声，我把目光投向了王堂玉。

王堂玉说："具体怎么修，我们也不懂，刚才听你说得就在理，就按你说的修坝，大家说呢？"

"杨书记，你说得对的呢，就按你说的修吧。"听到一个女性的声音就知道说话的是石爱叶。

我看了一圈，杜狗堂和其他几个老党员都在朝我点头。我转向田树奎："田书记，你说呢？"

"杨书记，我没有意见，就按你说的办吧。"田树奎说。

"好的，那我就具体安排一下。"我接过话头，"说实话，今天咱们槐树庄的党员让我很感动。现在社会上有些人流传什么党员还不如群众呢，我看槐树庄的党员还是能起到先锋模范带头作用的，尤其是杜狗堂同志，八十六岁的人了，干劲不减当年。三国有个老将军黄忠是七十不服老，今天我们槐树庄杜狗堂八十六岁不服老。"

杜狗堂急红了脸，朝我直摆手。我笑着朝老人点了点头，接着说："我们每个党员都应该有这种精神。当然具体到实践中，也要量力而行，只要尽每个人最大的努力就可以。这一次我们修坝七十岁以上的党员只要在场指导，鼓鼓劲，提点建议就可以。方便的话，就提供点工具啥的……"

有人接过话头："老杨，你不要小看我们年龄大的人，说不定年轻人干活还不如我们呢。我们起码比他们有巧道，还有就是我们让自家的小子来帮忙，行不行呢？"

"欢迎，欢迎。"我忙答应着，"我们欢迎更多的人参与到为老百姓服务的队伍中来，人越多越好啊！"

"好。老杨，那我明天就把儿子带上了。"老人笑着说。

"好的，那我们接下来就分一下工，安排一下需要的工具，大家先报一下自己有哪些特长，能干些啥。"

你一言我一语，讨论了半个多小时，修坝的事情总算有了点眉目。

说干就干，第二天一早就开工，由我和田树奎放线、总指挥。党员里田树奎、杜够儿平常就干泥瓦活儿，就由我和他们两个砌筑。王堂玉负责运送材料，杜狗堂、杜虎半、杜三子三个人负责递送、整理工具，给大家鼓劲、倒水。

商量好各人要带的工具，最后有人说，有个蹦蹦车就好了。田树奎马上指着王堂玉说："堂玉，就用你家的。"

"用吧么，可是油呢？"王堂玉瞪了一眼田树奎说。

"油，你贴，谁让你家那儿的地最多来。修好坝你家受益最大。"田树奎毫不客气地说。

"那行吧。"王堂玉有点无可奈何。"不过，得你开。"

"行。明早六点半就到你家。"

天黑了下来，我赶忙散会，让大家回家。因为要修坝，我和田树奎商量了一下，把两委会推迟到修完坝后再开。

田树奎回到家里快九点了，又例行公事向老婆汇报了会议情况，李云翠听完惊得张大了嘴巴，发表了一通评论："你说就你们几个老汉，能给人家修起坝？"

田树奎照例笑了笑："咱不用操心，有人家杨书记呢。"李云翠叹了口气："就是便宜了王堂玉了。"

第二天，五点半我就醒了。起床洗漱、吃饭，收拾完毕，刚过了六点半，就锁了村委会办公室的门朝拦河坝走去。刚走到往沟下面拐弯的地方，就看见田树奎开着农用三轮车拉着王堂玉也过来了。车厢里拉着铁锹、洋镐、铁锤等八九样工具。两人招呼我上去坐，三轮车"突、突、突"向前驶去。

快到坝前，车停了下来，我先跳了下来走到坝上。河水不算太大，但从坝的豁口流出去还是显得比较急，发出轰鸣的声响。我蹲下来正想好好观察一下，考虑先从哪里下手，就听到田树奎大声喊："哎，水泥怎么少了十几袋？"

正在车上整理工具的王堂玉，听到喊声跳下来朝田树奎走去，一边走一边说："不可能吧，怎么能少下？"

我站在坝上，看到王堂玉走到田树奎跟前，看着水泥，一只手摘了头上的迷彩帽，一只手挠着脑袋喊了起来："哎，怎么真的少了？"然后转过身，朝我喊起来："杨书记，快过来看看，水泥真的少了。"

我不由吃了一惊，水泥怎么会少了呢？我三步并作两步走到堆水泥的地方。

田树奎指着水泥说："看，杨书记，我点过了，只有三十袋了，整整短了十袋。"

我看了一下，果不其然，水泥堆确实比昨天小了。我皱了皱眉头，"堂玉哥，咱们村有丢东西的习惯吗？还有人偷东西呢？"

王堂玉看着我："不可能呀，咱们村满共就这二十来户人家，只要家里有人，街门一般都不关，也没听说谁家丢东西呀。"

"那水泥是自己长着腿跑了？"

"是不是其他村的人偷的？"

"不一定。堂玉，你村里的人是自家村里的不偷，外村的和公家的就不一定了。"田树奎插嘴道。

"那倒也是，不过，这是谁偷了呢？"

"看，杨书记，车辙印还在呢。"田树奎指着河滩上的三道车辙说。

果然河滩有三道车轮印，虽说河滩上没有水比较硬，但三道车轮印还是很明显，一看就是农用三轮车刚刚碾的，一直到拐弯的地方都能看得清，刚才下来的时候，怎么就没有注意？

"树奎哥，这事就咱们三个人知道，先不要声张，我和堂玉哥顺着车辙印看看能不能追回来，咱们的人来了，就说我们俩有事回村里了。"

"行喽，杨书记。怎么我们两个来的时候没有碰上呀。"王堂玉边跟着我走边嘟囔。

我和王堂玉顺着车轮印一直到了公路口，刚到公路口就碰到石爱叶两口子，一个扛着铁锹，一个拎着大铲正下河沟。我打了个招呼，说有个事，让他们两口子先过去。

"杨书记，看不见车印了，怎么办呢？"也难怪，这路就算没有车走也是条省道，一辆农用三轮车的车辙印能留多久？

"咱们先看看上公路时是往哪边拐的。"说着我转身又回到了从沟里上公路的地方弯下了腰，车轮印虽然不太明显，但仔细看还是能看出是往左边拐的痕迹。于是，我直起身，朝公路左边走去。

槐树庄村民的住房基本都是沿公路建的，二十几户在公路两边稀稀拉拉分布了一公里长。从这个拐弯处往左拐是向南走，是上坡，两边有七八家院子，村委会就在村的最南边，离拐弯处不到三百米。

从这个拐弯处往右拐，是下坡，两边十几家院子。总的来看，右边比左边住的人多。

王堂玉跟在我后边走了没几步："杨书记，你走得对不？那水泥还能寻回来？上了公路就啥印印也没有了，你怎么就知道往这头走？"

"堂玉哥，你跟上我走就行。"王堂玉疑惑地看着我，没有吱声。

继续往前走，我心里也没有十成把握。这边一共就七八家，离开公路往家的路都是土路或者砂石路，就一定能留下轮印。只要仔细看谁家路上有新的轮印，应该就能找到。除非不是槐树庄的村民拿的，有人直接从公路上拉走了，但这种可能性极小。拦河坝那么隐蔽的地方，在公路上根本看不到，何况水泥是堆在河滩靠崖的地方，不到跟前根本就看不见，再说才放了不到一天。

我一边走，一边留意各家门口路上的车辙。

走了二百多米，在公路左边有一条向下拐弯的路，这个坡不算小，往左拐下去，再向左拐，一直是下坡，约莫三十米长，路的尽头有户人家，院里的房子比公路低了不少，房顶比路面低了六七米。隐隐约约，有一道车辙从公路拐弯处延伸到院子里，一辆农用三轮车赫然在目，车厢上面苫着一堆塑料布，下面放着什么？

我想，水泥保不齐就在这里了。

王堂玉跟着我也拐了下去："杨书记，你觉得是这一家？你是怎么知道的？可不要逮错。"

"是不是过去把车上的塑料布揭开不就知道了？"

"那可不敢瞎看，逮错挨骂呢。"

"没事，堂玉哥，要骂让他骂我好了。"说话间，我们已经走到这户村民的院子前。院子不算小，有半亩地大。

正北是一溜五间新盖的正房；西边是五间土坯盖的西房；南墙准确说也不能叫墙，因为南边盖了一排猪圈，所以猪圈的后墙就是南墙。没有听到有猪的声音，猪圈也盖得特别简陋，下部用石块砌了近一米高，但看不见水泥或者白灰，应该是用石块直接砌的，上面是六七层砖用泥砌的，砖大部分是不规则的，有大有小，有厚有薄、有红有蓝，有旧有新，我没有猜错的话，这些砖应该是从好多地方捡回来的。

猪圈北边两米多长的墙比周边的墙高出七八十厘米，上面搭着顶，顶是敞口的，南高北低，下雨，水不会流到猪圈里，都流在院子里。也不用担心雨水会流进屋子，因为整个院子北高南低，西高东低，院门在东南角，而东墙不到一米就是乌马河的沟边，院子的水平面距沟底有十来米深，有多少水都会流到乌马河。

但房子和院子的东墙离沟边太近了，一旦遇上大雨，会不会有倒塌的危险，这可有安全隐患啊。

院子没门，只有个口子，我们直接进了院子，没人。三轮车就停在一进院门的路上，这条路在东墙边上，一直通到正房门前，院子西房前面也是一条小路，与东边的路相呼应。除了路和正房门的小坡，院子里种满了菜，靠北边的三畦种着两架西红柿、黄瓜、豆角，叶子已经开始发黄；靠南边的三畦地里种的白菜，长得绿意葱葱。几只芦花鸡正在地里刨食，悠然自得。

王堂玉直接走到三轮车跟前，掀起塑料布。"杨书记，真是水泥。"他朝我招手，没等我说话，就大叫起来，"老大，老大出来！"

"谁呢？老二？大清早你在院里吼啥呢？"随着话音从西房北边的房子里走出来一个老汉，七十岁上下，瘦高个子，黑黑的瘦长的脸上满是皱纹，与一头白发形成鲜明的对比，嘴巴微微翘起，嘴里的牙缺了不少，说话有点收不住的感觉。也许是夏天的原因吧，裤脚吊得老高，露出了黑黑的一小截小腿和脚踝，光着脚穿着一双绿色解放牌老胶鞋，鞋也脏得快看不出颜色了。

老汉一只手端着一个大白瓷碗，一只手拿着筷子指着王堂玉。也许老汉是没有看到我，抑或根本没注意我，两只倒垂的小眼只是瞪着王堂玉。

"老大，你今天拉水泥了？"

"嗯，怎么啦？"

"你从哪里拉的？"

"我从故城拉的，怎么啦？"

"你从故城拉的？故城哪儿拉的？谁给了你的？"

"谁给了我的？谁也没有给我，我自家买的。"

"你自家买的？在哪家买的呢？多少钱来？"

"你管我是在哪家买的呢。老二，你这是一大早就跑我这里审问我来了？"

"不问你问谁呢？你敢说不是从沟底坝跟前拉上的？"

"谁从你坝那儿拉水泥了？一大早的你是要咋呢？"

"老大，你是不承认吧？那我就报警了，你不要后悔。"两个人的声音越来越高，我在一边就像空气一样。

"你爱报哪里，就报哪里吧，还怕个你？"

"行，行。老大，那你就别怪我了。"王堂玉边说边从裤兜里往出拿手机。可还没有等他把手机拿正，又尖又高的声音就随着一个人影从西房北边的房子里飞了出来："报警？爹，咱们拉就是拉了，怕他呢？"

我当时就一愣，扫了一眼王堂玉，发现他也是一愣，不过还没有等我反应过来，他已经吼了起来："二利，你这是和谁说话呢？"

"和你说，怎么的？"出来的人一点儿也不示弱。

"小鬼家没大没小的，你这是和你二伯说话呢？"王堂玉说完就走到墙角提起立着的一把铁锹。

"你有大有小？你怎么和我爹说话呢？他不是你亲老大？你还是二伯呢？"

借着两个人吵架的工夫，我看清楚了从房间出来的是个小伙子，身高、长相与王堂玉大哥一模一样，穿着打扮却时尚很多。

这个叫二利的年轻人，左手腕上带着一串黑珠子串成的手链，右手腕上一只闪着蓝光的手表，脖子上挂着一串黄灿灿的项链。我没有想到在山里，还有这样新潮的年轻人。

从他们的吵架中，我也听出了个大概，老汉是王堂玉亲大哥，叫王堂金，刚才冲出来的年轻人是他二儿子王二利，原来这是一家人在吵架。

这时王堂金看到王堂玉提起了铁锹，忙把筷子和碗拿到一只手里，一只手过去拉住王堂玉："老二，你干啥呀？遭人命呀！"又扭过头吼道："二利，你快跑你妈回去吧，大人说话，你插的嘴做啥？"

"爹，你放开他吧，让他劈了我，还二伯呢？啥二伯呢？你问问他咱们选上他，沾过他的啥光呢？"

"你要沾啥光呢？没良心的东西，你也不想想你家房子是怎么盖起的？"王堂玉一只手提着铁锹，一只手指着王二利吼着。

王二利刚要说什么，王堂金已经来到他身边，一只手握成拳头挥起来作势要打儿子道："你还不给老子滚回屋里去！"拳头并没有打下去，这时，屋里跑出个老妇人，拉着儿子就往屋里跩："俺娃还能和你二伯叫唤呢？快回来！"她把儿子拉进屋里，然后自己转过身站在了门口，挡住了门。王二利并不甘心，还是把头从她妈的肩头上伸了出来叫道："那房子是你盖起的，那是国家危房改造的政策，靠你？"

听到王二利还在叫唤，王堂玉提着铁锹往门口扑去。不过王堂金比他快一步，用拳头朝王二利脑袋杵了过去："你还说了？"

王二利很快把头收了回去。因为她妈挡住了门，两老兄弟几乎同时站在了门口。老妇人笑眯眯地看着王堂玉："他二伯，他小不懂事，说话不知道轻重，你不要和他一般见识。"

"唉！"王堂玉看到嫂子堵在门口，开了口便停住了脚步，摇了摇头叹了口气，放下了手里的铁锹，歪着头略显尴尬地笑了一下："嫂，你在屋里也听见了，你说老大偷了水泥，问问他，鬼打胡说地还跟我叫唤呢。"

"啥叫偷呢？你家用就不叫偷，我家用上些就叫偷了？"王二利把头从他妈的肩头上伸了出来尖叫道。王堂玉立马瞪起了眼，刚要说话，王堂金抢在他前面已经吼了起来："杂种的，你还要多嘴？"并把拳头朝王二利的脑袋挥了过去，王二利立马把头缩回去。

王堂金的老婆还是笑眯眯地看着王堂玉，立马接上话："他二伯，不要理他，猴鬼家（方言，小孩子）来的，嘴上没有把门的。这事要说就是怨你老大呢，你说你要用水泥就不能和老二说句话，说句话老二能不让你用？十来袋子水泥是个啥呢？你说是不是？"

王堂玉刚要说话，可屋里的尖叫比他更快："妈，你看你说的个啥呢？俺二伯要给早就给了，还要我老子去拉？"这一次王堂金并没有再吼他小子，而是笑眯眯看着王堂玉。他老婆也笑眯眯看着王堂玉："他二伯，你看咱家的东街塌了有两个多月了，那时候我和你老大就寻你，你不是说找个机会公家哪里用水泥的时候，你给找几袋，今天你老大不吱声拿回水泥是不对，那也不能就说是偷吧？你说拉回来还省下你送了，趁二利歇的和你老大把东街垒起了。"

听大嫂的话，王堂玉摘下了他头上的迷彩帽，又用手挠起了脑袋："嫂，你看这水泥要是我的，你用就用了吧，可是这村里拉过来修拦河坝的。"王堂玉的话还没有说完，屋里边的尖叫声又响起了："二伯，你这是日捣谁呢？那拦河坝是给谁修呢？不是给你家，那里一共一百来亩地，你和你小子就三十来亩，你家用你就能寻回水泥来，你老大就用了些你就纠缠上了，还亲弟兄呢！"王堂玉想骂一下自己的侄子，可看见大哥大嫂都笑眯眯地看着自己，又不知道该怎么骂了。

静默了十几秒他突然拍了一下自己的大腿，转身指着我说："唉！老大、嫂嫂，那水泥是人家杨书记拉过来的，你们和人家说吧，我是管不了了。"这时王堂金和他老婆才注意到院子里站的我，三个人的目光齐刷刷地看向了我。

看到他们看我，我便朝他们微微点了点头，朝他们跟前走了过去。王堂金疑惑地看着王堂玉："哪儿来的杨书记？"

"是县里派到咱们村的第一书记。"王堂玉指着我对王堂金说，"杨书记，这是我大哥王堂金，水泥是他拉回来要垒东墙呢，你看咋办？"

这时我已经走到了三人的跟前。王堂金似笑非笑地眯着眼看着我，一只手还拿着碗筷，另一只手朝前摊开："杨书记，你看，这是让你笑话了。"我点了点头，把王堂玉踢给我的皮球传给了王堂金："咱就不多说了，你就说说今天这事怎么办吧？"

"怎么办？我也不知道怎么办了。"王堂金眨巴眨巴他的小眼睛望着我，"杨书记，要不我用了算了，反正你们修坝也是给老百姓修，我修院墙也算是给老百姓修呢吧？都是给老百姓修，用到哪里不是一样呢？实在不行的话，我们给你个钱，你说呢？杨书记。"皮球又到了我这里，我自己就又踢给了王堂玉："堂玉哥，你说呢？"我就是通过他的态度看看田庄党员干部的素质。

听到我问他，王堂玉看了看他老大和嫂子，又看了看我，说："杨书记，要不就让我老大用了吧，我觉得咱们修坝也用不了那么多，我老大也恓惶，三个小子，你说呢？"

我朝他微微笑了笑："堂玉哥，这要不是你老大，是其他人你会怎么办？"

"这。"王堂玉稍微犹豫了一下接着说，"那也得看情况吧，要是咱们用不了，也不能扔了吧？"

"可是坝还没有修呢？你怎么知道会剩下？"我盯着王堂玉语气平静地说。

"我是估摸呢，可是你说这该怎么办呢？还能让再拉回去？"王堂玉又用手挠起了脑袋。

"怎么就不能拉回去呢？"我反问道。我的话音刚落下，屋子里尖叫声又响起了："拉回的，那不可能！"接着又把脑袋从他妈的肩膀上伸了出来。

我盯着他看了几秒钟，把头转向王堂金："你们一家人让我改变了对山里人的看法，我一直认为山里人淳朴善良，老实厚道，今天看来是我的印象有问题，我也从来没有见到过偷了东西还这么理直气壮的。"

"不就是十几袋水泥么？那怎么能叫偷了？"还没有等我说完，尖叫声就又打断了我的话。

　　我扭过头盯着他一字一板地说："如果没有通过人家同意就悄悄地把人家的东西拿走了，还不叫偷，我就不知道什么叫偷了。"然后我又对着王堂玉说："下午三点前水泥是怎么拉回来的，还怎么拉回去，到时候看不见水泥，对不起，咱们派出所见。"说完我扭头就走。

　　王堂金、王堂玉兄弟两个在后面直叫："杨书记，你不要走的呢。"我转过身朝王堂金挥了挥手："记得下午三点前。"说完再不理会他们，往拦河坝走去。看到我走了，王堂玉叹了口气："大哥、大嫂，你们看着办吧。"也跟在我后面走了出来，留下王堂金两口子站在院子里，面面相觑。

　　回到坝上八点多了，坝跟前已经有十几个人。有一个六十来岁的男子和一个十七八岁的小伙子正在和灰，一大堆灰已经基本和好了，老党员杜狗堂正拿着水瓢往灰堆上浇水。石虎儿、石爱叶还有一个二十来岁的小伙子正从三轮车上卸石块。田树奎、杜够儿、杜虎半、杜三子还有两个我不认识的五十来岁的男子正围着坝指指点点。

　　看到我和王堂玉走来，杜狗堂直起了身子，朝我挥了挥手喊道："你可回来了！"

　　其他人听到了杜狗堂的喊声都直起了身子，朝我望了过来。我也忙朝大家挥了挥手说："呀，人不少了。"

　　"老杨，这是我大小子杜爱兵，在粮食局来，退休好几年了，这两天正好在家里住的，这是重孙杜文强，在城里上高中，放了假和他爷爷一起在家里住的。"杜狗堂指着正在和灰的一老一小自豪地给我介绍着。我笑着朝两人点了点头，把目光投向围着坝两个我不认识的五十来岁的男子。杜虎半忙指着其中个子瘦小的说："杨书记，这是我小子。"

"杨书记，这是我小子。"杜三子忙指着另一个男子给我介绍。

我心中有说不出的高兴，朝大家笑着说："谢谢大家！欢迎大家参加咱们村的义务劳动！"

两个男子也忙说："杨书记，谢什么呢？这其实就是给我们自家做呢，这里我们都有地。"

我回头看了一眼身后的王堂玉，他的脸红了，又摘下了他头上的迷彩帽，用手挠起了脑袋。这时田树奎朝我说道："快的，杨书记，你可回来了，一家儿正不知道该怎么下手呢？"

"怎么呢？"我边说边走到坝跟前。

"你看，杨书记，按你说的要加宽坝底，这水流得急，水泥还没有放下去就可能被水冲走了，怎么垒？要是先处理泄洪口也存在这问题。"杜够儿指着坝对我说。

"那原来怎么修的坝？"我看着杜够儿。

"原来都是快冬天或春季水特别小的时候才修呢，现在就不是修坝的时候。"田树奎抢着说道。

"哦，可是老百姓秋天就都等的浇地呢，怎么能等到冬天或者是春季呢？"

"那就得把水先处理了，可是这么大的水，怎么处理，拦是拦不住。"杜够儿朝我说道，"引出去吧，这么大的水往哪里引？再说引水又得挖渠又得垒坝，成本也太大。"

"垒坝倒不用，用沙袋堵也可以。"田树奎说道。

"可是用沙袋成本也不低，也费工。"杜够儿接着说。

"那用木板拦一下，是不是省事点？"我扭头一看是老党员杜狗堂。这时所有的人都到了坝跟前。

"省不少事呢，可是哪里找木板呢？"田树奎看着杜狗堂说。

"嗨！我家就有呢。"杜狗堂拍了一下大腿说。

　　大家一下把目光都转到杜狗堂身上。

　　"我和我老婆的土板，放了好多年了。"

　　"爹，那可是你给你和我妈准备的，多少年你打宝贝似的遮盖的，又怕日晒又怕雨淋，今天泡到水里，你舍得了？"杜狗堂大儿子杜爱兵看着杜狗堂说。

　　"嗨！小子。看看老子和你妈的身子，一两年有啥事？有用的东西才是好东西，好东西在土里老子睡得才安稳。走，谁和我去拉？"老党员杜狗堂拍着自己的胸脯大声说。

　　一时间大家你看我我看你谁也没有吱声。

　　"唉，老爷子说拉就拉吧，那还是老两口都过了六十岁时我从城里木材市场给老两口买的，平时当宝贝似的，他说用就用吧，只要他老人家高兴。"杜爱兵看着大家说道。

　　"说那么多干啥呢？它能给大家做贡献是它的造化，说不定将来和我入土了还因为积了德能修炼成精呢。"杜狗堂笑呵呵地对大家说道，"走吧。谁跟我拉去，我一个人可奈何不过来。"

　　"走，我和你去。"田树奎边说边朝农用三轮车走去。

　　"树奎，光你们两个可弄不动。文强，走，和你老爷一起拉去。"杜爱兵说完和他孙子一起爬上了三轮车。

　　"我也去吧。"杜三子家小子说着也跟着三轮车走了。

　　"杨书记，光板子还不行，还得装点沙袋子拦住板子。"杜够儿说。

　　"嗯。"我点了点头，看了一下众人。

　　"杨书记，袋子我家有，都是装鸡饲料用的，来我和老杜回去拉。"说话的是石爱叶。说完她朝杜够儿看了一眼，两人就相跟上走了。

　　我看了看剩下的人："他们都拉东西去了，咱们也不用歇的。堂玉哥你带上两个人去看看近处哪里有沙子，挖点准备一会儿装沙袋子，其他人和我到坝的豁口把口子砸齐，等会儿咱们先做泄洪口的一边。"说完我到工具堆拿了一把八磅锤朝坝的豁口走去。

王堂玉带着杜三子、杜虎半找沙去了。杜虎半家儿子也到工具堆上拿了一把铁锤和铁錾子，跟在我的身后。我和杜虎半家儿子先砸坝豁口的西边。没想到河水虽然把这坝冲塌了，可是剩下的部分还特别结实，我俩砸了半天，成效也不大，而且站在坝上砸特别不得劲，有点使不上劲的感觉。

这时，石爱叶、杜够儿两口子已经拿来袋子，王堂玉他们几个开始装沙袋子。我想了想这也不是办法呀，干脆脱了鞋挽起裤腿跳进河里，顿时一股冷气从脚心窜了上来，没想到 8 月份了河水还这么冷。

杜虎半家儿子看到我跳进河里吓了一跳："杨书记，不行，河水可激人哩。"

"没事。"我咬了咬牙挥起了手里的八磅锤朝坝砸下去，砸几下果然见了成效，被砸的地方出现了裂缝，而且脚下也没有那么冷了，只是河底有些小石子碾得脚掌有点痛。

河水哗啦啦地流着，还让人有点站不稳的感觉。杜虎半家儿子看到我砸的地方出现了裂缝，便拿了一把钢錾子插到裂缝里，然后对我说："杨书记你把八磅锤给我，躲开点。"等我爬到了坝上，他从我手里接过了八磅锤抢起来朝钢錾子砸了下去。一下，两下，三下……"轰"的一声，一大块坝体掉了下来。

看到有了成效，我们两个都非常高兴，就按照这方法干了起来。过了一个多小时，我们已砸有一少半。这时，田树奎已经用农用三轮车拉来三块大木板。

刚停下车，田树奎就朝我喊："杨书记，可重呢，一次可都拉不过来。"

杜狗堂站在车后边，笑呵呵地对田树奎说："树奎，这还发愁呢，大不了咱们多跑两趟。"

我放下八磅锤，光着脚走到了车跟前。看了看这三块木板，长有三米左右，宽有七八十厘米，厚有十五六厘米，全是松木板。我试着抬了一下，还真沉。

田树奎忙对我说："杨书记，可重呢，你一个人可闹不动。"

这时，大家也围过来了。王堂玉笑着对杜狗堂说："狗堂伯，可惜呢。"

"可惜啥？"

"这么好的板材让水泡了。"

"泡了怕啥？"

"水泡了板材怕会裂缝。"

"裂缝怕啥了，不能用腻子补起来？它能为大家出出力，我睡到里面才安稳呢。"

在两人一问一答间，杜爱兵和他孙子还有杜虎半和杜三子家儿子四个人已经抬起木板朝坝走过去了。我忙招呼王堂玉和田树奎，还有杜够儿两人一组抬起沙袋朝坝走过去。

到了坝跟前，我从坝体坍塌处的西边到河岸瞄了一条斜线，顺着斜线从岸边立起了木板，木板两边用沙袋顶住。用了将近两个小时，一条约九米用木板和沙袋拦起的临时坝已经建起来了，河水顺着这条小坝流走，在坝体前面露出了一小片湿湿的沙滩。但这条小坝离坝体坍塌处的西边还有约三米宽没有拦起来，坝体前面还有河水。于是大家又按开始的分工，拉板的拉板，装沙的装沙，砸坝的砸坝。等木板拉来把这条小坝完全拦起来的时候，已经过了晌午。

下午两点半，吃了中饭，大家又回到修坝工地上，有两个五十多岁的村民也加入修坝的队伍中。其中瘦高个杜十娃,是个垒坝高手，垒坝的速度很快，活儿也干得漂亮，一边垒还一边朝王堂玉喊："堂玉哥，怎么修坝也不告诉我们呢？幸亏我们知道了，要不等修起了，我们有啥脸用坝？是不是你想修起就你家用呢？"

王堂玉脸涨红了："十娃子，是不是专门败老子的兴呢？没有到你家叫过你？"

杜十娃一脸坏笑："堂玉哥，你那是叫人干活呢？"

"那不是叫人干活，是叫毛驴来？"王堂玉的脸仍然涨得通红。

"不用斗嘴了，快好好干活吧。"杜狗堂洪亮的声音又响了起来。

"好嘞，老爷子，误不了活。"杜十娃朝身后的杜狗堂笑了笑。

我看到水泥堆旁边，堆着趁中午没人时王堂金送回来的十袋水泥。

活儿干得很快，傍晚收工的时候西边坝体底部加宽已经完成，而且坝体全部用水泥砂浆灌了缝，泄洪口的板槽也修得差不多了，只剩下东边一小截坝体。照这个速度，明天上午就能完工。

第五章
深夜长谈

　　收了工回到村委会，吃完饭已经九点多了。

　　夜晚，山里边很凉。尽管累了一天，可想到白天修坝这么顺利，我一点睡意也没有。洗漱完毕，决定到公路上溜达溜达。

　　出了村委会大门往右边一拐，就看到槐树庄村星星点点的灯光，像天上的星星，稀稀疏疏，参差不齐。我顺着公路向南走去，走了十分钟左右，就到了槐树庄村村口。到村口反而看不见灯光，村子里静悄悄的，没有什么声响，估计村民们累了一天，差不多都睡觉了。我也不准备再溜达了，刚转过身，忽然听到熟悉的笑声，这笑声尽管不高，可在寂静的夜里显得特别响亮。嗯，这是杜狗堂老爷子的声音。累了一天，这么晚了他还没睡？

　　我立住了脚，山村又恢复了寂静。我竖起耳朵用力听，还是没有任何声音。难道是我听错了？还是幻觉？

　　两三分钟过去仍没有动静。我正准备转身回去，那笑声又响了。嗯，老爷子还没有睡。脑子一转，我沿公路朝笑声传来的方向走去。向前十几米，又听到了老爷子的笑声，接着听到低低的男人声："爹，快别笑了，夜深人静，别吓着人。"

"嘿嘿，爹今天高兴，好多年没有这么高兴过了。"尽管声音压得低，我还是听出杜狗堂的声音。

我拿出手机，打开手电朝声音传来的方向照去。果然，在前面十几米的台子上有三个黑影。

"谁呢？"看见手电的光，有人问道。

"是我，怎么还没有睡呢？"我边回答，边快步走了过去。

"啊，是老杨，快来。"三个黑影都站了起来。

"不好意思，打扰你们了。"说话间我已经来到黑台子跟前。抬头一看，哪是什么黑台子，这分明就是房顶上。

走到跟前，我隐隐约约能看清房子的位置。房子在路的右边，房顶比公路高出一米左右，但要爬上房顶几乎没有可能。因为虽然房子就在路边，路沿离房子也不过两米宽，可中间有一条深沟，无法跨越。

"快给杨书记开门去。"看见我已经在屋顶下面，杜狗堂说道。

其中一个黑影消失了，接着院子里有了灯光，然后就听到身后小巷子有开门声。一个瘦高个已经站在了我的面前，正是杜狗堂的重孙杜文强，今天在修坝工地上干了一天活。

"爷爷，跟我往这边走。"我跟在杜文强身后朝小巷子里走去，下坡约二十步，两扇大木门敞开着，灯光射了出来，再往下还是下坡路，应该是通往乌马河边。等我进了院子，小伙子转身关上大门。

这是一处窑洞院，正房五眼石砌窑洞，石块均匀细致，一看就是讲究人家。看颜色有些年头了，整个窑洞古朴厚实。东房比正房略低一点，是三眼石砌窑洞，石块明显比正房小。院子中间种着几畦当季的蔬菜。院子西边靠墙是用石条砌筑的台阶，一直通到屋顶。

此刻，有两个黑影正站在台阶的顶端，一个是杜狗堂老爷子，另一个应该是他儿子杜爱兵。

"老杨，这里，快上来。"见我进了院子，老爷子便朝我喊。

"爹，声音小点，夜静了，不要惊扰了人家。"

"呵呵，没事。强强，快拿上来一个凳子，把筷子也拿上来。"

"知道了，老爷。"小伙子答应着进了东边的窑洞。我则从西边的台阶向屋顶爬，到了顶端，老爷子一把抓住我的胳膊："老杨，来来来，快坐。"老人的手又大又厚实，还挺有劲。

屋顶中央放着一张方桌，桌子不大，但很精致，一边正好可以坐一个人。桌上有三副碗筷，七八碟菜，一瓶酒。

"不啦，不啦，我已经吃过了，你们快吃。"我赶忙推辞。

"怎么？吃了饭还不能喝盅酒？看不起我老汉，还是我的酒不够招待你的标准？"老爷子用起了激将法。

"爹，看你说的个啥，人家杨书记是那人？"杜爱兵插嘴说道，"杨书记，你快坐下吧，陪我爹喝点，要不，他要不高兴了。"

"我这来的真不是时候，打扰你们一家子吃饭了。"见我还在客气，老爷子一把拉住我："说的个啥呢，你给我坐下吧。"

说完他先坐到凳子上，把我也拉着坐在他旁边的凳子上。这时，杜文强已经上来，搬了一个凳子，摆上一双筷子和一个酒盅。看到杜狗堂和我已经坐下，爷孙两个也坐下。

"老杨，来，咱们喝一盅。"老人朝我举起酒盅。

我赶忙端起了酒盅，杜爱兵也端起酒盅。三人碰了一下，还没有等我喝，老人已"滋溜"一声喝光了，把酒盅朝下："先干为敬！"

我也赶忙喝干酒盅的酒。为了怕老人给我倒酒，我抢先抓住酒瓶。杜爱兵见状，忙伸手来抢。

"杨书记，你来我家是客人，怎么还能让你倒酒呢？"

"老哥，你别抢，我总得给老人家倒一盅吧？"我顺势挡了一下，另一只手拿着酒瓶给老爷子斟满酒，又给杜爱兵倒满，把自己酒盅倒满双手举起，"来，借花献佛，我敬您一盅，祝您福如东海长流水，寿比南山不老松。"

"嘿嘿，老杨，你太客气了。"杜狗堂说完，又"滋溜"一声喝光了。看到我喝完，老人拿起筷子指着桌子上的菜："不要光喝酒，吃点菜。"

"好，好。"我答应着拿起了筷子。这时我才看清桌上有炒土豆丝、炒豆腐、糖拌西红柿、黄瓜拌豆角、蒜泥茄子、干炒花生米、午餐肉，有一盘带鱼罐头。外带一小碟辣椒酱，酒是本地产的谷酒。

看到我用筷子夹了一块西红柿，杜爱兵说："杨书记，不好意思，没有什么好菜。咱们田庄太背，连个小卖铺都没有，买什么都得从城里带，天气热也放不住，肉食只能是罐头，你就将就将就吧。"

"哎！老杨不是外人，碰上什么就吃什么吧。你说是不？咱们喝酒。"还没有等儿子说完，就被老爷子打断了，边说边朝我举起酒盅。

我赶忙举起酒盅："老爷子说得对，咱不是外人，况且自家种的无公害蔬菜，在城里想吃都吃不上。"

"对喽！"杜狗堂说着又把自己的酒盅倒满。我怕老人喝多了，忙阻拦。他看了我一眼："老杨，你是怕我喝多了？"

"老爷子，岁数不饶人，少喝一点吧。"我劝道。

"嗨，老杨，你太小看我了。年轻的时候，我在部队想喝酒都喝不上，馋呐！只要能有喝酒的机会，哪次不是一斤多？喝了酒从来没有误过事。"

"爹，你还知道那是年轻时候啊？现在多大年纪？好汉还不提当年勇呢。"杜爱兵低声嘟囔。尽管六十多岁了，对父亲还是有点敬畏。

"呵呵。没事，你小子，老子今天高兴，这几盅酒有屁事。"

"老爷，你高兴什么呢？"一直没有吱声的杜文强问道。

"看我娃。"老爷子抬起右手摸了摸坐在右边重孙子的头："老爷想起年轻时候的事了，那会儿人心多齐呐！今天又找到那种感觉了。"

"看看，爹，你总是爱提过去，现在和过去能一样了？"

"怎么不一样？难道这不是共产党领导的天下？"老爷子瞪了一眼坐在对面的儿子，嗓门也提高了。

我忙抓了一下老爷子的胳膊，用手指了指嘴。杜狗堂马上压低了声音，"就不愿意说过去，过去给你们丢人败兴呢？老子 1948 年2 月就参加了民兵，1949 年 3 月上太原的前线，炮火连天，老子眼睛都没有眨一下。1949 年 5 月，加入炮一师二十六团直接参加保卫太原战，1950 年 10 月，老子随部队第一批参加抗美援朝。首战云山，老子是主炮手，打得美军骑一师屁滚尿流。抗美援朝老子立的可是二等功。"老人用手擦了一下眼睛，"要不是那年你妈生下你，你爷爷和你奶奶又生了病，老子也不会那么早就离开部队回来，转业回来当食品厂的厂长。"

"那你还不是照样受处分？现在还不是照样什么都不是？"杜爱兵轻声嘟囔。

"啥？你说啥？老子怎么受的处分？他们凭什么给老子处分，老子一辈子光明磊落，问心无愧，今天就当着老杨的面，给你们说道说道。"

我怕杜爱兵又说啥，让老人太激动，赶忙拍了一下他的大腿："老人家，不着急，咱慢慢说。"

"唉，老杨，这几年我也是一肚子气啊。1962 年我自愿响应省委号召回到村里，担任槐树庄大队的党支部书记，到 1983 年，二十多年啊。"老人叹了口气，"那时槐树庄，有近三百人呐，有自己的托儿所、幼儿园、学校，有自己的磨坊、豆腐坊、油坊、猪场、鸡场、果园、水电所、机耕队，光大牲畜就有三十多头，大小车辆十几辆。现在呢，还有什么呢？什么都没有了，黑塌糊了。

"刚回槐树庄大队的时候，什么都没有。大队里人多地少，旱地产量不高，每年春季闹饥荒，年年都吃救济。

"1963年，号召农业学大寨，我组织了青年突击队，铁姑娘战斗队，那可是战天斗地啊！那时哪有什么机械，小平车都没有几辆，扁担是自己砍树削的，箩筐是自己砍荆条编的。就是用刀劈斧砍錾子凿在山坡上造梯田，咱们村周边都是石头山，没有土，我们硬是从五里以外后山的土山担土到石山上造田，说是'万里千担一亩田'一点也不过分，一年也不知道磨破了多少鞋，挑烂了多少箩筐。

"那时候一有空就造田，到了冬天就是'六对六''一出勤两送饭'，还不一定能吃饱，一年三百六十五天没有一天没有一个人闲着，老的托儿所看小孩，在家做饭，整理村里的街道，年轻的都在地里忙。过大年我们都不歇，都在沤粪造肥，每造出一块梯田的时候，全村人兴高采烈，比过年还高兴。可是那时我们吃不饱，天天累得快死，也没有人偷懒，没有怨言，累了一天，晚上还开会，学习唱歌，演节目，你们说那时候的人怎么就有那么大精神头呢？"老人说着闭上了眼睛，像是沉浸在往昔的岁月中。

我看看有十点多了，屋顶上凉风吹来，还有点冷，怕老人受不了，忙对老人说："老人家，咱们今天不早了，改天我们再好好倒歇吧？"

老人并没有马上答复我，闭着眼睛，静静地停了十几秒突然站了起来。我和杜爱兵也赶忙站了起来。

"老杨，你看看。"老人指着身后黑压压的大山对我说："那儿有三百多亩地，哪一块不是我们一头水、一把汗、一筐一筐土造出来的？"

"爹，我们都知道了。不早了，让杨书记回去休息吧。"杜爱兵插嘴道。

"你小子别多嘴。"老人很不满地对杜爱兵说。

"老杨，你不嫌我烦吧，我可真想和你说说。十几年来，我憋在心里，从来没有和人讲过。也许是缘分吧，我特别想把憋在心里多年的话和你说说。"

我看了一眼杜爱兵，发现他也在看我，但只是看着我，并没有任何表示，只好开了口："老人家，我也很想听你说，可是今天这么晚了，你又跟上我们折腾了一天，我怕你身体扛不住。"

"爹，今天不早了。要不咱们改日专门叫杨书记过来再说吧。"

"你知道个啥，老子今天正好有心情，一吐为快。改日谁知道还有没有心情，你累了你先歇去，我和老杨说说。"老人又坐到了自己的凳子上，拍着我刚才坐过的凳子说，"来，老杨，咱们坐下再说会儿。"

我只好坐了下来，杜爱兵也跟着坐下来。在我们说话的工夫，杜文强已经把桌上的剩酒剩菜收拾了，给我们每人端了一杯茶。

"老杨，你别嫌我麻烦，我都憋了多少年了，今天就想和你说说。"看到我点了点头，老人接着说，"老杨，你说我们那时候就一心一意多打粮食，多交公粮，多为国家分愁解忧，多给社员们分粮食，我们有错吗？"

还没有等我说话，老人又接着说："那时候，我们苦，可我们苦得开心，我们觉得苦得值得，我们苦得没有怨言。地修好后，都是旱地，我们硬是靠自己的双手修起了拦河坝，在山顶上开辟蓄水池，让三百多亩人造梯田全部成为水浇地。要不然 1983 年搞联产承包责任制，给社员们分地，分个屁。让他们拍拍自己的良心，这么多年来，社员们靠什么生活，还不是靠我们当时一头水一头汗造的地！可后来居然有人说什么，可恶的杜狗堂，跟上他没把人受死了，良心都让狗吃了。"

"爹，你就爱说过去，一点儿也跟不上形势，要不你就受了处分呢！"

"啪！"杜爱兵语音刚落，一声巨响炸在寂静的夜空，老爷子拍了一下桌子，霍地站了起来。

"你、你、你，你居然敢这么和老子说话，老子是受了处分，但老子不后悔，就现在老子还是反对分了农业社，你看看现在咱们村里还有什么？"老爷子说着，胸脯一起一伏。我怕老爷子太过于激动出事，赶忙站了起来扶住老爷子："老爷子，别急，别急，咱坐下慢慢说。"我边扶着老爷子坐下，边拍了一下杜爱兵。

"唉。"老爷子长长地叹了口气，"老杨，其实也不能全怪孩子们，他们跟上我也受累了。

"1982年上级开会说要搞包产到户，搞联产承包责任制。只要为社员好，咱没有意见。可是没有想到1983年具体搞的时候，先是让分地，后来把农业社全都分干了，我当时就不干了，坚决反对。我对农业社是什么样的感情啊！

"我特别感谢下放到咱们村的张教授和那帮知识青年。

"张华教授在咱们这里三年，最后一年还把他女人带过来住了半年。

"那女人可是个好女人啊！姓高，是医学院的教授。长得文文静静，给人看病可不含糊，好几个多少年都腿痛得下不了炕的老汉，都让她看得能下地干活了。海花子生她二小子的时候，说是横胎，生不下来，急得好几个接生婆儿和公社卫生院的接生医生直跺脚，说是大小都保不住了，让准备后事，可人家高教授进去一会儿，孩子生下来了，大小都保住了。

"住了半年，人家不知道救了多少人，更重要的是人家带了咱们的好几个赤脚医生，手艺不知道提高了多少。

"要说张教授可真没有白吃咱的白面呀。那可是个大能人，下放到咱这里三年，给咱干成多少事啊！

"我们修好梯田后，都是旱地，基本上是靠天吃饭。靠我们肩挑，能保证春季抓住苗就不错了，天旱得厉害了，靠肩挑的水种地就是杯水车薪，不顶用。再说，天旱，河里也没水。

"后来，我们修了拦河坝，虽然能蓄点水，可是雨水一大，发山洪，河里水一涨，坝就塌了，年年修坝年年塌，年年塌坝年年修，烦人呀！

"张教授 1969 年刚过年来的。当时，我正组织青年突击队修复被洪水冲垮的拦河坝。他来了，在我家刚安顿下来，当天就随我上工地。

"过了有半个多月，坝上可就变样子了。张教授带领着知识青年和社员在坝上安上了石磨，安上了水车。拦河坝蓄起水后，石磨转起来了，水车也转起来了。原来我们光磨面，常年要耗一具牲口和一个劳力，有时还顾不过来。这下可好，不光把牲口省下了，劳力也省下了，而且河水大的时候，磨转得飞快，一天可以磨好几家。水车吧，虽然转出的水只有半浇道，可是那也比人挑水强多了。那一年我们的地基本都有水浇了，第一年亩产突破四百斤，我们大队也第一年不用国家救济粮，实现了自产自足。

"等张教授走的时候，我们大队已经用上了电水车和电磨，周边大队快眼红死了。可是到了农业社一散，什么都没有了，水电站、电水车和电磨都拆了、卖了……唉！"

夜幕中可以感受到老人沮丧的心情。杜爱兵劝道："爹，那不是改革开放，政府给每个村都通上电了嘛，这电比咱们发的电好多了，又稳又足，不像咱们发的电经常就带不动水车和电磨，时代发展了，那些落后的东西就该被淘汰了，你还留恋它们干什么？你就是思想跟不上发展。"

"你放屁！"杜狗堂霍地站了起来，我也赶忙站了起来。

"唉，爹是跟不上，爹也知道改革开放后咱们的生活不知道比原来好了多少倍，可是改革开放也不一定非把农业社吃干喝尽吗？好好的坝要不拆掉，还要咱们今天修这个拦河坝吗？"老人换了个口气说。

随后，老人转过身望了望东边发白的天空，回头对我说："老杨，看看这一扯就和你扯了一黑夜，你快回去歇一歇吧。"

我忙说："以后有的是时间，我喜欢听您说。"回到村委会已凌晨四点，我洗了洗，胡乱把铺盖铺开躺下就睡了。

手机闹钟把我叫醒，揉一揉眼睛，伸了个懒腰，真想再眯一会儿。于是，我双手交叉放在脑后，压在枕头上朝天伸展躺下，又迷糊了……回笼觉真舒服。直到闹钟再次响起，翻身下床，收拾铺盖，胡乱洗漱，热水煮面，小跑着去修坝工地。

刚到沟口，就看到有七八个人在干活。我三步并两步走到跟前，是杜虎半、杜三子带着他们的儿子，还有三个不认识的人在垒坝，其中一个是五十岁左右的妇女。

我和大家打招呼："早，我可是迟到了呀！"

"杨书记你也够早的了，我们也是刚到，比你早不了多少。"杜三子直起身子看着我说。

"毛主席说过'只有落后的干部，没有落后的群众'。我还是比大家迟啊，得好好向大家学习。"我边打趣边挽起袖子和裤腿，跨上了坝。

"看杨书记说的，我们这都是给自己干呢，还能不积极点？"杜虎半弯着腰说。

大家你一言我一声，欢声笑语，干活也不觉得累。

村民一个接着一个来了。到八点，除了杜狗堂老人，昨天的人全到了，比昨天还多了七八个人。

我把田树奎和王堂玉招呼到一起，简单碰了头，分了工就各到各的工作面干活去了。

　　我担心杜狗堂老人昨晚是不是受凉感冒了，毕竟上年纪了，熬到那么晚，心中暗暗责怪自己。我招手叫来杜爱兵问老人的情况，没想到他笑呵呵地说："你担心他？他还担心你呢。我老子？精神得很，现在正在家里给大家烧水呢。"这下我的心总算放到肚子里了。

　　果然如杜爱兵所说，过了不到半小时，杜狗堂提着两个暖瓶和几个缸子，雄赳赳气昂昂地从坡上走下来。

　　因为人数增加了，积极性也很高，到下午七点多，坝已经全修好了，只是因为要保护新修的坝体，木板和沙袋筑的临时拦水坝要过几天才能拆掉。可惜了，杜狗堂那几块棺木板还得在水里泡几天。所幸，杜狗堂祖孙三人并不在乎这些。

第六章
重温誓词

开村民代表会那天，党员大会也同时召开。这是我到田庄开的第一次重要会议。能否开好，直接关系到我今后工作能否顺利开展。

前一天晚上，我做了充分的准备，对可能出现的情况反复设想，想好了应对的办法。

我早早吃了饭，把屋子收拾利索，三足铁凳绕着"大床"摆成两圈。想想，院里也需要好好清理一下。

"杨书记，你收拾了？"正低头扫路，背后一声问话，听声音就知道是田树奎。

"呀！田书记今天精干呢。"见我夸赞，田树奎倒不好意思了，"没有，还不是个那？"黝黑的脸上笑得沟壑纵横。

田树奎慢悠悠地进了村委会，拿了簸箕出来帮我清理垃圾。

他胡子刮得干干净净，露出发青的腮帮子，花白头发顺溜服帖，衣服和鞋子也是新的，只是两个裤口袋鼓鼓囊囊，有点煞风景。

传来田铜虎和石爱叶的说话声，接着王堂玉也来了，看见我在收拾院子，他们也到建奎屋里找了铁锹和笤帚，过来一起帮忙。

村主任石水生到得最晚。他也刻意打扮过了，头上的板寸打了摩丝，乌黑发亮。褐色的休闲服敞开着，露出鲜亮的花衬衣，下身笔挺的裤子，最显眼的是腰间金灿灿的宽皮带和手腕上的劳力士手表，腋下夹着爱马仕黑皮包，整个行头一看就是价值不菲。

这打扮哪像个农民，分明就是老板派头，与田庄格格不入，莫非这就是新时代农民形象？

石水生进了村委会大院，并没有理会收拾院子的我们，而是大声招呼其他人，这个大爷，那个伯伯叫得好不亲热，一边从黑皮包里取出一包烟，开始给大伙发烟。

田树奎停下手里的活，从裤口袋掏出一盒烟，也开始发烟。

我这时才明白，田树奎鼓鼓囊囊的裤口袋装的是香烟。

石水生发完一包烟，招呼十几个村民代表进了办公室，院子里还留下十几个党员。因为通知先开村民代表会，所以不是村民代表的党员自觉地留在外面。这样就出现了一幅和谐默契的抽烟局面。

十几个村民代表在村委会办公室由村主任发烟，在院子里的十几个党员由书记发烟，一根还没有抽完，另一根就已经扔过来了。偶尔两人交叉一下，田树奎到屋里发烟，石水生到院子里发烟。

我和田铜虎、石爱叶不抽烟。继续收拾院子里的杂草，抽烟的人蹲在地上吞云吐雾。

第一次开村民代表会和党员会，许多人我还不认识，所以不去理会，顺其自然。有一刹那，我看见杜狗堂进了大门露了一下脸就转身走了。不知何意？

时间差不多了，我招呼田铜虎、石爱叶进去开会。

"你们都站着干啥，嘴上插上白棍子，手就占住了？人家干活，你们杵着，羞不羞哩，给田庄丢人呢。"突然听到这么大的声音，把我吓了一跳，不光是我，院里的人都吃了一惊，目光唰地射向说话的人，杜狗堂走进大院。

他并不在乎众人的目光。"哗啦啦"把肩上七八张铁锹扔到地上，也不搭理任何人，径自拿了一把铲起了院子里的草。

几个人站起来，去拿铁锹。大部分是槐树庄的党员，没有铁锹的就蹲在地上，收拾铁锹铲起的草。还有几个站起来，明显有些不情愿。"你当你是谁呀，你以为还是你当头儿那会儿？多管闲事。"声音虽然很低，但我听得清清楚楚。见我盯着他看，他马上闭住嘴，走进铲草的人群。

我和田铜虎、石爱叶进了办公室，很快就退了出来。里面太呛了。田树奎此刻也在里面，屋里烟雾缭绕，见我进来，石水生还专门站起来发了一圈烟，不同的是，已经从硬中华换成了芙蓉王。他刚才出去了一趟，原来是皮包里的烟发完了。而田树奎的裤口袋也瘪了，屋子里二十多个人，都在贪婪地吸烟，有的人耳朵上各别了一支，还继续在接石水生扔过来的烟。

这情形不适合开会。不抽烟的人呛得受不了，制止吸烟则会犯众怒，石水生的目的就达到了。田铜虎、石爱叶往出退，大家一片哄笑，我呢？石水生偷瞟我，意思很明白。

我早已见怪不怪，走过去打开窗户："大家喜欢抽烟，今天咱们开会的第一项议程就是抽烟，大家放开量抽吧。"

把屋里的窗户全打开，我也退了出来。和大家一起清理院子，我算定石水生很快就会出来找我去开会，就不信了，一个秋橛子还能哄了老公鸡。

田树奎、石水生发烟，实际是在笼络人心。田树奎发烟的对象主要是党员，石水生发烟的对象是村民代表，这里面也有交叉的，是长期形成的一种"潜规则"。

这与村级换届选举有关，发烟是村主任、书记对村民代表和党员选取自己的回报。他们的心理是，我选举你当村主任、书记，你请我抽支烟也是应该的。如果你连根烟都不能给我们抽，那你还能给我们干什么？我们选你干什么？

香烟起的作用，我慢慢领教。许多觉得不可能办的事，也许一支香烟就能解决了。山里人重面子，给不给烟关乎脸面，关乎被人看不看得起。以至于后来，从不抽烟的我，也养成在兜里放烟的习惯。

发香烟事关面子的事，石水生绝对不想没面子，但他带的烟总是有限的，一条？两条？这么多人够你发多长时间？关键是发完了田庄还没地方买，要出去买，开车来回一个小时，唯一的办法就是赶快开会。

不出所料，我从屋里出来不一会儿，石水生到院子里叫我："杨书记，咱们开会吧？"

"嗯？你们烟抽够了？"

"可是抽够了，两条烟了。"

"没事，你继续发烟吧，咱们再等等。"我才不急呢。

"不用了，不用了。杨书记，咱们还是开会吧。我就剩下半盒烟了。"语气中略带哀求。

"哦。"我故意拉长语调，"那咱们就开会吧"。

那一刻，石水生竟有了感激的神情。我招呼院子里的两委成员走进会场。室内的烟雾已散尽，但依然有刺鼻的烟味。在场的人有谈天论地的，有抠鼻孔的，有脱了鞋搓脚的，还有的闭目养神。见我们进来，大多数人坐正了，闭目养神的也被旁边的人推醒了。

我看了看田树奎递过来的签到表，二十四个村民代表来了二十二个，到会率还不错。本来十二个自然村有十二个村民代表、十二个小队长，可是田庄的习惯是小队长也参加村民代表大会，于是每个村有两个代表。

我递了个眼神给田树奎，他咳嗽了一声，清了清嗓子开始主持会议。

这次村民代表大会，一是让大家认识了我，便于我到各自然村开展工作；二是让大家知道我这个第一书记到田庄是干什么来了；三是提出约法三章，其中最重要的一条，就是各自然村再也不能出现越级上访的事。有什么事到村委会找我和两委班子处理，如果我们处理不了，会请示上级领导来处理；如果还处理不了，我陪大家一起上访，不管是什么事，不经过村里就直接上访，今后，你再有什么事也别想找村里解决了。

开会前，大家边抽烟边议论槐树庄修坝的事，槐树庄的村民代表夸大其词地介绍了修坝的情况，把我夸得神乎其神，村民代表都认为这次来的第一书记和以往不同，不是走过场的，是给他们办实事的。山里面尽管手机信号不好，可是事情的传播速度并不慢。

我到田庄做的事已经传开了，他们把解决问题的念想寄托在了我身上。这也是今天参会人数多、来的时间早的主要原因。会后，大部分村民代表同意我的约法三章，但也有杂音，"就怕和你说了也解决不了，要是能解决了，谁愿意上访？"因为人多，我只是笑笑："来日方长，让时间来证明。"他"啊"了一声就出了门。

等他走了，田树奎低声告诉我，这个人是田庄的小队长田海，是有名的刺儿头。我让他招呼党员进来开会。

借着招呼人的空档，我拿过田铜虎记录的《村委会会议记录本》和《四议会记录本》，翻了一下，隔二片三记得点儿，空页很多，而且记得很不规范，就是今天村民代表大会记得也不全，很多重要内容都没有记录。

我看了田铜虎一眼，他"嘿嘿嘿"笑了，本来就红的脸似乎更红了："杨书记，咱们也没专门的人记，我也不知道怎么记，问树奎子，他说是瞎记上点就行。"

"没事。"我拍拍他的胳膊，"铜虎哥，等开完会我告诉你怎么做会议记录。"

"嗯。杨书记，可是咱们也得尽快弄个人呢，你看我管的大队的账，还得管十二个小队的账，顾不过来。"

"嗯？铜虎哥，你是说咱们十二个自然村各村有各村的账？"

"可不是，各村有各村的账，乡里农经上还管的，各村拨回来的钱就直接到各村的账上，大队什么也没有可还要过账。"

关于农村的财务我不懂，没有发言权，更不敢乱发议论，只能说："铜虎哥，弄人的事我可不能答应你，要不你给咱弄个人吧？再说做会议记录的人，也不是谁想做就能做，这么重要的事，不可靠的怎么能用呢？"

"要不做不了，要不不愿意做，其实谁也不愿意做。"田铜虎还在嘟囔。

"党员今日可是不赖了，从来也没有见大队院里这么干净过。"一声略带沙哑语音，打断了我和田铜虎的谈话，抬头看了一下，正是刚才在村民代表大会上说怪话的田海。

我扫了一眼会场的人，不少人稍显狼狈，有脱了衣服只穿着背心，有摘开衬衫扣子敞开胸，有挽着裤腿和袖子的。不少人的手和头都是湿漉漉的，应该是刚刚在水龙头上洗过。也有几个穿戴整齐的，主要是刚才参加村民代表大会的党员，包括两委成员，这是因为刚才参加村民代表大会没有参加劳动的缘故。怪的是，一直在参加劳动的杜狗堂却穿戴整齐。

前后窗户都打开了，穿堂风吹过，凉飕飕的，我怕大家受凉就想关上一面的窗户，大家都反对，"山里人没那么娇贵，地里干活习惯了"。

人来得差不多了，连我在内三十一名，这是两年来党员大会参加入数最多的一次。一开场，我先表扬了清理院子的党员，特别是老党员杜狗堂。老人有点不好意思，笑着朝大家摆手。刚才没参与劳动的，默默低下了头。

"各位党员同志，你们知道你们是什么人吗？"大家被我问得有点糊涂，面面相觑："咱们是什么人呐？咱们不就是老农民？"还有的说："咱们是中国人，还能是什么人。"

我严肃地看着他们，一板一眼，"刚才大家的议论我都听了，看来我们都忘了，我们是光荣的中国共产党党员啊。"

下面"轰"地笑了起来，有好几个相互说："我当我们是什么人呢？原来是共产党员啊！"还有人说："这年月党员还光荣啊？这年月党员可不值钱。"我扫了一眼说话的人，正是田海。

笑声、说话声渐渐停歇，众人目光又投向了我。"大家觉得我们是共产党员好笑吗？"没人吭声，我很严肃地开口，"大家觉得我们是共产党员不光荣吗？"

我扫了会场一眼，话锋一转："田海哥，你说呢？"

"我，我，你凭什么就问我呢？"他显然没有防备，一时间很慌乱。

"凭我是田庄第一书记，凭你刚才说的话。"

"我刚才说什么呢？"声音略带沙哑却不低。

"你刚才不是说，这年月党员可不值钱！"

"嗯，我是说了，大家看看我说错了吗？你们谁说说这年月咱们党员值啥钱呢？"

"好，田海哥，你是说你因为当党员还害羞呢？"

"嗯。这年月党员除了挨骂，还有什么呢？说起来真是害羞呢。"

"好，田海哥这话是你说的？"我脸已经沉得有点害怕了。

"是我说的，你说要怎么样吧？"田海说完"霍"地把头扭向了一边，一副死猪不怕开水烫的样子。

"好。同志们，刚才田海同志的话大家都听到了，我们的党不会要一个以自己是党员害羞的人作为组织成员的。现在，我代表中国共产党田庄支部委员会劝田海同志退党，报请田庄支部党员大会通过，请同意劝田海同志退党的同志举手。"说完，我首先举起了手，党员们没有想到我会来这一手，一时间不知道如何是好。

田树奎动了动嘴想说什么，但看到我严厉的目光，闭住嘴慢慢举起了手，我把目光又投向了田铜虎、石爱叶，他们俩也举起了手，我看了看下面的党员，杜狗堂和几个老党员早举起了手，除了两三个党员，其他党员也陆续举起了手。

"好，有半数以上的党员同意，我这个提议就通过了，会后我就写报告，报请上级党组织批准。"我朝大家摆摆手，把手都放下了。

"你这是害人呢，你这不是害人吗？杨书记，你可不能这样害人呀？"田海喊着站起来。我没有搭理他，大家也不吱声，都看着我。

"啪，啪。"看见我没搭理他，也没有人吱声。田海突然自己抽了自己两个嘴巴。

"杨书记，我这嘴臭，刚才我是瞎说哩。"六十多岁的老汉急得快流泪了，我的心忽然软了。"田海同志，你别这样，你可以回答我的几个问题吗？"我口气放缓和了一些。

"杨书记，只要不让我退党，你问吧。"

"你是哪一年入党的，怎么入党的？入党宣誓过吗？"

"我是 1973 年入党的，当时我参加修龙庄水库，我是咱们田庄青年突击队的队长，只有十九岁，每天我一个人拉两辆平车，突击队在全公社完成任务是最好的。公社革委会副主任王仁强是窑口民兵营的营长，他亲自介绍我入党，是和咱田庄青年突击队副队长石红兵一起入的党，是吧？红兵。"田海低头对坐在他身旁的一个老汉说。

"是哩。"石红兵看着我说。

"田海哥,那时候你入党是什么感受?"

"光彩啊,入了党感觉到自己很了不起,走路都觉得精神劲十足。"田海脸上露出自豪的神情。

"那时候,你觉得光荣吗?"

"光荣啊!怎么能不光荣呢?"田海忽然意识到了什么,马上又接着说,"杨书记,你可不要记怪我,我刚才是胡说哩。"

看着他又急了,我摆了摆手:"田海哥,你入党时宣誓过吗?"

"宣誓过啊。"

"你还记得入党誓词吗?"看到田海沉吟,我又问:"全记不起来,一两句记得也行。"

"我想想,好像有我志愿加入中国共产党,随时准备牺牲个人一切这两句。"

"好。田海哥,这么多年了,你还能记得这两句已经不容易了,你坐下吧。"

"可是我那退党?杨书记?"

"只要你还记得自己是个党员,我想大家会同意不劝你退党的。"我摆了摆手让田海坐下,问道:"同志们,谁还能记得,自己的入党时间和入党誓词?"有几个党员举起了手,其中就有杜狗堂。"狗堂哥,你说说。"

"我是1951年2月在朝鲜战场入党的,当时我是一名中国人民志愿军战士,我的入党介绍人是指导员陈斌,我是在防空洞里面对党旗宣誓的,誓言是:我志愿加入中国共产党,承认党纲党章,执行党的决议,遵守党的纪律,保守党的秘密,随时准备牺牲个人的一切,为全人类彻底解放奋斗终身。"声音洪亮,口齿清晰,真让我震惊,我愣了一下,用力鼓起掌,整个办公室掌声如雷。

掌声停歇，我把前两天槐树庄修坝时杜狗堂的表现介绍了一遍，提出要向杜狗堂同志学习，永葆共产党员本色。

接下来，几位党员的回答也让人振奋，对自己的入党时间和入党誓词记得清清楚楚。我的眼圈湿润了，有这么一批时刻记得自己是共产党员的田庄，怎么就成了软弱涣散村？

"同志们，每个历史时期我们党的入党誓词，因各个时期的使命有所不同，但是我们党为人民服务的宗旨却始终没有变。新时代的入党誓词谁记得？"我说完，所有人的目光停在田树奎脸上："田书记，你说说吧？"

"我……"田树奎不好意思地摇了摇头，脸红到了耳根。

不想让他难堪，我接茬说，"我给大家说一下吧。现在的入党誓词：我志愿加入中国共产党，拥护党的纲领，遵守党的章程，履行党员义务，执行党的决定，严守党的纪律，保守党的秘密，对党忠诚，积极工作，为共产主义奋斗终身，随时准备为党和人民牺牲一切，永不叛党。下面，请大家跟我重温入党誓词。"

我取出准备好的党旗，用胶带粘在身后的墙上，"全体起立，面向党旗。"党员们站了起来，面向党旗，表情严肃，庄严肃立。我侧转身体，举起了右拳领誓。

田庄村民委员会传出了洪亮的宣誓声。

宣誓结束，党员大会正式开始，会议内容和刚才开的村民代表大会差不多，前两个内容一样，约法三章略有不同，要求每个党员时刻牢记自己是一名共产党员，牢记入党誓词，发挥好党员的先锋模范作用，积极参加"三会一课"等组织活动。党支部成员要做好组织发展工作，着重培养年轻的入党积极分子。

议程太多，开完会已经是中午一点。

收拾完办公室,对付了一口,我想眯一会儿,确实有点累了。可是,烟味太呛了,怎么也睡不着。索性不睡了,拿出《村委会会议记录本》和《四议会记录本》,给今天会议写一个规范的会议纪要,为以后的会议记录打个样儿。

"咚咚咚。"还没写完,院里便传来一阵急促的脚步声,没等我反应过来,"砰"的一声门被撞开了。

"杨书记,快,快救救我老四!"石水生头上、胳膊上、腿上都是血,裤子也划了一个大口子。

我赶忙站起来:"水生,你先别急,快说说怎么回事?"

"我老四开的三轮给超高压工程送料,回来的路上翻到沟里,人快不行了,这会儿找不到车往医院里送,杨书记你往医院送送我老四吧,求求你了,杨书记!"

"走,快走。打了120没有?"我一边往门外跑,一边问。

"120?没,没有打,看我急得也蒙了。"

我赶忙掏出手机拨通120,告清事故的原因、位置和行走路线。县人民医院分管急救的副院长是我高中同学,我拨通电话,要他嘱咐救护车一定带全急救药品、器材,带个好大夫,要不然这么远的路,怕误了最佳救治时机。

一刻也不能耽搁,我开着车,拉着石水生向出事地点疾驰。路上,我问他的伤是怎么回事,原来他听说弟弟出事了,着急开车往医院送,不巧撞到山根上,"我没事,都是皮外伤"。说着竟流下了泪。

出事地点离村委会大院不太远,就在一个山脚下,离公路有十来米。

我们过去的时候,一群穿着军大衣的村民围成一圈站着。见我和石水生从车上下来,才让开一个口子。

圈子中央躺着一个年轻人,穿着军大衣,头两边蹲着两个中年人,也穿着军大衣。左边一个捧着伤者的头，右边一个人把嘴伸在伤者耳边，似乎在唤着他的名字。见我们进了圈子，右边的人站了起来，我赶忙走过去蹲在伤者身边，翻开他的眼皮看了看瞳孔，听了听他的呼吸，接着用右手指把住了他的脉。

他目前应该问题不大。瞳孔并没有散开，呼吸急促却均匀，脉搏也很稳定。应该有内伤，并不重，嘴角有一丝丝血溢出。看情形，急需处理外伤，防止失血过多。至于骨折与否，还顾不得处理，尽量不要移动，避免二次伤害。

我站起来对石水生说："我车后备箱有急救箱，快拿来。"然后对围着的人说："找一块窄木板来，能把他放上去就行，太宽了我车后座放不下。"

扒开他的军大衣，血已经把衣服浸透。出血最多的有两处，一处在左胸，一处在左大腿。我打开急救箱，把他的上衣剪开，发现肩胛处有一个食指粗细的洞在往外冒血。我用镊子夹了一块医用棉花压住伤口，用酒精对伤口周围进行了消毒。

压伤口的药棉很快就被血浸湿，我赶快扔掉，夹了一块急救药包压在伤口上用医用胶带贴牢。处理完第一处伤口，又把他的左裤腿剪开，发现比第一处的伤口还要大，事不宜迟，赶紧止血。处理完两处伤口，我又检查了一遍，确定没有别的出血伤口。划伤的部位，为预防感染，我用酒精消毒，撒上云南白药。站起来喊："木板呢？赶快把人移到木板上，抬到我的车后座上。"围着的人你看我、我看你，互相询问："木板呢？谁拿木板去了？"

"彬彬和二小。"

"快看看，怎么还不来呢？"有人朝公路跑去。一直蹲着看我的石水生，站起来吼道："这两个讨债佬，做甚用这么长时间？不知道人命关天，回来非踩死杂种的不行！"

"来了，来了。"听见有人喊。一辆三轮车直接开到我们跟前停下。还没有等车停稳，来个后生爬上去把木板扔下车，木板有五六块，可是不是宽就是长，根本放不到我的车后座。

怎么办？石水生急得直跺脚。彬彬从三轮车座下面取出一把手把锯，几个人抬起一块木头就要锯。锯木头？得锯到什么时候？还不如等救护车来呢。

我也急了，站起来看了看四周，路边排水沟倒栽着一辆黑色越野车，应该是石水生的车，山脚下侧躺着一辆面目全非的农用三轮车。我眼前一亮，离三轮车不远，横躺着一块农用三轮车的后马槽。

"快把那块后马槽拿过来。"两个后生立马跑过去抬。

"谁的军大衣脱下来铺上，把人移上去，抬到我车里。"我指挥着，趁大伙抬人的功夫，我把石水生的伤口也简单处理了一下。

等把人抬上车，我就打开双闪，向县城飞驰而去。

一路上，石水生不断催我："杨书记，能不能再快点？能不能再快点？"

我一边安慰他，一边稳稳开车。山路上跑八十迈，已经够快了。车后座还有两个人，一个是伤者，一个是招呼伤者的彬彬。马槽稍长一点，伤者那边的车门锁死了，可彬彬这边车门并没有完全关上，用一根安全带系住，另一根安全带把马槽和伤员固定住。

半个小时，快出山时遇到救护车。我的车开着双闪，在交错时两辆车同时停下。我拉住手刹下车，救护车的后门已经打开，从上面跳下了一男两女三个穿白大褂的人："是你们打的120，伤者在哪？"

我刚要回答，三人已向我身后跑去，回头看见石水生已经和彬彬往出抬人。

几个人小跑把伤者抬上救护车，救护车掉了个头，绝尘而去。

我长出一口气，拉上彬彬回到出事地点。路上，我从彬彬口中了解到他们是为超高压线路修塔基送料，主要是送石子、沙子，偶尔也送水泥。活儿是石水生以田庄村委会名义揽回来的。

两条过境的超高压线路，一条在今天出事的槐树庄一带，另一条在田庄、石家河一带，一共有十一座塔基。

料场是石水生临时租马庄的山坡地建的，料是石水生进回来的，运输队是石水生组织起来的，一共有二十多辆农用三轮车，都是田庄村民的，有的农用三轮车原来就有，有的是为了干工程才买的，有的买不起，就向石水生借钱买。

他的车也是借石水生的钱买的，借的钱也不用还，用工钱顶就可以，干了快一个月，钱基本还完了，一个月挣了一辆六千多块钱的三轮车，这样的活儿不常有。彬彬快人快语，眉飞色舞的。

回到刚才的地方，人已经走光了。彬彬的三轮车还在原地，他怕误了上工，急匆匆开车走了。临上车，他说还得回家穿件大衣。我好奇，刚农历八月怎么就穿上大衣？他朝我耸了耸鼻子，表情夸张地说上面可凉呢。说完，开着三轮车"咚咚咚"走了。

空旷的山地，就剩下我一个人。环顾四周，这里是邢太线的一个拐弯处，左边是十几米的深沟，下面就是黑马河，因为是上游，水流并不大。右边就是山，漫山遍野绿油油的，就是没有一棵成材的树。

站在山脚下，根本看不清山顶有什么，间或有几个黑点在移动，后来我才知道，那就是村民送料的车，超高压线路的铁塔就建在山顶。

公路一个弯道处，就是上山的路，"世上本没有路，走的人多了便成了路"。除了农用三轮车可以勉强行驶，其他车根本无法通行，窄、陡不说了，凸凹的石块更增添了攀爬的难度。

红褐色的路，修在山腰上，像一条巨蛇蜿蜒，不知转了多少个弯，才能到山顶，真不知道村民是怎样把一车车的料，在这样的路上运输到山顶上的。我突然感到他们的伟大，要知道一条超高压线路有多长？这条线路对国家建设作用有多大？人们往往关注的是站在前台的人，谁又知道幕后默默付出的人？

沿着这条我见过的最烂的路走了一里多，我身上已经有了凉意。离山顶还很远，我决定不再往上走。刚才给石水生兄弟俩处理伤口时衣服上沾了不少血，车上也有血，再说兄弟俩的车该怎么处理，我也得看一下。暂时不能移动，但要保护好现场，万一入了保险，保险公司需要勘查现场。

返回到离路口二十多米时，我看到有一片地方有向下滑的痕迹，周围的草也被滚压得七歪八倒。这儿应该是车翻下的地方。我探头看了一下，距公路约有十几米，虽然陡但还是有坡，草丛压出一条长长的痕迹，看样子车是冲下去才翻的，怪不得伤得不重，身上厚厚的军大衣也起到了缓冲作用。

回到村委会大院，太阳已经落山了。我换衣服洗漱一番，天就黑了，累得只想快点躺下，可怎么也睡不着。眼前交替出现穿军大衣的村民，望不见头的那条烂路，流血的伤口……辗转反侧，干脆拨通了田树奎的电话，约他见面谈一下。

听得出来他在吃饭，我说你别来，我去田庄找你。开车到田庄十分钟，田树奎在村口等我，他要我到他家，天色已晚我怕不方便，还是叫他上了我的车。我说了石水生和他弟弟的事，他只是点了点头说听说了。我心里就有点不痛快，别说水生还是村干部，就是一般村民出了这事，当书记的还不应该关心关心，可一下午没见他的影子。

我压住情绪，和他说起村民运输材料的安全问题，他沉吟片刻对我说，这事一直是水生管的，他没办法插手，要等水生回来再说。

这个回答我很不满意，可我刚来不了解情况，也不能勉强人家。

但说到保护现场的事，他倒是爽快答应了。随后，我告诉他保护现场的方法，他连夜安排去了。

救护车拉着石水生兄弟俩，以最快的速度到了红谷县人民医院，因为我提前和同学打了招呼，跳过缴费、办手续、缴押金，伤者直接被送进手术室。

石水生家老四肋骨折了两根，其中一根伤了肺。肩胛处和大腿根两处贯穿伤，所幸没有伤及骨头和动脉。头部只是严重脑震荡，不会留下后遗症。主治医生告诉石水生幸亏处理及时，不然也是有生命危险的。"没有想到你们山里的医生还真不简单，处理伤口的手法居然那么专业，不然你弟弟真够呛。"

石水生都是些皮外伤，没什么大碍，小心感染就可以。

石水生在医院待了一天两夜就回到田庄。他先给保险公司打电话报了案，就急匆匆到了出事现场。

在医院，石水生就一直担心现场被破坏了，保险公司无法勘查影响赔付，想打电话安排一下保护现场，可是家里人能干的都在医院里，村里那帮二青头经常是弄巧成拙的把式，他可不敢靠他们。本来主治医师要他再观察一天，可是他实在急得不行。

到了现场，看到他撞车的现场和弟弟出事的现场，已经用红彩带围了起来，这才松了一口气。

怎么会有红彩带？谁干的？他首先是想到了他那一帮干活的，这些人不光有现在跟着他干的工人，还有不少人是他的近亲、发小、同学，这些人是自己最信任也是走得最近的人，可是他把这些人挨着想了个遍，也想不出有谁能有这样的思维，如果能有这样的思维，现在也不会跟着自己混了。

"水生，你回来了？四儿没事吧？"就在他为红彩带百思不得其解的时候，背后传来说话声。

"二伯，你怎么在这里呢？"石水生回头看是王堂玉，赶忙答道。原来石水生的父亲和王堂玉是姑舅表亲，石水生叫王堂玉二伯。

"四儿没事吧？"王堂玉没有回答石水生的话，走近了继续问。

"没事，没事了，二伯。不过差一点点就出大事了。"

"没事就好，你爹跟的呢？我早就告诉你要注意些，你看怕不怕人呢？"

二人聊了起来，聊到王堂玉为何在这里。王堂玉说杨书记让他照看着点，不要让人和牲畜进来破坏了现场。

"杨书记？是杨书记让你来的？"

"嗯，怎么呢？"

"杨书记，是杨书记。我怎么就没有想到他呢？咱们这里也只有他懂这了。"石水生叫了起来，王堂玉一头雾水。

这时，保险公司的车来了。因为现场保护得好，保险公司很快就完成了勘查和照相、取证。事故牵引车把两辆车拖走，已经下午三点多了。石水生回到马庄家里随便吃了点，就开车到了村委会大院。

我和田树奎正在办公室分析村民上访的事，一阵"咚咚咚"的脚步声，门被"咚"地推开了，是石水生。"杨书记，我可得好好感谢你呢！真不知道该如何感谢。"一进门就大声嚷了起来，脸涨得通红。

"石主任，你回来了。你没事吧？你弟弟的伤怎么样？"

"没事，都没事，这可多亏了你，要不然可就出大事了，我可得好好谢谢你呢。"

"你谢我干什么，我在田庄工作，咱们就是一家人，这不是应该的？再说你谢也应该谢党组织，谢政府，要不是党组织、政府把我派过来，我想帮你忙也帮不上啊。"

"是呢，是呢。可是我还是应该先谢谢你。"

"快别说客气话了，你的事情处理得怎么样了？"

"已经在处理，刚才保险公司已经都办完了。杨书记，这也得好好感谢你！要不是你把现场保护好，不知道得有多麻烦呢。"

"嗯。这保护现场你要感谢就感谢田书记吧，是田书记安排的。"我指指田树奎。

"树奎伯，你，你晓得这？"

田树奎笑着没有说话。

"你可不要小看了人啊。咱不说这了，我正想和你说说运输中的安全问题呢。"

"嗯，嗯。"石水生直点头。"杨书记，那我先去一下修理厂，再到医院看看，回来再说，行吗？"

"行。你先忙你的，忙完了回来找我。"我朝石水生摆了摆手。

"嗯，嗯。"石水生点着头，转身又"咚咚咚"走了。

一连跑了五天，终于把十二个自然村都走完了，我对田庄总算有了基本的了解。尽管我心里早有准备，但一些村民的生存状况还是让我震惊，沿邢太线的八个自然村还好点，沟里的四个自然村就差了不少。进入 21 世纪十几年了，不少村民生活方式还停留在 20 世纪 70 年代。土坯房、土窑洞仍然住着，做饭用的是柴火，窗户上蒙的是多年前的报纸。有的村民还过着日出而作、日入而息的生活，唯一能感到现代化的就是用上了电灯。有个老太太八十多岁了，居然山都没有出过。

早上起来，我坐到写字台前整理这几天的走访笔记，随着整理的进度，我的心变得不平静起来，感到身上担子愈发沉重。田庄成为软弱涣散村，绝对不是表面看到的那么简单。想想看，一个几十年几乎没有进步的村，怎么会不是软弱涣散村呢？几十年呀，我们的村两委都干什么了？

我正苦思冥想，写调研报告，听到院子里有说话的声音。

"小子，你说杨书记在呢？"一个略带苍老的女人的声音。

"在了，他能去哪里？"像是石水生的声音。不会又有什么事？我刚刚站起来准备探个究竟，门被推开了，石水生带着一男一女两位老人走了进来，女人胳膊上还挂着白色的篮子。

两位老人七十岁左右，穿着整洁，男的穿一双皮鞋，女的穿一双胶鞋。我还没来得及说话，石水生就开口了："妈、爹，这就是杨书记。"原来两位老人是石水生的父母。

"杨书记，我两口子可得好好谢谢你呢！要不是你，我家四儿就完了。"正想招呼他们坐下，水生的母亲开口了。听口音不是红谷人，是榆县的，那可是全国闻名的革命老区。后来在聊天中证实了这一点。

"婶子，你们快坐下。石主任，快给倒些水。"

"不用，不用。杨书记，我们今天是专门来谢你的。"老人拘谨地坐到了沙发上。

"老人家，你们不用谢我，是医院抢救得及时。四儿还好吧？"

"好，已经能下床走了，过两天就能出院。人家医院大夫都说了，不是你及时处理和唤了救护车，四儿就完了，你可是四儿的救命恩人呐！还有两个小孙子呢，小的刚过百天，要是他没了，一家儿可怎么活？"说着从衣兜掏出手绢擦起了眼睛。

"快别这么说，婶子。现在四儿不是好好的，常言说大难不死必有后福，四儿以后的福气要大呢，你们二老等着享福吧。"我劝道。

"是哩，是哩。"听了我的话，石水生的母亲破涕为笑。

聊了半个小时，两位老人要走了。整个过程只有水生的母亲在说话，石水生的父亲一直"嘿嘿嘿"在笑，石水生则悄悄坐在父母身边，一副乖孩子的模样。一家子身上透露出山里人的淳厚和朴实。

奇怪了，第一次见到的那个张扬跋扈、桀骜不驯的石水生，难道是另一个人？

刚站起来，石水生的母亲一把拉住石水生扯到我面前："小子，杨书记可是你的恩人，以后可要听杨书记的话呢。杨书记，咱们家在马庄，以后也是你的家，吃住需要什么就到家里，今天我和他老子还要到医院，就不叫你了。"

"好，好。"我答应着送到门口。临出门，我叫住石水生，提醒他注意运输材料人员的安全，他说给每个人都买了意外伤害保险。我肯定了他的做法，又严肃地告诉他，买了意外伤害保险只能减少经济损失，却不能减少身体和心理的痛苦，一定要把人的生命安全放在第一位。他不住点着头。

扭头一看，刚才石水生母亲拎着的白色篮子还在大桌子上，我紧走两步拿了过来。

"杨书记，你这是做啥呢？那是给你拿的笨鸡蛋，是自家散养的笨鸡下的。"看见我拿了篮子过来，石水生的母亲嚷了起来。

"婶子，可不能这样。我们有纪律，不拿群众一针一线。"

"啥？什么纪律？你是不是共产党员？"

"是啊。"我很奇怪，老人怎么会问出这样的问题。

"是共产党员？共产党和人民心连心，那我们不是人民？"

"你们当然是人民，可，可这不是一回事啊。"

"我们是人民，你不和我们心连心。你能是共产党员？"她把篮子推到我怀里，"杨书记，这可是我们的一点心意，你可不要伤我们的心呐。"

果然是老区出来的人，说出话就带有革命的气息，让人不知道该怎么反驳。我转念一想，反正自己也要买鸡蛋，不如置换了吧。想到这里，我接住篮子说："婶子，您这么说，我就收下了，可是我也给你们二老一点东西，你们也得收下。"

说完我把篮子放回大桌上，拉出我的行李包，从里面取出两大瓶牛肉酱，又拿了二百块钱放到老人手里。

这下三个人都急了，坚决不要。推来推去最后又说只要牛肉酱，钱是坚决不能要。

"婶子，你看咱们也不要这么推来推去的，让人家看见笑话。你们听我说，这两瓶牛肉酱是给你们的，这钱可不是给你们的，是给四儿的，你们看我也没时间去看看他，你们代我看看他，让他安心养伤，给他买点营养品。"

见我这样说，石水生的父母终于收下了牛肉酱和钱。"你看看这，你看看这。"三个人边往外走，边回头看我。我朝他们摆摆手，直到他们出了大门才返回办公室。

第七章
上访破局

　　到田庄两个多月了，村里人我大多熟悉了，也有了一些信任度。秋收也很顺利，两委班子配合，工作逐步理顺。可就有一件事压在我心里——上访问题。

　　也许是忙于收秋，近来并没有发生上访事件，但问题得不到解决，收完秋农闲了，谁能保证没有？如果找不到症结，危机就时刻存在。

　　我和田树奎及两委成员都谈过，都说知道有人上访，却不知道为什么上访，也不知道是谁在上访。

　　每次和村民谈得好好的，一说到上访，他们要么岔开话题，要么就说不知道，但我从他们说话的语气和表情中，能看出有些人是知情的，只是不愿意说而已。怎么才能让他们说出来呢？

　　星期六，因为组织部领导下来检查第一书记的工作，晚上七点多我才回到家里，洗了澡，想休息一下再吃饭，就听到敲门声。

　　"谁呀？"妻子去开门。

　　"杨书记在家吗？"低沉的男声。找我的？

　　"你们是？"妻子问。

　　"我们是田庄的。"是石水生的声音。这小子怎么找到我家了？

等我出了卧室，妻子已经把他们让进了客厅。

果然是石水生，后面还跟着一个人，仔细一看，是石家的四儿。什么时候出的院？还没等我说话，石水生就开口了："四儿，还不快谢谢杨书记？"

"杨书记，谢谢你！这一次可是多亏了你。"小伙子和石水生像一个模子里刻出来的，就是个子矮了点。

"嗨。还用这么客气？快坐下吧。"我招呼他们坐下，妻子端上一壶茶。

聊了一会儿，知道他俩还没吃饭，我便招呼他们和我一起吃饭。我妈做的菜足够三个人吃。四儿刚从医院出来，就没让他喝酒。

石水生的酒量还不小，喝了三四两还要喝，我陪着他也能喝点。酒多了，话也就多了。我心里一直惦着村民上访的事，不由就说出来了。话刚说完，石水生就"嘿嘿嘿"笑起来："杨大哥，你这两天是不是就一直打听这呢？"什么时候开始，他改口叫我"大哥"了？

"嗯，解决村民上访是我的重要工作，可我连上访的人是谁都不知道。"

"杨大哥，你真的想知道是谁？"石水生端起杯又喝完，露着狡黠目光。

"你这不是废话？"

"那我告诉你吧。"石水生呡了一口酒，看着我笑了。"杨大哥，组织上访的人就是我呀。"

"你？"看到我满脸疑惑，石水生问道，"杨大哥，你不相信？"

我没有说话，直瞪瞪看着他。此刻，心里翻江倒海，我怎么也想不到，村主任竟然带头上访。我听说过群众上访领导，这领导上访谁？总不能上访自己吧？难道是上访支书田树奎？石水生呀，你自己上访，把自家村上访成软弱涣散村了。

看见我一直不说话，石水生不好意思起来。他低下了头小声说："杨大哥，你是不是觉得我可赖呢？可是要是人家不上访告我，我也不会带人上访告他。"

他？怎么又出了个他？他是谁？"是人家先告我，我才告他的。"石水生又咪了一口酒。

"谁呢？"

"上一任村主任田光武。"

"田光武？"我脑海里马上出现了一个黑黑的，个子不太高，敦敦实实的中年人。两天前，我和他交流过，是田庄自然村的。当时，他和我谈了很多村里发展的想法，我觉得他很有思想，对他记忆特别深。我问他村民上访的事，他告诉我不知道，还告诉我不可能有上访的村民，没想到，他就是其中一方的主谋。看来，山里人也会骗人，而且骗起人来一本正经的。

是什么让他们互相告起来，而且发展到带人上访？我不说话盯着石水生。他不自在起来："人家要不告我，我就再也不告他了。"

我不置可否，苦笑了一下："说说吧，你们俩是怎么回事？"

"嗯。"石水生一字一板地给我讲了起来。真是踏破铁鞋无觅处，得来全不费工夫。

石水生是土生土长的马庄人，刚过四十岁，住在县城。

石水生，在田庄乃至故城乡也是大名鼎鼎。

马庄是田庄最大的自然村，石家是田庄最大的家族，石水生就是这个家族的一员。石姓家族虽然大，可穷人多，也团结，一家有事，百家响应。

而石水生在故城乡的名气，完全是靠自己敢想敢干、吃苦耐劳赢得的。

石水生是家里老大，三个弟弟，一个妹妹。从小在一家七口人挤一眼土窑洞一盘大炕上长大的石水生，自然懂得生活的艰辛。摆脱贫困，是他与生俱来的使命。为此他想尽办法，不到十岁就养猪、养羊、羊兔子，每天下学后不是打猪草就是捡柴火。十二岁那年，农村实行联产承包责任制，家里分了地，有了牲口，从此，石水生又一门心思琢磨怎么把地种好。

他特别喜欢家里的那头小毛驴，不到十四岁就成了使牲口的好手，赶着小毛驴用平车到处拉货。十五岁时他已经把黑马河这道沟几十个毛驴都摸了个遍，哪头毛驴怎么样，是谁家的毛驴，有什么特点都清清楚楚，甚至他把手放到毛驴嘴里摸一圈，就能对毛驴的年龄、健康状况说个七七八八。

十六岁初中毕业，石水生学习不算差，但他没有参加中考，不是他不喜欢读书，而是家里情况不允许。毕业考试完，他就让母亲准备了几个饼子和几块干馍，背了一壶水，腰里揣着他父亲和几个叔借的，加上家里的全部积蓄三百六十块钱，就准备出门讨生活了。

这一趟，石水生走到了离家一百公里外的武县，买了一头毛驴，硬生生靠两条腿把这头毛驴拉回了红谷，转手卖了，赚到他人生的第一桶金——一百块。在那时，可算是一笔大钱了。关键是，给了石水生干下去的勇气和信心。

从此，他开始了贩卖毛驴的人生。那个年，全家第一次都穿上了新衣服。当他把一千块钱交给父亲的时候，乐呵呵的父亲落了泪，他一辈子都没有见过这么多钱。到第二年春天，石水生和村里申请了一块宅基地。到夏天，五间崭新的瓦房就建成了。

父亲含泪笑了："俺娃出息了。"

贩卖毛驴的石水生，他的名声在黑马河这道沟逐渐传开了。

靠着贩卖毛驴，石水生供弟弟妹妹完成了学业，帮助家庭打了个漂亮的翻身仗，奠定了自己事业的基石，最最重要的是，还收获了一段爱情，成就了一桩姻缘。

而他贩卖毛驴的工具，已经更新换代。从两条腿换成了驴车，驴车换成了农用三轮车，农用三轮车换成了农用四轮车，农用四轮车换成了跃进130双排汽车。

他的足迹踏遍了太行山的沟沟坎坎，周边的武乡、沁县、沁源等地，甚至远到河南林州、河北邢台。他看驴、养驴的技术也炉火纯青。

石水生的老婆叫郑莉萍。有才有貌的郑莉萍，居然下嫁石水生，在这道沟可是一条轰动新闻。

郑莉萍家在红谷县城东边一公里的贾庄，贾庄是城关镇数一数二的村子，村里的条件可以和县城相媲美，甚至比县城更胜一筹。闻名遐迩的红谷驴肉就诞生在贾庄，贾庄有二十几家煮驴肉的，郑莉萍家就是其中之一。

贾庄煮驴肉最显著的特点，就是自杀自煮。每家驴肉作坊煮的驴肉都是自家宰杀的，这就保证了原材料的质量，也是红谷驴肉经久不衰的诀窍。

石水生贩驴起初是到集市上卖，进入20世纪90年代，随着小型农业机械普及，养牲口的人越来越少，一个偶尔的机会，石水生遇到了郑莉萍的父亲，两人一拍即合，自此石水生开始给贾庄送驴，且专供郑家。

郑莉萍是家里独女，老两口三十多岁才有了这个女儿，视为掌上明珠，什么活儿也不让干。宰杀牲口是个苦活儿，石水生过来送驴，眼里有活，心肠也热，每回遇到郑莉萍父亲杀驴就帮帮忙。石水生勤快干练，杀完驴把现场拾掇得干净利索。郑莉萍父亲打心眼里喜欢石水生，也对脾气，侃侃大山，喝喝小酒就成忘年交了。

要说石水生那时候就对郑莉萍有意思，那是瞎说。

身高一米六五的郑莉萍，亭亭玉立，面容姣好，算不上校花，也绝对是美女一枚。这样的郑莉萍怎么能看得上一个小小的驴贩子？石水生有自知之明，从来没有对郑莉萍有过非分之想。

平常郑莉萍吃住在学校，两人也没有什么交集，假期郑莉萍在家偶尔碰上也就点点头，打个招呼而已。按理说，两人就像两股道上跑的车，根本走不到一块儿。可是命运就是这样，两个风马牛不相及的人，偏偏走到一块儿，还幸福地生活在一起。

事情还要从郑莉萍毕业分配开始说起。

1998 年夏天，郑莉萍被分配到红谷县畜牧局。男朋友和平分配回老家长治。

离别时，和平信誓旦旦，保证在两年内做通家里人的工作，调到红谷娶莉萍。理想是丰满的，现实是骨感的。分隔两地仅仅一年，郑莉萍就感觉到了现实的残酷。曾经浪漫的花前月下，庄严的海誓山盟，竟然不堪一击。

几个月后，有了男朋友的确切消息，大学同寝室的写信告诉她，和平要结婚了！而她是最后一个知道的。

晴天霹雳，她慌了神。看看日期，婚礼就在今天，坐火车肯定来不及了。她不顾一切，跑到父亲面前，央求石水生送自己去长治。

郑莉萍失魂落魄的样，任谁也能猜出几分。石水生默不作声，转身发动了车。

车在 208 国道上疾驰。四个小时后，到了长治和平家门口。院子里正在举行婚礼，新郎脸上满面春风。那个曾经与她海誓山盟的和平呢？一路的委屈此刻变成了愤怒，她泪流满面，下死劲往里冲……

事已至此，如之奈何？让她看一眼，也就死了心，断了这个念想。石水生嘴上不说，心里却明镜似的。他紧紧拉住莉萍，冲进去不过是自取其辱，她一声长号，倒在了石水生的怀里。

石水生又抱又拉，才把郑莉萍安顿到汽车后排。这么多年，石水生走南闯北也算见多识广，可和女人打交道很少，像今天这么近地接触女性，除了母亲和妹妹还是第一次。

看到郑莉萍伤心欲绝，号啕大哭，石水生不知该怎样劝。"妹子，快别这样，快别这样。"看不顶用，他干脆发动了车沿原路返回。他想尽快把郑莉萍安全送回家，算给老人一个交代。

开了一个多小时，郑莉萍停止了哭泣。她知道石水生是往回走，可她现在不想回去，既没脸面见父母，又心有不甘，郁结难消。

"你是往回开？"她突兀一问，石水生一惊。刚才只顾开车，并不知道她什么时候不哭了。

"嗯。"石水生木讷讷地答道。

"我现在不想回去。"

"那你想去哪里？"

"我不知道，反正不回去。"

车往前开了半个小时后，向右转入一条山间沙石路，路的左边是山坡，右边是条河，路三四米宽，但不难走。再行了二三十分钟，车在路边停了下来。

石水生带郑莉萍来到一棵大柳树下，树叶茂密，遮天蔽日，树下一块平整的大石头，躺下一个人绰绰有余。

这可是石水生当年贩毛驴时歇夜的床。躺在这块石头上，他看着拴在树上的毛驴，盘算这一趟能赚多少钱，梦想着自己的未来。

他坐在远处，把曾经憧憬过美梦的大石让给莉萍。

郑莉萍坐在石块上，环视周边，真是太美了。"……荡胸生层云，决眦入归鸟。会当凌绝顶，一览众山小。"莉萍脱口而出，那些久不吟诵的诗句，此情此景，竟然冒了出来。

这是一片开阔地，从一条狭窄的山谷进来，山坡突然后撤，向前五六百米后突然又收了口，仿佛是专门空出这片开阔地。路的下边是一片宽宽的河滩，河面很宽，河水很浅，最深处也就刚刚漫过膝盖，河水清澈见底，缓慢得根本感觉不到它在流动。河的两岸零星长着一些树，形态各异，却给山谷增添了妩媚。分明就是桃花源！

静悄悄的，没有鸟叫，没有蝉鸣。但这种静并不瘆人，反而让人享受安逸。郑莉萍的心慢慢静了下来，河边的美景一点点抚慰着她的伤口。

她不想说话，石水生也不敢说话，只静静看着她。这地方他太熟悉了，既没有绝壁可跳，也没有深水可投，想自杀也找不到办法。不过他还是要看着她，万一呢？万一出个什么事，他可没脸见老爷子了。

足足两个多小时，石水生就这样守着。他不知道郑莉萍想什么，也不想知道她想什么。也许是累了，她突然站起来走到了河边，石水生也赶忙站了起来。

郑莉萍蹲下去，洗了把脸，又坐了回去，石水生悬在嗓子口的心又放了回去。肚子"咕咕"叫，似乎一时半会儿没什么结果，石水生拉开车门，取出暖水瓶，泡了两包方便面。

"饿了吧，吃点。"石水生把泡好的面递了过去。郑莉萍摇摇头，没有接。石水生只好自己吃了。

眼看太阳就要落山了，郑莉萍还是静静坐着，一点没有要回去的意思。期间，她又到河边两次，一次对着水中的影子凝视了半天，又泪流满面地坐回去。

好几次，石水生想催她，可看着郑莉萍的样子，实在不忍心。

自己没失恋过，但听人讲过失恋是怎么回事。此刻，这个如花似玉的女子，正在经历着这些，而他无能为力，唯一能做的，就是陪伴，保护好她。

一轮明月挂上了天空。农历六月十六，月亮又大又圆。石水生突然看到了他人生最美的一幅图画：淡蓝的天空，稍稍泛着金光的银色圆月，树梢上罩满月光的柳荫下，一位披着长发的女子，脚踏一湾清水，像美人鱼一般半卧半躺。微风吹来，水面摇曳，恍若仙境。

石水生想到了笛子，过去一个人拉着毛驴在这里歇夜，常常吹几首，自娱自乐，也是享受。

他的笛子是初中时跟数学老师学的，人家是对牛弹琴，他是对驴吹笛。因为喜欢，那只笛子他总是随身带着。拉开车门，拿出笛子，他兀自吹起了《十五的月亮》，笛声打破了静谧的夜空。

"会吹《都是月亮惹的祸》吗？"声音不高，但石水生听得清清楚楚。今天可不是对驴吹笛，而是对着自己可望而不可求的女子。必须得会呀，他略带紧张，吹了起来。《都是月亮惹的祸》的旋律，在山谷的夜空中回响起来。接下来是《让世界充满爱》《明天会更好》……那一夜，他把会吹的吹了个遍。

"累了吧，别吹了，歇歇吧！"

"嗯。"石水生捧了几下笛子，收了起来。

"说说吧，你是怎么知道这儿的？"

"你想听？"石水生早就想没话找话，一见莉萍有兴致，就从头讲起了他的贩驴史。

寂静的山间小路，明月当空，一位少年牵着一头毛驴独自走在崎岖的山路上……她的脑海里不断重复着一幅图画，那是石水生的世界，一段少年成长史，一段不甘贫穷的发家史，一段不屈不挠的奋斗史。石水生讲了两个小时，莉萍没有插话，但内心波涛汹涌，她被一点点感动了，像有一颗种子，悄悄地种进了她的心里。这个平素不怎么起眼的男人，竟然承担着如此重的担子，竟然蕴藏着如此大的能量。而自己所倾慕渴盼的，不正是这样能顶天立地的人吗？这才是值得托付的男子汉。

她突然就觉得老天待她不薄，打了一巴掌，又给了一个甜枣。这个比自己惨很多的男人，不怨天不尤人，活得坦坦荡荡，风轻云淡。多好啊，坏的不去好的不来，弃我去者昨日之日不可留，乱我心者今日之日多烦忧。她深呼一口气，语气坚定地说，"我们回家吧"。

回到贾庄已早上五点，老两口一夜未睡。他们知道女儿一定会没事，因为他们太相信石水生了。莉萍回到家倒头就睡，一直睡到了午饭过后。起来吃过饭，跟什么事也没发生似的，打扮得漂漂亮亮上班去了。

当然，很快大家就明白，还是发生了很多很多恋爱的人常有的事。最大的事莫过于，那年年底，郑莉萍嫁给了石水生。

郑莉萍嫁给石水生，并没有在县城和贾庄掀起什么波澜，因为石水生已经是红谷出名的养驴大王，红谷绿星驴业有限公司的董事长。

可在黑马河这道沟，还是炸开锅了。一个初中生娶了大学生，县城的干部嫁给了山里的农民，这在黑马河沟里可是破天荒的事。

况且还是像仙女般的郑莉萍，莫非黑马河沟也上演天仙配？石水生想不在黑马河沟出名也难了。

郑莉萍嫁给石水生后，立即对红谷绿星驴业有限公司进行了改革，从购销到养殖都引入了现代化的气息，将一个乡土味十足的养殖场，改造成真正意义上的现代化养殖企业。

三年后，红谷绿星驴业有限公司将原来租赁的五亩地扩大为十亩，并通过挂牌出让的方式获得了土地，从此，公司迈开了现代化企业建设的步伐。

2012 年，公司所有车间实现了计算机管理，基本达到了自动化。在整个建设中，郑莉萍积极争取国家的支持，先后获得政府扶持一千多万元，扶持低息贷款两千多万元，为企业发展奠定了良好基础。她停薪留职担任了董事长，石水生当上总经理。郑莉萍父母年纪大了，煮驴肉的营生交给了女儿、女婿，闲下来专门带外孙、外孙女。

郑莉萍和石水生干脆建设了自动化屠宰车间和熟品车间。到 2013 年底，红谷绿星驴业有限公司已形成集收购、饲养、屠宰、销售、熟品、供应于一体的现代化企业。夫妻俩分工明确，配合默契，把企业管理得井井有条，欣欣向荣。

郑莉萍当初选择石水生，绝不是一时冲动，在后来的交往中，她发现石水生平时看似木讷，但只要谈起驴就眉飞色舞、神采飞扬、滔滔不绝，他对驴的了解就是大学的教授也比不了。

而且石水生心地善良、吃苦耐劳、坚韧不屈，这样的宝藏男人，虽说只有初中文化，但多年在社会上爬摸滚打，少年老成，大智若愚，又岂是个本科生比得了的。还有石水生的颜值，也远远高于前男朋友。加之石水生对她的崇拜和仰慕，也使女人的虚荣心得到了满足。

当然，土豪就是土豪，要成为绅士，还需要更多文化沉淀和历练。随着事业的成功，石水生的土豪本性就暴露了出来。

2014 年，乡村换届开始了。一天晚上，父母和几个叔叔到石水生家，目的很明确，让石水生参加田庄村主任的竞选。

从十五岁开始，石水生一直在外打拼，村里的事没参与过。当叔叔们一提出来，他立即拒绝了。可这是关乎家族荣誉的事，父母希望他光耀门楣有什么错呢？他答应和郑莉萍商量商量。

郑莉萍表示反对，企业刚进入正规，放着好好的企业不做，回去当什么村干部？

第二天晚上，长辈们又来了，这次还多了二伯王堂玉。石水生招呼大家坐下，把和老婆商量的结果说了。大家都很失望，你看我，我看你，人家不答应，能怎么办？莫非让一群长辈求你？尤其是石水生父母的脸色都变了。王堂玉说话了："水生，你看长辈来找你，想推选你当村主任，不是我们来求你，是抬举你。你不要以为我们推选你当村主任是为了我们，你想想，你前年回村里放毛驴的事吧，再问问你老子、妈这两年受的气，你二伯当村主任的时候，还有这些事？"

话刚说完，石水生的妈开始揉眼睛了，石水生气不打一处来，脾气上来了，猛地一拍茶几："不用说了，这村主任我当了。"他立即招呼郑莉萍回来，当着大家的面，向她表达了要竞选村主任的意愿。

前年，红谷绿星驴业有限公司进行养殖场改造，存栏的一百五十多头毛驴实在没地方安顿。石水生和父母商量后，想把自己的责任田圈出一块，将这些毛驴临时圈养一段时间，等养殖场改造完再拉回去。石水生带着工人又是打桩，又是围栏，还专门修了一条小路。等他们拉着毛驴走到村口时，车被拦住了，为首的正是时任村主任的田光武。

田光武说，县里通知田庄是黑马河上游，红谷的水源保护地，不允许规模养殖。石水生赶过去和田光武好说歹说，就是临时存放，可田光武就是横竖不行。为这事还惊动了派出所，乡长出面调解，田光武就一句话，让石水生过去可以，但以后村民有规模养殖的他也不管了，没办法管。最后，还是南沟村的党支部书记石东新，在他们村找了一块地给石水生解了围。为这事，石水生气得七窍生烟，足足生了半个月的气。

没想到，今天二伯又提起了这事，石水生怎么能不生气？再说，这么丢脸的事在长辈面前提起，石水生脸上怎么挂得住？

"你倒是说句话呀。"看到莉萍笑而不语，石水生有点急了。

"我家夫君想要当官，为妻岂能阻拦？"郑莉萍专门学着唱戏的腔调，其实，她知道王堂玉用的是激将法，可自己那个傻夫君就偏偏中计了，事已至此，只能顺着大家，看情况再说。

打心眼里，她不想让石水生当什么出力不讨好的村主任。

在场的长辈们可是乐开了花，屋里的气氛活跃起来。石水生也跟着笑了起来。略等了一下，莉萍一本正经开了口："各位叔叔、伯伯，你们光是抬举水生呢，可是村主任是选出来的，水生多少年不在村里，怎么能说当他就当上呢？"

"看我这愣媳妇儿，你不知道咱们家亲戚加起来，在田庄占一多半。"石水生的妈爱怜地摸着儿媳的手臂。

"妈，二伯当不是也一样，亲戚加起来在田庄也能占一多半，怎地上一回选举就落选了？"原来田庄的上一任村主任是王堂玉。

郑莉萍的话还没说完，王堂玉的脸"唰"一下就红了。不过，他很快回过神来，笑着说，"侄媳妇，要不怎么找水生来了？"

看郑莉萍一脸不解，王堂玉就细细和她谈起了田庄选举的情况。

人民公社时，田庄十二个自然村就是十二个生产大队，后来改成十二个村，再后来人口不断减少，经过几次合并就成了一个行政村。但原来村的形态还在，经济上还以自然村来结算，自然村里面原来的财务还存在，有好多工作都还是以自然村为单位开展的。

各自然村为了维护各村的利益，就形成了各自的利益团体，有的村太小，力量不行，就投靠大的自然村。本来山里的关系就错综复杂、枝蔓勾连，沟里人家大部分都能扯上亲戚关系，可为了利益也不得不选择站队。

经过多次选举，田庄形成了南派、北派、两面派。南派主要集中在槐树庄以南的自然村，以石家人为主，人数较多，王堂玉就是其中的核心成员。

北派集中在田庄以北的自然村，以田家人为主，人数虽然少，但经济状况比南派好，田海就是其中的核心成员之一。

两面派集中在黑马河的支流石家河沟的四个自然村，姓氏较杂，人数不多，但党员数多，占田庄党员数的一半以上，田树奎就是其中的核心成员。因人数不多，两面派一般不参与村主任的竞选，他们只参加村支书的竞选，这也是田树奎能多年担任村支书的原因，至于选村主任，哪边对他们有利，他们就选哪边。因此，竞选村主任就主要在南派和北派中展开。

以前，不论哪一派当村主任都心存顾忌，都能为全村人服务。只是适当照顾本派，做事还算公道，大家还能接受，毕竟不论哪一派里都有亲戚。这十来年就乱套了，哪一派当村主任就只为本派服务，甚至帮着本派村民欺负另一派村民。因此，选谁当村主任就不是个人的事情，而是一个团队的大事，选举竞争也越来越激烈。常常这一派的人刚当选，另一派就开始拆台、出难题，准备下一次的选举。矛盾由此产生，告状、上访也随之而来。

要在选举中获胜，各派推出的参选人非常重要。这个人要本派人拥护，还要两面派的人支持，反对派的人接受。这就要求竞选人要比现在的村主任更有能耐。

现在的村主任是田光武，前任村主任就是王堂玉，而王堂玉的前任是田海。

受了两年多压制的南派，对这次选举是势在必得，他们在下面已经开了几次会，思来想去，最后一致认为，要想在今年的村主任竞选中获胜，把田光武选下去，只能推出石水生，因为石水生在黑马河沟里名声太大了。

听完王堂玉的讲述，莉萍大脑快速运转，此刻要想阻拦丈夫已经不可能了，还有可能要得罪整个家族，再说，水生当了村主任，说不定还能促进驴业公司的发展呢。广阔的山沟、山坡，绿油油的草地对她也是很有诱惑力的。

"二伯，那也不能你们说选水生当村主任水生就能当上呀？"王堂玉刚说完，郑莉萍就提出了疑问。

"嘿嘿嘿。"王堂玉干笑了几声，"侄媳妇，我们已经商议过了，这刹刹，光武儿和树奎子不对劲儿，让水生子看看树奎子，给沟里的人每人送上一壶油、一袋面。咱们这头的人，又不用你们管。"

"那可不行，那不就成了贿选了？"

"侄媳妇，那你说怎么办？"

"我们两口子商量一下吧。"两口子答应参加村主任竞选，长辈们的目的就达到了，心满意足地走了。

郑莉萍在畜牧局上过几年班，政府部门的事她清楚。夫妻俩商议了一晚上。次日上午，两口子到故城乡政府拜访了乡党委书记田平艳，表达了要为家乡做点事的想法。具体讲，就是他们回家的时候，看到石家河沟的路太烂了，想把那条路修一修。

田平艳听了自然高兴，她刚到故城乡就有企业家支持家乡建设，这对她来说无疑是个好的开端。她马上打电话叫来分管乡长，跟着郑莉萍两口子到田庄村石家河沟。路是砂石路，可实在烂得不行了，他们的车刚上了那条路十几米，就刮了底盘不能走了。

田平艳打电话叫来田光武和田树奎，让他们通知石家河沟四个自然村的主任来现场。现场办公，当场定下修路方案。

第二天，石水生就带着工人，开着铲车、挖机到了石家河沟。

"水生挣了钱给村里修路！"消息传遍了石家河沟，传遍了黑马河沿岸。

修这条路让石家河沟四个自然村的村民非常高兴，最高兴的还是田树奎，他早就想修修这条路了，可是几任村主任都和他不太对付，他的提议在两委会根本通不过。他想在田庄干点事，一个字"难"，两个字"太难"，三个字"办不成"。村民们也都心照不宣，用他们的话说："村主任根本就不尿书记。"特别是这一届村主任田光武，表现得更为明显，有一次两个人吵起来，田光武居然指着田树奎："我是全村几百个村民选出来的，你是多少人选出来的？你有什么资格领导我？"话说到这份上，田树奎只能干瞪眼。论辈分，他还是田光武的姨父。

这些情况田树奎也多次和乡里反映过，可乡里总是和稀泥，久而久之，田树奎也就得过且过，混日子。这次石水生修石家河沟路，总算把压在他心头的石头搬开了。

修路这事，田光武也高兴。这条路他也常走，路难走他心里很清楚，他也曾萌生过修这条路的念头，可这事田树奎提出来，别说村里没有钱，就是有钱也不能修，不然，他就无法交代他那一派人。石水生修路是乡里支持的，谁也阻挡不了，也算是他当村主任给村里办的事，还不用花村里一分钱，何乐而不为呢？

田庄出现了很久都没有见过的画面，书记、村主任同时参与，同时支持同一件事。

修路这件事，大伙都高兴，可有一个人忧心忡忡，他就是田光武的姑父田海，他想不通石水生为什么要修这条路？而且马庄的那条路也不太好走，石水生却修这条路，这让他心里不踏实，专门把田光武叫过来说这事。田光武没心没肺地说："水生常年不在村里，能咋的呢？再说，石家河沟的路比马庄的路难走多了，也显眼，想出名肯定先修这条路，能有啥问题？"田海还是觉得，这事没那么简单。

半个月后，路修好了。郑莉萍专门弄了个剪彩仪式。那天，乡里领导都来了，田平艳通知了县电视台和红谷报社。剪完彩，大家还专门在这条路上驱车试行了一趟，路虽然不宽，但能走开两辆车。

从此，石家河沟四个自然村的人走上了平整的水泥路，大家自然对石水生感恩戴德。

石水生修这条路是费了劲的，可是并没有花多少钱。半个月来他基本上吃住在工地，亲自开着自己的铲车修路，路是老路，基础就有，沙子、石子就地取材，村民积极参与义务劳动，最大的开支就是百十吨水泥。

两个月后，换届选举开始了。石水生的突然参选，让北派的人措手不及，南派和两面派的票全投给了石水生，甚至北派的有些人也投了石水生。田光武从选举前给村民发烟就感觉到了，上次积极抽他芙蓉王的人，都去抽石水生的中华烟了。

对于石水生当选村主任，田光武其实很释然，因为他本来就觉得自己能力不如石水生，再说两人一直处得不错，不过有一点他不满意，就是石水生对自己耍手腕，想当村主任你说话呀，何必玩阴的。

田海不干了，他后悔自己大意，开始挑唆田光武和北派的人闹事，想要推翻这次选举结果。先是质疑石水生的参选资格，后来又上访告石水生贿选。

石水生也不是吃素的，他也收集田光武当村主任时不符合规定的事，组织南派的人上访告状。从此，两个昔日好友反目成仇，走上互相告状的上访之路。

也许是喝多了，石水生倒了个底朝天。说到最后，居然睡着了。事情的来龙去脉，我也基本了解。本来想让他在我家将就一宿，可是四儿坚持要拉他哥回去，我也只好由他了。

第八章
再至田家

故人具鸡黍，邀我至田家。

周一一大早我到田庄，石水生已经等在村委会门口。

车刚停稳，他就走了过来。"杨大哥，前天晚上真的不好意思，喝多了，也不知道瞎说了些什么。"石水生小心翼翼地跟在我身后进了村委会办公室。

"不要叫我杨大哥，叫杨书记，杨老师也行。"我一脸严肃。我有自己的打算，要拉开距离，为下一步的行动定下基调。

"叫大哥亲，你就是我的大哥。"石水生笑嘻嘻地说。

我用手指指他的脑袋，一本正经地说："咱们可说好了的，你不准再让人上访告状了。"

"我？我什么时候说的？不过，大哥说不让上访就不上访了。"他一愣，犹豫了一下，又满口应承。

"不光你不上访，村里也不能有人上访。有人上访，说明村里干部没能力解决老百姓的事情，是咱们没有把工作做好。你我脸上有光彩？"

"我只能管了我这边的人，人家的人我可管不了。"石水生急了。

"什么这边的人，那边的人？别忘了，你可是整个田庄人的村主任，走吧。"我盯着他的眼睛，语重心长地说。

"走？"石水生看着我，"杨大哥，我做错什么了？你赶我走。"

我站起身，拉住他的胳膊往外走，"不是你走，是咱们两个都走。"

"去哪儿？"石水生一头雾水。

"田光武家。"

"我？我去不合适吧？"

"走吧。"不由分说，我拉着他就上了我的车。"到了你就知道了，这是工作。"

田庄自然村离村委会所在的槐树庄村不远，几分钟的车程。田光武家在邢太线旁的一块高坡上，比公路高出五六米，院子挺大，没有围墙，北面五间瓦房，房后是一处大山坡，房前有一大片空地。与别家的院子不同，田家院子没种花草、蔬菜，停着两辆工程三轮车。

也许是汽车爬坡的轰鸣声，或是在院子里的停车声惊动了屋里人，车刚停稳，房门的竹帘就被掀起，伸出一张黑黝黝的面孔，接着整个人就到了院心，正是田光武本人。看到我下了车，他马上堆起笑，迎了上来，"杨书记，怎么是你？"

看到与我一起下车的人竟是石水生，他愣在当地，不知所措。

"不认得了？要不要我给你俩介绍一下？"我开了个玩笑，想缓解尴尬的气氛。

石水生也愣了，一路上他还想着怎么把我介绍给田光武，没想到听田光武这说话口气，和我这么熟悉。他不知道，我在调研时来过一次，还和田光武有过一次长谈，只不过当时，我并不知道他就是前任村主任，还被他糊弄了一下。

"怎么？不欢迎？来了也不让进屋？"看见两人都愣着不说话，我赶紧打岔。

"啊——啊，快进来，就是有点乱。"田光武这才回过神来，赶紧掀起竹帘让我们进去。

哎呀呀，一进门我心里就叫了起来，这是我见过最乱的屋子。里外间，外间有四间，里间一间。我们进的外间，正面摆着一排货架，香烟、酒、罐头、方便面，还有许多五花八门的货，乱七八糟堆满了；西墙放着一张大床，上面杂乱地堆着被褥、枕头、衣服；南墙一张破旧的大桌子，上面放着老式话筒、扩音器，还有没吃完的半碗饭。地上乱放着七八样不太新鲜的蔬菜和一些杂物。

屋里一把椅子、两条板凳，旧旧的，很有些年头了。田光武讪讪地说："杨书记，不好意思，太乱了，还没有顾上收拾。"

此时此刻，我明白了上次来的时候，田光武为什么不让我进屋子。他不是不想让我进，是根本进不来。今天，也是因为我的话，让他没办法拒绝。

我和石水生坐到板凳上，盯着田光武笑了起来。田光武让我笑得有点不自在，挠着头也笑了起来："嘿嘿嘿，杨书记，你笑我什么呢？"

"你不知道？"

"嗯。你就明说吧！"

"好啊，我想让你再日哄日哄我呀。"我半开玩笑半认真地说。

"没有，杨书记，我——"田光武有点心慌，挠着头，尴尬地苦笑。

"你说吧，什么时候你们俩就不互相告了。"我不再卖关子，盯着田光武直截了当。

"不是，我，杨书记，我也没有办法。"

"我知道，你叫你姑父过来一趟。"此时，田光武已经猜到我的来意，他明白我已经知道了一切。他下意识地看了石水生一眼，朝里屋喊了起来："俊花，你赶紧去叫咱姑父过来一下。"

"哎。"从里间走出了一个和田光武一样壮实的女人。

不大一会儿工夫，田海急匆匆过来了。自从上次党员会"退党"风波后，田海一直躲着我，但我专门叫他，他知道躲不了。如果不是石水生的那些醉话，我怎么会知道田庄还隐藏着一股不小的力量呢。真是人不可貌相，怪不得他说话敢那么冲。

姜还是老的辣，田海进门看见我们三个，脸色一变，一瞬间就恢复如常。"嘿嘿嘿。"他干笑了几声，"杨书记，你找我？有事？"

"田海哥，你说呢？"我反问一句，把皮球踢给他。

"嘿嘿嘿。"他马上移开我盯着他的目光，求助似的望向田光武。"姑父，杨书记都知道了，咱们也不用藏着掖着了，敞开了说吧。"田光武接过话茬，对田海说。

"嗨嗨。"田海转移话题，"都是你们娃娃的事，你们兄弟商量吧。"

接着，从田海嘴里透露出了一条令我吃惊的信息：石水生和田光武还真的是兄弟，田光武娶的是石水生亲姑妈的女儿，也就是石水生的表妹，从这儿论，田光武还应该叫石水生一声哥。

"你看你们，都是亲戚家的，干的是些什么事，自家的事还要我这个外人来解决，我还觉得羞呢。"我夸张地说道。

三个人的脸上，都露出难色。"杨书记，你也不要笑话咱们，这都是原来留下来的问题。"田海毕竟老道，接口说。

"田海哥，娃娃们不懂事，你这么大的人也不懂事？娃娃们瞎闹，你也跟上起哄？"我也不客气，再次把矛头对准田海，他还想打马虎眼，没门。

"不是，不是。杨书记我也没办法。"田海招架不住，节节败退。

"田海哥，你知道不知道，越级上访，告状内容不属实是会触犯法律的。"

"犯法？"三个人互相看了一眼，异口同声喊了起来。

"是呀，你们没有听说过诽谤罪吗？法律明确规定，捏造事实诽谤他人，情节严重的，处三年以下有期徒刑、拘役、管制或者剥夺政治权利。"

"可是我们有事实呀？"败局已现，田海还在狡辩。

"是吗？那你说说你们告水生贿选有哪些事实？"

"那我就说呀……"田海看了石水生一眼。

"你说吧。"石水生没好气地接了一嘴。

"你们上次选举吃了多少烟呢？"田海问道。

"二三十条。"

"这算不算贿赂呢？"

"这也算贿赂？你们不也给大家发烟了吗？那光武你发了多少条烟？"

"二三十条吧，记不住具体数字。"田光武挠着头，老老实实说。

"我又没有说小武不是贿选，你们也能告他呀，我是说你们都贿选来，选举结果就不应该算，应该重新选举。你说对不对，杨书记。再说，你给石家河沟修路，算不算贿选？"田海一双眼睛眨巴眨巴，显出狡黠的神情。

"田海哥，你看，这一方面国家是这样规定的：'候选人选举前已做或选举中承诺当选后要做慈善事业、公共事业，不属于贿选，农村红白喜事、礼尚往来是人之常情，也应该区别对待。'因此，肯定地说，水生给石家河沟修路不算贿选，至于给人抽烟和给人送烟也是两码事，抽烟是人之常情，再说参选双方都给大家抽烟了，对双方都公平，数量上也够不上贿赂。可是你看你不了解情况，就带人上访，即使够不上诽谤罪，也可能够上破坏选举罪，还可能算作寻衅滋事罪。"再听下去也没意思，我打断话头，单刀直入，给了他个下马威。他不就是踢过来个皮球，我给他扔过去个炸弹。

火力够猛，田海额头上的汗滴滴答答下来了。

"田海哥，你看你们都是自己人，有事坐下来好好商量不好吗？为什么要弄个鱼死网破？让外人看笑话？"

"嗨，嗨，这些咱们就不知道么。"田海开始不停擦拭额头的汗。

"田海哥，咱们可要多学法、知法、懂法，时刻记得咱们是共产党员，要带头遵纪守法，别办那些糊涂事。"见火候到了，我换了个口气，这才是我今天来的目的。

"嗯，嗯。这是你来了，学习开了，这么多年也没有人组织咱们学习，自家也晓不得学习。"田海一个劲解释着，语气平和而谦虚。

"当然，不让大家越级上访乱告状，并不是真有犯罪的不让大家举报，如果真正有犯罪行为，我们还必须检举，否则也是要犯包庇罪的。"我打一巴掌给个甜枣，开始缓和下来讲道理，"我了解了一下你们的上访内容，要么是瞎猜的，要么就是不值一提的小事，都是村里面能解决的鸡毛蒜皮的事。你们不但越级上访，还堵县政府的大门，你们说，你们做的什么事？为了自己的一己私利，给国家和政府造成多大的损失，造成了多坏的影响？"

在田光武乱七八糟的屋子里，我们四个人谈论、争吵了一个上午，最后终于达成一致意见：以后有什么事先坐下来解决，保证各自的人不再越级上访。

这一个上午，我的收获太大了。不仅掌握了田庄不少情况，发现了存在的问题，还对田光武这个人有了重新的认识。

田光武比石水生小两岁，祖祖辈辈生活在田庄。从小家里就很穷，其贫困程度比石水生有过之而无不及。田光武不光没钱，而且身世可怜。

田光武的父亲老田头是典型的山里人，不仅继承了山里人的善良和朴实，还传承了山里人的懒散和无为。因为家里穷，兄弟多，直到三十多岁，才经人撮合娶了逃荒到田庄的母女三人中的大女儿李云香，小女儿李云翠后来嫁给了田树奎，就是现任的田庄支部书记。

李云香做事利索，心气也高。出生在比田庄更偏远的大山深处，因为太穷了，她还有两个妹妹，生下来就送人了。父亲去世后，家里更困难了。那一年春季闹饥荒，实在饿得没办法，只好带着生病的母亲逃荒到田庄。

李云香嫁给田光武父亲一年后生下田光武。隔了一年，生下田光武的弟弟田光文。在李云香的勤俭操持下，终于有了家的模样。可是老田头太懒散了，也没啥追求，用他自己的话说，就是饿不死就行。这在农业社的时候还没什么，可实行家庭联产承包责任制后，家里的经济状况和其他人家的距离越拉越大。

李云香看在眼里，急在心上，无奈自己的男人就是不待动，连自己地里产的苹果都懒得出去卖，硬等着贩子上门来收。为此，夫妻俩不知吵了多少次架。后来李云香干脆拉上自家的苹果到县城、到省城去卖，可是老田头还是无动于衷，你愿意出去卖就出去卖，反正我是懒得动。

外面的世界很精彩，也更具诱惑力，终于，在田光武八岁那年，李云香在给田光武和他弟弟买了一大包衣服和一堆小食品后，就离家出走了。很多年后，听说曾有人在省城见过李云香，可直到长大成人，田光武兄弟俩都再没有看到过母亲。

李云香出走后，没有了老婆的老田头更加懒散起来，连饭也不给两个孩子做。八岁的小光武就开始给父亲和弟弟做饭、洗衣服。想妈妈的时候，就一个人在村口山坡向外眺望，他多么希望有一天妈妈会出现在村口……好在有姑姑和姑父田海经常过来照顾，兄弟俩在煎熬中慢慢地长大。

妹妹李云翠嫁给田树奎后，母亲一直由她照料。李云香不告而别，离家出去后，老人忧思成疾，没多久就去世了。

李云翠也断不了照料两个外甥，但她打心眼里瞧不起姐夫老田头。又抱怨自己的姐姐绝情绝义，走的时候连自己和母亲都没打个招呼。甚至内心里把母亲的离世，也归咎于姐姐的出走。

李云香的出走，让李云翠和母亲在村里抬不起头。村里有人怀疑李云香出走是母女三人商量好的，挑唆田树奎把老婆看紧点儿，小心她也跑了，这让她感到了一种不可名状的羞辱。

这种难以启齿的痛，令她常常把火发泄到两个外甥身上，慢慢的，就有了嫌隙。长大后，田光武对小姨仍耿耿于怀。

穷人的孩子早当家，初中毕业后田光武就跟上了工程队。他干活不惜力，很讨师傅们喜欢，也愿意把自己的手艺教给他。三年后，十八岁的田光武就成了工程队的大师傅，又历练了几年，他拉起了一支工程队，自己单干。

田光武干工程队与别人不同，用的工人都是黑马河沟里的人，尤其田庄的最多。给本村里的人干活，薄利，甚至只收个成本费。

这么多年来，黑马河沟里的大部分男劳力都在田光武的工程队里干过，跟着他挣过钱，不少人家多多少少受过他的恩惠。这也是田光武上届换届选举中能战胜王堂玉当选村主任的原因之一。

上访的事情总算得到了解决，但我心里并没有轻松起来。因为这只是一种协议性约定，问题并没有得到根本解决。要杜绝上访，必须从根上解决田庄的问题。

田庄成为软弱涣散村，表面看是上访问题、班子问题，但根本还是村党支部丧失战斗力，两委班子缺乏领导力。目前急需打破家族势力，消除帮派影响，提高两委班子的威信，恢复党支部的活力。

再三思量，我决定先抓干部以权谋私的问题，以公平公正公开，取信于民。刀，还得从石水生开起。

　　趁着周末，我约了石水生到他的驴场去看看。

　　贾庄在红谷很有名，石水生的绿星驴业在贾庄也很有名。没开导航，很容易我就找到了。

　　绿星驴业在贾庄村东，坐北朝南，两边各有二十多米的围墙，墙上爬满了绿莹莹的爬山虎，十几棵高大挺拔的银杏树，特别引人注目。门前一条公路，交通极为方便。大门低调大方，伸缩门紧闭着。显示屏上滚动着"绿星驴业欢迎您"的字样。

　　石水生的办公室并不豪华，布置得干净整洁。几盆绿植大小适中，放置得恰如其分，有君子兰、发财树、万年青。屋里最显眼的是放在宽大的办公桌上的金黄色铜驴，二尺大小，三只驴蹄腾空，另一只踏在一团祥云上，驴头仰得老高，尾巴朝后甩得很长，底座刻着显眼的黑字"驴气冲天"。

　　石水生和郑莉萍两口子陪我参观现代化的设施，介绍自动化管理模式，看得我不由赞叹。

　　晚饭是在他公司食堂吃的。我从车上取来两瓶二十年的汾酒，送给石水生，他嚷着不肯接受。看到我态度坚决，郑莉萍才接了过去。

　　简直就是全驴宴，驴头肉、炖驴蹄、炒驴肠、驴杂汤、驴油火烧……十几道菜都离不开驴。这是我活了这么大，见过的最丰盛的驴肉宴，好几道是我平生第一次见。一边大块吃肉，小口喝酒，一边在心里盘算着怎么和石水生开口说我的打算。

　　到底是女人心细，莉萍很快发现我若有所思，心不在焉。

　　"怎么看起来杨大哥像是有心事？"

　　"嗯？"我停住了已经端到嘴边的酒杯，"你怎么知道？"

　　"大哥一副心事重重的样子。"莉萍的声音不但好听，还很甜。

"有啥事咱们先吃饭，吃了饭再说。杨大哥，来，喝。"石水生大大咧咧，举起杯子伸到我面前。

"看，看，原形毕露了吧。杨大哥有事憋在心里能吃好饭？"莉萍嗔怪地白了一眼丈夫。

"那，那你说嘛。杨大哥，咱们自家人，只要兄弟能办的，两肋插刀，没有问题。"石水生放下杯子，单手拍着自己的胸脯，大声嚷道。

"我刚才一直想，你们事业做得这么大，经营得也不错，为啥跑到山里和乡亲们争那点蝇头小利？"

"我们和乡亲们争蝇头小利？杨大哥你说清楚点儿。"两人异口同声，满眼狐疑。

"那你给我说说，你在村里办石料厂，组织人给超高压送料的事。"

"杨大哥你说的是那事啊！"莉萍放下筷子，"你问他吧。"莉萍指着石水生，说完捂着嘴笑了起来。

"我争蝇头小利？我还争大利呢。哎呀呀，大哥来我给你说说。"石水生把衬衣上面的两颗扣子解开，一只脚脱了鞋踩到椅子上，给我讲了起来。

石水生的讲述内容有不少是和斌斌一样，不过比斌斌讲得更细、更具体。对于这件事的来龙去脉，我终于清楚了。

原来，现在不管什么单位到村里施工，为了减少麻烦，都不自己直接雇人，而是和村委会接洽，主要的承办人自然是村主任。然后由谁来做、做什么都是村主任说了算。

干活，在平原村也算不了什么。平原上工厂多，离城市近，只要你想干，随便什么地方都可以打工。可山里不一样，山里没工厂，除了作务自家几亩地，平常还真没什么活干，没活干就意味着没收入。能出去打工的早就出去打工了，剩下的人都是没办法出去的。能在山里做点活、挣点钱就成了每个山里人祈求的事。种地，靠天吃饭，顶多混个温饱。遇上年景不好，颗粒无收也是有的，不挣点外快，怎么活？

村主任怎么分配？好一点的活、能赚钱的活肯定优先安排自家人，在选举时坚决支持自己的铁杆力量，然后就是自己的一帮人。和自己不一帮的或反对自己的人，只能干些人家不干的活，甚至连活都干不上。

这也是为什么田庄在选举村主任时争个你死我活的原因之一，也是村里拉帮结派的主要缘由。毕竟僧多粥少，选上自己一派的人当村主任，也是给自己选了一条赚钱的门路。

石水生运气还是不错的。当上村主任不久，就有了一桩大活：国家修的两条特高压线路都通过田庄。南面的一条，修的五座铁塔；北面的一条，修的六座铁塔。所有修建铁塔的材料都由田庄村委负责运上去，一百多万元的活，这对田庄来讲，可是一笔不小的收入。

石水生签完合同后，村里就炸锅了，不少人跃跃欲试。两面派和北派的人也和石水生接洽，要求干一部分活。石水生还没说话，王堂玉就表态了："想干活？石家河沟的人可以，槐树庄往北的人想也别想。"

话传到田海耳朵里，气得他一跳三尺高，先是后悔自己太大意，让南派的人趁虚而入夺了村主任的位子，又骂田光武没本事，连个村主任也选不上。继而发誓，要把石水生从村主任的位子上撸下来，这也成了北派上访告状的导火线。

石水生签了合同当然高兴，当天晚上回到驴场，把这事一五一十告诉了郑莉萍。谁知老婆当头给他泼了一盆冷水，告诉他不要和尚娶媳妇——尽想好事，天上不会掉馅儿饼的。劝他把这活让给村里人去做，自己最好不要参与。

石水生哪里听得进去，他不但要让南派的人挣上钱，自己还要在两个月里给郑莉萍挣回二十万元。莉萍说她不稀罕，好挣的钱人人都盯着，不要惹火烧身。可石水生王八吃秤砣——铁了心，他还发誓，要是两个月挣不回二十万，就每天早晚给老婆学驴叫一回……

等到开始干活，石水生就傻眼了，因为铁塔都建在山顶上，好多地方人都没上去过，路都得修，关键是修好的路也只有十二马力以上的农用三轮车才能上去。

这个活还是很危险的，在那样的路上拉东西，稍有疏忽就可能车毁人亡。可想想有那么多钱可挣，大家还是争先恐后。

有的人家有十二马力以上农用三轮车，有的人家有三轮车可不够十二马力，还有人家没有三轮车，想到有钱可赚，就先去买车。没钱买车的，就像石水生的铁杆斌斌，石水生只好借钱给他们。七凑八拼，组织了二十来辆农用三轮车。因为建铁塔所用的材料都要用农用三轮车运上去，不光有沙子、石子、水泥、钢筋，还有各种器材、钢材，二十来辆农用三轮车怕不够用。

石水生知道，误了工期可就麻烦了，不如干脆让北派的人也参加进来。可刚露了点口风，就遭到了他二伯王堂玉和磨沟胡家三兄弟的坚决反对，理由是，原来田光武当村主任的时候，有了活只给北派的人干，现在咱们的人当了村主任，有了活儿也不能给他们干。其实，胡家三兄弟的三轮车都是因为这次活儿刚买的，就准备靠这一次多赚点钱，如果蛋糕分给别人，自己的那一份不就少了？

现在，铁塔开工建设三个来月，第四个铁塔就要竣工了，工程款要等到第五个铁塔完工后才能支付。修料场、修路、进石料、加油等款，石水生七七八八已经垫了三十来万元，还不包括自己贴上铲车。两个月挣回二十万元自然也就成了空话，这两天莉萍正逼着他学驴叫呢。

说到最后，石水生拍着桌子站了起来："杨大哥，你说我这算不算给自己谋私利？"

"算啊。不光算，还是以公谋私。"我笑着说道。

"啥？你说啥？"石水生把双手叉在了腰上，朝我瞪起了大眼。

"坐下。有理不在声高，听听大哥怎么说。"莉萍拉了下石水生的裤子，石水生看了莉萍一眼，不服气地坐到了椅子上。这是今天晚上莉萍第二次拉石水生了。刚才石水生把一只脚脱了鞋踩到椅子上，她就拉了一下。

我喝了口酒，放慢了节奏："那我问你几个问题，先不用回答，你好好想想再说。这个活，放在两年前你能揽下揽不下？如果你现在不是村主任，你揽下揽不下？如果活是揽给村主任的就是村里的活儿，村里活儿是不是应该村民代表大会，最起码是两委会来定怎么做？就算你是村主任有权力来定，你是不是也应该公公平平，让全田庄的村民有能力做的人都来做？你利用村主任的职务揽回来活儿，留给自己的亲朋好友，算不算以权谋私？"

"可是原来人家都是这呀！"石水生已经没了刚才的火气，低声回应。

"我说说你，还和我狡辩，现在是村主任了，听不得我的话了，你听听大哥怎么说吧。"我笑着朝郑莉萍点了点头，接着说："水生你可能觉得很委屈，你揽下活，又是借给人钱买车，又是垫钱，组织大家挣钱，可以说如果没有你，这个活也可能大家都干不成，因为我觉得在田庄还没有谁有能力垫出这么多的钱，或者是有胆量垫出这么多的钱。可是你想过没有，村民们会怎么想？你所谓的人家肯定会埋怨你，因为你照顾的大家并没有他们，而你照顾大家也会对你有意见，因为他们认为一切都是你安排的，是你挣了大钱，他们只是挣了点辛苦钱。到最后，你只能落个'媳妇背着公公跑——出了力气不讨好'的下场。"

听了我的话，石水生低头没有吱声。莉萍转头问，"杨大哥，你说得对的呢。可是事情已经成了这了，有啥办法呢？唉！"

"有办法呀，就不知道你听不听。"

"杨大哥你快说说，我听哩。"

"好，依我的意思，是剩下的七座铁塔的活，不要再说什么派的了，告诉田庄只要有能力的都能做，组织呢，也通过村民代表大会或者是两委会选出一个领导组来安排。赚的钱账务公开，让全村人都知道这个项目挣了多少钱，怎么分配的。钱的分配方案也由村民代表大会制定，领导组只是执行者。我的意见是钱要分成四份，一是参加劳动人的工资、机械费用，二是你投资应该挣的钱，你垫的钱也应该有收入，还有你的工资和机械费用，全村村民的分红和集体的提留……"

"不行吧？杨大哥。不干活的也有钱，凭啥？还有集体也留钱？做活计的人能服气？不闹才日怪呢。"

"关键是你服气不服气？"

"反正服气不服气，还不是要听大哥的。"

"你说这话还是不服气，我再问问你，铁塔建设用的地是不是村里的，你们走的路是不是村里的，村是属于全体村民的，不光是你们干活的人的吧？"

"啊，你这么说也对的呢，可是就怕有人不行。"

"关键是你行不行？"

"我？没有问题。我也不要什么利润，能把本钱拿回来就行。"

"好，那咱们就说定了，周一咱们两个就找光武。"

"不过，杨大哥，不说什么派可不行，那我不成叛徒了？"

"你呀！这个事我以后再和你说。不过你也想一想，你是要当全田庄人的村主任，还是当一帮人的村主任？"我拍着石水生肩膀，一字一顿地说。

"嗯。"石水生若有所思。

"服了？"看着石水生的乖乖样，莉萍笑着说。

"嗯。我什么时候不服过杨大哥？"

"那今天晚上学驴叫？"莉萍望着石水生，露出戏谑的神情。

"你想啥呢？"石水生把头朝天仰了起来。

"哈哈哈，哈哈哈。"笑声流淌在食堂里的每一个角落。

今晚的夜色真美，秋色渐浓，云淡风轻。

第九章
矛盾激化

隔天一大早，石水生来我家接我去田庄。我是不想让他来接的，毕竟田庄各自然村之间的距离比较远，最远的两个村相距十几公里，下去调研走访，还是自己开车方便些。可石水生说他天天在村里，我去哪儿他拉我去就行，我只好依了他。

路上，石水生告诉我，昨天他已经把要让北派的人干活的事告诉了南派的人，他父母和几个叔叔没意见，母亲还叮嘱他，都是一道沟里的乡亲，应该互相帮衬点儿。二伯王堂玉和磨沟的胡家三兄弟坚决反对，还说要找我理论，让我有点思想准备。

磨沟的胡家三兄弟仗着和"社会上的人"（指黑道）有联系，平常在村里就趾高气扬，谁都不放在眼里，动不动就欺负人。

听了他的话，我陷入了沉思。我并不是怕，是这些人竟然能把手伸进大山里，真是无孔不入。他们的介入和搅局，会让田庄的事变得更复杂，怎不令我心生忧虑。

车到了田光武家，石水生朝屋子喊："小武，小武——"

"哎！"过了半天，屋里才有了动静。

"害伤寒的，是不是还没起呢？"石水生开玩笑地嘟囔。

果然，田光武衣冠不整地出来了。"杨书记，进来吧。"田光武掀起了竹帘。

"快不用进了，门也不开，窗户也不开，屋里还不知道啥味道呢。"石水生皱着眉头直摆手。

"啊——"田光武拉长了口气，伸了个懒腰，"来，我拿个凳子。"

"秋收完了，没啥做的，也不待起。"田光武从屋子里拿出了椅子和板凳。

"杨书记，有事？"显然，对丁我和石水生的到来，他有点意外。

已经是农历十月中，尽管穿着厚厚的皮夹克，还是感到丝丝的凉意，好在太阳升起来了。不过，人们常说，太阳快要出来的时候，是最冷的时候。

田光武把我让到椅子上，他拉着石水生坐到板凳上。石水生给了田光武一支烟，等两人点着烟抽起来，我就把全村人一起干铁塔活儿的事说了一遍。

田光武听了，"霍"地从板凳上站了起来，烟也不抽了，满脸堆笑叫了起来，"杨书记，真的？这是真的？"

看我点头，他马上直起身子朝屋子里喊："俊花，俊花。快去叫咱姑父。"

"哎——"俊花答应一声，蓬头垢面就跑了出去。

不一会儿，田海一溜小跑过来了，还没进院子就笑呵呵地嚷了起来："杨书记，杨书记，是真的？"

我站起来朝他点了点头。田海一屁股坐到板凳上，石水生递过去一支烟，他都没顾上点火，就嚷道："太好了，咋能有这好事？"一副仍不敢相信的神情。

原来，那天田海和田光武答应不上访后，晚上两个人就把他们那帮子人聚集起来说了此事，结果大家都不满意。有的人讽刺田海虎头蛇尾，有的人笑话田光武没本事、没能耐，还有几个人说，有本事把铁塔上的活儿揽回来，你们说什么我们听什么，最后闹了个不欢而散。

两人这两天正为这事发愁呢，喜从天降，雪中送炭啊！难怪他俩这么高兴。

从他们的反应可以看出，我这事办到点子上了。趁热打铁，我把以后村里揽上活儿怎么安排、利润怎么分配等，给他们详细讲了一遍。

田海用力拍了一下大腿，笑着说："这个办法好，这个办法好，早该这样了。"

"那你们以前怎么不这么办？"石水生怼了一句。

"那时候不是没有咱杨书记么。"田光武尴尬地一个劲嘿嘿嘿。石水生不满地瞪了田光武一眼，田光武才不在乎，此刻，他高兴还来不及呢。

我摆了摆手，让他们想一想，下一步怎么把他们这一帮人融进修铁塔的队伍里。从田光武家出来，已经半上午了，但好消息在我还没离开田光武家的时候，已经在北派的人中间传开了。原先谈不妥的事怎么就突然行了？人们自然欢喜，秋收完了，正想着干点啥挣点钱，怎么也想不到，好事从天而降。

李云翠也很快知道了这个消息，她根本不相信这是真的。两派人势如水火，还能将好事让给对方？她打电话给田树奎，对方回复说不知道，这让她有些疑惑，有些不满意。

车还没开到村委会，我就感到有点不对劲儿，远远看见有几辆农用三轮车停在了村委会门口。

"是胡家三兄弟的车，杨大哥，怕是来找麻烦的，要不要躲一躲？"石水生眼尖，车速放慢，扭头问我。

我心里坦荡,没什么好怕的,伸手拍了一下石水生:"没事,不用,有事是躲不过的。再说,躲了初一躲不了十五。你不用怕。"

"我还怕个他?"石水生也不输阵,挺了挺腰杆,加速前进。车越过村委会门口的农用三轮车,停在了他们前面。

一共五辆车。石水生低声告诉我,其中三辆是胡家三兄弟的,一辆是王堂玉的,另一辆是王二利的。

大门口被堵得只剩下能进出一个人的空隙。看见我进了大院,蹲在正房前面的七八个人站起来,朝我走了过来,领头的是王堂玉。

"杨书记,听说是你让水生把我们的活计给了其他人的?"语气极为不满。

"堂玉哥,你说什么?什么是你们的活计?"我皱了皱眉头,语气也不客气。

"就是铁塔送料的活计,那是我们揽回来的。"

"哦,堂玉哥,那是你们签的合同?"

"不是,是水生签的。"王堂玉的口气稍稍缓和了些。

"堂玉哥,你见过合同?"

"见过。"

"合同上面盖的是水生的章?"

"不是,是村委会的。"王堂玉语气不由软了下来。

"既然是村委会的章,那就是田庄的活,怎么就是你们揽下的呢?"

"不用说那些没用的,反正这活计就是我们揽下来的,村委会盖的章也是我们揽下的,谁要是把我们的活计给了别人,就是不行!"看见王堂玉哼哼唧唧,答不上话,从王堂玉身后闪出一个人,二十七八岁,中等个,光头,满脸横肉,一看就能用"剽悍"二字形容。

"三鬼,你想怎的?"还没有等我说话,石水生挡在了我的前面。这个小名叫三鬼的胡家老三,看来是有备而来。

"水生，我们怎么就瞎了眼选上了你？你也不想想，是谁选你当上的村主任，不让你当也是分分钟的事！"三鬼叉着腰朝石水生吼。

"吹你的牛皮吧！凭你？"石水生也吼了起来。

"石水生你想怎的？"三鬼两边各站出一个人，和三鬼像一个模子里刻出来的，看来胡家三兄弟悉数登场了。

"就你们三个？"石水生也不惧，"刺啦"一声拉开皮夹克的拉链，一手叉住腰，一手指着兄弟仨。

"哎哎哎，你们这是干什么，怎么自家人窝里斗开了？"王堂玉装起了好人，站到石水生和胡家兄弟中间打圆场。

"谁呢？是谁呢？谁把他亲爹的活计给人了？这是想死呢？"一声又尖又细又狠的声音从我背后冒了出来，三鬼马上露出欣喜的表情，"哎呀，五哥，你怎么来了？"边说边朝我身后快步迎了过去。

只见七八个人从门口的空隙走了进来，为首的二十五六岁，细高个，寸头，脖子上挂着一根指头粗金灿灿的链子，不知是金还是铜，袖子挽起露出手臂上的文身。他身后跟着的人，年纪略小一点，清一色光头，黑皮夹克，手里都提着镐棒，有的手上或脖子上有刺青，一个个歪着头，横冲直撞，样子嚣张。

三鬼挽住细高个的胳膊，弓着腰拉着细高个来到他两个兄弟面前。胡家兄弟马上点头哈腰地叫了声"五哥"，抬起头得意扬扬地看着我们。

"就是他把他亲爹的活计给了人？"细高个没怎么理会胡家三兄弟，抬起手指向石水生。

我一把将石水生拽到身后，对着细高个厉声问："你是谁？从哪里来的？"

"你又是谁？你管你亲爹是谁呢？"细高个头往上一扬，一只手夹着烟指向我。

"你是谁亲爹？什么地方的杂种？敢到田庄撒野？"一声洪亮的声音响起，还没等我转过身，一个魁梧的身影就站到我前面，手里提着一根白蜡杆。

"老不——"细高个的"死"字还没出口，"啪"，脸上就挨了一巴掌，立见五个红手印。

"你敢打你亲——"细高个的"爹"字还没出口，"啪"，胳膊上挨了一白蜡杆。"哎呀！"细高个疼得抱着胳膊蹲在了地上。

"你们还不动手等啥呢？"细高个喊着抬起头，脸色顿时变了，不光他脸色变了，胡家三兄弟的脸色也变了。不知道什么时候，进来二十几个槐树庄的村民，手里拿着粪叉、铁锹、铁耙，都对着自己，哪个还敢动？

"一群有人养没人教的东西，老子在朝鲜战场上杀的美国佬不知道有多少，还怕你们？今天，老子就替你们爹妈教训教训你们……"杜狗堂身板挺直，声音洪亮，又举起了手中的白蜡杆。

"狗堂伯，你看你做啥呢？本村大舍（方言，邻里邻居）的……"王堂玉紧赶着过来，伸开胳膊，挡在杜狗堂前头。

"你看看，他们是本村的？他们是不是你勾引过来的？王堂玉啊王堂玉，你还是共产党员吗？我都替你害臊呢！"杜狗堂把白蜡杆往地上用力一杵，王堂玉吓得往旁边一跳。

"我，我这还不是为咱村人着想？"王堂玉脸红心跳，低声辩解。

"你是为了你自己吧！"杜狗堂根本不理他的茬，直接怼过去。

这工夫，细高个抱着胳膊已闪到胡家兄弟身后。胡家兄弟也没了刚才的气焰，讪讪地，不知如何收场。

"水生，打110报警，既然有社会上的人参与就不单纯是咱田庄的事了。王堂玉同志，请跟我到办公室来。"有了杜狗堂的虎威，我的底气更足了，当机立断，决定要杀杀这股歪风邪气。头也不回，朝办公室走去。

看到我离开，胡家兄弟想带着细高个走。"不能走，在事情没解决之前，谁也不准走！"杜狗堂紧握白蜡杆，指着胡家兄弟厉声道。

此时，又有三四个拿铁锹的村民站在老人身边。这些五六十岁的村民，个个精神抖擞。那些闹事的小伙子反而蔫巴地蹲在地上。明眼人都能看出来，他们之间差的就是那股子正气！

村委会大门口进出的空隙，早已被村民堵得严严实实。

"啪！"王堂玉进了办公室，我一巴掌拍在桌子上，"王堂玉同志，你好大的胆子，身为共产党员，居然敢勾结社会人员，破坏村里稳定？"

"不是，不是。杨书记，人不是我叫来的，是三鬼叫来的，我也不知道他叫的社会上的人。"王堂玉脸像苦瓜，声音打战。

"刚才社会上的人来了，你不也得意扬扬吗？王堂玉同志，你是一个共产党员，遇上事不依靠组织，而是依靠社会力量，你丧失了一个共产党员起码的立场。"

"杨书记，你看这事成什么了，你看这事成什么了。"王堂玉搓着双手，不住地说。

"王堂玉同志，你还是考虑考虑自己的问题吧，我会把你的情况向上级党组织反映的。"我板着脸，决定下猛药，治治他的病。

"杨书记，不用了吧，我已经认识到错了，毛主席不是说过允许犯了错误的同志改正错误，不能一棍子把人打死吗？我改还不行吗？"王堂玉是真急了，居然把毛主席都搬了出来。

我抻着不说话，好一会儿才开口："堂玉哥，你愿意改，我要看看你的表现，一会儿咱们开个两委会，希望你能认识到问题的严重性，向组织做出深刻检讨。"我心里明白，此刻还没有真的触动到他，但也不能操之过急。常言道，心急吃不了热豆腐。对这种老顽固，需得小火慢炖。

我把头伸到窗外，双方还对峙着。石水生和杜狗堂一老一小并肩站着，旁边村民拿着铁锨站在他们身边，对方只剩下胡家三兄弟和细高个，其余几个和跟着他们的村民早已溜之大吉。估计是故意放他们一马，不然他们根本走不了。

局面控制住了，我把石水生喊了过来，让他通知两委成员开个紧急会议。

两委成员陆续到了。奇怪的是，一个多小时了，警察还没有来。

两委会上，我把今天的情况通报了一下。为了摸清大家的底，我让每个人都谈谈自己的看法。

"早就该收拾收拾了。"田树奎满脸的皱纹都舒展开了。

"就是，怪不得吃饭那会儿，听见狗堂哥和他家爱兵挨家挨户唤人，让带上锨橛镰斧，说是外面的人要欺负杨书记呢，我们赶紧提上家伙就来了，你看看，这些人也是赖了。"石爱叶说道。

"嗯，是赖呢。"田铜虎低低回应，"你村的人都来了？看见人不少了。"

"嗯，都来了。除了人家他家的。"石爱叶朝王堂玉撇了撇嘴。

"不行，这一回可得好好收拾收拾他们！"石水生总是大嗓门。看着红着脸低着头不说话的王堂玉，石水生又响起了大嗓门，"二伯，你也是，招惹他们来干啥？"

"水生，二伯也是——，嗨！"王堂玉长叹一声。

看火候差不多了，无需纠缠，进入正题，讨论《田庄村集体承揽工程项目实施方案》。内容和在石水生家说得差不多，只是更具体、条理，主要体现透明、公平、公正、合理。我提前印了十几份方案，人手一份发了下去，本来以为会有阻力，刚才那么一闹，反而快速达成一致，全票通过。在场所有人全部签字，我让石水生拿了三份盖上党支部和村委会的公章，准备会后就贴出去公示。

会议第三项，王堂玉对自己的错误做检讨。

我上纲上线把王堂玉的情况分析了一遍，大家听着表情严肃起来。他们没想到会这么严重，居然和政治立场扯上了关系。

轮到当事人做检讨了，他红着脸站起来，干咳了两声，正准备说话，外面传来"嘀嘀嘀"的警笛声。

会议暂停，先处理外边的事。看了一下手机，距离报案时间近两个小时了。

"让开点儿，让开点儿，怎么？听不见？"一阵吆喝声从大门外传过来。我走出办公室，看见四个穿警服的人进了院子。

"来来来，把你们手里的东西都放下。"几个人指着村民嚷嚷。

为首的瘦高个三十来岁，头上没戴帽子，警服上面的几个扣子没有扣，里面是同样没扣好扣子的淡蓝色衬衫，一口黄牙，嘴巴稍稍有点歪。

村民们放下了手里举着的农具，蹲着的几个小混混丢了手里的镐把站了起来。

"谁报的警？怎么回事？"

"哥，我们没有惹他，他就打了我们，你看看我的脸，看看我的胳膊。"恶人先告状，还没有等石水生说话，细高个举着胳膊就对着瘦高个告起状来。奇怪了，混混居然不怕警察，见了警察反而来了精神，不光是他，就连胡家三兄弟也两眼放光。

"人是你打的？"瘦高个看着杜狗堂问道。

"嗯，是我打的。"洪亮的声音把瘦高个吓得往一边挪了两步。

"嚇，老汉家劲儿不小呢，那走吧，带回所里。"旁边一个穿警服的从腰里掏出一副手铐，和另一个穿警服的朝杜狗堂走过去。

"哎哎，你们逮谁呢？逮错了吧。他们来我们这里闹事，你们不逮他们怎么逮我们了？"石水生急得喊了起来。

"你是谁？"瘦高个看见石水生走到跟前，皱了皱眉头。

"他是我们村的村主任。"人群中有人说。

"啊——村主任，新选上的？怪不得认不得。是你报的警吧，来，签个字吧。"

"签字？你们要带谁走呢？"

"他打了人，不带他走带谁走呢？"瘦高个指了一下杜狗堂，然后挥起胳膊高声说，"大家散了吧，散了吧！"

这时，在场的所有村民都齐刷刷盯住了我。"你俩愣啥呢？带人走吧？"见两个拿手铐的站着没动，瘦高个有点不耐烦了。

"头儿，这么大年纪了敢铐？"拿手铐的问。

"怎么不敢？倚老卖老？铐！"瘦高个厉声说道。

"慢，你们不能铐！"我挡在了杜狗堂面前。

"你是谁？敢妨碍公务？"瘦高个用鼻子哼着，乜斜地看着我。

我上前两步，朗声答道："我是中共红谷县委驻故城乡田庄村第一书记杨健立！"

"哼哼。你一个小小的第一书记就能妨碍公务？"

"你说得不错，我一个小小的第一书记不能妨碍公务。"我一眼瞥见王堂玉脸上一抹喜色，不过我根本顾不上理他。"你们是谁？"我继续问道。

"我，我们是故城乡派出所的。"瘦高个一愣，很油条地答道。

"那请出示你们的证件。"我正色道。

"没有带。"瘦高个说话有点没有底气了。

"那请出示你们的出警证明。"

"杨书记，你看我们走得着急，忘了带了。"瘦高个话软了下来。

"那你们凭什么证明你们是警察？就凭你们穿的警服，拿的手铐？

你们连警服都没有穿全，你们的警徽呢？既然证明不了警察身份，你们就是假警察。"

"嗨嗨，杨书记，有话好商量。"我不再理他，转过身对在场的村民说："乡亲们，拿起你们的家伙，咱们把这伙假警察控制起来。"

"你们敢？"瘦高个刚喊出三个字，就听到"啪"的一声巨响。

"哎呀！"瘦高个一下子抱住胳膊咧着嘴蹲了下去。

杜狗堂打了瘦高个，还不解恨又举起了棍子，我赶忙拦住。老人用手指着蹲在地下的瘦高个骂道："老子半天还奇怪，怎么还能用你这样的人当警察？闹了半天是假警察，呸！"其他三个穿警服的人看见头儿挨了打，刚想动手，看见村民都举着农具，只能悄悄站在那儿不动。

"你们敢袭警？你们快了，你们不知道这是谁的天下了？"细高个看着瘦高个挨了打，抱着自己的胳膊叫了起来。

"你住嘴，我告诉你这是谁的天下，这是人民的天下，是共产党领导的天下！"我掏出手机，打110报警，内容是有人冒充警察在田庄寻衅滋事。紧接着，我又打了两个电话，一个打给县公安局纪检书记穆卫国，一个打给县纪检委分管行风政风的副书记王银，分别反映了田庄今天上午发生的事情。

听我打电话，瘦高个的脸上一会儿红，一会儿白，不知是痛还是害怕，额头上不断往下滴汗。"杨书记，咱有事就不能商量？"瘦高个抱着被打的胳膊，蹭到我面前。

"听说田庄可难闹呢？今天我就要看看有多难闹。"我刚要答复瘦高个，就被大门口传来的声音打断。

"二哥——，是二哥，二哥——。"蹲在地上的细高个像打了一针兴奋剂，忘了疼痛，"唰"地站了起来。

"哎，五儿，你等我进去。"

"二哥,是二哥来了,二哥,二哥——"喊声响成一片,蹲在地上的小后生也像打了鸡血站起来,手舞足蹈。

"行了,行了。不用叫喊了,来,我进去。"二哥显得有点不耐烦。

不过,二哥想要进去,可不是那么容易。门口进出的口已经让两个拿着粪叉的村民堵死了,尖尖的粪叉头朝前伸着。农用三轮车上站满了拿农具的村民,再说,这要从车上爬过去,二哥的威风何在?

这时,最后悔的是胡家三兄弟,他们把肠子都悔青了,早知道是这,堵什么门呀,堵得二哥也进不来。

想出去迎接一下,杜狗堂带着五六个村民虎视眈眈盯着,他们也不敢瞎动。他们想,也许这些村民们不敢真的把他们怎么样,可是万一呢?那个连警察都敢打的老不死,难道不敢打自己?

也许是年龄的差距,也许是胡家兄弟平常根本不把村民放在眼里。虽然都是田庄人,可胡家兄弟根本不认识杜狗堂和那五六个村民。杜狗堂他们倒是听说过,是连他们的老子提起来都发怵的主,没有人愿意招惹。历史上磨沟和槐树庄两个自然村矛盾很深,现在想打打乡亲牌,也不知道该怎么打。

胡家老大说了句,"大家都是乡里乡亲的,抬头不见低头见,这是干吗呢?"

"你还知道乡里乡亲?你要是知道怎么还带人来欺负我们?"一个村民立马怼了回去。"杨书记,你们这可是惹上事了,看吧,二疤头来了,你们能惹起?"瘦高个正在得意,幸灾乐祸地说。

"让开!"大门口传来了一声暴喝。二疤头想进村委会大院,守在门口的村民用粪叉对准了他。二疤头这么多年飞扬跋扈惯了,什么时候有人敢这样对他?气得大喝一声。

那两个村民并不理会,粪叉头依然对准了他。后来我才知道这两个村民都是退伍军人,其中一个还参加过中越两山轮战。

"嘿嘿嘿，好，好。"二疤头见怒喝没起到作用，冷笑着朝身后二十多个小混混看了一眼，潇洒地甩了一下头。

"呀——"几个早已按捺不住的光头，举着镐棒往里冲。镐棒并没有落下来，而是定格在了空中。因为这时从路上涌来许多举着粪叉、铁锹、铁耙的村民，把二疤头和二十多个光头团团围住。外面传来了不知道多少辆三轮车的轰鸣声和人的喊叫声。"快，把道儿堵死，不要让跑了一个。"这是田光武的声音。

"田庄死得没人了，敢到田庄掏窝窝打人？"这是田海的声音。

"哎哎哎，伙计们，咱们有啥深仇大恨呢？真要拼命呀？"这是二疤头的声音。

外面已经乱成了一团，里面的胡家三兄弟、细高个和那七八个光头就像泄了气的皮球。

"杨书记，咱们商量商量吧？"瘦高个不知何时，又蹭到我面前。这时，远远传来了"嘀嘀嘀"的警笛声。

第十章
平息事端

　　一会儿，从村民让开的间隙进来四个警察，为首的精神饱满，一进来就旁若无人地对我喊："杨老师，你可不要把兄弟的饭碗砸了。"看见我一脸疑惑，他赶忙说："我老婆也在教育局呢，叫翟红。我叫吴德伟。"

　　"哦，你好！"我握住了他伸出的手。

　　"吴所——"吴德伟朝跟他打招呼的瘦高个点了一下头。

　　"你没事吧？"

　　"没事。"

　　"没事就好。"吴德伟转身命令身后的警察，"处理一下现场。"

　　"杨老师，咱们到办公室吧，进去说。"他亲热地拉着我，倒好像他是这里的主人。

　　"杨老师，你可不敢闹得兄弟把饭碗丢了。"刚坐到椅子上，吴德伟急急地说。

　　"嗯？吴指导员，我有恁大的本事，能让你丢了饭碗？"

　　"唉，杨老师，你不知道，纪检委让局里查我们出警慢的事，今天是我值班，有什么问题肯定要追究我。我跟伙计们打听了一下，说是你举报的。你可不能再追究了，不然兄弟的饭碗可就真丢了。"

"吴指导员，我给纪检委反映，只是想让你们公平公正地处理我们这儿发生的事。"

"那好那好，杨老师，说说今天这里的情况吧。"

"还是让他先说吧。"我指着跟着进来，站在吴德伟身后的瘦高个。

"行。福来，你说说吧。"原来瘦高个叫福来，全名要福来。曾经当过故城派出所治安联防队的队长，联防队撤销的时候，就被留下来当协警。也没有什么职务，但庙里的和尚先来的为大，年轻协警尊重他，他就自诩为协警的头。加之对故城当地比较熟，就经常帮着处理一些事情，你别说，他还真能把一些事情处理了。听说，故城的老百姓并不喜欢他，原因嘛，他喜欢吹嘘夸夸其谈，还有点飞扬跋扈，到处揩点油，讨点小便宜。

要福来对田庄并不熟悉，一则太偏远，关键还是穷，没什么油水可捞。要福来端的一张好嘴！他把情况简单说了一遍，对他挨打那一段添油加醋。说完后，谄媚地望着吴德伟，还不忘加了一句："吴指导员，你可得给我做主啊！"

做你个头的主，我心里那个气，把协警做得和社会上的人穿一条裤子，真是给人民警察丢人。

吴德伟沉吟片刻，抬头看着我，"杨老师，福来说的是事实吗？"

"嗯。基本属实。"我并不否认，淡淡一笑。

"那把打人的带回去也没啥不妥呀？"也许是胳膊不痛了，要福来不再抱着胳膊，而是一副狗仗人势的样儿。

"那我问你几个问题。"懒得和他计较,我板着脸盯着要福来,"你没看到院子里那几个拿着镐棒的光头？"

"看见了，怎么了？"要福来斜着脑袋满不在乎。

"他们拿着镐棒来田庄干什么来了？"我步步为营。

"这，我不知道。"

"面对寻衅滋事的一群混混，一个八十六岁的老党员挺身而出，你们好意思拿着手铐对着他？"我一板一眼，把"八十六岁""老党员"几个字着重强调。

"八十六岁？那老汉八十六岁了？"两人一脸惊讶，互相交换着眼神。

"他是参加过抗美援朝的老英雄，为国家流过血，立过功……"我语调缓慢，语气严厉。两人顿时有些慌了，想打断我，又不敢张嘴。

我不理会，继续发问："请问，你们出警执行公务可以不带证件，不戴警帽，警容不整？可以不办任何手续就拿着手铐带走人？派出所离田庄二十多公里，出警需要两个多小时？"

"不用说了，不用说了，都是我们的错。"还没等我说完，吴德伟赶忙站起来，满脸堆笑地拦住我的话头。

这时，一名民警进来走到吴德伟身边低声耳语："村民怎么说也不散开，围得死死的。"

"为什么？"吴德伟皱着眉头，"他们让把二疤头们抓了才肯散去。"听完答复，吴德伟显得极不耐烦，又不敢发作，低头沉思。

"杨老师，你看能不能先让村民回去，这么围着也不是办法，也解决不了问题。"吴德伟哀求似的转头望向我。

"村民并不是村里叫来的，我说话也未必管用。再说，村民们的要求也合情合理，是二疤头们先来田庄寻衅滋事的呀！"

"好我的杨老师，你是真不知道还是假不知道？现在红谷县谁愿意惹二疤头？再说，二疤头三十几号子人我抓了也带不回去呀。"

我还要说话，手机响了，传来乡长石子润的声音："老杨，你硬了呀，怎么把二疤头困在你们田庄了？事情解决了就算了吧，不用老围着人家了，得饶处且饶人。"

袁木前段时间已调到县组织部任常务副部长，乡长由乡人大常委会主任石子润接任。

"石乡长，这村民可不是我叫来的，不一定听我的话。"

"嗨，老杨，你，我还不知道？还有你办不了的事？怎么样，不要围着人家了，把人放了吧。"说完就挂了电话。

无语，乡长为混混求情！他的面子总不能不给吧？但就这么放了，我实在不甘心。

"怎么样？杨老师，咱先把人放了再说吧？"看我接完电话，吴德伟凑上前说。

"嗯——"我思考片刻，"就这么放了人，怕村民们不服，你看这样行不行？"我卖了个关子，看了吴德伟一眼。

"杨老师，有啥你快说吧。"

"把今天来的这些混混们登记一下，起码应该让他们到派出所接受一下教育吧？"

"行。就按你说的办。"

吴德伟回头交代了一下，那个民警就急匆匆出去了。

"指导员，还有一件事，你看怎么办？"

"啥？"吴德伟爱答不理地哼了一声。

"老人家打人的事啊。"被晾了半天的要福来，显然不甘心，又开始蹦跶。

"嗨，我当什么事？那么大年纪的人了，打就打了，又没有打着人。福来，你没事吧？"吴德伟转向要福来，没好气地问。

"没事，没事。"

"没事，可就不能再追究了。"我赶忙接过话茬，盯着吴德伟。

"不追究，不追究。"吴德伟连忙摆手。我总算松了一口气，到了门口把石水生叫过来，让他通知两委成员进来一下。

很快，两委成员都到了，我简单安排了一下，他们各自散去。只有王堂玉站着没动，我只当没看见，没有搭理他。

没一会儿工夫，三个民警进办公室来，"指导员，村民们都回去了。"

"二疤头他们呢？"

"走了，跑得比村民快多了。"

"都登记了？"

"嗯。"

送吴德伟出去的时候，大门口还有七八个村民。等两辆警车鸣着警笛离开，他们才围了上来："杨书记，没事吧？"

"没事。"看了看时间，已经下午三点。我赶紧安慰大家快回去吃饭，安排两委班子成员五点继续上午的会。

看着杜狗堂、田光武、田海他们离去的背影，我的眼睛有点湿润了。肚子"咕咕咕"叫，我才觉到饿了。随之而来的，是一股疲倦感，真是够折腾了，一大早到现在。我转身往院子里走，一辆警车鸣着警笛，从我身边开进了村委会大院。

我停下了脚步，县公安局纪检书记穆卫国和县纪委党风室主任王刚从车上下来，后面还跟着一个年轻的女警察。

"老杨，你来了这世外桃源怎么也不打个招呼，怕我们来叨扰？"一见面，穆卫国就开起了玩笑。我在县纪检委工作那会儿，我们俩经常相跟着一起下乡，彼此熟悉，再见面也很亲切。

"嗬，老穆，我这杨白劳就怕见你，见到你就该逼我交租子了，哈哈哈。"我也打趣道。

边说边走，我们四个人进了村委会办公室。

坐下后，我想给他们倒点水，可暖瓶里没有水，关键是杯子也不够，刚准备去行李包里找，王刚拦住了我。

"健立哥，快别忙活了。王书记听了你的反映很重视，让我们过来了解一下情况。"王刚从手提包里取出笔记本，同来的女警察也打开了手中的记录本。

我简单把情况给他们介绍了一下，不过我刻意没提故城派出所出警迟的事，我可不忍心这点事真砸了人家的饭碗。听完我的介绍，女警察把记录本递给我，让我看看内容，没有什么问题后让我签字，按上手印。

王刚提出还想找几个当事人了解情况，正好准备开会的两委成员陆续来了。

从几个两委成员的介绍中，我才对今天的情况有了进一步了解。原来，今天早上杜狗堂在他家屋顶上，看到有几辆三轮车开到村委会大门口。当时就奇怪他们到村委会干什么，但也没多想。后来看到三轮车居然把村委会大门堵住了，就觉得不对劲。他专门溜达到村委会门口，隐约听出那群人要找我的麻烦，还找了社会上的人来，怕我吃亏就赶紧召集村民来帮忙。

我和石水生从田光武家出来后，田光武和田海就和北派的人说了这事，大家都很高兴，但也有一些疑问，两人就想趁热打铁和我商量一下，结果走到村委会门口，就听到有人给二疤头打电话，让他带二三十个人来田庄……

两人一听就犯嘀咕，二疤头带那么多人来，靠槐树庄的那些人肯定扛不住，得赶紧回去召集人手。两人最直接的想法是，好不容易才解决了的问题，可不能让这帮人再给闹回去。

还是田海脑子快，他让田光武派工程队的人，赶紧去联络人。不光是田庄的人，还召集了其他村的人。二疤头的六辆面包车开过去的时候，召集好的第一批人就尾随而来，三轮车没有面包车跑得快，也就比二疤头迟了一步，时间反而是恰到好处。

其实，二疤头后来又联络了一百多人，二十多辆车到田庄来摆威风，可这帮人刚进了黑马河沟，就看到很多老百姓拿着农具开着三轮车往田庄赶。邢太线不宽，这帮人的车没办法超过去，只能跟在三轮车后面，后面又有三轮车堵上，二十来辆车被分割在上百辆三轮车当中，像掉进了人民的汪洋大海。

这帮人和二疤头联系时，二疤头长叹一声："唉！想不到威风了这么多年，竟然阴沟里翻了船。"他真悔自己大意，早知道如此，就让手下的小混混来折腾一下算了，自己来凑什么热闹。这下可好，威风没摆成，成了落水狗。

事已至此，三十六计走为上计。他让那帮人赶紧打道回府，来了也无法会合，徒劳一场。他则打电话给他的"保护伞"，只求尽快离开田庄。

事后，田光武酒后还吹牛："他们敢来黑马河沟折腾，他们能来一百人，我就能召集一千人，他们能来二百人，我就能召集两千人，想在黑马河欺负人？没门！"事实是，黑马河沟几十个自然村加起来，总人口也就两千人，这还包括老太太和小孩子。

王刚和穆卫国调查完快六点了，我留他们吃饭。穆卫国打着哈哈："老杨，什么时候也学会来虚的了，来田庄连你的水都喝不上一口，还指望吃上你的饭？"

"哈哈哈！"我摊开手，他们也不计较，说笑着离开了田庄。

王堂玉现在是很失望的，本来他以为今天发生这么多事情，自己的检讨就躲过去了，没想到我还是继续开上午的两委会议。坚持让王堂玉做检讨，让他受受教训长长记性。关键是我想通过这件事，给全体班子成员一个警示，让每个党员时刻牢记自己是一名共产党员，必须发挥先锋模范带头作用，当好田庄的领头羊。

两个星期后，我收到了一份处理通报：细高个许五小行政拘留十五天，跟着他的那几个小混混行政拘留三到五天。要福来取消协警身份，予以劝退，今后禁止公安类相关工作岗位聘用。给予故城乡派出所指导员吴德伟警告处分，给予故城乡派出所所长冀峰、田庄驻村第一书记杨健立诫勉谈话。

我受处分原因，写的是没有做好群众思想工作，造成场面失控，几乎发生群体性事件。没有提田庄其他人，也没提二疤头。

下午，我就接到通知去乡政府。和我谈话的是乡党委副书记、乡长石子润，乡党委副书记萧伟。

推开会议室的门，我就看见石子润和萧伟已经坐在会议桌前，旁边坐着新分配到乡里的纪检委员马玲丽，二十来岁模样，面前摆着本子和笔。

"来来来，老杨，坐下。"见我进来，石子润摆着手招呼我。

"老杨，你硬了呀！能把二疤头困在田庄。你不知道二疤头是谁？"还没等我坐稳了，石子润就嚷了起来。

"二疤头我倒听说过，不过没见过，不认识。"我实话实说，心里老大不高兴，一个混混，干吗非要我认识。

"怪不得，这几年咱红谷谁不躲着人家，那天我给你打电话，也是个县里的头儿给我打的电话，否则的话，我也不知道你在田庄闹出那么大的动静。后来听说，那天田庄聚集了几百个村民，这可是多少年也没听说过的事儿。"

石子润说得没完没了，萧伟插不上嘴，只能在旁边眨巴眼睛。可怜了马玲丽这个姑娘，皱着眉不知道该怎么记录。

我却从这些讲述中，对二疤头有了大概的了解。

二疤头原名杨二玉，父母都是县人民医院的医生，独生子，在溺爱中长大。二疤头从小就很调皮，喜欢欺负同学和邻居家的孩子。

初中毕业，就纠结了一帮和他年龄相仿的青年，在社会上惹是生非、打架斗殴。十八岁那年，在一次斗殴中他失手打死了人，被判了十五年徒刑。

杨二玉被判刑后，他父母费尽心机，到处找人送礼、托关系。让他在狱中只待了十年就放出来了。

出狱后，杨二玉也老实了一段时间，想成个家好好过日子。他父母到处托人给他找了工作，可他好吃懒做惯了，嫌上班太累，挣钱不够花。没多久就故态萌发，与一帮昔口跟着他的小混混开始了替人要债的营生。

杨二玉不仅心狠手辣，脑子还灵活，捞偏门有一套。他把和他一起坐过牢的几个刑满释放人员聚集起来，又收编了几群小混混，花样翻新，手段残忍。没几年，就成了红谷臭名昭著的要债头头。

靠着要债，杨二玉赚了不少钱，住上了豪宅，开上了豪车，女人自然不在话下。有了钱，财大气粗，腰杆也硬了，也开始和实权部门的人礼尚往来，称兄道弟，后来摇身一变，竟然成了红谷跺一跺脚就地动山摇的人物。

据江湖传言，杨二玉混得风生水起，也非一朝一夕，也是拼了命去挣来的，有好几次差点儿死在外头，头上落下两道长长的疤痕，二疤头的绰号由此而来。不料,这两道疤痕反而成了他混社会的资本。

二疤头真正厉害在于，有几回差点儿进了局子，可就有本事把事情摆平了，令外界对他刮目相看，自然，也令他胆子越来越大，无法无天。养了不少马仔，拓宽了经营范围，放高利，抢工程，在红谷甚至周边县欺男霸女的事也没少做，人们敢怒不敢言，像躲瘟神一样躲着他。

这两年二疤头也轻易不出面，都是派手下马仔去处理事情。可这次，他不知怎么心血来潮就想到田庄抖一抖威风，想来山里人胆小怕事，见了他还不吓死？没想到，栽了大跟头。可把他气炸了，手下马仔遭了殃，被虐了个遍。

私下里，二疤头多次扬言要踏平田庄，可直到 2018 年扫黑除恶被抓判刑十八年，再没有踏进田庄半步。

受二疤头牵连，十几个官员落马，后来升任县公安局副局长的故城乡派出所原所长冀峰也被判三年，这些都是后话。

事后我听说，那天故城乡派出所出警迟就是冀峰出面安排的。二疤头去田庄之前就和冀峰通了电话。冀峰原本计划二疤头到田庄很快就能处理完，等他们撤走后，再让要福来几个协警过去应付一下。没想到，事情的发展使他始料未及。

石子润絮叨了一个多小时，直到有人来找，他才停下来。萧伟接下来又说了几句，总的意思是，田庄从我去了变化很大，乡党委对田庄的工作是肯定的，让我不要有情绪，好好干，等等。也不知道这次诫勉谈话，马玲丽是怎么做的记录，反正我是晕晕乎乎走出来。

我的事情是完了，可胡家三兄弟的事远没有完。

红谷县最高档的酒店——溢香园大酒店的一间豪华包间里，十几个人正在推杯换盏。坐在中间的是刚从红谷拘留所里出来的许五小，左右各坐着一个妖艳小姐。许五小边喝酒边左扭一下脸蛋，右掐一下大腿，惹得两个小姐娇呼一片，好不香艳。旁边两个那天和他一起去田庄的光头，也是一人搂着一个小姐。胡家三兄弟一会儿给这个倒酒，一会儿跟那个劝酒，忙得不亦乐乎。

喝到高兴处，许五小用筷子指着兄弟三个："这次跟上你们可是败了大兴了，二哥可生气了，要不是我给你们说好话，他能放过你们三兄弟？"

"是是是。多谢五哥，多谢五哥。"三鬼忙点头哈腰答应着，他的两个哥哥也忙不迭地点头示好。

"那可还是老规矩？"许五小用筷子敲着盘子，大声说道。

"行，行，行。按规矩办，五哥。"三鬼还是点头哈腰地说。

"那算算吧。"许五小朝旁边一个光头努了努嘴。

"五哥，算出来了。"

"交代一下老三。"

"兄弟们出去一趟每人是二百块，那天去了现场的有三十五个兄弟，一共七千元，半路返回的八十个人按半价算，一共四千元，住进去的兄弟每人每天三百元，共一万二千元，五哥住了十五天给五千吧，二哥给拿上一万块，一共是三万八千元。"

"怎么样？老三？"

"行行行。五哥说什么是什么。"三鬼赶紧让他哥从包里取出一摞钱放到桌子上。兄弟三个心里那个痛呀，可面上还不能表现出来，还得满面笑容小心伺候着。别看他们平常在村里耀武扬威，可他们根本不敢得罪二疤头，就是许五小他们也不敢违拗。典型的欺软怕硬的主。

整件事情看下来，最倒霉的要数胡家三兄弟了，本来想借社会上的势力压制一下，把铁塔的活儿抢到他们手里，由他们全权来经营。隐形的目的，是震慑村民，扫平村里的障碍，今后任由他们兄弟在村里胡作非为。

他们的盘算中，我是个公职人员，山里人胆小怕事，只要让黑社会出一下面就都吓住了，没想到，邪不压正，真有不怕事的。不但目的一个也没有达到，反而败了个大兴，倒花出去五六万。真是搬起石头砸自己的脚，偷鸡不成反蚀了把米。

活该！

铁塔工程得到合理分工后，田庄党支部空前团结，两委班子在村民中威信提高，村里风气逐步好转，就连胡家三兄弟也规矩了，基本不敢胡来。村里拉帮结派的现象基本消除，说长道短、说风凉话的人少了，大伙的精力都放在了发展经济上。

隆冬时节，天气变冷，铁塔工程暂停。利用闲下来的这段时间，我组织了党员干部学习，进行一系列的政治理论、时事、种植技术等培训，大家积极性很高，坐在一起边学边讨论，对来年种啥，种子化肥怎么买，农产品如何推广等进行探讨、规划，时不时地会因看法不同而争论不休。在我看来，这才是村民该有的状态。一门心思脱贫致富，一心一意让日子过得更好。

接近年底，陆陆续续有十几个人写了入党申请书，年龄都在五十岁以下，石水生和田光武也不甘落后，先后写了申请书，找我汇报了几次思想，认识觉悟提高很快。

经支部党员大会讨论通过，向乡党委提出补选一名支部委员的申请。经乡党委批准，2016 年 1 月 8 日，在故城乡党委的监督下，田庄党支部组织召开支部党员大会，按照正常组织程序选举了杨子联同志为田庄党支部支部委员，担任纪检委员。至此，田庄村两委成员配备齐全，田庄村软弱涣散的两大问题也全部得以解决。

按照惯例，到年终，红谷县委组织部要对第一书记进行考核。

外面天气很冷，田平艳坐在办公桌前却感到了一阵阵的燥热，看着面前摆着的县委组织部第一书记考核通报，心怎么也平静不下来。

她站起来在地上走了几圈，来到窗户前。

院子里的树木都是光秃秃灰蒙蒙的，在发白的阳光照耀下仿佛睡着了一般。田平艳知道这些树木正在积蓄能量，当阳光变成金色的时候它们便会变得绿意盎然，焕发出勃勃生机。她心里忽然涌起一股冲动，想仔细看看这些睡着的树木，便随手打开了窗户，一股寒气像针一样刺得她脸庞发痛，她有点儿扫兴，赶紧关上了窗户。

半年多来，她利用第一书记改变山中五村的办法无疑是成功的。山中五村的各项工作都有了不同的起色。可是眼前这份通报里第一书记的考核排名却让她感到了存在的问题，要彻底改变五村现状，把它们建设成为社会主义新农村还任重道远。

田庄半年来的变化有目共睹，排名第一自然无可厚非。大店有刘梅琴那样的干部带路，孙晓东的工作自然也差不了，排在前面也在情理之中。马忠在窑口村、荣小鹏在龙庄工作时时会受到王麦义、杨侯狗的羁绊，工作不好开展，但他们毕竟是帮村里办事，半年里给王麦义和杨侯狗也帮了不少忙，如果不是他们，估计窑口和龙庄今年扶贫工作的好多事办不完。虽然两个人没有什么突出的成绩，可是也给村里办了不少事，没有功劳还有苦劳呢！成绩排在中上也说得过去。张继在南沟排在最后，得了全县倒数第一就让她有点百思不得其解了。

对于张继，田平艳并不陌生，十几年前她还是乡镇副职的时候分管的是文教和卫生，当时张继在红谷县妇幼保健站当站长，是红谷县小有名气的儿科大夫。由于工作上的关系，他们经常打交道。在她心目中，张继是一个责任心和业务能力都很强、工作精益求精的好干部，在他当妇幼站站长的时候是红谷县妇幼保健站声誉最好的时候。后来机构改革，防疫站、妇幼保健站、计划生育指导站合并重组的时候张继调回县卫计局工作。虽然多少年没有接触了，但田平艳绝对不相信像张继这种工作认真负责、工作经验丰富的老干部会落了后。况且张继到南沟后就利用自身优势给全体村民进行了免费体检，为每位村民建立了健康档案，还经常利用空余时间给村民义诊，南沟的各项工作也不至于落后，年终考核他怎么就成了全县倒数第一？

田平艳揉了揉有点发胀的两颊，拨通了萧伟的电话。

萧伟到了田平艳办公室看了田平艳给他的考核通报后就知道了田平艳意思，不等田平艳问，他就快人快语地说了起来：

"书记，你是不是问张继考核末一的事呢？"

田平艳点了点头。

"咳，考核结果刚出来，我就到组织部看了，咱们乡的这几个第一书记还行了，田庄第一，其他村的也在前头，就是张书记的差点儿。"

"不是差点儿，是全县末一。"田平艳纠正道。

"嗯，书记，我看来，组织部考核分没有问题，张书记的分低是因为他的民主测评分数和民意调查分数都太低。"

"嗯？"田平艳疑惑地望着萧伟。

"这我也了解了一下。"萧伟接着说道。

原来今年后半年，扶贫办给南沟拨款修路。

按照南沟村的潜规则，村主任、村支书各揽一半活儿。

村主任在前面的一段先修，刚开始修张继就看出了猫腻，原来他只是带人把原来的路面铲了，往平整了整，最窄处才两米宽，也不加宽，就准备铺路面。这样的路怎么能用长久？这样的路怎么能成了老百姓的致富路？张继立马叫停了修路。

村主任根本就没有把张继这个第一书记放在眼里，强龙不压地头蛇，老子就这么修了，你能咋地？照你说的那样修，老子别说赚钱，西北风也赚不上，以往老子就这么修的，也没见怎么地，就你事多，老子这一次也就这么修了，看你能咋地？一个第一书记，还不知道在几天，哼！

第二天，推土机照样轰鸣，工人照样挥舞着镐头，躺在山坡上抽着烟跷着腿看着热火朝天的工地做着发财梦的村主任突然听不见推土机的轰鸣了，工人也停下了舞动的镐头，工地上安静了下来。

嗯？怎么了？村主任一骨碌爬了起来朝下一看，顿时火冒三丈。推土机前面拦着一个双手叉腰的人，拦车的人正是张继。他一边拦着车一边还给工人讲不能这么修路的理由，修路的工人基本上都是南沟村的村民，虽然他们都是村主任亲信之人，可修好的路他们也要走，因此他们中的一大部分人嘴上不说什么，心里对张继还是支持的。

村主任从山坡上跑下来就想推开张继，可张继的双腿就像生了根一样，村主任气得挥起了拳头，张继的嘴角和鼻子都流出了血。工人们拉住了村主任。就在双方僵持的时候，路上来了两辆车。原来，一大早，张继考虑到靠自己的力量怕很难拦住村主任，就向县扶贫办和县交通局反映了情况。县扶贫办主任李军马上联系县交通局带上技术员赶了过来。

看到半个脸都是鲜血的张继，李军吃了一惊："你脸上的血，是谁打的？敢殴打扶贫干部，我立即联系派出所把他抓起来！"

村主任本来就是一时冲动，看到张继满脸鲜血，心里十分害怕，早就后悔自己动手了，现在听了李军的话，两条腿都发抖了。

"我脸上有血？"张继用手摸了一下自己的脸，"哈哈，这脸真是不耐，轻轻一碰就破了，我还不知道呢。"说完毫不在乎地从裤子布袋里掏出卫生纸在脸上擦了几下。

"真的是碰的？"李军扫了一旁的村主任和他身后的几位村民一眼，有点不相信地问道。

"真的，你看这不是好好的了。咱们还是说修路的事吧。"

"好吧。"李军扫了一旁的村主任。

要不是有村民扶了一下，村主任几乎就瘫在地上了，心里暗暗感激张继。

李军招呼交通局的技术人员看了已经干的活后，下令全部返工。

技术人员把村主任和修路的技术工人召集在一起进行了培训，并交代了乡村公路的技术指标。李军留下了由县扶贫办和县交通局联合下发的文件，任命张继为这条路修路工程的监督负责人和验收负责人，并告诉村主任这条路竣工后没有张继的签字，一分钱也不拨付。

村主任这下傻眼了，只能乖乖地按照乡村公路技术指标来修路。好在路刚开始修，返工的部分并不多，没有造成多大的损失。

从此，张继吃住都在工地，把全部心思都放在这条公路上。

对于张继，村主任感情很复杂，既感激又恼恨。他感激张继为他打了掩护，没有让他进了派出所。可又恼恨张继干扰他修路，让他差点赔了钱。他又觉得幸亏张继及时拦住了他，要不然等修完再返工可就亏大了，可是自己要能蒙混过关呢？不也就赚大了？其实就在返工的第二天晚上，村主任就带了两万块钱去找了张继，他本以为张继是为了捞点钱才这么干的。张继笑着把钱塞到他的怀里，告诉他自己要是为了赚钱就不来南沟了，他随便给任意私立医院坐坐诊，收入何止两万。至此，村主任知道张继真的是为了修好这条路，真的是为了南沟村的村民。

石东新看到村主任和张继斗得不亦乐乎，他的心里是非常高兴的。他一直就和村主任不对付，对于张继他也不希望留在南沟，碍手碍脚的。他希望他俩斗得激烈点，最好是两败俱伤，村主任下台，张继走人。石东新经常给两边扇扇火，还跑到乡里说说俩人的坏话。好在张继脑子很清醒没有上当，后来俩人反而相处得越来越融洽，这让他很失望。

轮到石东新修他揽的部分时，这下轮到他难受了。原来修路都是他想怎么修就怎么修，常常是把表面部分修好，糊弄一下就把钱赚了，反正山里路没有人走，一两年也坏不了。不过常常有看到路好好的，车一走就压塌的情况发生。然后再申请修路，反正钱是国家的，我不花有人花。这样年年修路没好路的怪事就出现了。现在修这条路不但有标准要求，还有了一个天天钉在工地的第一书记，虽然最后还是赚了钱，但比想象中的少多了，石东新恨得咬牙切齿。不过，他可比村主任聪明多了，他从来不和张继当面发生冲突，见了张继总是笑眯眯的，显得很亲热。

南沟村终于有了一条真正能称得上公路的路，这条公路在以后南沟村的脱贫攻坚中发挥了重要作用。

在以后的日子里，只要涉及村干部利益的事，他们都尽量躲着张继。张继后来又搅黄了几件让他们获得利益的事，甚至年底石东新让自己外甥入党的事他也给搅黄了。要知道这么多年来，石东新把自己兄弟姐妹亲戚好友都发展入了党，连他老婆也入了党，实在是他外甥刚满十八岁，要不然也许早就入了。

石东新对张继实在是烦透了，他想尽快把张继赶出南沟村。不过他很聪明，不会蛮干。平常，他就想办法给张继种上点刺藜。最大的刺藜就是在年底给村民发修路工资的时候，为了保证自己的收益，他降低了村民的工资标准，理由是张书记监督修路，增加了修路的成本，他赔了钱，能够给大家发了工资就不错了。事前他就和村主任进行了沟通，虽然两人平常并不对付，可是在利益面前还是达成了一致的意见。他们捞了好处，把锅甩给了张继，弄得少了收入的村民对张继满腹怨言。

机会终于来了。年终组织部考核第一书记，参与民主测评的都是党员，他们都是石东新的亲朋好友——民意调查的时候，石东新和村主任选的都是对张继满腹怨言的村民。张继的考核分也终于成了组织部考核第一书记的最后一名。

组织部约谈了考核分最后三名的第一书记，张继是满腹心酸，一腔委屈。谈完话后他找到了部长，原本想和部长申诉一番，部长只是笑了笑："老张啊！如果连党员和群众都不能团结在我们自己周围，我们还够得上第一书记的称号吗？"张继二话没说，告别了部长。

听完萧伟的讲述，田平艳沉吟起来，山中五村的问题可能比她想象的还要严重得多。她必须给第一书记们做起主来，对于这些胆大妄为的村干部该怎么处理呢？

"书记，你不要着急。村里面的问题也是多少年积累下来，也不是一朝一夕就能解决了的。咱们慢慢来。你说东新有问题吧，可是南沟村还找不上比他再强的。"萧伟看出了田平艳的心事，劝起了田平艳。

田平艳点了点头，不过她心里打定了主意，一定要最大限度地支持第一书记们的工作。你们不是盼第一书记走吗？只要我田平艳在一天故城，我就会让第一书记们像钉子一样钉在村里。

第十一章
探寻水源

二月春风似剪刀。

也许是山沟里避风的缘故吧，在双玖亩下了车，我并没有感到似剪刀的冷，反而感觉到了阳光和煦的暖。

这是我第五次到双玖亩。这个村是田庄最偏僻的一个自然村，距离邢太线有七八公里，山里的七八公里路，走起来感觉比平川的七八公里远得多。

双玖亩原先的路是砂石路，只有农用三轮车和拖拉机能开进去，石水生选举前刚把路修到村里，如今，汽车能开到公路边的打谷场上。

驱车在自己修的公路上行驶，石水生格外兴奋，还有点扬扬得意，嘴里哼唱着《在希望的田野上》。因为有点跑调，我逗他说应该唱在希望的山坡上，他居然傻傻地说不会唱，让我有空教教他。

今天，我们到双玖亩村，是要解决一个迫在眉睫的问题——人畜饮水。

过了年后，我梳理了一下村民反映的问题，其中有两个是当务之急：一个是双玖亩的人畜饮水问题；一个是石家河沟四个自然村的安全房入住问题。

　　按理说，田庄有八个自然村分布在黑马河两岸，四个自然村分布在黑马河第二大支流石家河两岸，哪个村都不应该缺水。双玖亩村位于石家河的最上游，更不应该缺水。可偏偏双玖亩缺水，而且要一直缺水到每年夏初的五月份。

　　照理说，三月份就春暖花开、冰雪融化了。而且据村民们说从他们记事起石家河一年四季从不断流，即使是三九天最冷的时候，只不过这两年水小了不少。可双玖亩怎么就缺水到连人畜饮水问题都解决不了呢？

　　村民们对于双玖亩的人畜饮水问题，有不少的猜测，可究竟是什么原因，谁也说不准。

　　为了彻底解决双玖亩的人畜饮水问题，我必须知道缺水的原因。因此，今天我们要沿着石家河到源头探究一番。

　　双玖亩村子四面环山，前面的山离村子比较远，石家河和公路就夹在这座山和双玖亩村的中间。

　　双玖亩村子在离公路不远的高坡上，整个村子比公路要高出二十多米；石家河则在路的另一边，它是一条比公路还要低十几米的大沟。沿路再往西走四五里就出了故城乡了，不过那是砂石路，汽车根本走不了。

　　其他三座山把双玖亩村紧紧围了起来。下了车后，我和石水生就往村里走去。

　　从打谷场到村里不太远，也就二百来米，全是上坡。这段路不太宽，也就两米左右，两边都是沟。快进村的那一段路比较陡，这也是汽车不好开进去的原因。村边是一条十几米深五六米宽的沟，一座不太宽的水泥桥把路和村子连接起来。如果把这座桥换成吊桥，双玖亩村就像电视剧中的古山寨，一夫当关万夫莫开。吊桥一起，很难有人能够进了村子，或许这里原本就是一座吊桥哩。

过了桥，路的两边各有一棵硕大的香椿树，枝繁叶茂，树冠直径有二十几米，两棵树的树冠相互交错连在了一起，在行人的头顶架起一座绿色的华盖，在风中摇曳舞动。

双玖亩村现在有九户二十口人，村子不大，村里的建筑分为两部分：一部分是刚进村右边一排新盖的红砖蓝顶房子，一共九套，每套两间，这是前年政府盖的每户一套安全房。工程是前任村主任田光武承包做的，因为屋顶是彩钢瓦的，村民们意见纷纷。另一部分是沿三座山的山脚七零八落的旧房子，一大半是土坯房，有的已经坍塌，露出一截一截有些腐朽的木柱子。最显眼的是每家的旧院子里，都有大小各异的牲口棚。

我和石水生刚过了桥，就听见背后传来喊声："杨大哥，你们怎么也在这里？"

我回头一看，身后五六十米远的地方，郑莉萍也正往村里走来，她身后有十几头半大的小黑驴，两个工人一前一后赶着。

郑莉萍还是那么精干利索，四十来岁的人，依然浑身充满着青春的活力。

今天她上身穿一件黑色短款的皮夹克，拉链开着露出里面粉红色的羊毛衫。下身穿一条黑色牛仔裤，脚穿白色运动鞋，脚步轻盈地朝我们走来，脑后高高扎起的黑发左右摇晃，和后面十几头小黑驴甩着的尾巴合在一起，画面感十足，煞是有趣。

"你们两口子唱的是哪一出，怎么一个前脚到，另一个后脚就跟过来，不放心？还是分不开？"等她到了跟前，我忍不住笑出了声。

"我还不知道人家要过来呢。"石水生挠着脑袋，有点不好意思。

"杨大哥，我是来送毛驴的。"

"送毛驴？给谁送？"

"这不还是你出的主意吗？"

　　我想起来了，春节的时候，我和他们两口子在一起吃过一顿饭。饭桌上，我问今年的经营有没有什么困难。石水生告诉我，去年的母驴下了好几十头小驴，年前又收回来近百头小驴，驴圈密度太大。这驴小的时候还好说，等大了，驴圈里就挤不下了。贾庄现在的地特别紧缺，想在驴场周边扩建已经不可能了。那段时间，两口子正为这事发愁呢。

　　我信口就给他们出了个主意，现在正流行"公司＋农户"的经营模式，让他们不妨试一试。

　　针对他们的企业情况，我还给两口子制订了实施方案。主要内容是：他们把能够离开母驴的小驴交给田庄的村民饲养，等驴长大回收的时候，根据驴增加的重量，付给村民饲养费。

　　对村民来说，在领养驴的时候不用投资，山里不花钱的饲养资源很多，村民几乎不用什么本钱就能捎带着把驴养大，可以说是无本求利的好事。对他两口子来说，不光节省了驴圈的空间，而且减少了饲养工人的工资，降低了饲养成本。

　　两口子听了连声说"好"。没想到这么快，两口子就着手落实了。

　　今天早上，郑莉萍走得比我们还早，她已经给离双玖亩村最近的里寨村放了五头小驴了，怪不得我们路上没有看见她。

　　郑莉萍送驴让我很高兴，因为这不但解决两口子企业经营的困难，而且让田庄的村民又有了一条增收的渠道。我立即就给两口子竖了大拇指。

　　令我们都没有想到的是，郑莉萍送驴为日后在田庄成立养驴专业合作社埋下了种子，打下了基础。

　　说笑间，我们就进了村子，看到郑莉萍送来了驴，村民们都涌了出来，七嘴八舌问情况，挑选小驴……

　　在石家河沟的四个自然村中，只有双玖亩村的人都住进了安全房。虽然村民对房子是彩钢顶有些怨言，但还是比旧房子好了许多。

知道我是过来解决村里人畜饮水困难的，有几个村民不再围观驴，而是向我和石水生凑了过来。从村民的口中我了解到，这个村人畜饮水问题由来已久，过去也曾解决过多次，都没能彻底解决。

石家河很奇怪，一到冬天，从山上流下的水到了离村边三里远的地方就不见了，过了双玖亩村往下三四里，水就又出来了。

县水利局曾经在石家河上游离村三里远河水消失的地方铺设管道引水到村边，可是石家河沟的山都是石头山，管道埋不下去，一个冬天下来，管子就报废了。后来给管道做了保温，管道倒是不冻了，可这两年水突然小了，管道里就不流水了。

后来，就在村边修了一个大水窖，存上水，情况是好了点，可是水存的时间太长，尤其是天热了，就有了异味，别说人吃，连牲口都不喝。

没办法，这两年天气热了，五月份以前，村民只能到双玖亩下面三四里的地方挑水吃，苦不堪言。

石家河的水怎么就变小了呢？有好几次县里派人来查看，一听说石家河的源头黑崖头，就有点胆怯了，基本是转一圈就打道回府了。黑崖头在大山深处，人迹罕至，徒步要走三四个小时。山里经常起雾，容易迷路，且有毒蛇、土豹子出没，村里人也没几个进去过。

不入虎穴，焉得虎子。不找到河水变小的原因，怎么能找到彻底解决双玖亩人畜饮水问题的办法？在黑马河上游居然人畜饮水困难，说出去都是笑话。我必须尽快找到症结，解决这里的饮水问题。

听说我要到黑崖头，村民都很惊讶，好心地劝我不要去。大多数人都没有去过，我是吃了秤砣铁了心，一定要进去看看，有石水生陪着我还是很有信心。石水生从小就走山路，什么样的山路没有走过？我不相信这七八公里的山路能难倒我们。

石水生告诉我到山里他不怕，可是他也怕迷路，说得找一个去过黑崖头的村民做向导。

问围着我俩的村民谁能做向导，他们都说没去过，不敢去。问村里谁去过，大家都说不知道。正在为难之际，忽然一个女人挤到我跟前说："我带你们去吧。"

"二憨嫂？"围着的村民喊起来。

"嗯。"二憨嫂笑了笑。

"你去过？"石水生问道。

"去过好几次呢。原来我家养牛的时候，我家的牛就在那沟里放，有几次牛不见，我跟着牛蹄印一直到了黑崖头，那里有个水池子，牛就在那里面喝水呢。"

"嗯。是哩，她家养过牛，是在那沟里放呢。"村民们七嘴八舌议论起来。

要出发了，二憨嫂拿过来三根和铁锹把一样粗一人多高的枣木杆子给了我和石水生一人一根，她自己拿了一根。村民们给我们准备好了水和干粮。其实，来的时候，我和石水生在车里带了水和食品。

刚才我喝过了村民递过来的水，有点儿苦涩，还有股子腥味，这和村委会院里的水可差了百倍，当着村民的面我必须喝下去。我心里暗下决心：一定不能让村民再喝这样的水。

在村民们关切的目光中，我们三个出了村。在村口碰到了已经发完驴准备回去的郑莉萍。她叮嘱了石水生几句，安全第一，转头跟我说："杨大哥，这双玖亩的饮水问题可一定得解决了，要不然我的驴在这儿我也不放心。"这应该是她的心里话。

二憨嫂在前面走着，我和水生跟在她后面。二憨嫂六十来岁，头发已花白，个子不算高，可是很壮实。发黑的脸上布满了皱纹，很难想象年轻时的样子。她走起路来特别快，似乎脚下生风，我和水生要紧走才能跟上。

一路上，石水生小声和我讲了二憨嫂的情况。她可是个可怜人，从榆县嫁过来没多久，二憨就在开山采石头时砸坏了腰，丧失了生育能力。公婆很开明，同意她改嫁，可她却说就凭这样的好人家她也不能改嫁。丈夫受过伤，不能干重活，家里除了两个老人，还有一对年幼的弟弟、妹妹，就靠她忙里忙外支撑着。后来公婆走了，小叔子、小姑子都上了大学。现在家里就剩下她和丈夫，丈夫已经瘫痪多年了，每年赚的钱大部分都用在给他看病上。嫁过来几十年了，她连山都没有出过，从没有穿过一件新衣服，她穿的衣服大部分都是人送的。

今天，二憨嫂上身穿一件风衣，衣服虽然没补丁，但已旧得看不出颜色，脚上穿着一双已经发黑的高腰绿胶鞋。看着她的背影，我仿佛看到了中国妇女顶起半边天的脊梁。

我们从公路下陡坡直接进入石家河的沟地里。正是早春，石家河这一段没有水，能看到河床被河水冲刷留下的痕迹，可不是几年、几十年冲刷就能留下的，那是需要河水几百年，甚至是几千年冲刷才能留下的印痕。

踩着这些在石家河躺了上千年的河床石，我们到了河的对岸朝大山深处走去。

刚进山的时候，人畜活动留下的痕迹还很多，可树并不多。山坡已经有不少不知名的野菜、野草钻出石缝，让山展现出绿莹莹的颜色。越往大山深处，人畜活动的痕迹就越少，山谷时而宽时而窄。树可是越来越多了，山坡上大多是松树，山谷里基本上都是白杨树。

看到白杨树，我感到特别的亲切，从小到大我见到最多的树就是白杨树。我最喜欢的文章也是茅盾先生的《白杨礼赞》，尤其是读到"白杨树算不得树中的好女子。但是它伟岸，正直，朴质，严肃，也不缺乏温和，更不用提它的坚强不屈与挺拔，它是树中的伟丈夫。当你在积雪初融的高原上走过，看见平坦的大地上傲然挺立这么一株或一排白杨树，难道你就只觉得它只是树？难道你就不想到它的朴质，严肃，坚强不屈，至少也象征了北方的农民？"心里便涌起一股浩然正气。

眼前的白杨树，正如茅盾先生写的"笔直的干，笔直的枝""一丈以内绝无旁枝。它所有的丫枝一律向上，而且紧紧靠拢，也像加过人工似的，成为一束，绝不旁逸斜出。"不过我觉得眼前的白杨树比茅盾先生描写的还要有气势，因为它不是几株，不是一排，而是几排。

这些两个人才能合抱住的白杨树，生长了有些年头，不然怎么会有这么粗这么高？我问石水生是不是人工栽的，他说他也不清楚，应该是吧，不然怎么会有这么整齐？

"是 1975 年农业学大寨时候栽的，那会儿我刚嫁过来，所以记得清楚。"一直没有说话的二憨嫂突然扭过头对我俩说道。

"二憨嫂，这树有没有你栽的？"石水生问道。

"有，全队的劳力都来了，天天五六十个人呢！栽了一春季，第二年又接上栽。"

"你们栽上树也没有卖？"石水生继续问道。

"没有，这树栽上就不是为了卖的。"

"那你们不是为了卖栽上树干什么？"

"唉！你们小，不知道，那时候这道河一到夏天就发大水，水经常把石头冲下来，有时候还有大石头，经常出事，栽上树就是为了挡这些石头的。那时候冬天风也特别大，栽上树还能挡风。"

"栽上树以后石头和风挡住了没有？"

"当然。后来发大水就没有出过事，冬天风也小了不少。"二憨嫂自豪地说道。

"二憨嫂那会儿你漂亮了吧?"

"死水生,你是逗二憨嫂呢?那会儿我们不说什么漂亮不漂亮,只比谁活儿干得多,干得好。我还当过举旗手哩!"

"举旗手?"

"嗯。就是谁活儿干得好,谁每天上工和收工的时候在最前面举着红旗,领着大家走。举旗手可不是谁想当就能当上的,每天劳动的第一名第二天才能当举旗手。"

"二憨嫂硬了!"

"都是几十年前的事了。"二憨嫂语气略带羞涩,但不乏自豪感。

我一边听着他们说话一边看着山谷里的一棵棵白杨树。我发现每过一段就有斜躺着的,有的根已经露出了一大半。

"怎么有这么多躺着的树,这么大的树谁能推倒呢?"我打断了他们两个的话。

"那都是石头砸倒的,就是这些树挡住石头的。"二憨嫂指着一棵半躺的树说。

"树都成了这,还能活?你们怎么不把这些树弄出去,这么大的树能卖不少钱吧?"

"不能往出弄,树斜躺以后越能扛住石头砸,起大作用呢。"

"这些树死了死不了?"

"大多死不了,就是死了也能堵住石头。"

"其实,就是弄出去也卖不上多少钱。闹不好还不够工钱呢。"石水生打断了我俩的话。

"水生,这可不是钱不钱的事。"二憨嫂有点不高兴了。

看着这么多斜躺的树,我心中突然有了一种悲壮的感觉,这难道不是"烈士暮年壮心不已"?

走了一个多小时我忽然听见了"哗啦啦"的流水声。在寂静的山谷中，这声音显得特别清脆、响亮。

"到水窖了。"二憨嫂指着面前凸起的山坡说。

我们爬上坡，二憨嫂用手中的枣木棒拨开了山坡上的杂草，露出一块水泥板。石水生用力掀开水泥板，露出一个一米见方的水泥池，里面的水清澈见底。池的上方插着一根直径两寸的白色 PPR 进水管，管里水满满的，下方有一根直径一寸的白色 PPR 出水管，这根出水管一直沿山坡绵延了差不多两公里到双玖亩村边的蓄水池，只不过因为这里的山坡全是石坡，管子埋得太浅。现在管子已经做了保温，我们上来的时候，看到这条水管的保温材料好多地方埋不下去，裸露在山坡上。

从这个坡往上，石家河就有了河水。水不深，但很宽，像从满山坡漫过来似的。奇怪的是一过这个坡河水就没有了，到了双玖亩村往下三四里的地方就又流了出来。

早上，我和石水生往双玖亩村走的时候，一路上都听到石家河"哗啦啦"的流水声，快到双玖亩村就听不到了，一直到了这里才又听到。

据村民们说，到了六月份以后下大雨的时候，这一段就会有河水，一直可以流到十月份。如果遇上下暴雨，这一段还会发山洪，水大得还怕人哩，可惜现在是三月份，我只能看见干枯的河床。

上了这个坡往里走变得越来越宽敞，渐渐地都快看不见两边的山坡了，树很多，也很高大，脚下的枯树叶也越来越厚，根本感觉不到有路的存在，有种像在原始森林里行走的感觉。

二憨嫂在前面走着，不停地用枣木棒敲打着树叶，有时还捅两下。我们的行进速度慢了下来。石水生有点急了，就想往前闯，结果被二憨嫂一枣木棒给敲了回来。

"愣小子，你急啥呢，小心有蛇。"

石水生听了吓得赶快退了回来。

"还有蛇呢?"

"看不见我在干什么? 春天的蛇最毒了,遇上五步蛇一口就能放倒一头大牛,你比大牛还壮实?"

我现在才明白,二憨嫂一直在打草惊蛇。

足足用了一个多小时才走完这片树叶地,接下来看到的是一面看不到边的山坡。树依旧不少,太阳光被浓密的树枝分割洒落在山坡上,像给山坡披上了用一片片金片织成的铠甲,非常漂亮。

爬了一会儿坡,我已经气喘吁吁,两腿发颤,有点筋疲力尽的感觉,正好有一片比较平坦的地方,光溜溜的,非常干净。我看了一下表已经中午一点多了,便招呼他们俩坐下休息一会儿,吃点东西再走。

我从背包里取出罐头、点心、饮料、纯净水,还有一大块石水生拿的驴肉。二憨嫂吃得很香,直说好吃。喝杏仁露的时候说她这辈子就没喝过这么好喝的东西。吃完后,我把剩下的食品用塑料袋装好,准备等下了山送给她。我们接着往前走。二憨嫂告诉我俩再走一个小时就到了,这一段陡坡要注意脚下滑。

还是二憨嫂拄着枣木棍子在前面带路,我和石水生拄着枣木棍子跟在后面。山谷里"咚咚咚"声此起彼伏。

一路上,石水生给我讲了不少关于石家河的事,讲到了石家河的水其实特别好喝,两年前还有人要买石家河水做矿泉水。

"水生,你这个坏东西。"二憨嫂一声怒吼,把我俩吓了一跳,石水生更是莫名其妙。

"二憨嫂,怎么了?"石水生瞪大了眼睛问道。

"你为什么带人买我们的水? 呜呜呜……"二憨嫂把棍子也扔了,居然坐在地上哭起来了。

"我什么时候带人买水了？"石水生一头雾水，不知所云。

"我刚刚听见你说了，你不要哄我。还有你，为什么要买我们的水，你买走了水我们吃什么呀？我们拿什么饮牲口呀，我们还准备喂毛驴呢。呜呜呜……"二憨嫂边哭边指着我说，"这水就是不能卖，死水生，你害了我了，卖了这水我就成了双玖亩的罪人了，知道这我就不带你们来了。"

"嗨，二憨嫂，你说的个啥呢？"石水生急得直搓手。

知道是二憨嫂误会了，我拦住了石水生轻声细语地给二憨嫂解释起来。

二憨嫂还是半信半疑地望我："你说的都是真的？你真是咱村的第一书记？真是给我们解决吃水问题来的？"

我郑重地点了点头举手做发誓状。

二憨嫂一骨碌从地上爬了起来："前两年光武子就带人来要卖这水，我们大家闹腾才没有卖成，刚刚是我听走耳了。"

我们三人又开始前进了。"哎呀！"二憨嫂突然一声惊叫，把跟在她身后的我和石水生又吓了一跳。

"又怎么了？二憨嫂！"

"蛇，蛇！"二憨嫂一边叫着，一边朝后退，双手握着枣木棍子朝前伸着。

我和石水生赶忙提起枣木棍子往前赶了两步和二憨嫂站成一排。

这一看，把我俩也吓了一跳，因为这蛇太大了。盘着我们看不出它有多长，可是比我们手中的枣木棍子还要粗不少，说实话，除了动物园我还没有见过这么粗的蛇。

这条蛇在路中央盘了有四五圈，黑色的鳞片闪闪发光，椭圆形的蛇头高高扬着，两条红红的信子在嘴边一伸一缩，伸出来长的时候能有十几厘米长，两只绿莹莹的眼睛直瞪瞪看着我们，面对我们伸出的三根棍子没有一点惧怕的意思。

我们商量了一下，决定从它的旁边绕过去，可是它的头竟然跟着我们转动起来，我们往左蛇头往左，我们往右蛇头往右。

怎么办？突然石水生把手中的枣木棍子扔掉，双手从旁边抱起一块大石头就要朝大蛇扔过去。我急忙拦住了他。

"水生，别扔，它长这么大不容易，说不定是国家的一级二级保护动物。"水生愣了一下。

"水生，你敢砸山神爷？"二憨嫂也急得叫了起来。

"砰"，石水生悻悻地把石块扔到山坡上，用手指着大蛇叫了起来："那就让这害伤寒的这么拦着咱们？"大蛇并没有理会，蛇头依然高高扬着，红红的信子不停地吐着，两只眼睛一动不动地瞪着我们。

"咱们往后退退吧，反正我们也快到了，休息休息再走。"我说完率先向后退了几步，他们两个也跟着我向后退。看到大蛇没有什么动静，我转过身往回走。刚走两步，就听到二憨嫂惊呼："大蛇怎么不见了？到哪里去了？"

我和石水生回过头一看，异口同声叫了起来："嗨，蛇真的不在了！"我赶紧跑到刚才大蛇盘的地方，大蛇已不见踪迹。石水生用手里的棍子拨了拨两边的草丛，哪里还有它的影子？它竟然无声无息地消失了。

又走了一个小时，水流声震响，瀑布近在眼前，尺幅不算大，十几米宽，六七米高，飞落的水幕在阳光下就像七彩的绸缎从天上翩然而下，漂亮极了。

二憨嫂指着上面告诉我俩，石家河的源头就在上面。

"能上去吗？"我问二憨嫂。

"比较难上，我能行，水生应该能行，就是不知道你行不行。"二憨嫂是个实在人。

"那上吧。还等什么？"我一听心里就有了底。我从小跟着小叔练形意拳，这些年工作再忙也没荒废，那可是实打实的功夫，不是花架子。

二憨嫂绕过了瀑布，在瀑布的旁边有一面坡，坡很陡，还湿漉漉的，长满苔藓，很滑的样子。

二憨嫂把手中枣木棍扔了，手脚并用地爬了起来，一会儿摔倒又爬起来，爬起来又摔倒，最后用膝盖抵着地爬了上去。

轮到我了。我也学着二憨嫂的样子往上爬，没想到看见容易，做起来难，爬了没多高就有点气喘吁吁了。关键是坡太滑，手脚根本用不上力，后来水生用枣木棍子顶着我的屁股，顶着我的脚，二憨嫂从上面扔下来一根树藤。在二人合力下，我费了好大劲儿才终于上去。

轮到石水生，他比我好点儿，可是也好不到哪里。好在这时有了一根树藤，他拉住树藤，我和二憨嫂用力往上拉，很快就上来了。

石家河的源头在一片不太大的半圆平台上，也就百十平方米，后面是一排如刀削过的石壁，有八九米高，平展展的，没有任何突兀，整个岩石发黑，也许这就是黑崖头名字的来历吧。到了这里，人也就不能再往前走了。

石家河的源头是从石壁中央冲出来的两股水，这两股水在竖着的一条直线上，一上一下，中间隔着五十厘米左右，每股水有铁锹把粗细。上面的一股水冲得近一点，下面的一股水冲得远一点，两股水形成剪刀样。很难想象，那么大、那么坚硬的石头硬生生是让这两股水撕开两道缝。

这两股水从大石块中喷涌而下，经过不知几千年的冲刷在石壁的前面冲出一个大大的天然水池。

两股水从几米高的悬崖绝壁上一前一后直泻池中，激起一朵朵晶莹的水花。阳光照耀下，溅起的水珠向四面飘洒，形成一片片七彩的烟雾，有时还能看到一架小小的彩虹。

水池里的水往外溢出，造就了下方美丽的瀑布。

站在石家河的源头，我第一次感到了水的生命力，也感受了这种强大生命力的震撼。

我掬起一捧水，喝了一大口，清凉甘甜立即浸透了我的五脏六腑。这和村委会大院的水一样，这才是山里的水该有的滋味。

我们三个在水池边喝了个饱，洗了洗手和脸，可是太冷了，冷得能冻到骨头里。远处背阴处，还有一些残雪未消。

二憨嫂说，这水比前几年小了一半还不止。这就否定了有些村民"有人把水偷走了"的猜测，在考虑解决方案时，也就排除了人为造成河水变小的可能。

在黑崖头，我们待了近一个小时才准备往回返。有了那根树藤，我们从源头上来的时候省了不少事。

回的路上，我们三个轮流敲打着山坡和草丛，不过还是得二憨嫂前面带路。有两次石水生跑到了前面，把我们带到岔路上，还是二憨嫂及时纠正才避免迷路。此后，石水生就老老实实跟在二憨嫂后面了。

回去的路是下坡，比来时快了不少。即便如此，我们回到村里，太阳也快落山了。

第十二章
解决吃水

　　进入四月，暖气停供，屋里反而比外面还冷。我和石水生坐在水利局办公室已经等了一个多小时了。

　　隔壁小会议室正开中层会议，隐约能听到局长文利清在讲话。上周五下午，我就在电话里和文局长约好周一见面，没想到过来正赶上水利局开中层会。

　　接待我们的是办公室白副主任。五十多岁的老头，个子不高，谢顶圆脸。听说是和局长约好的，很客气，给我俩倒了茶水。

　　石水生不时站起来，在办公室转两圈。我也感到有点燥热，拉开了夹克的拉链。说实话，我心里也是七上八下，不知道我递交的《关于解决故城乡田庄村双玖亩人畜饮水问题的实施方案》能否被水利局认可。

　　那天从黑崖头回到双玖亩村，村民们马上围了上来，满脸惊讶问东问西。我把情况讲了一遍，否定了他们有人偷走水的猜想。这两年石家河水变小了，就是源头水变小了造成的。

　　大伙听完都默然了。有些村民直叹气，不停念叨："这下完了，还得拉水吃。"

　　我询问大家有什么办法，大家说要有办法早用了，一边说一边摇头叹气。其实，回来的路上，我已经有了想法，只是还不成熟，怕万一办不成，反而令他们失望，万一因此影响了村民对党支部的信任，那就得不偿失了。于是安慰他们："放心好了，村里不会不管大家的。"

　　回到村委会，我认真梳理了一下思路。既然河水是从上游消失而在下游又流出来，说明这段山坡下面一定有暗河，能不能在双玖亩村边河床上打个孔，把暗河的水抽上来呢？

　　第二天，我专门召开了两委会，研究如何解决双玖亩村的人畜饮水问题。

　　大家的积极性很高，尤其是田树奎，格外兴奋。但说到办法，大家说的不是用过已经失败的办法，就是可行性微乎其微的办法。

　　田树奎提出，在下游出水处修个蓄水池，再用水泵把水抽到双玖亩村。王堂玉马上反驳："从那里到双玖亩有三四里，高度差有一百多米，有没有那样高扬程的水泵先不说，三四里的管子平常维护也是个事呢。再说，大家都知道双玖亩和里寨多少年闹矛盾，积怨很深，出水口在里寨，要修个蓄水池，他们能同意？"

　　"那就得咱们村干部去做工作。"田树奎显然没想到，但还是固执己见。

　　"谁做？你做？"王堂玉反问道。

　　"那他能做通？又不是没有做过。"田铜虎和石爱叶异口同声地说。

　　一个下午大家你一言我一语也没有议论出个结果。石水生有点急了，嚷了起来："你们这也不行那也不行，我看干脆把双玖亩村搬迁到能吃上水的地方算了。"

　　他的话音刚落，立即招来一片反对声："那是说话呢？往哪儿移呢？哪里有地方让他们盖村子呢？"

"钱呢？村民肯定盖不起。水生，你有钱，你给他们盖呀？"

"就是能盖上，地种不种了？牲口还养不养呢？"连一直不说话的新支部委员杨子联也说话了。

"那就闹不成。"石水生手一挥，有点垂头丧气。

我的方案是在双玖亩村边河床上打个孔，一直打到暗河里，把暗河的水用潜水泵抽到现在河边的蓄水池里，在蓄水池里再安一台离心泵，把水抽到双玖亩村里，这样双玖亩的村民和牲畜就能天天吃上新鲜的水。

"怕是不行，杨书记。"还没有等我说完，田树奎就提出了反对意见。

"说说理由。"我也不急，笑着对田树奎说。

"这原来就弄过，没弄成。"田树奎慢悠悠地说。

"说说看。"

原来，水利局在解决双玖亩人畜饮水问题时，就考虑到水就是从下面暗沟里流走的，就在双玖亩村边河床上打开个孔，想的是把这个暗沟用混凝土填实让河水从上面流，开始还真的有一次水从孔里流了出来，可惜好景不长，很快就没水了，因为暗沟里水流急，混凝土下去就被冲走了，即使当时堵住了。可是水大了，水压增加就冲开了。

水出不来，这个孔反而起了反作用，有的时候反倒把仅有的点河水都流走了。不仅如此，有好几次在河里的人畜不小心踩进孔里受了伤，后来就用混凝土填了。

田树奎把情况介绍完，我心里一阵窃喜，原来这里已经有了通往暗沟的孔，这让我的方案实施起来会省劲不少。我忙问："那个孔填死了吗？还能不能找到？"

田树奎想了一下说："当时应该是填了一米多深吧？不好寻，不过也不是找不到。"

"这个孔能找到就太好了，太好了。"我连声说道，兴奋之情溢于言表。大家奇怪地望着我。

我赶忙把我的方案和刚才田树奎说的方法做了对比，特别强调我的方案是用水泵往上抽水。这下大家都听懂了我的方案，议论了起来。

"嗯，要用水泵往上抽也许还行。"

"不是也许行，是一定行。"

"行是行，可是这也要三百米管子和两台水泵，几万块钱呢！从哪里闹钱呢？"

"嗨，去水利局要，水利局管了。"

"不行吧，水利局管了好几回了，人家还一直管呢？"

"管不管也得寻水利局，宁碰了也不要误了。"

"嗯，还是得寻水利局呢，要不咱们从哪里找那么多钱呢？大队里又没有钱，双玖亩小队也没有钱，实在不行就和乡政府要。"

"乡政府哪有钱呀，要不上，还是得找水利局。"

在大家七嘴八舌的谈论中，我得到了最有用的信息，要实现我的方案，必须求助于县水利局。

最后，两委会通过了我的建议，并决定下星期一由我和石水生到县水利局求助。

一个半小时以后，水利局的会议终于结束了。文局长得知我和石水生的来意，赶忙把我们领到他办公室，并通知班子成员，让水政办主任、农村水利站长在会议室稍等一会。

文利清四十岁左右，中等个子，略显清瘦，文质彬彬。和我们说话的时候，一直笑容满面。

周五下午通电话的时候，我就把情况简单和文利清介绍了，因此，今天寒暄了几句后，我就把《关于解决故城乡田庄村双玖亩人畜饮水问题的实施方案》交给了他。

他把方案看了一遍，就带我和石水生进了会议室。里面七八个人，看到我们进来，有几个站了起来。文局长相互介绍了一下，招呼大家坐下，让我说说双玖亩人畜饮水的困难，然后让大家谈谈解决办法。

在座的大多数都是经验丰富的老技术人员，对双玖亩人畜饮水的困难问题也比较清楚，有的还亲自参与过双玖亩饮水工程建设。大家议论到最后，大部分人直摇头。文局长最后说："人畜饮水安全问题是最重要的民生问题之一，办法总比困难多，不管有多大困难我们必须解决，全县不留死角。田庄提出了一个方案，大家讨论一下是否可行。"

然后将《关于解决故城乡田庄村双玖亩人畜饮水问题的实施方案》交给大家传阅。等传阅完毕，文局长开始征求大家的意见。

第一个发言的是水利局的总工肖勇："我认为这个方案表面上看起来是可以实施的，但实际实施起来困难很大。"

"说说理由。"文局长朝肖勇挥了挥手。

"一是双玖亩那儿都是石头坡，大型打孔机械进不去，靠人工打孔很费劲，开孔大，下面地质情况也不清楚，越往下施工就越危险；二是从坡面到暗沟有多深不知道，用离心泵的扬程够不够？水流有多大也不知道，用潜水泵能不能固定住？"

肖勇刚说完，大家就议论起来。副局长李文虎站起来说："刚才肖工说得很有道理，水泵和水管都不是什么问题，可是开这个孔确实比较困难。"

这位五十多岁分管人畜饮水安全工作的老局长，在红谷县水利局工作了三十多年，原来双玖亩的几次工程他都参与了。他把几次情况给大家介绍了一下。最后说:"解决双玖亩人畜饮水问题太难了,如果能解决了这个问题,不光是解决了村民的问题,也是了了我的一个心愿。"

听李局长说水泵和水管不是问题,我知道机会来了,等李局长话音一落,我马上站了起来:"谢谢各位领导对双玖亩老百姓的关心,我代表田庄的两委班子和全体村民对各位领导表示感谢!各位领导说的我都听了,我有个建议各位领导看行不行?"

然后,我提出了由田庄负责打孔,由水利局提供水泵、水管共同解决双玖亩人畜饮水问题的想法。

大家又讨论了一会儿,水利局基本同意了我的提议。但方案如何实施,还要等打开孔后,具体看情况再定。

当下,文局长就此事做了安排:李局长和肖工共同负责解决双玖亩人畜饮水问题工作。肖工具体负责勘察、设计和方案的制订。李局长负责工程的具体实施。水政办负责办理采水的各种手续。农水站负责具体施工。

回到田庄,再次召开两委会,我把水利局的情况给大家说了。谈论再三,决定由我和田树奎组织双玖亩村民到石家河寻孔,打孔。

一周的起早贪黑,一周的户外作业,在双玖亩全体村民的努力下,我们终于打开这个孔,其中辛苦难以言表。

这是一个直径三十五厘米的孔,从上面看不见底,不过我觉得也就十几米深,因为手电筒照进去有光反射出来,在孔口也能听到"哗啦啦"的流水声。

这几天田树奎也吃了不少苦,和我一样天天在双玖亩抢大锤,喝苦涩的水。

我把这个消息通知给文局长后,他也很高兴,一再和我核实事情的真实性。

第二天，肖工就带领水利局勘察人员到现场进行勘察和测绘。

三天后，李局长和农水站的站长拉着一台潜水泵、一台离心泵和三百米钢管，领着施工人员来到双玖亩。我带领双玖亩村民也加入施工队伍中。

十天后，清澈甘甜的石家河水通过离心泵，进了双玖亩村的家家户户。怎能不令人欢欣愉悦？！有人说，水是有记忆的，吃水不忘挖井人就是一种精神传承，双玖亩的水也带着这份恩情，流进了田庄群众脱贫致富的奋斗里。

双玖亩吃水的问题基本解决，我开始静下心来处理安全房问题。

通过一段时间的调查，从村民反映中，我掌握了村民对安全房意见大和不愿意入住的原因。

事情比我预先估计的要复杂得多。田庄安全房是 2013 年的一事一议项目。别看一事一议需要村里筹资筹劳，但要争取到也不是容易的事。田庄石家河沟的四个自然村都是依山而建的。这有几个好处：一是有山挡着，避风，冬季可抵挡严寒，这对缺柴少煤的山村非常重要；二是依山好造房，在山壁开穴挖洞比建窑洞要省钱省力，这是贫苦人最看重的一点；三是依山建房风水好，山可以挡煞聚气，相对安全。

但这样的房子有两大致命弱点：一是在山里挖洞容易发生坍塌；二是遇到恶劣天气山洪暴发，易发生泥石流。无论哪一种情况的发生，都会给村民的生命和财产带来严重威胁。

石家河沟的四个自然村不光是依山而建，而且基本都是老旧房，还有不少是土坯房、土窑洞。为了保障村民的生命和财产安全，2012 年底，红谷县有关部门和故城乡政府批准了田庄村 2013 年一事一议项目：为石家河沟的四个自然村建安全保障房。一共四十三户，每户建一套安全房,每套房两间三十平方米。每套房财政拨款两万元,不足部分由田庄村委会筹资筹劳解决。

田光武接到文件后,高兴坏了。说老实话,为了这事他跑东跑西,实在是费尽心思。盼呀,盼呀,现在文件终于下来了,要知道这可是他当上村主任为老百姓办的一件大事,这也可以为他下一届竞选加不少分,添不少人气。

他第一时间跑到田海家手舞足蹈地把这事说了。田海自然也高兴,两人当下就商量,这个工程由他们自己干,再吸收一下他们北派的一些村民参与,八十多万元的活计,够他们干半年了。

姑父和内侄两人想得倒是挺美,可人生不如意事十之八九,可与人言者十之一二。不如意之事,躲也躲不开。

没几天,田树奎就知道了这事。他对田光武非常不满意。于公来讲,我是支部书记,你村主任有什么事应该和我商量吧?于私来说,我是你亲姨父,这么大的事也不和我说一声,你把我置于何地?

气愤之余,田树奎召开了两委会,他想通过两委会给田光武施加压力,让他有所收敛,看清楚在田庄是谁说了算。谁知,田光武根本不买他的账,俩人在会上吵了起来,由谁来干这个活儿,更是互不相让。田光武认为这个项目是他跑回来的,这个活儿就该由他来做,即使他不做,也应该由他来定让谁做。田树奎则认为这个活儿,无论是谁跑回来的,都是田庄的。而且是给石家河沟的四个自然村村民盖的,那么这个活儿应该是由四个自然村的村民来做,或者是由四个自然村的村民来决定谁做。其实,谁也不傻,由四个自然村的村民来定,就是由他田树奎来定。

两人吵得不亦说乎,谁也说服不了谁,两委成员们只能两边劝,支持谁也不对,两人这亲戚关系也是尴尬。会议没吵出什么结果,以田光武怒气冲天摔门而去而结束。

这让田树奎气愤难平，他私下就组织四个自然村村民开会，集体上访，上访内容就一条：不相信田光武，田光武干活质量不能保证，这个活儿要自己干。最后还是乡政府出面调解，将这个活儿一分为二：田光武完成双玖亩和石家河的安全房建设，共二十二套；田树奎完成里寨和崔儿庄的安全房建设，共二十一套。

既然乡政府出面了，两人都无话可说，只能接受。可是两人的梁子就此结上。本来，田光武对小姨李云翠就心存芥蒂，他认为出面的虽然是田树奎，但出主意的应该是他小姨。从此，记恨上了田树奎两口子。

一个正月，田树奎和田光武各算各的账。他们心里都很清楚，筹资筹劳，要靠村民们筹资肯定是句空话，筹劳也不好说，只能是和村民定工资的时候定得低点儿。这样的话，虽然说利润不高，四五万块钱还是可以挣到的。

人算不如天算。到了农历二月开工的时候，砖、水泥、钢筋等建筑材料的价格普遍大涨，光钢筋价格就比年底翻了一番都不止，这下二人都傻眼了。按现在的建材价格，别说赚钱，不赔钱就烧高香了。

两人都动了等等看的心思，谁也不开工，想等建材价格落一落再开工。谁知一直到了六七月份，价格不落反而又涨了点儿。没办法，两人只好又各动各的心思，硬着头皮开了工。

田光武的办法是墙体和基础都按原来设计的，房顶混凝土现浇顶换成了彩钢瓦复合板顶。他的想法是，反正是安全房，安全有保障就可以了，彩钢瓦复合板顶中间有十厘米厚的聚苯板保温层，住起来也不会有影响。

田树奎的办法是房顶和基础都按原来设计的，房顶还是混凝土现浇顶，但墙体由三百七十毫米砖混墙变为了二百四十毫米砖混墙，而且把保温层也减了。他的想法是安全房就要首先保证安全，至于冷一点热一点是次要的。

即便如此，两人也没有挣到钱，只是勉强不赔钱而已。

房子建好以后，村民们就觉得有问题，大家都不甘心，认为头儿们是为了赚钱，黑了心偷工减料了，准备要告状。

姜还是老的辣。这四个自然村田树奎经营了多少年，村民平常把他当做主心骨，他很快就知道了情况。为了不引火烧身，他组织村民参观四个村新建的安全房，事先就安排人挑拨说，只有临时房才用彩钢瓦顶，房子就必须是混凝土现浇顶。

如此一来，村民的注意力就都集中到了彩钢瓦顶上。双玖亩和石家河的村民对田光武建的安全房十分不满，都骂田光武是黑了心，偷工减料，以公谋私。里寨和崔儿庄的村民看到自家房子起码是混凝土现浇顶，感觉比彩钢瓦房强多了，对田树奎的埋怨随之消失了，也帮着其他两个村骂田光武。田光武在村民中的威信荡然无存，有的人见了他一顿白眼，咬牙切齿。

我知道，两人盖的房子都有问题。田光武盖的住起来倒是没有什么影响，可是村民心理上排斥，根本不接受，彩钢瓦房顶也确实没混凝土房顶结实，特别是下雨的时候，房顶上噼里啪啦响声很大，怪吓人的。田树奎盖的看起来结实，但由于没有做保温，墙体也很薄，住进去冬凉夏暖，一点也没有舒适感。两种都不如村民原先冬暖夏凉的旧房子，于是谁也不愿意住进去。正因如此，盖起房子好几年了，田光武和田树奎还都有一部分工程款在乡政府扣着没有下拨，提起这事两人也是满肚子怨气，有苦难诉。

要说这个问题解决也很简单，只要把没有做混凝土顶的房子做了混凝土顶，没有做保温的房子做了保温，村民都能安心入住就可以了。可是看似简单的事情，具体做起来一点也不简单。抛开人的因素，钱从哪里来就让我头痛不已。让田光武、田树奎出吧，他俩确实没有赚了钱，而且有部分工程款还被乡政府扣了好几年了，实际上就是赔了钱。况且他俩要是能出得起，何至于当初这么干呢？要村民们真的筹资筹劳吧，全村人的钱筹回来用到这四个自然村，其他八个自然村的村民肯定有意见；就这四个自然村筹资吧，村民负担太重，他们现在对安全房还满腹怨气，再筹资岂不是火上浇油，再说，这算不算违反规定向农民乱摊派呢？

为了这事，我专门跑到乡政府，乡长石子润一脸苦笑："老杨，你看我这也是'啃死娃转城隍'呢，哪有钱？况且这都是好几年前处理过的事了，就是有钱也没办法给田庄处理这事。"看来靠政府拨款解决不现实。

想想村民对能安心住入安全房期盼的目光，安全房问题必须解决，可是该怎么办呢？

正在我为解决安全房问题一筹莫展之际，这天早上，我刚刚起床，田树奎火急火燎地来找我，进了门就急急忙忙地说："杨书记，出事了！"

"嗯？"我心头一紧，"不要着急，出什么事了？"

"双玖亩的泵不上水了。"

"什么？什么时候不上水的？"

"昨天就不上水了。"

"赶快去看看。"我坐上田树奎的农用三轮车直奔双玖亩。

快到双玖亩村，远远就看到有不少村民正围着放水泵的洞口，有的村民还指手画脚的。

看到我们来了，村民们让开一条道，有村民朝我们说："杨书记来了，杨书记来了就有办法了。"

我三步并作两步，走到水管旁边，让管理水泵的二疙瘩开了水泵，我把耳朵贴在了水管上。

"杨书记，我已经听了，水泵没有坏，我刚才听了。"二疙瘩赶紧解释。

我点了点头，他说得不错，水泵运转平稳，声音正常。

那是什么问题呢？我想了想，告诉田树奎让大伙把水管拆开。

"拆开？要不要通知水利局？"田树奎有些犹豫。

"拆开。现在这个设施是我们村里的，水利局完工后，日常的管理维护就都是我们的事，不需要通知水利局。"田树奎安排几个村民拆水管，剩下的村民围住了我。"杨书记，拆开就有水了？""杨书记，能修好吧？"大家眼巴巴地看着我。

"大家不要着急，咱们先拆开看看吧。"我刚才已经对停水的原因做了分析，水泵好好的，抽不上水来，无非就是两种情况：一是没有水可抽，刚才我来的路上石家河"哗啦啦"流着，只是因为很久没有下雨，河水小了，在孔口也能听见里面"哗啦啦"的流水声，那么就可能是当时水泵安得高，随着河水变小，暗沟里面水位下降，水泵够不着了；二是水泵或者水管被堵塞了。

村民们很快拆开水管，我让他们把固定水泵管道的固定螺栓拧开，把水泵往下放了约六十厘米就有碰到底的感觉，再让他们把固定水泵的管道固定住，然后开了水泵。

"哗啦啦"，水泵出水了。我刚准备让村民把水泵安好，有个村民就向我提出了疑问："杨书记，咱们这就下到底了，要是水再小了，又不出水了怎么办？"

我一愣，对呀，这个问题我怎么就没有想到？

"杨书记，你看咱们能不能在下面打个疙洞，把水泵放到里面，这样只要石家河有水就能流到疙洞里，水泵就能抽上来。"田树奎说。

"好办法。真有你的！"我拍手赞道。

"我也是瞎想的。"田树奎有点不好意思。不过问题来了，这么小的孔人下不去，河床上打孔机械也运不过来，这孔怎么打？一时间都沉默了。

"是不是我说了句废话？"田树奎挠着自己不太长的头发，讪笑着打破了沉默。

"杨书记，我有个办法也不知道行不行？"二疙瘩小心翼翼地和我说。

"快说说，说不准行。"我喜出望外。

"我家里还保存着原来农业社那会儿旧的打孔机器'磕头婆'，不太大，好往河床上弄，就是人工机械，只能打二十来米深，打得也慢。"

"那太好了，我们试一试吧！"

"也不早说，你家还保存的那呢！"田树奎也兴高采烈。

"农业社散的那会儿，分给谁家也不要，我一直管队里的水利设施，我就要了。后来社会发展了，都是用电动机械，也没有人用这，我就用黄油封上包起来。这么多年，有好几次我婆姨让我卖了，可是那家伙我一个人可弄不动，收破铜烂铁的嫌咱们这里路远难走，也不来，要不然早卖了。"他说完，就换来了大家开心的笑声。

有的村民还打趣："你好好攒的吧，说不定以后是古董哩。"既然有了办法，就要安排人手。分工之前，我先和大家讲好，这一次是解决双玖亩自己的吃水问题，咱们谁也不要靠，就靠我们自己自力更生、艰苦奋斗来解决。咱们每家出一个劳力，谁也不记工，全是义务劳动。

"行喽，行喽。这就是咱们自己的事。"没有一个不同意的。

田树奎带着二疙瘩和另外两个村民去安装"磕头婆"打孔，我带着三个村民重新拆装水管，因为水泵下降了，输水管道的坡度全变了，所有水管都要全部重新安装。二憨嫂家男人出不来，她自己来了。我们都说她家情况特殊，就不用出劳力了，让她回去，可是她坚决不同意，说她家也吃水，不能不出力白享受。劝到最后，二憨嫂居然哭了，说大家看不起她，我只好安排她给大家烧点水，递递工具，可是只要有闲工夫，她总是抢着干重活、脏活。

我们十来个人没白没黑地干了三天，总算弄好了，双玖亩村又流进了晶莹透明、甘甜可口的泉水。不光如此，我们还意外地解决了以后可能发生的隐患。一个是将水泵放到打好的坑里，固定得比过去结实了，即使下面的水再大也冲击不到，避免了暗沟水太大的时候冲坏。二是用软材料密封了水管和水孔间的缝隙，避免了因为刮风等原因有脏东西通过间隙，掉入暗沟污染河水或堵塞水泵。

回到村委会，我总算可以喘口气，真想洗个澡，好好睡一觉，可是田树奎一直不走。

我问他是不是还有事，他说是没事，可又赖着不走。其实，我早就想找他谈一谈安全房的事，可这几天实在累坏了就想睡觉，一点心情也没有。我实在熬不过去了，就问他累不累，他说累了，我就催促他回去休息。他站起来慢腾腾地往外走，走了几步又返了回来。

我奇怪地看着他，他讪讪一笑低声说："杨书记，还真有点事和你说。"

"呀，田书记，怎么变得婆婆妈妈的？咱们都是自己人，有什么话直说。"

"我是觉得双玖亩的人畜饮水问题还没有彻底解决。"

"嗯？你说说看。"

"双玖亩的水是进村了，可是水泵开了就有水，停了就没有水，谁家要吃水就开一次泵，泵开得太频繁了，容易烧了，关键是村民吃水太不方便，还要天天有个人专门开泵，不给人家工钱肯定不行，可是给人家工钱，这钱从哪里来？"

这倒是个问题，我怎么就没有想到呢？

"田书记，你的意思呢？"

"我的意思是看能不能给双玖亩修个小水塔。"

"好事呀，修吧。"

"可是，拿什么修呢？"田树奎嗫嗫地说道。

嗬，好家伙，绕了这么大的圈子是要和我说钱呢。"村里一点儿钱也拿不出来吗？"

"嗯，村里就没有收入，哪有钱呢？"

"小队账上也没有？"

"十二个自然村最数双玖亩穷，这钱肯定拿不出来。"

"村民自己凑呢？"

"杨书记，你也看过双玖亩家家户户的情况，这要一两万呢，哪能筹上呢？"

"水利局刚给咱们安了水泵和水管，肯定是不能再张嘴了。田书记，要不咱们和乡政府要？"

"乡政府也没有钱，多少年也没有给咱们村里拨过钱，估计够呛。"

"那你说怎么办呢？田书记。"这时我已经感觉到其实田树奎已经心里有了主意。

"杨书记，你看是不是能和水生说说，他那里又不缺钱。能不能出钱帮帮双玖亩。"

"你是书记，你和水生直接说就行了。"

"不行，我不行。我和他说话，他肯定不同意，这话只能你和他说，杨书记，别人都不行。"

"田书记，这话我不能和水生说呀！人家夫妇两个刚给村里修了路，人家就是再有钱，咱们也不能只盯着人家呀。"

其实，我知道石水生这一段时间特别困难。因为国家整顿食品行业，红谷县的驴肉企业都在停业整顿，谁家也不进驴肉。

环保整治，屠宰行业也在整顿，石水生已经几个月没有宰过驴了，更别说煮驴肉了。那么多驴养在圈里，弄得两口子焦头烂额。前几天两口子刚刚向信用社贷了二百万元，这个节骨眼上怎么能和人家两口子张嘴呢？当然这些事我不能和田树奎说，石水生两口子是要面子的人，这种事怎么能传出去呢？

听了我说不能和石水牛要钱，田树奎脸有点红了，双手搓着："杨书记，这不能和石水生要钱，我也不知道该怎么办了。"

我知道，田树奎这是在为双玖亩的村民们考虑，不忍心让他难堪，就答应这事我来想办法吧。

看我答应了，田树奎很高兴地回去了。可是我再也睡不着了，安全房的事还没有着落，这又答应了修水塔的事，真是头痛啊。

第十三章
三联共建

今年的夏天热得可真早，刚过了"五一"，天气就燥热起来。下午，坐在教科局小会议室，我额头冒着热汗，T恤已经湿了一大片。

办公室主任田辉打开吊扇，凉风吹来，顿时清爽，我感激地朝他点了点头。

此时，我正在按照县委组织部的要求，向教科局班子成员汇报我在田庄的工作情况。本来，只向局长或分管局长汇报就行了，可局长郭有柱坚持要让全体班子成员来听，他的目的是让班子成员了解三联共建中红谷教科局的职责，引起大家的重视，对共建村全方位进行帮扶。

惊讶的是，班子成员无一缺席。局长郭有柱、教科系统党委书记邱虎、两个正科督学、三个副局长、一个副书记、纪检书记、工会主席、办公室主任十一个人，悉数参加。

我详细介绍了田庄的情况，简略汇报了我的工作，省略了具体过程，特别强调目前存在的问题和困难，比如，安全房和修水塔这两项。大家听得都很认真，不停打断问我一些问题。

会议一直开到晚上八点，天色都暗了下来，会议室灯火通明。

局长郭有柱、教科系统党委书记邱虎肯定了我的工作，并提出了希望，"绝对不能给教科局丢脸"。

第二天早上，我早早赶到乡政府，乡长石子润刚来就被我堵在了办公室。我还是和他谈安全房的问题，这次还加上了修水塔的事。

"老杨，你要闹死我呀！你看看每天都是和我要钱的人，乡政府账上一分钱也没有，你说我敢答应你什么？"

"乡长，你的难处我能理解，可是这安全房关系到村民的生命安全，人命关天啊！你是乡长，你说我不找你找谁？"我的口气有点硬。

"嗨嗨嗨，我上次可是和你说了，安全房是好几年前处理过的事，就是有钱也不能给你处理呀。"

"乡长，关键是这事还没有处理完，乡里还扣着这个项目的钱呢。"

"是不是？我了解一下，要是没有什么问题，就给你拨回去。"石子润拿起电话，叫分管副乡长薛飞到他的办公室来。

"薛飞，田庄安全房的款还没有拨完？"薛飞刚进门石子润就问。

"好像是，具体得问农经上呢。"石子润立即拿起电话通知农经站长徐国强过来一下。

"国强，田庄安全房的款是不是还没有拨完？"石子润有点着急了。

"嗯，是了，乡长。"徐国强看了我们一眼答道。

"为什么好几年了还没有拨完？还有多少钱？"石子润疑惑地问。

"还有四万三，因为验收单上村民不签字，验收手续办不完就没有拨付。"徐国强打了个电话问了一下，答道。

"这么多年了，国强你们也不催一催？"石子润有点不耐烦，语气不满。

"乡长，田庄的情况你还不知道？"徐国强低声嘟囔。

"快不要找理由了，国强你说这钱现在能不能拨？"石子润越发来了气。

"只要验收单上村民签了字，验收手续办完了就能拨。"国强也有些委屈。

"嗯。老杨，你看这样行不行？你回去让村民在验收单上签了字，验收手续办完了立即就给你拨。"石子润无奈地转头看着我。

"好吧，乡长说话可得算数，双玖亩的水塔呢？又花不了多少钱。"

"嗨嗨嗨，老杨不能得寸进尺，安全房的事给解决了，双玖亩的水塔，反正又花不了多少钱，你自己解决吧。"石子润不软不硬地把我的话顶了回来。

"乡长，田庄村民的字可不好签，要签早就签了。杨书记，你能签了？"薛飞说得有点不合石子润的胃口了。

"你看你，薛乡长是不是有点小看杨书记了？他签不了你去签呀？"石子润怼了一句。

"行了，老杨，我今天特忙，这两件事就这吧。下一件事一定让你满意。"石子润打着哈哈下了逐客令，我们三个知趣地出来。

出了门，薛飞叫住我，低声说："杨书记，田庄村民的字可真不好签，你可得想好办法。"我知道他是关心我，笑着点了点头。

回到村委会大院，院里停着一辆公务车，看着眼熟，正思索间，听到有人喊"健立"，这声音好熟，是教科局副局长王树飞，他怎么在这里？

王树飞身后还跟着教科系统党委纪检书记江尔江和司机宋师傅。

"王局，怎么是你们？"

"你以为是谁？是程川？想得美。哈哈哈！"这家伙，还副局长呢！见面就开玩笑。我把三人让到办公室。

"宿舍和食堂在哪？条件行不行？"刚坐下，王树飞就问。

"啊？还宿舍和食堂？你以为在单位？吃喝拉撒睡都在这屋子

里。"我夸张地说道。

"你说啥？就这一间房？"王树飞有点不相信。不光是他不相信，就是江尔江和宋师傅也不相信。两人站起来，在屋子里转着看，"就这一间屋子，你在哪睡觉、吃饭？"

我打开写字台下面的柜子，露出里面的褥被、锅碗瓢盆，指着对他们说，"看看我的家伙。"

"睡觉呢？床在哪？折叠床？"江尔江还是有点不相信。

"这不是床？"我拍着屋子中央的大桌子。

"啊？这桌子这么硬这么高怎么睡？"三个人同时叫了起来。

"这不睡了一天又一天，还治腰酸背痛，解乏，好着呢！"我调侃道。

"哎呀，老杨，你这儿可是太艰苦了。"江尔江不由感叹。

"还好吧，怎么也比'天当房，地当床'强多了。"我们瞎聊了一会儿步入正题。我知道了他们今天来田庄的目的。

那天汇报结束，尽管已经很晚，但班子成员并没有离开，而是继续开会，研究田庄的问题。郭局长意味深长地对班子成员们说："同志们，大家不要以为我们把杨健立派到田庄就完事了，田庄的事不是杨健立一个人的事，是我们整个教科局的事。"

邱书记接上郭局长的话说："三联共建，帮扶贫困乡村、软弱乡村是党中央的战略决策，帮扶田庄是县委、县政府交给教科局的任务，我们一定要站在政治的高度，尽可能地帮助健立把田庄的工作搞好。"

大家的意见和我一致，认为解决人畜饮水、住房安全，虽然只涉及石家河沟四个自然村，但是田庄目前的焦点还是这两个难题，如果解决好了，不但问题迎刃而解，而且能大大提高两委班子在他们心中的地位，特别是能提升田庄党支部的凝聚力。

对于帮扶的具体措施，班子成员间还是产生了分歧：分管帮扶工作的副局长王树飞认为，要解决田庄的问题，必须给予资金支持；分管财务的副局长杨够生则认为现在教科局的资金都是专款专用，帮扶工作没有专项拨款，根本没有多余的钱拿出来帮扶，帮扶、帮扶，可以有多种方法，比如可以组织有一技之长的教师组成志愿者，利用节假日帮村民们做一些事情。

意见不同的班子成员一度发生了激烈的争论。一方认为，现在没有钱根本办不了事，不给资金，帮扶就是一句空话。另一方认为，帮村民做一些事情也是帮扶，帮扶资金根本就没办法列支。

最后，局长郭有柱拍板：对田庄的帮扶不能仅仅是帮村民们做一些事情，更不能仅仅停留在口头上，一定要把帮扶工作落到实处，想办法挤出资金给田庄办实事。同时，安排王树飞和江尔江到田庄调研，根据实际情况，制订帮扶的具体措施。

我带着王树飞和江尔江先到沿路八村转了一圈，中午在我的"食堂"吃了饭，下午去了石家河沟的四个自然村。

回到村委会，已经晚上七点多了。他们连夜还要赶回去，就是想住下我也没地方招待啊。临别，王树飞让我等他的好消息。

第二天上午，我准备和田树奎谈一谈安全房的事。

说到安全房的事，田树奎就皱了眉头，然后把所有责任都推到田光武头上，我不想过早地揭开锅底，就一直听他说下去，直到他没有什么说的了，我还催他继续，他愣了一下，不好意思地挠着头："杨书记，就这些，没有了。"

"真的没有了？"

"嗯。真的没有了。"

"听说你们不是各盖各的？你盖的是哪个村的？"我明知故问。

"光武盖的是双玖亩和石家河的，我盖的是里寨和崔儿庄的。"

"哦，现在大家都住进安全房了吧？"

"没有，只有少部分住进去。"

"哪个村入住得最好，哪个村入住得最不好？"

"双玖亩入住的人最多，全住进去了，崔儿庄入住得不好，一户也没有入住。"

"嗯？树奎哥，崔儿庄不是你盖的吗？怎么入住得最不好，一户也没有入住？"

"他们说是还不如他们的旧房子好住呢。"田树奎摇了摇头。

"是吗？"我故意拉长声调，看着田树奎。

"啊——，杨书记，你这是故意逗我呢。"田树奎脸一下子红到了耳根，他知道我是给他挖了个坑。

"树奎哥，我可要说一说你了。"我一下子严肃起来，"树奎哥，你不光是咱田庄的支部书记，你还是光武的亲姨父啊，无论从哪个方面讲，你都是长者，是前辈，你觉得刚才的话是一个长辈应该说的？"

"杨书记，你是不知道，光武他什么时候把我当过长辈？"田树奎语气里带着愤怒。

"树奎哥，你今年多大了？"

"快六十了，怎么了？"

"光武今年多大了？"

"快四十了。"

"你比他大多少岁？"

"二十来岁。"

"呀！树奎哥，你还知道你比他大了二十来岁？不简单呢，你这二十多年的饭白吃了，树奎哥啥叫为老不尊？"我并没有给田树奎说话的机会，毫不客气地把盖安全房玩的那些小把戏给他点了出来。

"树奎哥，从公而论，你是支部书记，你和村主任为了各自的私利，相互争活干，会在群众中造成什么影响？从私而言，你是光武的姨父，出了事情不敢担当,把所有责任推给他,这是一个长辈应该做的事情?你说,他怎么会尊重你?树奎哥,其实你是一点儿也不精明。现在,你给自己种上刺藜,说不定什么时候就扎上自己了,可你还不自知。"

田树奎的脸色一会儿白一会儿红,如坐针毡,开始不住摸着额头擦汗。几次想张嘴反驳,可我不给他机会,我不想听他无用的辩白,苍白的借口。我就是要扎痛他,要他反思自己,回到正道上来。

显然,当前力度还不够,我要他受到更大的震撼,接口说:"树奎哥,你也不要觉得我说的话不好听,仔细想一想,我说的有没有道理。安全房是干什么的?国家为什么要拨款建安全房?是为了你们挣钱?村民因为安全房不合格不入住,万一出了事,你觉得你这个支部书记能逃脱了责任?万一出了人命,就是光武盖的你就没责任?你知不知道有渎职罪?你不要忘了你可是田庄的支部书记呀!如果是你自己盖的,出了事会怎么样?你自己想想吧。树奎哥呀,树奎哥!你是有几十年党龄的老党员了,两三届的支部书记了,人命关天的事你们也敢当儿戏?"说到最后一句,我用力地拍了一下桌子。

这下田树奎坐不住了,他一边擦着额头上的汗,一边站了起来,在地上走了几圈,看着我:"杨书记,你不是在吓唬我吧?"

"哼,哼。"我冷笑了几声,"我吓唬你?树奎哥,你还是回去自己查查吧,前车之鉴太多了。"

"可是,杨书记,从来也没有人和我说过这些呀!这,这,事情已经办成这了,这该怎么办呀?那房子还得重盖一下呢?"

"重盖一下倒不用,可是必须改造成群众满意合格的安全房。"

"那得怎么改造?"

"光武盖的房子做混凝土顶,你盖的房子做保温,村民都能安心入住就可以了。"

"那得花多少钱呢？二十一套呢，一套一千也下不来，本来还赔得钱呢，这从哪儿拿钱？"田树奎像是和我说，又像是自言自语，一脸愁容。

"树奎哥，你也不用愁，我知道你也贴的钱。乡政府还扣的你们多少钱呢？"我突然转移了话题。

"我的两万一，光武的两万二。"

"那钱什么时候能给你们呀？"

"那钱就不算了，那钱还能要回来？都是跟上光武这个讨债佬。"

"嗨嗨嗨，树奎哥。你看你又往人家光武身上推责任呢。"

"嘿嘿嘿，你看我，习惯了。"田树奎不好意思了，摇摇头。

"树奎哥，说正经的，你那钱我要给你们要回来，你计划干什么呢？"

"真的，杨书记，那钱你能要回来？要是能要回来，哪怕是把那钱全用了把安全房给人家改造好。"

"真的？"

"真的，杨书记，那钱本来就不准备要了，要是能要回来把安全房给人家改造好，不也是件好事情？"

"咱们可就说好了，树奎哥，不过也不要你的全部，有三分之一就差不多。"

"那更行。"

"树奎哥，这三分之一也是你开支，我的想法是你出工，材料我想办法，估计这三分之一就够你工人的开支了。"

"行行行，杨书记你可是给我解决大难题了。"田树奎顿时兴奋起来，笑出了声。

田树奎回到家，一身喜气，一脸喜色。这些年很少唱歌的他，居然哼着《社会主义好》进了家门。李云翠知道丈夫今天干什么去了，以为昨天教育局的头儿带来了什么好事，赶紧把田树奎喊进屋。

田树奎进了屋，并没有急于完成每天回家的第一件事，而是继续哼唱《社会主义好》，不紧不慢掏出一支烟点上，吐起了烟圈。

李云翠正等着田树奎"汇报工作"，看田树奎喜形于色哼着歌儿，感觉应该是有好事，她耐心地等着。

田树奎吐完了一支烟的烟圈，并没有急于和老婆说话。今天的谈话，他的内心震动很大。上中学时，作为从大山里出来的高中生，他也有理想，有抱负。

那会儿大学不招生。返乡后，他也有人生辉煌的时候。娶了李云翠他觉得自己很幸福，尽管李云翠是外乡人，可论模样，说是黑马河沟的一枝花也不过分。那时候，李云翠知道自己和田树奎的差距，夫唱妇随，小鸟依人，一副贤妻良母模样。可等生了两个孩子后，情况就发生了变化，先是开始学会挑田树奎的毛病，后来学会了指手画脚。

抱着娇妻，守着一对儿女，在村里干得顺风顺水，田树奎并没有在意妻子的变化，后来逐渐也就适应了。李云翠并不满足仅仅在家里一手遮天，逐渐就渗透到村里工作中，等田树奎担任田庄的支部书记后，她驭夫本领越来越高，参政意识越来越强。

到后来，田树奎每天回到家里的第一件事，就是和她汇报村里的事，她就给田树奎分析、出主意，还要田树奎给她汇报按她主意办的结果，如果不合她的意，不光会埋怨，有时还会大骂一顿。田树奎本来就是性格温和，甚至有点懦弱的人，随着年龄增加，年轻时的棱角早就磨没了。

不少时候，他还觉得李云翠说的有道理，也就随她的主意做了，和田光武争安全房的活儿，就是她的主意。田树奎说光武想做就由他做吧，反正他也是你亲外甥，可李云翠不让，她觉得自己没面子，咽不下这口气，逼着田树奎去争。

村里人也逐渐感觉到了，书记办事都是老婆的主意，不少村民对田树奎也很有意见。

今天谈话后，田树奎回想了这些年自己的所作所为，突然觉得李云翠给他出了不少馊主意。安全房的事，自己就不该听她的，不然自己现在就不会这么尴尬，真是赔了夫人又折兵。在回家的路上，他就决定，要晾一晾李云翠，让她以后少管村里的事。

李云翠本来以为田树奎累了，反正好饭不怕晚，好事不怕迟，她就坐在田树奎身边，耐心等着吧。田树奎抽了一支烟，还没有和自己说话的意思，李云翠的耐心没有了。她用手指用力地敲起了桌子。"嗨嗨嗨，树奎子，今日你是'老毛猴戴上尖尖帽——光顾自家高兴了？"

田树奎抽完一支烟，就躺在椅子上闭上了眼睛，其实，他就是在等着李云翠说话。李云翠并不知道丈夫的心思，她还像往常一样等着田树奎汇报工作呢。

听到李云翠说话，田树奎睁开眼睛，看了一眼又闭上了，他想再晾一晾李云翠。

"树奎，今日你是神经了。"见他并不理自己，李云翠"霍"地站了起来，从炕上拿起笤帚用把敲起了炕沿。看到田树奎还不理，她举起了笤帚把，这时，她看到田树奎一双眼睛瞪着，心里一阵发虚。

"嘭"一声，李云翠把笤帚扔到了炕上，摔门而去。一边走还一边嚷："你就不用说，你就憋的吧，憋死你！"

田树奎并没有搭理，他知道李云翠等会儿吃饭的时候还会追问，他要等一个最适合开口的火候。

果然，吃饭的时候，李云翠又开口了。这次她的口气变得温柔起来："树奎，你的高兴事，我就不能分享上点？"刚才她做饭的时候，也分析了一番，今天树奎太反常了，是外面有人说了什么挑拨？还是今天树奎有什么大喜事专门故作姿态不给她说？李云翠弄不清楚不甘心，刚才武的不行，咱来文的，我就不相信了，孙悟空还能跳出如来佛的手掌心？

其实，李云翠很聪明，她知道她一个外乡女人尽管嫁到田庄好多年了，可是离开田树奎，在田庄她什么都不是。

现在轮到田树奎出口惊人了："嗨嗨，高兴事？听上你的，差点把老汉送进监狱哩。"

"嗯？"李云翠吓了一跳，"这怎么了？你瞎说什么呢？"

"瞎说？"田树奎一字一板把我上午关于安全房的话给李云翠说了一遍。

"嘿嘿嘿，我当是什么大不了的事。哪有你说的那么严重？杨书记瞎胡说吓唬你的。"李云翠有点满不在乎。

"我就知道你会这么说，你一个婆姨人家外面的事啥也不知道，还爱瞎出个主意。咱们那一年电视上看吉县下雨窑洞塌了砸死人的事来没有，那判了多少人？"田树奎用筷子敲着桌子说道。

"树奎，咱这和吉县的那不一样。你可不要瞎寻思。"李云翠话说得有点底气不足了。

"怎么就不一样了？要是咱们盖的安全房有问题，真的砸死人比那还严重呢！"田树奎的语气变得更硬了。

"那，那你说现在怎么办？"毕竟没啥见识，几句话乱了李云翠的心，她有点急了。

"怎么办？你说怎么办？那会儿我就说不用争，你就不听，天天逼我，这下好了吧，贴上几万块钱，还惹上事。好了吧？"田树奎的语气越来越硬了。

"都怨讨债佬光武，要不是和他置气，咱们也不会揽那活儿，也就不会有这么多的事。"李云翠语中含气地说。

"看，看，又说人家光武，自家的事就说自家的事，关人家光武的屁事，好歹你是他亲姨，尽想着和个后辈怄气，你觉得有意思？"

"可是我还不是怕你吃亏？"李云翠带着委屈说。

"我吃什么亏？这下不吃亏了？是吧？"

"快不用说这些了，树奎，你说现在怎么办吧？"

"唉。多亏了杨书记，要不然，唉。"田树奎把我帮他要钱和帮他处理安全房的事给李云翠讲了一遍。

"好死鬼，这还不是好事，怪不得高兴成个这。"李云翠用筷子指着田树奎的脑袋，嗔怪道。

"这是不幸中的万幸。"田树奎感叹道。

"树奎，杨书记真的能要回钱来？"李云翠问道。

"应该能行吧，自从杨书记来了咱们田庄，人家答应过的事可都兑现了。还有，你以后能不能对光武好点？他可是你的亲外甥。"

"这也是杨书记说的？"

"嗯。"

"啪！"李云翠用力把手中筷子拍在了饭桌上，"你们这杨书记怎么什么都管啊，连咱们家的事他也要插上一脚，手也太长了吧？"

田树奎看了李云翠一眼，没有理她自顾自吃起了饭。看到田树奎不搭理她，李云翠无趣，拿起筷子，一边嘴里还嘟噜："好好好，你的杨书记什么都对，以后你就和他过吧。"

下午我约田光武见面，可这两天铁塔工程马上要交工了，特别忙，只能定在晚上。

石水生也天天在工地上忙。

现在工地上打工的村民有近百名，几乎有劳动力的人家户户有人参加，这已经不是谁揽上活儿的事情，而是真正成了关系到今年田庄全村村民经济收入的事情，我不能让他分心，尽量不去打扰他。

天刚黑，田光武就骑着摩托车过来了。进了屋，从背的书包里取出一包花生米、一饭盒自己做的咸菜，咸菜里的菜种很丰富，有七八种，还有蒜头和辣椒，最后取出一瓶二锅头。

田光武往出拿东西，嘴也没有闲着："杨书记，想我了吧，肯定想是想了，要不给我打电话干吗？"

我笑了笑，没有说话。大嗓门又响了起来："今黑夜，咱们俩喝酒，早就想和你喝了。"

"喝什么酒，一会儿喝多了，你怎么回？"

"怎么？看不起我？回不去就不回了，就住你这儿，不行？"

"行，行！"话都说到这个份上了，我还能说什么呢，只好打开自己的包，取出一袋牛肉，几袋小菜和他凑份子喝顿酒。我想，和田光武喝酒也许更好谈事。

喝了几口酒后，我把话题就转到安全房上面。听了我的办法，田光武高兴地把半杯子酒灌进嗓子眼，红着脸非逼着我也干了，一边还嚷着："杨书记，你可是我的贵人，可帮了我的大忙了。这两年，我因为这事心烦透了，要回来的钱别说三分之一，全用了也行。"

说完，把我和他的酒杯又倒满。为了怕他喝多了，不好谈事，我和他约定，三天后他把工人派到双玖亩开工。

一瓶酒喝完了，我就推托说喝多了，也没有酒了，今天就此打住。田光武却不饶不依，说今天高兴一定要多喝点儿，这家伙可一点不拿自己当外人，直接就从我的包里翻出里面的多半瓶酒，还得意扬扬向我炫耀。我哭笑不得只得又陪着他喝了起来。

"哇！"喝着喝着，田光武突然大声哭了起来，把我吓了一跳，赶忙问："光武，光武，怎么了？"

田光武并不回答只是放声大哭。弄得我莫名其妙，有点儿手脚无措。赶忙拿脸盆去院子里接了点冷水，打湿毛巾就给他擦脸，想让他清醒一下，谁知他一下就把头埋在我怀里说了一声："我想我妈！"就又哭了起来。

这一声让我的心顿时酸了起来。这哪是一个快四十岁的男人，这分明就是一个大男孩，我一边抚摸着他的头，一边安慰他，并答应以后和他一起找他妈妈，他这才停止了哭。抬起头就和我顶真了："杨大哥，这可是你说的，我记住了，你说话可是算数的。"

田光武说完"嘿嘿嘿"一笑，我还没有反应过来，他就把桌上杯子里的酒一口喝完了，还把我的也喝完了，我都来不及拦。又朝我"嘿嘿嘿"笑起来："杨大哥，你可是我的杨大哥，不能笑话我，不能看不起兄弟。"说完双臂交叉，头往上一枕就爬到桌子上。

我知道他是喝多了，赶紧到院子里换了一盆水想给他洗洗，等我回来的时候，他已经打起了呼噜。

我苦笑着摇了摇头，开始收拾残局。

收拾清洗完,子夜时分。田光武如雷鸣般的呼噜声有节奏地响着。不知道什么时候,把刚才我给他披上的小毛毯摇落在地。我叹了口气，赶紧拿出铺盖，在我的床上铺好，用力把他抬了上去。这家伙好沉，估计有一百八十斤，我费了好大劲才把他弄上去。怕他滚下来，我在大桌子一边摆了一排椅子，万一掉下来也不至于摔伤。

刚才没有觉得什么，现在才感到浑身上下黏糊糊的，翻来覆去怎么也睡不着。索性下了床到院子里打了盆水洗了个冷水澡，再躺下，果然舒服了不少。可是还是没办法入睡，这家伙的呼噜太响了，这还在其次，更要命的是，他不知道多少天没有洗澡了，浑身上下散发着浓烈的汗臭味，嘴里喷出烟酒混合的味道更是难闻，熏得人直想呕，这还怎么睡觉？没办法，我又下了床，热了壶热水，在脸盆里兑成温水给他浑身上下擦洗起来。把头上、脸上还多擦拭了几下。这下情况好多了，奇怪的是，我这么折腾他都没有醒，呼噜不断，睡得可真香。

一直到窗户显了点白，我才迷迷糊糊地睡着。

早上，等我醒了的时候，明亮的阳光已经洒满了屋里。我看了一下表，已经快八点了。环顾左右，已经没有了田光武的影子，这家伙起得倒早。

我赶忙下床，收拾铺盖。今天的事还好多，我要到石家河沟里通知村民腾出安全房，还要通过朋友关系赊水泥、钢筋、保温板，安排田树奎带领村民到河里采沙子和石子。马上就六月中旬了，必须保证村民在汛期到来之前住进安全房。

第二天，田光武就把搅拌机和其他施工机械在双玖亩安装好了，田树奎也把脚手架和其他施工用品拉到了里寨和崔儿庄。

三天后，改造安全房的工程开始了，我心上的石头终于落了下来。今天是周五，下午我可以歇歇心心回家了。

下午，我到四个自然村的工地转了一圈，一切正常，朋友们很够意思，尽管材料都是赊的，质量还不错，数量也都送够了。看看六点多了，我就准备回家，这两天忙得连电话都顾不上给家里打，也就石家河沟大部分地方没有信号。

刚到了邢太线，手机就响了，我看了一下是教科局副局长王树飞打过来的，他告诉我明天他带教师志愿者过来帮我解决田庄的问题，一共二十多个人，都是自带饭，要我准备点水就可以，还有一个好消息要告诉我。

这下可就打乱我的计划了。本来觉得这几天实在太累了，双休日想好好洗个澡，休息一下，这下估计双休日又报销了。

我还是得回家一趟，人家也是牺牲休息日来帮咱做工作的，怎么也得买点吃的喝的表示一下。

第二天早上,我七点半到了双玖亩的时候,村民已经开始干活了。不到八点半,王树飞带着二十几个教师志愿者也到了,七八辆样式各异的小车把路边的打谷场塞了个满满的。

我在桥边等着迎接大家进村。王局远远地看着我就冲我喊了起来:"健立,我们大家来帮你了,看看有没有你认识的伙计。"

等大家过来了,我看见里面居然有十几个老师我都认识,寒暄过后,我把大家领进了村里。大伙特别兴奋,对这里的风景赞叹不已,尤其是看到那两棵把门的大香椿树,就像是看到什么宝贝一样,几乎所有人都在用手机拍照。

有的人还特别羡慕我,说我天天住在人间仙境。我心里苦笑:"让你来住三天,享受享受人间仙境的滋味。"嘴上奉承大家:"这儿好,欢迎大家常来。"

王局把我拉到一边:"健立,局长可是说了,我们来了这里,一切听从你的指挥,你现在开始安排吧。"

我把我的计划和王局交流了一下。昨天,王局给我打了电话我就计划好了,安全房的改造就由田树奎和田光武的农民工来完成,他们熟悉,好做。教科局的志愿者来了就修双玖亩的水塔。王局长表示一切听我的安排。

我先和志愿者们了解了一下他们的特长,就开始分工。会泥水活的负责砌水塔,会安装水管的负责把水管接过来并把出水管接好。红谷中学的两个物理教师来之前,就准备好了开关、继电器、电线还有一些电路元件,说是要给水塔做一套自动供水装置。这让我喜出望外,志愿者里面还有一名红谷二中的物理教师,就派给他们两个做助手。剩余的人就和砂浆,运材料。

水泥、沙子、红砖前天就准备好了。我把田树奎叫过来,把选好修建水塔的位置画出来,大家就干起来了。

等大家都开始干活，王树飞把我拉到僻静处笑着说："怎么样？杨书记，高兴不高兴？"

"废话，能不高兴？"

"还有更高兴的，听不听？"

"这人就不能当官，当了个小小的副局长就学会卖关子了。"我面带不屑，故意调侃他。

"哈哈哈，你听好了，局里给你拨了五万元。"

"多少？"我生怕自己听错了，五万元？怎么可能？这几年教科局经费特别紧张，所有钱都是专款专用，局里从哪里来的钱？

"五万。"王树飞回答得干脆利索。

得到肯定的答复，我心花怒放。

"怎么样？够意思吧？老王我可没有少费劲，怎么谢我？"

"够意思，够意思，中午请你喝酒。"我连声答道。

"去你的，谁要你中午请？回去再说吧。记得啊，你可欠我一顿酒。还有，局长交代，这钱可不是直接给你花的。他特别强调要以田庄村委的名义写个东西，具体要写清楚款项用途，购货明细，供货单位的名称、账号，供货单位的发票直接开到红谷县教科局，款直接打给供货单位。"

"没问题，就按局长说的办。"

"好，明天下午我回之前你就给我，星期一上班我交给局长。"

活干得挺快，到次日傍晚，水塔已垒好了。水塔不大，也就能放十来吨水，不过足够双玖亩的人用了。大家说好下一个双休日再过来做防水保温，安装管道。自动供水装置也要下一个双休日才能安装。

双玖亩的村民听说教科局的人过来给修水塔都很高兴，不时过来看看，还给大家带来黄瓜、西红柿等能生吃的新鲜蔬菜，大家吃得很高兴，都说纯天然的东西就是好吃。

两个星期后，安全房改造完工了，双玖亩的水塔也投入了使用。

石子润没有食言，派人过来验收安全房，村民们都签了字。第二天，乡政府扣的工程款就打到了田树奎和田光武的账上。

六月底，除三两户外，石家河沟的村民都住进了安全房。一块心病总算放下了，但我发现田庄村民还有一处更大的隐患，这让我刚刚放下的心，又一下子提到了嗓子眼。

第十四章
清理河道

六月骄阳炎如火。

在乡政府参加完第一书记碰头会，上午十点，天气就热得让人浑身冒汗。

出了会议室的门，我就急忙往车里面钻。可是头刚进去，赶忙又缩了回来。尽管我的车停在阴凉处，可打开车门，一股灼热的气浪还是扑面而来。

我赶紧发动了车，开了空调，把四个车门都打开。过了两三分钟，车里温度降了下来，我才坐进去，然后向田庄村委会疾驰而去。

明天就是"七一"，我安排了田庄的党员大会庆祝建党九十五周年，顺便还要给党员上一节党课，得好好准备一下。

更紧急的事是，下午必须召开两委班子会，有一件关系到田庄村民生命财产安全的大事，必须尽早解决，刻不容缓。

刚才第一书记的碰头会上，乡长石子润表扬了田庄。他说近一年来田庄变化很大。一年前，田庄是红谷县出名的上访村，省、市、县、乡到处都有田庄人上访的影子。可如今，田庄人上访的影子消失得无影无踪，不但没有人上访，就连一份举报信都没有。班子健全了，党员生活正常了，尤其是党员发展工作有了质的变化，十年党员发展为零的田庄，今年"七一"前有了一名重点培养对象和四名入党积极分子。现在的田庄事容易办了，人心齐了，这说明田庄党支部的凝聚力已经形成，田庄两委班子有了领导力。

乡党委书记田平艳也肯定了田庄的工作，号召其他村向田庄学习。我心里自然高兴。

书记、乡长在第一书记碰头会上表扬一个村的工作是很不容易的，但这也让我很有压力。一年来，我依靠政府和村两委班子的力量，给村民办了几件事。我心里清楚，要从根本上解决田庄的问题，彻底改变田庄的面貌，还是任重而道远。

车里开着空调，很凉爽。透过车窗，能感到车外的炙热。旱情特别严重，自从立夏下了一场透皮的小雨后，一个多月滴雨未现。

山还是绿的，可路边农田里庄稼的叶子都蜷曲着，变成了灰白色，有的苗子的叶子尖已经枯黄。裸露的土地已经变成赤黄色，在阳光的暴晒下，似乎要冒出青烟。

今天的碰头会上，乡长石子润专门安排了全乡的抗旱工作。平川的村有机井，好歹还能浇上地，问题不太大。山区五村就不一样了。大店村在刘梅琴的带领下，拉水保苗，动手早，勉强保住了苗，减收是必然的，但影响不会大。龙庄村、窑口村靠黑马河近的自然村地还行，离黑马河远的自然村就问题大了。问题最严重的是南沟村，所有自然村都远离黑马河，本来就缺水，现在就连人畜饮水也够呛，别说浇庄稼了，用张继的话说，春播的庄稼都没救了，肯定绝收。准备看情况夏播补救吧。

田庄的情况可就不一样了，因为十二个自然村的地都在黑马河主流和第二大支流石家河的上游，各村拦河坝拦住的水用水泵抽上来足够浇地用，所以，各个自然村的庄稼在大旱之年因为阳光充足，气温高，反而长势良好，郁郁葱葱。

其实，石家河沟四个自然村的安全房能让村民们在六月底入住，除了资金充足，供料及时，村民配合，施工村民干劲大，还有一个重要的原因就是拜老天所赐，半个多月里天天艳阳高照，白天干活时间长、气温高，水泥凝固快，节省了施工时间，不然的话，连着下几场雨，耽搁来耽搁去，让村民及时入住还真是够呛。大旱之年，对别的村来讲是灾难，但对田庄来讲，似乎是老天的格外垂青。

进入田庄地界了，在车里我看到河滩里绿油油的庄稼苗，反而忧心忡忡，一点也高兴不起来。

刚进六月，乡政府就布置各村抗旱救灾，因为田庄几乎没有旱情，我又一心忙着双玖亩的水塔和安全房的事，就没有太在意。等水塔和安全房的事基本解决了，乡政府三令五申抗旱救灾时，我便抽时间到田庄整体看了一遍农田情况。

田庄沿路八村的农田基本上都分布在黑马河两边，离河近的农田种的都是庄稼，较远的基本是经济林。石家河沟四个村的农田分布也和沿路八村的差不多。不一样的是，沿路八村在黑马河两边，山坡较缓，河滩宽，不少农田紧靠河滩。由于多少年也没有发过大水，大部分村民都在河滩里种了庄稼，不少村民还在河滩修了小坝，将河滩里的庄稼和自家的庄稼连成一块。因为河里有水，庄稼长势好，种地成本也低，有的村民甚至在河道里也种上了庄稼。石家河大部分地方沟深坡陡，仅有个别河道较宽地方有这种情况。可是两条河的河道杂草丛生，到处是乱石头、死树，河道堵塞现象十分严重。

俗语说："大旱之后必有大涝。"这么多年，不知道为什么，村民都爱在挨河的地方建房子，万一黑马河发大水后果不堪设想。这也是我今天下午开两委会急需要解决的问题。

回到村委会已经是十一点。十天前，经过村四议会决定，报请乡政府批准，田庄村委会大院正面六间房的翻建已经开工了。村委会大院里堆满了水泥钢筋、沙子石子等建筑材料，车开不进大院，只好停在邢太线的路边，还好路上车也不多。

路上我就给石水生和田树奎打了电话，让他们过来先碰个头。

我前脚到村委会，石水生后脚就到了。

我把清理河道的想法还没有说完，他就跳了起来："啥，你说啥？你是说把河道里的庄稼全部清理掉？杨大哥，这干不成。你不知道，河道里的庄稼每年收成最好，你知道人们每年河道里的庄稼收入有多少呢？你断人家的财路？根本干不成，不让人们骂死才怪？"说着说着，连眉头也皱了起来。

我被他的表情给逗乐了，笑着给他讲清理河道的利害得失。特别强调不清理河道，一旦发洪水，不但河道里所有收入都没有了，而且还会造成更大的损失，更关键的是，危及在河边居住的村民的生命财产安全。可是石水生脑袋还是摇得像拨浪鼓似的，嘴里嘟囔："干不成，根本干不成。"

我还想继续说服他，田树奎推门进来了。我把和石水生说的清理河道的想法和他说了。

"啊，啊。"田树奎啊啊啊了半天，也没有说出半个其他字来。看见我看他，他赶忙问水生："水生，你知道不知道这事？"

"知道啊，杨书记刚告诉了我。"石水生也不藏着掖着。

"那，那你是什么意见？"

"那还用说，杨书记是什么意见，我就是什么意见。"石水生斩钉截铁地回答。

"啊，啊。"田树奎又啊了起来。

"你是尽管啊啥呢，有啥你就说。"石水生不满地白了田树奎一眼。

"啊。"田树奎的啊刚又出口，我和石水生不由得笑了起来，他也不好意思地笑了起来。

"我是觉得怕不好弄，杨书记，这可涉及不少人的利益呢。"停住了笑，田树奎看着我说道。

我把刚才给石水生讲的清理河道的利害得失又给他重复了一遍。

"道理是这道理，可是这几年大家都在河滩那儿有了收入，都没有事，这要一下拿了，怕人们接受不了，再说，要是今年不发洪水，那年底怎么和人们交代？"

"你就不用啰嗦了，你就说你的意见吧？"石水生显得有点不耐烦。

"你是啥意见，我就是啥意见还不行？"田树奎的语气有点应付。

下午三点，两委开会，石水生两点半就到了。他还是不停地劝我要慎重，让人们把自己的坝和庄稼清理了，万一要是没有洪水下来，年底可真是交代不了大家。我知道他是为了我着想，有一瞬间我真的有点动摇了，可是一想到洪水下来给群众造成的损失，我就又坚定了自己的想法。

石水生一直说到有人来了，才停住了嘴。

三点整，两委班子成员全部到了。通过石水生和田树奎的态度，我已经意识到这件事情难度不小。原计划会上我直截了当向两委班子成员提出清理河道的想法，大家通过一下就可以了，看来想得过于简单了。

我决定改变一下策略，上午石水生和田树奎走后，我就给我老婆程川打了个电话，让她从网上下载一些近年来各地发洪水造成生命财产损失的视频，包括"98 特大洪水"，剪辑成三十分钟的视频，下载到笔记本电脑上，想办法在下午三点前给我送过来。

怕她不好请假，我直接给他们杨校长打了个电话，说明情况。

杨校长立即表示：帮扶工作是国家大事，这就是公事，就让程川出趟公差吧。

三点过了，程川还没有来，我有一点儿担心是不是没有找上车？我有点后悔刚才在人没有来之前没有先联系一下，现在班子成员都在，再打电话联系就有点不合适了。我决定按时开会。

我先把今天上午第一书记碰头会上书记、乡长对田庄的表扬说了一下。大家非常高兴，田庄这几年一直受到的是批评，受到表扬已经是好几年前的事了。接着我把碰头会上书记、乡长安排的工作给大家进行传达，同时让大家说一说各自然村庄稼生长的情况。

看了看时间，已经过了二十来分钟了，程川还没有来，我真有点急了，正在考虑要不要打电话联系一下，听见窗户外面汽车的停车声，紧接着听到龙龙的说话声："嫂嫂，到了，就在这里面。"

两个人的脚步声，由近到远又由远到近就进了村委会。

程川推开门露了一下头，就马上缩回去又拉住了门。我知道她是因为看见屋子里人多不好意思进来。这个人真是，这么大的人了还会害羞，还老教师呢。

我赶忙出去把她和龙龙接了进来，介绍给大家。龙龙来田庄送过水泥，田树奎和王堂玉都认识。

恰好大家刚刚谈论完庄稼生长的情况。我把两委班子的成员也给程川和龙龙介绍了一下，彼此寒暄了几句。我接下来继续开会，我把会议议题转移到了防洪防汛上。我先让程川把笔记本打开，放了1998年特大洪水和近年来各地发洪水造成生命财产损失的视频。然后，让大家回顾一下记忆中黑马河发洪水的情况。

程川放完视频就和龙龙回去了。送他们出去的时候，龙龙告诉我刚才他们走错路了，走着走着就变成砂石路不能走了，又掉头回来，我知道他们一定是走进石家河沟了。

　　两委班子成员中除了石水生年轻点儿，其他人都在五十岁以上，大家对黑马河的洪水都有印象。记忆最多的是在 20 世纪的 80 年代中期，黑马河几乎年年都发洪水。

　　发的最大的一次，是在 1975 年，几吨重石头和山洪一起往下滚。那时候，红谷县正在黑马河中段窑口村修窑口水库，已经快修好的坝体一下就被冲毁了。就在那一次，担任窑口公社青年突击队队长的石家河村生产队长郝虎根，为了保护集体财产献出了的生命，年仅四十岁。

　　最近的一次发洪水是 2000 年，虽然洪水不大，可是造成的损失最大。我问大家为什么？大家七言八语地回忆说，因为多少年没有发洪水，大家放松了警惕，还在河滩甚至是河道里养牲畜，种庄稼，河道里乱七八糟不畅通，发洪水的时候，排水不畅，把村里也淹了，河滩里、河道里养的牲畜、种的庄稼、建的房子一下子就冲得什么都没有了。

　　我问大家现在河道里状况怎么样，大家都说还不如 2000 年的时候。问为什么不清理，回答说，水利局和乡政府每年都过来督促。可现在发展经济是第一位的，河滩和河道里养牲畜、种庄稼都是老百姓自发的，涉及切身利益，动一动就会给自己惹来麻烦，这年月谁愿意给自己惹麻烦呢？因此，都是过来应付应付就算了。

　　我问大家，要是现在发洪水会怎样，回答"损失更大"。因为这几年大家在河滩和河道里养牲畜，种庄稼的规模比原来大了不少，还在河边盖了不少住宅。问及为什么会在河边盖住宅，大家说山里本来土地就少，平整的地方更少，而且耕地也不能批宅基地，就是河边的地既不是耕地又比较平整，能批宅基地，适合建房。当我问大家万一发洪水怎么办，大家居然异口同声："这年月就不可能发洪水。"

我问"万一呢?"大家居然都说就没有万一,还说多少年都没有发洪水了,见了洪水还稀罕呢,这年月是一年比一年旱,哪里还有洪水?王堂玉竟然说:"就真的是发洪水,也是淹了谁家活该谁家倒霉。"

我苦笑着摇了摇头,语气变得严肃起来:"同志们,没想到我们会这样麻痹大意,如果我们这样视人民生命财产如儿戏,那我们还算什么共产党员,还算什么领导干部?"稍停顿了一下,我就给大家讲了清理河道的想法。

一时间屋子里安静了下来,大家谁也不说话。五分钟、十分钟,屋子里静得掉下一根针来也能听到。

可能是我刚才说的话有点上纲上线把大家吓着了,可总不能总这么静着吧,我把目光投向了田树奎和石水生。

田树奎的目光和我碰了一下,马上就移开了,一副欲言又止的样子。倒是石水生,看到我看他,马上站了起来:"大家不要不说话,都发表发表自己的意见,我觉得杨书记说得有道理,我看咱们村的河道是得清理清理了。"

"水生,你这是站着说话不腰疼,你家在河里种的东西不多,咱们槐树庄的人今年一半的收入,可是都指望着河里种的那点东西了。说清理就清理了,你说得倒是轻巧!"王堂玉朝石水生说话,眼睛却不时瞟着我。

我知道他这话明里是对石水生说,实际上是让我听的。话里还有另一层意思,这河里又没有你杨书记的利益,你当然不心疼。也有警告的意思,你这么做可是和大家伙作对呢。

"这涉及众人利益的事可是难弄呢!"杨子联感叹地说。

"是呢,是难弄呢。"田铜虎和石爱叶低声交流着。也许是两人年纪差不多的缘故,大部分时候意见都能保持一致。

"难弄？难弄也得弄了呀。你说是不是？树奎伯。"石水生说话总是大嗓门。

"嗯，嗯。"田树奎还没有嗯出一句话，王堂玉就朝石水生吼了起来："水生，你要弄，你弄你的去，别拖上我们，一半的收入呢，弄了你给我们赔呀？"

"赔？你们爱弄不弄，反正明天我就把我的先清理了。树奎伯，你呢？"石水生又一次把田树奎拖上。估计田树奎现在恨得石水生还咬牙呢，可是没办法，既然石水生拉上他，他就得表态了："我也是，明天我就把我的清理了。"

"铜虎伯和爱叶姑呢？"石水生又追住了田铜虎和石爱叶。

"我们没有问题，明天我们也把我们的清理了。"两人同时表态。

"子联哥呢？"石水生把目标又追到了杨子联。

"我，我也没有问题，明天我也清理了。就是那么大的玉茭了，收拾了实在有点可惜。"杨子联话说得有点犹犹豫豫。

"可不是可惜呢，那么大庄稼了，杨书记，就不能明年再清理？"王堂玉接上了杨子联的话。

不过石水生并没有接他的话，而是把目光投下了我。我当然读懂了他目光里的意思："我就能帮你到这里了，剩下的就看你的了。"

"堂玉哥，你可以等明年，但山洪会等吗？"

"杨书记，你就保证今年会有山洪吗？"王堂玉用疑惑的目光盯着我，不光是他，全屋子里的人都用疑惑的目光看着我。

"我不能保证今年有山洪，但我可以保证有备才能无患。"我顾不得给自己留后路，事情到了这一步，就是硬着头皮必须干。

王堂玉还想说什么，我摆了摆手阻止了他。我不想这种无谓争论继续下去，清理河道刻不容缓。

我肯定了大家的带头作用，告诉大家不但要自己带头，还要负责将自己包的自然村的河道清理干净，最好三到五天内清理完毕，尽管看到大家都面有难色，我一点儿也没有松口，并告诉大家要充分调动所分管自然村党员的积极性，让全体党员一定起到模范带头作用，明天的党员大会上我还会给全体党员做动员。

第二天上午，田庄召开了庆祝中国共产党建党九十五周年的党员大会。会上，全体党员又一次重温入党誓词。我通过上党课的形式和大家一起回顾了我们党九十五年的历史，回顾了在我们党领导下，中华民族发生的翻天覆地的变化。大家都很兴奋，都深深地认识到没有共产党就没有新中国。

会上，我对一年来表现优秀的党员进行了表扬，特别是表扬了杜狗堂作为老党员居功不自傲、深藏身与名、不断发挥余光余热、模范履行一个共产党员的初心和使命。最后，我说了今年要清理河道的决定。

听见要马上清理河道，党员们乱成了一锅粥，说什么的都有，和刚才的会场气氛形成了天壤之别。

马庄有个党员还放出了一个爆炸性新闻，今天早上石水生就把河滩上圈养的五十多头小驴都拉走了，而且现在在拆除驴圈，估计现在已经拆得差不多了。

"水生都行动了，那咱们还等什么？我先把我家河滩里种的全清理了，咱槐树庄的党员们没问题吧？"那个特有的洪亮声音一响起，不用看就知道是杜狗堂老人。他的话音刚落，会场上就站起了七八个人齐声说："没有问题！"

我看了一下槐树庄的党员，除了王堂玉全都站了起来，这些都是杜狗堂当书记时候的党员，看来还是老书记有号召力。

"怎么今年突然要清理河滩了？"我听见下面有党员问，知道现在下面也乱得差不多了，就站起来让大家安静下来，开始给大家讲今年清理河滩和河道的必要性。

我刚说完，石家河沟的十七八个党员就都站了起来表态："石家河沟没有问题，保证两天就完成清理。"

后来我才知道石家河沟的党员们昨天晚上就商量好了。原来昨天开完后，田树奎回到家里心事重重。他在河滩里也种了有四五亩玉米，长得还特别好，他原来计划今年这四五亩玉米卖上四五千块钱，过年时给孙子买个平板电脑，这可是他早就答应孙子的，现在清理了，孙子买平板电脑的钱从哪里取。况且，玉米的长势特别好，可以说丰收在望，现在清理了，可以说是心疼得要命。

李云翠从田树奎刚进门就看出了男人有烦心事，自从前两天树奎怄气后，她就尽量克制少问他的事，今天她实在忍不住了。

田树奎本来也想和老婆商量商量，可是前两天才埋怨了老婆，现在问又有点不好意思，李云翠一问正合了他的心思，就一五一十把两委会的内容说了一遍。李云翠听完后，沉默了一会儿。直到田树奎催她，她才慢慢说："你可不敢跟上杨书记瞎闹腾，我觉得他出事呀！把河道里种的东西都清理了，那得损失多少呀？那么多人家受损失，还不让人给骂死？"

"可是咱们家的清理不清理？"田树奎问道。

"水生的清理了，咱们肯定要清理，不然真的发河水，出了事你可担当不起。你可是支书！"

"可是长得那么好的玉米，清理了实在可惜。"田树奎实在是心疼。

"算了，就当是发河水冲走了。"李云翠劝道，突然她又想起田树奎也得干点事，不然真的发洪水了，作为支书什么也没有干，交代不过去。

夫妻俩商量了一下，干脆自己包了石家河沟的清理，一来是石家河沟占用河滩和河道的情况不多，好解决；二来是石家河沟本来就是自己的根据地，好说话；三来是石家河沟刚刚改造完安全房，村民都在兴头上，好做工作。吃完饭，田树奎就连夜到石家河沟去做党员的工作，大家取得了一致意见。

石家河沟的党员们刚表完态，还没有等我说话，田树奎就接上了："同志们，刚才石家河沟的党员们的表态很不错，我昨天晚上在石家河沟谈这事的时候，他们也有顾虑，可是当我给他们讲清楚后，他们都很通情达理，今天又积极表态，咱们可要学习他们这种舍小家为大家的好思想。我这里也表个态，我家在河滩种的五亩来地玉米，最迟明天中午前清理出来。"

"是哩，怪不得今天我开会来的时候，在路上看见树奎嫂领的个人在河滩里割玉米，当时我还想现在就吃嫩玉米是不是有点早，没想到是清理河道哩。"田树奎刚说完就有田庄的党员在下面说。

我则带头给田树奎鼓起了掌，掌声停下来后，我表扬了田树奎："书记现在已经带了头，这就是舍小家为大家的精神呀，我们全体党员可都要向书记看齐呀，在三五天里把河道清理出来！"

几乎所有党员的情绪都被调动起来了，大家都纷纷表态，要起好模范带头作用，三天之内把河滩和河道清理出来。

现在会场上，最难受的要数王堂玉和他挨近的三两个党员，他们在会场里急得抓耳挠腮，左顾右盼。

昨天下午两委会散会后，王堂玉就到槐树庄的党员家里走了走，当然，杜狗堂家他是不敢去的。他给每个党员家都算了算账，让党员们知道清理河道会给他们带来多少经济损失。当时党员们都没有明确表态，他以为他们动心了。接着他又联系了马庄、田庄、大平几个自然村和他相处得好的几个党员，商量好今天我开会动员清理河道的时候，就一起起来给我提反对意见，最好是取消清理河滩、河道，最起码是今年不要清理。他万万没想到的是田树奎和石家河沟的党员们居然唱了这么一出，把党员们的情绪都调动起来。现在就他们三两个人要提反对意见，显然是不合时宜。

今天田树奎的讲话，也让我对田树奎有了新的认识。不愧是老高中生，不愧是老村干部，简简单单的几句话就向我传达了几个主要信息：一是我可是积极支持你第一书记工作的；二是我可是为了工作不怕苦不怕累的，为了工作我不顾个人安危连夜走山道；三是石家河沟的党员们都是拥护我的，我在党员中说话还是顶用的；四是为了大局我也是可以牺牲自己的利益的；五是我是支部书记，我可是起到了模范带头作用的。

也许连田树奎都没有想到，他的工作竟起到了这么大的作用，使清理河滩、河道工作得以顺利进行。

就在准备散会的时候，石水生来到会场，在我耳边悄悄说了几句，他的话让我心花怒放。

第十五章
山雨欲来

石水生不是党员，没有参加今天的党员大会。正准备散会离开的党员们看到村主任来了，又坐了下来。

石水生在我耳边小声嘀咕，其他人都伸长了脖子，想知道说的是什么，可偏偏他的声音压得低，别说是下面的党员们，就是坐在我身边的田树奎也不一定能听清。有意思的是，田树奎看见我不停地点头，不停地笑，他也跟着笑，这让坐在下面的党员们更加好奇。

石水生昨天开完班子会回到家，和郑丽萍谈起了清理河道的事，她完全支持他带头把自己河道里的东西全部清理掉。她再三强调，河道清理是人命关天的大事，千万不要为了点蝇头小利而因小失大。

郑丽萍讲了许多因河道淤塞造成水灾的例子，听得石水生心惊肉跳。丽萍说，你是村主任，如果因为田庄这一段河道淤塞发生水灾，造成村民生命和财产损失，按规定你可是第一责任人，杨大哥是在帮你的大忙呢。

石水生这才意识到清理河道的必要性和紧迫性。后果严重，不容万一。

石水生作难地说："丽萍，清理河道村民们损失很大，杨大哥清理河道肯定不顺利，还有咱那二伯背后捣乱，难呢！"

"水生，你说咱们怎么帮一帮杨大哥，这事说到底是帮你呢。"

"嗯，这我知道，明天上午我就带头把河滩里的驴圈和玉茭子全都清理干净。"

"可这还不够啊！"

"那你说咋办？"

郑丽萍沉思了片刻说："水生，你看能不能这样，把咱们的储青池全部腾出来，库房也全部腾出来，把咱们村的人从河滩里清理出来的玉茭子、豆秸都提前收回来，他们种的东西都有了收入，是不是清理河道就容易了。"

"可是咱们应该再过两个月才能储青，提前储青，现在玉茭子刚出穗不久，玉米粒还都是一泡水，收回来的青储物质量不高，再说气温也高，会不会发生霉变？"

"现在也顾不上这些了，霉变的事我到单位上看看，听说现在有新的防霉剂，防霉效果特别好。储青池封闭后，咱们把腾出来的青储物放在池子上面，再用厚篷布和塑料布盖好，储青池的温度也高不起来，问题不大。"

"可是，收购价格怎么定呢？"

"就按去年收购的价格吧。"

"那能行？去年收的是熟料，今年收上这些半熟料，质量不知道差了多少，还按去年的价收，得亏多少？"

"你呀——"丽萍用手指点着水生额头说，"财迷心窍，得小便宜吃大亏。说好了，就按去年收青储物的价格收，不要让人家说咱们趁火打劫。"

"嗯，听你的。"水生思忖片刻，点头同意了。

今儿一大早，石水生带领绿星驴业的工人就开始清理自己占用的河滩。正好铁塔工程结束了，他把田庄的三十多辆农用三轮车全都雇上，给他运输在这里放养的五十头驴，以及驴圈拆除下来的材料和割下来的两亩来地的玉米秆。因为占用的那部分河滩地地势险要，车不好走，他担心运输车辆不安全，一直等全部清理完毕车都走了才来到村委会，恰好赶上党员会快结束了。

石水生把绿星驴业要提前收青储的消息告诉了我，这可是天大的好消息，我怎能不心花怒放？这几乎一下子就解决了清理河道中村民损失的大部分问题。

我让水生赶快把这个消息告诉大家，他却非让我说不可。当我把这个振奋人心的好消息告诉大家时，会场瞬间炸开了锅，像天上掉下了馅饼，怎不令人兴奋？

为了不耽误清理时间，我安排大家赶快回家去清理河道，清理好青秸秆就联系水生。

天气预报显示，近几天红谷县会有一次强降雨天气。

第一个收割完把青秸秆送到绿星驴业的是田树奎。他的五亩玉米秸秆一共卖了四千多元，除去人工和运费还剩下三千七八。

田树奎接过郑丽萍递给他的钱的时候，两只手还颤抖着。这钱虽然和他预计的收入还差了点，可是省下了两个月的打理工夫，也合算。孙子的平板电脑有了着落，两口子自然非常开心，接下来的时间，田树奎全身心地投入河道清理工作中。

这两天，邢太线红谷段出现了这几年从来没有的热闹，三十多辆农用三轮车加上绿星驴业的两辆农用汽车，满载绿油油的青储秸秆，一趟一趟浩浩荡荡地疾驰着。

第一天还没结束，窑口村的支书杨侯狗就坐到了乡长石子润的对面："乡长，这田庄也不知道是做啥呢？那么多的三轮车给城里拉绿玉茭秆，还都没长成，可惜了。"

"是不是？"

"嗯。"杨侯狗把他看到的情况一五一十地给石子润描述了一遍。

石子润也是奇怪，田庄这么大的动静，他居然一点消息都没有，心里不由有点恼火，马上拿起电话联系石水生，显示暂时无法接通，又打田树奎的手机，也是一样。

石子润想到打我的手机，通话后第一句话："老杨，你们田庄是干什么，做什么也得和乡里打个招呼吧？石水生和田树奎呢？电话也打不通。"

"乡长，我们清理河道呢。他俩在石家河沟呢，啥时候你给咱们那里安上个基站，他们就能接通电话了。"我开着玩笑。

电话里沉默了一会儿，传来石子润的声音："那你们也应该和乡里打个招呼。注意要做好群众工作，不要因为这惹出上访事件来。"

"知道了。"我答了一声，对方挂了电话。

"你看这，乡长，这第一书记你们可得管着点儿，要不惹事呀！"杨侯狗用他特有的略带女性特点的声音慢悠悠地说。

"人家在给你们办事，能惹啥事？不办事就不惹事。"石子润没好气地回答，让杨侯狗很无趣，便从乡长室出来又到了书记室。

其实，平常石子润对杨侯狗什么事也不给村民办就喜欢小说小道早有看法。

杨侯狗到了书记室的时候，田平艳正看办公室刚刚送过来的县气象局发过来的灾害天气预报。杨侯狗把在乡长室说的话给田平艳重复来了一遍，不同的是，他把石子润和田庄通电话的情况添油加醋地说了一遍，末了还不忘加上一句："书记，你看看第一书记来了想干啥就干啥，也晓不得打个招呼，眼睛里就没有人。"

田平艳笑着听完杨侯狗的娘娘腔，没有表态，只是让他把乡长叫过来。

等石子润过来后，田平艳把手中的灾害天气预报递过去，石子润看完，放回田平艳的办公桌，说："书记，我刚才也接到县抗旱防汛指挥部的通知，五号到六号咱们县会有一次强降雨，为了减缓旱情，到时候还要进行人工增雨。"

"嗯。"田平艳点了点头，表示已经知道了。

"那货过来了？"石子润接着问道。看见田平艳疑惑地望着他，赶忙补充："杨侯狗。"

"嗯。刚走。嗨嗨嗨，子润，可不能这样称呼人家，咱们是领导干部，一言一行都要注意。"

"他是不是又和你说田庄的事来？"

田平艳点了点头。

"一天正事不干，就喜欢到处说长道短。"石子润语气中带着鄙夷。

"嗨嗨嗨，不要忘了自己是乡长。咱不说他了，说说田庄的事吧。"

石子润不好意思地笑了笑："要说田庄清理河道是无可厚非的事情，按规定咱们每年都应该组织清理，可是多少年都没有发过洪水了，老百姓在河滩乱建坝，围地造田，种上经济作物，甚至河道里也有种的。有的乱搭建临时建筑，还有围栏养殖的。咱们黑马河还不算严重，就咱们省里的许多河，这种情况比比皆是。"

"咱不管人家其他地方，咱也管不了，咱就说咱们的黑马河。"

"嗯，咱们每年也想按要求清理黑马河河道，可是多少年都没有发洪水了，河滩里每年的收成差不多占村民一半的收入。咱们每年说是清理黑马河河道，其实就是睁一只眼闭一只眼。实际田庄这次清理黑马河河道，也是在给咱乡政府做工作呢。只是——"石子润打了个磕巴。

"只是什么？"田平艳反问。

"只是这一清理，村民们的利益就会受到影响，要是因为这再引出上访事件来，老杨这一年的心血可就白费了。"

"这也正是我担心的问题，把你叫过来商量一下，看看是不是清理河道就非得把所有的东西都清理了，那么好的庄稼也实在可惜。"

"这个我也说不准。书记，要不我去水管站问问吧，他们是行家里手，比咱们懂。"田平艳点了点头。

水管站是个里外间。石子润进了水管站外间时，一男一女两个刚分配到水管站的大学生正在整理资料。看到乡长进来，吓了一跳，赶忙给石子润让座倒水。

石子润坐定后说："两个知识分子，和你们请教一个清理河道问题。"石子润把自己的疑惑提了出来。

两个人简单交流了一下，女大学生说："乡长，按要求，清理河道就应该把河道里的杂物全部清理了，可是我们觉得庄稼农作物不清理也应该不怕吧，农作物那么柔软，大水一冲就都倒了，还能挡住水？"

豁然间，石子润觉得田庄清理河道的做法，似乎有点小题大做。石子润朝两人点点头，站了起来，女大学生赶紧给他拉开了门。

"乡长大人，你就听猴鬼们（方言，小孩子）胡说一通就走呀？"就在石子润要出门的时候，一道略显苍老的声音从里间传了出来。

石子润扭头一看，从里间走出一个满头白发的人。

"呀！老刘，是你？你不是退休了吗？"

从里间走出来的，是故城乡水管站三十多年的老站长刘铜水，这是故城乡培养的土生土长的老水利专家。

"咳，刚办理完退休手续，回来收拾一下办公室就准备移交，正好就赶上这两个猴鬼给你胡说八道，你还就信了。"刘铜水用手指着两个大学生说，"你们两个也是，我早就和你们说过知之为知之，不知为不知。水利上的事都是人命关天的事，不懂不能瞎说。"两个大学生羞红了脸，站在当地不知该怎么办。

"老站长，你是说他们两个说得不对？"

刘铜水毫不客气地说，"乡长，他们太小，应该没有见挖过水渠，按你的年龄在小时候应该见过挖渠吧？"

"见倒是见过，就是记得不太清楚，怎么啦？"石子润问道。

"那时候挖渠怎么挖？"没等石子润回答，刘铜水就自问自答说了起来，"那时候我们挖渠不但要把渠里的淤泥挖掉，把渠堰加高，关键的是，要把渠里的杂草清理掉，把渠里和渠堰清理得光溜溜的，因为杂草特别容易涨水，它会把随洪水流过来各种乱七八糟的东西拦截在一起，把水拦住，造成堤坝溃败，洪水淹没。杂草特别柔软，一旦拦截在东西洪水根本冲不开，大部分时候都得人工清理。你想想，现在的河道和河滩窄的地方几乎都栽的树，而且都成了大树，宽敞能见到太阳的地方都种的是庄稼。玉米秆、高粱秆实际就是大杂草，那么多的大杂草再让那么多的大树拦截在一起，你想想会是什么情况？"

"啊——，原来是这样。"石子润恍然大悟。

石子润回到书记室，把情况给田平艳汇报了一下。这时候，田平艳已经了解到田庄河道清理的秸秆都被绿星驴业收购了，村民的收入也不至于损失多少，心里不由暗暗称赞。田平艳表示，对田庄河道清理一定要支持。她想到了村里的农用三轮车大部分没有牌照，这样拉着堆得高高的秸秆，大摇大摆在省道和国道上行驶，肯定会对交通造成一定影响，必定会引起交警注意，一旦交警扣车，势必影响田庄河道清理的进度。她当即安排石子润让乡派出所和交警部门进行沟通。

红谷县交警大队已经接到拉秸秆的农用三轮车影响交通的举报，正商量处理办法，还真的计划扣车。现在故城乡政府过来进行沟通，交警大队知道是故城乡政府在清理河道，立即表示支持，马上修改方案，并划定了运输车辆的通行线路。

第二天，邢太线和108国道划定的通行线路上增添了不少警力，沿途疏导车辆，指挥交通，这使得运输速度加快了不少。

绿星驴业的场地上，到处堆满了秸秆，还有一部分是旧的青储物。两台切草机二十四小时不间断往储青池喷着股股绿浪。三台打包机满负荷开动，打出一包包绿色的正方体，再由叉车运进库房，地泵上总是停着装满秸秆的农用三轮车。

这两天最忙的要数丽萍了。水生白天黑夜都在黑马河组织清理河道，有时还得亲自驾驶铲车清理村民们收割完的秸秆，拆除坝堰剩下的垃圾。绿星驴业大大小小里里外外的事情都要丽萍打理，到7月4日晚上，丽萍已经两天两夜几乎没合眼。

我怕绿星驴业的资金有困难，已经和村民商量好先记账，年底结账付款，可丽萍还是筹了款现场就给村民结了账。

年底才能收到的钱，现在就装进了腰包，村民自然高兴。虽然提前收割了秸秆，但秸秆已基本长成，从卖储青料的角度看，村民并不亏，因为现在秸秆含水量最高，重量比成熟期还要重，亏的实际上是绿星驴业。这让村民积极性高涨，速度加快了不少。

7月5日上午，石家河清理得利利索索，同时对比较低矮的坝堰进行了加高加固。田树奎还带着二十多个石家河沟的人来帮助清理黑马河。

中午的时候黑马河百分之九十的河道已清理完毕，按现在的进度，下午清理完应该没问题。我总算舒了口气，不过我心里并不轻松。因为上午我看了天气预报，五号夜间红谷县就有中到大雨。

我专门打电话问了红谷县气象局，会不会造成洪涝灾害，气象局的人说，从现在的卫星云图来看没有暴雨迹象，即使是大雨应该也不会造成洪涝灾害，而且为了减缓旱情，县里还要进行人工增雨。

我想到还有些村民的住房破旧不堪，已经是危房，如果下大雨，就怕有坍塌的危险，便决定下午开班子会安排一下。

下午四点，我把班子成员召集到村委会，安排本次降雨的村民安全工作会。

我先让大家把各自分包段的河道清理情况汇报了一下，然后，针对本次降雨的安全问题进行了分工。

田树奎负责石家河沟四个自然村，我和石水生负责对十二个自然村的巡查，其他四个班子成员按就近原则各负责两个自然村。主要任务就两个：一是分包段河道清理的扫尾，二是所有在危房里住的村民必须搬到安全的地方，尤其是石家河沟四个自然村的村民必须全部搬进安全房。

会后，班子成员们各自忙去了，我整理了一下会议记录，就让石水生先从槐树庄开始，对十二个自然村巡查一遍。

水生先开车出去了，我把这几天的会议记录拿了出来，也就过了十几分钟，他就火急火燎地跑进了村委会。

人还没有进村委会的门，他的大嗓门已经传进来："杨大哥，这可是闹不成，闹不成了！"

"怎么呢？"我赶忙问道。

"那轱辘我二伯，鼓捣住我大伯就不清理他们家的坝和种的那点菜和豆子，全槐树庄的河道里就他们的没有清理了。他们占的那一片河滩还那么大，真不是个人呢！"水生气呼呼地一巴掌拍在了桌子上。

"走，我和你去看看。"我合上了会议记录本就往外走去。

"要去你去，我可不和你去，看见那俩活宝我就来气。"石水生背对着我动也没动。

我知道他在赌气，就转过身拉住了他的胳膊往外拽他："走吧，还和小孩子一样呢，再说那还是你二伯呢！"

"那是啥二伯呢！"水生气呼呼地跟着我出来，发动他的越野疾驰而去。

我看了一下表，快六点了，天上黑云翻滚，地上光线已经暗了下来，不过云层还很高，估计一时半会儿下不来大雨。

南面榆县的山已经和黑云连在一起，根本分不清哪是云哪是山，不时还从山的后面传来一阵阵沉闷的雷声。

我不停催促水生快点，一会儿下起雨就来不及了。

走了五六分钟，水生把车停在路边。在路上我就看见了王堂玉和他家老大王堂金蹲在了一块菜地的地头，他们身边还站着几个人，旁边的小路上停着一辆农用三轮车和一辆小平车。

这个坡不大，也就六七米深，我俩一前一后没有几步就下去了。

这一片河滩有四十多米宽，在去年修的拦河坝的上游，离拦河坝有四百来米。中间一条七八米宽的河道很显眼，河道里的水很浅，流得也非常缓慢，基本听不到水流的声音。

河道两边，紧挨着河道用石块垒成的坝堰围成了三层的梯田，每一层落差不到一米，靠路这一边的地是王老大的，最上面的一层靠着一面土崖，有四五米高，土崖上面的空地上有一片住宅，这正是王老大的院子。河的对面就是王堂玉的地。

看见我们过来了，王堂玉站了起来："杨书记，我老大不愿意清理，我正做工作哩，你看这怎么办呢？"

"为什么不愿意清理呢？"

"你也可怜可怜我们老百姓吧。人家种的是玉茭子，有人收，清理了没损失。我们这种的是菜，没有人收，这要是清理了就损失成万块，成万块哩！"听见我的问话，王老大霍地站了起来，身体弓成虾米样，手臂前挥，脑袋前伸朝我吼了起来，脸上瘦得只剩下发皱的脸皮在颤动。

原来，水生收储青物，最合算的是玉米秸秆、高粱秸秆。高粱秸秆按要求是不能收入储青池的，但好在田庄种的高粱并不多，石水生为了尽量减少村民损失也勉强收了。玉米秸秆、高粱秸秆现在收割，重量比成熟时收割还重，因此村民收割的积极性非常高。可是，豆子和谷子就损失大了不少，因为这两样这时还是苗子，按秸秆收重量少得可怜，部分村民卖玉米秸秆、高粱秸秆有了收入，也就不计较豆子和谷子了，按要求清理了河道。可种蔬菜的村民就不一样了，蔬菜的秆和果实含水分大，像西红柿等蔬菜的果实未成熟时还有毒，根本就没办法做青储料。而且种蔬菜的成本比玉米、高粱高多了，这样种蔬菜的村民工作就难做一些，在河滩里种蔬菜的不太多，种的最多的就是王老大，下面的两层梯田有三亩来地，种的全是西红柿。这片西红柿已经全部爬了架，挂满了一嘟噜一嘟噜绿莹莹拳头大小的西红柿，估计再有半个月就可以下架了，王老大舍不得清理也在情理之中。

石水生告诉我，除了最上面一层梯田是王老大当初的责任田，其余两层都是占用河滩自己用石块围起来填土造的地，看得出当初为造这两层梯田，王老大一家也确实费了不少工。对面王堂玉的地也一样，也是三层梯田，只不过王堂玉地里种的都是豆子。

按照两委会的要求，清理河道，不光是要清理河道、河滩里的种植物和搭建的乱七八糟的临时建筑，还要把围地的坝堰、石块等造成河水不畅的杂物都清理掉。这样一来村民原来造的地就全没有了，山里的地金贵，水浇地就更金贵。田庄的山大部分是石头山，土也很缺，当时造地时拉的土，有大部分还是刘梅琴所在的大店村村民支援的。河道清理了，村民在河道里今年的收入是有了，可以后每年就没有了，这势必对他们的收入造成影响，这就要求我必须尽快给村民们找出一条致富的路子，来弥补因河道清理减少的损失。

王堂玉兄弟俩肯定也想到了这些，要知道拆除了他们造的梯田，那可是毁掉他们多年的心血呀！可他们当初造田时也太狠了，四十多米宽的河滩硬是让他们挤得就剩下只有七八米宽，窄的地方不到四五米，造田的坝倒不高，不到一米，却绵延了五六十米长，这要是山洪暴发，后果不堪设想。不光造的田保不住，就是责任田也怕保不住，洪水大的时候，还可能危及上面的住宅。说老实话，当时本来就不应该在河滩里造田，尤其是最下面的一层。

天上已经下起了雨，不过雨并不大，也不急。倒是对面榆县的云层更黑更低了，一道道闪电不时把山和云层撕裂开，一阵阵沉闷的雷声不时地从下面滚过来。

我十分理解王堂玉兄弟俩的心情，但是更清楚山洪暴发的严重后果，因此必须尽快做通他俩的工作。我笑着给兄弟俩讲了清理河道的必要性和不清理河道的后果。不等我说完，王老大就打断我的话："杨书记，这些大道理我们都懂，可是我们有多大的损失我们更清楚。实在不行能不能再等半个月，我们起码得有点收入吧？"

接下来不管我怎么说，他就是油盐不进。雨越下越大，还刮起了风，王堂玉过来和我说："杨书记，你看雨下得这么大，这也不能清理呀，要不咱们明天再说吧。"

我看了看越下越大的雨，想想还要去其他自然村看看，只好苦笑着和水生离开。

在沿线八村转了一圈，回到村委会已经八点多了，雨下得大了起来，拇指大的雨点打在村委会窗户上发出噼里啪啦的响声。

我和水生计划先吃点东西，再到石家河沟转一圈，谁知还没等把东西吃到嘴里，随着"咚"的开门声，一个湿漉漉的人带着风雨闯了进来。

第十六章
经受考验

　　看到这个闯了进来浑身上下湿漉漉的人，我和石水生放下刚送到嘴边的干吃面，赶紧站了起来。

　　进来的人一边跺着脚，一边转身关上了门，飘进来的雨这才被挡在了门外。大雨如注，打在了门上发出"噼噼啪啪"的声响。

　　"树奎伯，你不是在石家河沟吗？怎么回来了？"没等我开口，石水生抢着问。

　　"哎呀呀！好大的雨，好大的雨！"田树奎没有接话茬，只是一个劲跺脚，抖着身上的水，不一会儿，他脚下已经湿了一大摊。

　　我取来两条干毛巾递了过去，又从包里拿了一件显瘦的短袖衫和长裤，让他赶紧换上。田树奎太瘦了，穿上我的衣服有点滑稽。喝了一口热水，吸了一口石水生递给他的烟，才缓过劲来，没等我们再问，就急切地对我说："杨书记，怕要出大事！"

　　"出什么事了？"我的心一下子就提到了嗓子眼。

　　石水生也瞪大了眼睛，着急地问："树奎伯，怎么了？快说啊！"

　　"嘿！"田树奎吐了口烟，用手拍了一下大腿接着说："水生，其他都好，就是你虎根娘娘（方言：奶奶）弄不好就打折了（方言：死了）。"

"虎根娘娘？是不是她老汉有一年为了救人让山洪冲走了的那个？"

"嗯。她老汉就是1975年为了保护公社的卷扬机，救人牺牲了的郝虎根，当时是石家河村的生产队长。"

"她怎么了？"我眉头一紧，"病了？还是咋了？"

"来，我发动车，咱们赶紧往医院送……"石水生比我更紧张，站起来就拿车钥匙。

"不是，不是。"田树奎又摇头又摆手。

"是啥？你快点说，你要急死人了？"石水生叫起来，急得直搓手。

慢悠悠的田树奎，这才讲了起来。

安全房改造后，村民们很满意，十分欢喜。这两天，石家河沟的村民们陆续搬进了安全房。

今天下午班子会开完后，田树奎就赶回了石家河沟，挨家挨户检查搬入安全房的情况。他从最远的双玖亩村开始检查，检查完三个村很高兴，村民和他们的重要物品、生活必需品都已经转移进了安全房，该疏通的排水渠、排水口全部打开了。最后一个是石家河，这可是他最放心的地方，群众基础好，只要是他安排的，石家河总是走在前面，完成得也最好，难怪他对石家河情有独钟。

田树奎到了石家河，雨已经下得比较大了。

他心想总算能喘口气了，开始摸上衣口袋里的烟。突然，他发现十一户安全房只有十户亮着灯，中间有一户黑着灯。

怎么回事？这是谁家？难道这么早就睡觉了？他带着疑问走了过去。门虚掩着，他推开门，拉开灯，屋子电器和家具放得整整齐齐，却没有人。

他认出这些东西像是虎根婶的。虎根婶八十来岁了，大下雨天的，她能去哪呢?

他走到石家河的小队长郝志家。问了郝志,才知道往安全房搬的时候,虎根婶拒绝往下搬!郝志让大伙把虎根婶的东西全搬进了安全房,只剩下虎根婶和她炕上的铺盖了。

他们想把虎根婶背下去,可她死活不下去,说她守了这个房子一辈子,死也要死在这个屋子里,还叫喊着谁要是背她下去,她就立马撞死在炕沿上。没办法,就只能由她,留她在老屋里。

田树奎听了当下就跳脚,着急忙慌带着郝志去虎根婶家。虎根婶家离安全房不远,相距也就三十多米。安全房后面有条排水沟,沟后有八九米高的一面坡,坡上一块平地,正面一排五眼旧的土窑洞。除了窑洞正面有几块砖,其余都是夯土。窑洞有些年头了,破败不堪,后面紧靠一座不太高的土山,这窑洞就是虎根婶的家。

田树奎爬上坡,就看见虎根婶住的最东面的那眼窑洞亮着微弱的灯光,他带着郝志进了屋。虎根婶正抱着一面一尺大小的镜框靠着被子,坐在炕中央,镜框里面是虎根三十多岁时候的照片。

得知田树奎来意,虎根婶态度坚决,不搬。田树奎再三劝说,郝志也在一旁帮腔。可好说歹说,虎根婶不仅不同意,还生气地把他们赶了出来。

出门的时候,田树奎看到窑洞东面的墙已经有水渗了出来。他也怕万一窑洞塌了把人砸里面,这可是人命关天的事,他急忙开车到村委会,和我商量该怎么办。

村委会院里放满了建材,他只好把车停在院外路边。就这么一小段路,就淋成了落汤鸡。

没听他讲完,我就急了,如果真的窑洞塌了把人砸里面,我们怎么对得起为了保护人民财产牺牲了的郝虎根烈士?我们怎么向田庄的老百姓交代?又怎么向党组织交代?

我拉开包，找出手电筒和塑料布，带着他俩就冲进大雨中。

塑料布是我准备在野外铺在地上躺下休息用的，挺大也厚，罩住三个人绰绰有余。可脚下的雨水已漫过了脚踝，我们仨的鞋一下子就湿透了。雨太大了，像向下泼一般打在脸上，根本看不清路，几乎是摸着到了公路边，找到石水生的车钻了进去。

越野车轰鸣着闯进了雨幕里。

越野车雨刮器已经是最大挡位，前挡风玻璃发出急促的刮动声，但还是来不及清除玻璃上的雨水。平常非常亮的车灯，此刻照在公路上格外暗淡。

雾气开始慢慢升腾，视线很差，能见度低。我们仨心急如焚，可车根本开不快。

我本想责怪田树奎为何当时不把虎根婶强行背到安全屋，可是想想田树奎这一段工作特别积极，也是努力尽责尽力做工作，变化很大，话到嘴边又咽了回去。此刻，批评发脾气都是徒劳，还会造成负面情绪，得不偿失。深呼吸，让自己冷静下来。

快拐上石家河的路时，石水生突然说："杨书记，明天雨停了，你就等着挨骂吧。"

"嗯？"我一愣，"挨什么骂？"

"你听听，现在这么大的雨，黑马河还没有发大水，今年要是不发大水，你让大家把河里的地都铲了，明年谁家也种不成地，还能不挨骂？"

我仔细一听，果然没有听到黑马河的大水声。我想逗一逗水生，就调侃道："挨骂？反正又不是我一个人挨骂。"

"还笑？跟上你就害死个人。"石水生边说边把车拐上了石家河的路。

"挨骂就挨骂吧，就是挨骂也要保证河道畅通。"我坚定地说。

"咳，也不是水生说的呐，发不发洪水还要看后半夜。今天黑马河不发洪水，也不等于今年黑马河就不发洪水。"田树奎不紧不慢，接过了话。

一路上，他一直给我介绍虎根婶的情况。

虎根婶原名杜云仙，今年八十岁了。虽然从小就在黑水河的石家河长大，但她却不是石家河的人，家住左权，郝虎根的妈是她的亲姨。1942年，日军对我抗日根据地进行"铁壁合围"，实行"三光"政策，作为八路军司令部所在地，左权自然不能幸免。在日军的一次"扫荡"中，杜云仙的父母被杀害，杜云仙住在石家河的姨家幸免于难，六岁的小云仙从此成了孤儿，就在姨姨家生活。

虎根妈视云仙为亲生女儿，对云仙比对虎根还亲，虎根比云仙大一岁，有什么好吃的、好穿的都是先给云仙。有这么个亲姨姨照料，虽说日子挺苦，可云仙并没遭什么罪。云仙也懂事，有什么好吃的都会给虎根留。

两人一起挖野菜，一起摘树叶，一起长大。穷人的孩子早当家，山里的孩子也成熟得早。1949年刚满十四岁的虎根已经长得壮壮实实，俨然一个大小伙子，他加入了区里的民兵队。十三岁的云仙也出落得亭亭玉立，像一朵含苞待放的水仙花，她常常陪着虎根哥完成任务。后来两人一起进了扫盲班，一起成立了石家河第一个互助组，带头加入了合作社……

云仙十七岁的时候，虎根妈就在县城里给云仙找了个好人家，小伙子长得精精干干，跟着父亲在自家的药铺里学中医，已经在县城小有名气。小伙子见了云仙一面，就被云仙吸引住了，可云仙死活不同意。后来虎根妈才知道云仙喜欢上了虎根，虎根对云仙也是喜欢得不得了，虽然那层窗户纸没有捅开，可两个人早已心意相通，心照不宣。

这下轮到虎根妈着急了，云仙是自己亲外甥女，做儿媳妇，亲上加亲自然是最好不过了，可她觉得让外甥女一辈子活到大山里，实在对不住自己死去的妹妹，坚决要把云仙嫁到县城里过好日子，无奈最终还是没有拗过两个年轻人，政府提倡男女自由恋爱，大势所趋，棒打鸳鸯也行不通，于是两人顺理成章走到了一起。

婚后，夫唱妇随，恩恩爱爱。唯一不如意的是，好几年，云仙总怀不住孩子，怀孕一到六个来月就小产，医生说是习惯性流产。直到后来，遇到槐树庄下放的张教授的爱人，吃了她开的几服中草药后，三十六岁上，云仙生下大女儿秀荣，隔了一年生下儿子秀山。

石家河生产队成立后，郝虎根就一直担任生产队长。那时候石家河的人还不少，有一百五六十人。虎根带领大伙儿修坝筑堰，填沟造地，战天斗地，把个石家河生产队搞得红红火火。

1973年，红谷县修建窑口水库，郝虎根带着二十多个石家河的青壮劳力，加入了窑口公社的民工队伍。由于郝虎根年轻，又是老党员、老干部，便被任命为青年突击队长。

1975年夏天，窑口水库即将完工，黑马河爆发了百年不遇的特大山洪。山洪到来前，两名突击队员正拉着卷扬机从坝上往安全处转移，平车在出坝体时被卡住了，两人用尽力气也拉不动。这时，山洪的声音已经传来，坝体开始颤动，如果再不拉上来，不光平车和卷扬机保不住，就是那两个人也会有生命危险，于是虎根跳到坝体上，用尽全力把平车扛了上来，卷扬机和两名突击队员保住了，可他却被呼啸而来的洪水卷走了。

虎根牺牲后，云仙哭得死去活来，她是不想活了，想跟了虎根哥去了。可女儿才三岁，儿子刚过了周岁，公婆年迈，她怎么能一走了之？人生是很无奈的事，再难再苦，都要坚持，是责任，总有要坚守的理由。云仙别无选择。

从此以后，一家子的重担就落在了她身上。

因为郝虎根是烈士，公社每个月给虎根父母、两个孩子和杜云仙都有补助款，生产队每年分米面粮油也不用花钱，公婆看着孩子，云仙参加生产队劳动，年底还能分红，生活并不困难，甚至比一般人家还要好些。

联产承包责任制以后，土地分到户，云仙家里老的老小的小，能干活的就她一个，这下她就有点吃不消了。好在虎根在的时候，接济的村里人多，一家子人缘又好，乡里乡亲经常过来帮忙，可大部分时候大家也都忙，自己地里的活还得靠自己，云仙起早贪黑，除了种地，还养羊、养鸡，忙得脚不沾地。

农业社散了后，开始还能领点烈属抚恤金，年底乡里还过来慰问。后来不知道为啥这笔钱就没了。孩子上学花钱，家里负担重了。有人给云仙出主意，让她找县里乡里闹一闹，可是她却说，给有给的理由，不给有不给的原因，她绝不会给国家添负担，不会给政府找麻烦，不能给虎根脸上抹黑，不能给黑马河丢人。

云仙愣是咬着牙，用瘦弱的身躯撑起了这个家。给两个老人养老送终，供两个孩子读完了大学。

秀荣大学毕业到了天津，工作结婚，在当地安家落户。等秀山上了大学，云仙把家门一锁，责任田托付给了乡亲，到天津照料女儿生产，之后帮着秀荣做家务，带孩子。后来秀山毕业分到省城工作，云仙又到了省城帮儿子料理家务，抚养孩子。这一走就是小二十年。

几年前，秀山儿子上了高中，老太太闹着要回老家。儿女坚决不同意，尤其是秀山和媳妇都跪在地上求她，答应什么时候想回去，就开车拉她回去看看。可老太太却说："这么多年，为了你们把你爹一个人扔到家里，现在你们家里没什么困难了，我得回去陪他了。"让孩子们安心过自己的日子，没事不要回家打扰她。秀荣一年回去一次，秀山每年回来四五次，放寒暑假时，孙子辈会回村里住一段时间，陪陪老人。

回到石家河村老宅，十几年没住人，院子里长满了草，窑洞破败不堪。秀山陪母亲住了几天，雇了几个人收拾，总算拾掇出个大概。本来想翻修窑洞，可它太旧了，墙皮都已脱落。而且老太太嫌麻烦不同意，说自己年龄大了，还不知道能住几天，再说不是原来的窑洞了，你爹回来找不到家怎么办？就住这旧窑洞。秀山左说右说，也没做通母亲的工作，实在拗不过，只能依着她，住进最东面的一眼，是她和虎根年轻时住的窑洞。

老太太在院子里垒了鸡窝，种了几畦蔬菜。

前年，秀山回来，看到窑洞实在没办法再修了，又和母亲商量起翻新房子的事，老太太还是不同意。她告诉儿子，住在现在的窑洞里，天天都能感觉到你爹就在身边，住了新房子怕他回来就不认识了，这种感觉就没有了。秀山怕窑洞塌了，就和村里商量，想让村里出面做做母亲的工作，得知要给每户村民建安全房，这才作罢。

前两天，安全房改造完，秀山还回来给母亲配备了全新的冰箱、彩电、洗衣机等，想让母亲搬下来住得舒服一点。可无论怎么做工作，老太太就是吃了秤砣铁了心，不肯下来住，舍不得她的鸡，舍不得她的菜，舍不得旧窑洞，关键的还是舍不得她的虎根哥。

无奈，秀山只好先回省城，慢慢做母亲的工作。可老天爷不会慢慢等，这不，今天下起了大雨，眼看着那窑洞熬不过这场大雨。

听了田树奎的介绍，我愣怔半晌，脑海不停浮现两个字——爱情。这是中华民族传统的爱情观，忠贞不渝，生死与共。这样的爱情胜过《泰坦尼克号》，不输《罗密欧与朱丽叶》，堪比《梁山伯与祝英台》。或许正是因为有了这样的爱情，中华民族才得以绵绵不绝，传承几千年。

　　石家河村比公路高出三四十米，上村的路比较陡，车打滑爬不上去，我们只好把车靠边停下，三个人披着塑料布徒步往村里走。

　　雨水混杂着沙子和碎石子从脚面流过。路陡且滑，我们仨接连滑倒爬起来，爬起来又滑倒，好不容易才进到村里。

　　时间紧迫，顾不得休息，我们直奔虎根婶窑洞里去。

　　窑洞四壁已经渗出了水，有的墙皮已经开始脱落，屋里的灯并不太亮。虎根婶依旧抱着镜框，靠着被子坐在炕中央，面色安详，没有一丝害怕的神情，还不时用手擦着镜框。

　　看着我们进来，虎根婶长长叹了口气。来不及解释，也来不及说什么，我走过去不容分说背起了她，水生把炕上的东西圈成一堆，包了起来抱在怀里，田树奎用塑料布罩住我们，大家一起冲到门外。

　　雨哗啦啦地下着，感觉到比刚才还要大。

　　从虎根婶窑洞到安全房并不远，可是雨下得太大，路太滑，又是下坡。我怕摔倒把老人摔着，小心翼翼走得很慢，三十多米的路足足走了十分钟。

　　到了安全房，我把虎根婶放到床上，秀山买的是双人床。床很大，铺得也很厚实，上面整齐放着一床被子，床单很漂亮，十分喜气。

　　虎根婶坐到床上，这儿捏捏，那儿摸摸，嘴里不停磨叨："可惜了，可惜了！"突然她想到了什么，翻起了石水生抱下来的那一包从炕上卷的东西。

　　因为怕淋着虎根婶和她的那一包东西，刚才下来的时候，田树奎用塑料尽可能罩住我们，他又一次变成了落汤鸡。

　　水生喊来了郝志，我们张罗着给虎根婶换衣服，虎根婶突然哭了起来。我们几个面面相觑，把目光投向了她，虎根婶并不理会，一边哭一边念叨："哎呀呀，这就是命呀，老头子，我还是把你弄丢了。"

　　我恍然大悟，喊了一声"照片"，转身推开了门就冲进了雨幕。

身后隐约传来虎根婶的喊声："孩子,不要——。"管不了那么多,我只想赶快到窑洞,在窑洞坍塌前把照片取出来,我不想让虎根婶的爱情留下遗憾。

经过我们几个刚才的踩踏,到窑洞的路更滑了,尤其是上坡的那一段,我一连滑得摔了两跤,手足并用才爬上来,就在这时,我觉得有人拉了一下我的脚,我一下又滑了下来,紧接着一个身影从我身边跃了过去,嘴里喊着:"这事还能轮上你?"

"水生,你这个臭小子!"我嘴里骂着却站不起来,眼睁睁看见他消失在大雨中。

我不放心还是艰难地爬上了坡,当我站在院子里的时候,可怕的一幕发生了,黑压压的一片东西在瓢泼大雨中缓慢地压了下来,接着"轰"的一声,声音不高,很沉闷,院子都颤抖了一下,我心一惊,是窑洞塌了。

"水生——水生——"我急得大声喊了起来,但淹没在风雨声中的喊声根本没有反应。

我两腿发软,头昏目眩。"天啊,我可怎么向丽萍交代呀?"我发疯似地哭着嘶吼,朝塌倒的窑洞爬去。

这时,一道闪电从天而降,就像一把银白色的剑从天上插到地上,我的耳边一声炸雷,震耳欲聋,明亮如白昼。

第十七章
有惊无险

　　闪电一霎而过，周围又恢复了原状，黑暗弥漫，雨雾蒙蒙。炸雷过后，耳边又剩下"刷刷刷"的风雨声。然而，这道闪电却点燃了我的希望，震耳欲聋的炸雷，给我发软的双腿注入了无穷的力量。在闪电照亮的瞬间，我看见坍塌的泥土堆最前面，好像有个人影在动。

　　"水生，水生！"我边大声喊着，边朝前跑去。

　　地滑又湿，我跑得急，十几步的距离就摔了两跤，顾不得疼，爬起来向前。

　　"水生！水生！"我不管不顾地大声喊着。

　　"杨大哥，快来帮帮我！呸，呸。"声音虽然不太高，可我听得清清楚楚。

　　没错，是水生。他的声音，我太熟悉了。水生没有被砸到里面，他没事！我心中一阵雀跃，欣喜若狂。

　　"水生！"我喊着扑到了他身边。

　　只见水生上身趴在泥水里，双手压在身体下面，脑袋向前伸着，下半身被埋在土堆里，整个身体根本动不了，就像一只想要飞，却被捆住翅膀和尾巴的小鸟，样子可爱又滑稽。

"嘿嘿嘿。"我被他的样子逗乐了，可我的笑声中满含眼泪，他没事太好了。

"呸，呸，杨大哥，你不赶紧拉出我来，你一个劲儿笑什么？"水生一边摇着脑袋，一边不停地吐着嘴里的土。

"好，好。水生你等着，大哥拉你出来！"我抹了一下脸，雨水和泪水混合在一起，那是喜悦的泪水。来不及找工具，我用手挖起了埋在他身上的泥土。

原来，水生进了屋用手电照在炕上就看见放在炕沿边上的镜框。刚才他把虎根婶往我背上扶的时候，从她怀中拿过镜框随手放在炕沿边上。收拾东西的时候太着急了，就没顾得上那个并不大的镜框。一张照片而已，有什么大不了的。他压根儿没把那个镜框当回事。没想到，竟惹了这么大的麻烦。

水生拿到照片就听到有墙坍塌的声音，他知道不好，转身就往外面跑，刚出门身后就传来后墙的坍塌声，他大叫了声"不好"，身体本能地向前一跃。现在想来，正是这一跃，救了他的命。

他跃起的时候，正好下面塌下来的土往前涌，将他一下子向前推出去好远。即便如此，他还是被塌下来的土埋住了下半身，上身和脑袋撞进了地面的泥水中。多亏地面被雨水泡得很软，否则会被撞得头破血流。他嘴里、耳朵里都灌满了泥土，以至于我那么大的喊声他都没有听见，即便听到了，怕是一时半会也没办法发出声音。

我用双手用力挖着水生身上的泥土。泥土已经被雨水浸得很软，很好挖。可是我挖一点，土也往下塌一点，效果并不明显。

水生急得直喊："杨大哥，你能不能快点，我的腿都没有知觉了，咱们这时候可不能开玩笑。"

这小子，我难道不知道轻重，这时候还顾得上开玩笑？我心里这样想，嘴上当然不能说出来。

"好，好，你不要着急，我很快就把你挖出来了。"我不停地安慰着水生。脑子飞速地运转着，最后决定从水生上半身开始挖，一点一点，把他挖出来，最好把他的两只手先挖出来。我一边挖，一边往出拉一拉他，水生也尽量地抖动着身体。

这样挖果然见了效果，水生的一只手伸了出来。另一只手也能伸出来的时候，他却没有往出伸，我以为是他胳膊受了伤，不能动了，这让我很担心。没想到，这小子居然说，他的手和胳膊都能动弹，没事。主要是手里抱着镜框呢，所以不能伸出来。

这小子，让我瞎担心了半天。好在秀山怕母亲年龄大了镜框上的玻璃万一破了扎伤她，早就把镜框和镜框上的玻璃都换成了树脂的，不然就是放在水生胸前镜框上的玻璃破了，扎一下也够他喝一壶的了。

我奋力挖着，十根手指痛了起来，但我哪里顾得上这些。水生腾出的那只手也不停拨拉着，很快一条腿被挖了出来。我让水生动了一下腿，他费力地弯曲了两下，能动就问题不太大，我的心又放下了些。我让水生用这条腿用力地顶着，然后我把双臂从他的腿上面深深地插了进去抱住了他的腿，用尽全力把他拔了出来，又抱着他滚了两个滚，他终于坐了起来。我们俩都长长地出了口气。

刚才埋着他的泥土腾出的空隙，瞬间就又被泥土填满了。

水生告诉我，他的这条腿不听使唤了，我的心又悬了起来。就在我担心他的腿是不是被砸坏了的时候，他居然曲起了双腿。咳，这小子又让我瞎担心了。

也许是埋了太长时间的缘故，他觉得那条腿发麻，还是站不起来。我给他揉了半天，从他身后抱住了他的后腰，一下子把他抱了起来，抱着他往前挪动两步以后，他居然能迈开步子往前挪动了。

这时，雨一点儿也没有变小，依然"哗啦啦"下着。这是哪个神仙下凡历劫？还是被哪个淘气的将天捅了个窟窿？这雨下得不管不顾的，我那个天老爷，你倒是歇会儿啊。

我俩浑身上下早就湿透了。泥水、雨水、汗水早已分不清楚。也许是出了大力气，我一点不觉得冷。

我搀扶着水生慢慢挪动着，在摔了两跤后，终于回到了虎根婶安全屋门口。

屋子里坐着七八个村民，虎根婶坐在床中间，床边还坐着两个村民。田树奎和郝志正在门口张望，看见我俩回来，赶快打开门，把我俩拉进来。

屋里点着蜡烛，还点着一盏不知道什么年代的老马灯。光线不太好，不过还是能看清人。满屋子的烟味，很呛。

水生从怀里拿出镜框递给虎根婶，这么折腾了半天，镜框和照片一点也没有损坏。

虎根婶接过镜框，用衣袖擦拭起来，嘴里不住念叨："老头子，咱俩又在一起了，我就知道你丢不了。"一脸的幸福。真为虎根婶高兴，可不一会，她突然把镜框扔到地上，哭了起来。

一屋子的人顿时愣住了，不知道这是又怎么了，刚才还高高兴兴的。

田树奎走到了床边，还没有等他开口，虎根婶就拍着大腿嚷了起来："你这死鬼，因为你差点把两个娃娃给毁了，我早就想跟你走了，你叫走我不要紧，咱可不能祸害娃娃们呀！呜呜呜……"

虎根婶擦拭照片的时候，大家见水生一身泥，就关切地问他发生了什么。水生一边用郝志递来的毛巾擦脸，一边把刚才的经过讲了一遍。讲到窑洞塌了的时候，虎根婶就急了，哭了起来。

其实，我和石水生冲出安全屋的时候，虎根婶就让田树奎出去拦我俩，可等他到门口看时，我俩已不见踪影。雨下得那么大，他又怕虎根婶着急跑出去，只能待在安全房劝慰老太太。

虎根婶絮絮叨叨："树奎呀，你们不要怪婶子，我真的不是给你们出难题，我是真的想陪着你虎根伯呀。小的时候，我和你虎根伯就住在那屋里。大了一点儿，我住到了西正房，你虎根伯就一直住在那屋里。后来我俩成了亲，也一直住在那屋里……"老太太语气很慢，陷入遥远的记忆中，那是她的童年、青春和爱情。

"在那屋里住着，我总感觉到你虎根伯就在我身边。我怎么能把他一个人扔在屋里？那房子多少年了，那么多年都没有塌，今年就能塌了？再说我都这么大年纪了，以后是一天比一天累人，真的砸进去了，也是命。省得我以后老得不能动了，娃娃们跟上我遭罪。

"你虎根伯走了那么多年了，在那边一个人孤零零的，想起来就觉得可怜，我早就想过去陪他了。

"以前娃娃们小，我是走不开，现在娃娃们都大了，都有了自己的家庭，我是无牵无挂了，该去陪陪你虎根伯了……"

田树奎劝慰虎根婶，不停夸她劳苦功高，人生圆满，妥妥的人生赢家。他切准了老太太的脉，夸她把老的照顾得周周到到，让他们安享晚年，寿终正寝；夸她把两个孩子培养成才，上了大学，有出息还那么孝顺；夸她有福气，孙子、外孙也那么出色，儿孙满堂要啥有啥。

你别说，田树奎还真有两下子，几句话就把虎根婶说得高兴起来。

虎根婶跟田树奎说，刚才我们三个那么大的雨过去接她，她很感动。今天晚上，她也感觉到那房子有点不对劲，后悔下午没有跟他和郝志搬到安全房。要说她完全没有牵挂那也是假的，毕竟她还有一对孝顺的儿女和乖巧听话的孙子、外孙。她觉得她一而再再而三地拒绝搬下安全房，大家都不会再管她了，正在她想听天由命的时候，我们又过去接她，她可不能不识抬举。不过，她二话不说就跟我们搬下来，还有一个重要原因，就是她不能因为她的固执，让我们三个和她一起砸到坍塌的窑洞里，要是那样她作的孽就大了，老天爷不会放过她，她也没有脸再见她的虎根哥了。

正说话间，一声巨雷，停电了。虎根婶的安全房没有准备蜡烛，田树奎和郝志借蜡烛的时候，石家河的村民们知道了老太太搬到安全房，都顶着大雨来看她。

交谈中，大家才知道我和水生到虎根婶的旧窑洞里拿虎根的照片去了。

田树奎觉得我和水生出去的时间有点长，怕出事，就让大家照顾虎根婶，他要出去看看我们。还没有出门，郝志拦住了他："你去干啥？六十来岁的人了，你比人家年轻？这么大的雨，你去了，人家两个后生不还得招呼你？安安心心等着吧，这么点儿远的能出什么事？让雨泼了你，是想在炕上躺两天呢？"

大家你一言我一语地劝着，老太太不停唠叨着都怪自己。田树奎又怕老太太有啥想不开，他还得劝慰虎根婶，只得作罢。

过了一会儿，我俩还没有回来，树奎可真的上了火了，他真怕我们俩出个什么事，可他想出去找我们两个，又怕屋里的村民心慌，想派个屋里的村民出去看看，可这里没有一个比六十岁小的，这要是出去滑得跌一下，或这么大的雨淋出个毛病来，也不是闹着玩的。正在屋子急得团团转，我俩回来了。

石水生给大家介绍完我们俩刚才的情况，大家都发出一阵叹息，真是虚惊一场。

虎根婶则用指头不停地点着镜框里郝虎根："死老头子，都怨你，都怨你，跟上你差一点把两个娃娃折了，你呀，你呀！"

还是田树奎会说话："虎根婶，你快不要说，今天晚上说不定还是我虎根伯保佑呢，要不你看窑洞都塌了，水生能一点儿事都没有？

咱们还得感谢虎根伯的在天之灵呢。"

几句话又说得虎根婶转悲为喜。她转过身来对水生说:"水生,你以后可要发大财,可要有福呢!"

看见大家都疑惑地看着她,她又笑着说:"你们没有听说过'大难不死,必有后福'的话?今日,水生这么大的难,可一点事都没有,你们说,他的福气能小喽?再说,他把虎根伯领到虎根婶跟前,虎根伯在天上能不保佑他?"她又拍了拍水生的肩膀,"水生,你等着吧。肯定走不了你树奎伯的话。"

大家听得都笑了起来。村民又笑着议论起了刚才田树奎急得团团转的样子,说他就像热锅上的蚂蚁,田树奎拍着双手笑了起来:"嘿嘿嘿,你们看错了,其实我才不着急呢,跟着杨书记我还着急?有杨书记在,我知道根本不会有事,你们不知道杨书记可是能掐会算?"

"杨书记能掐会算?"村民们都诧异地望着我。

这个田树奎,干吗要把火给我身上引?正在我不知道该和村民们怎么说的时候,有人推开了虎根婶的门。

"嗨,他爹,水热好了。"

"哎。"郝志站了起来,"快让杨书记和水生用热水洗一下吧,别冻着了。"原来是郝志怕我和水生淋了雨着凉,刚才让他老婆回家里给我和水生烧了锅热水,让我和水生用热水擦擦身体。现在水烧好了,郝志嫂过来喊我们。这正好解了我的围。

这时,大家才看到我和水生浑身上下还湿哒哒的,催我们俩赶紧用热水洗一下,换身干衣服。

我俩跟着郝志到了他的安全房。屋子里也是点着一盏马灯,这盏马灯要比虎根婶屋里的那盏要新一些,屋里的光线却比虎根婶屋里的暗。

屋里放的东西很多,显得有点杂乱,不过毕竟是新房子,还是比较干净卫生的。郝志已经安排郝志嫂到其他村民家睡觉，把他的房子给我们空了出来。

我和水生用热水把浑身上下擦了一遍，舒服了不少。郝志把我和水生脱下来的衣服拿出去让郝志嫂洗，还告诉她赶紧用火给我们烤干。

等我们俩擦洗完后，尴尬的事出现了。也许是村民们都年龄大了，身体变得干瘪瘦小，给我们找来的几件衣服我俩都穿不上。无奈，我们俩只能用被子裹着坐在炕上。本来我俩还想躺在炕上睡一会儿。可是不知道是枕头还是炕上铺的褥子，散发出一股像霉味又不是霉味，像烟味也不是烟味，带点汗味又不是汗味，总之，说不出是什么味道的难闻的气味。虎根婶家里的烟味虽然呛人，可那是纯粹的烟味，而这说不出的难闻的气味，实在让人难以形容，更无法忍受。我深深地意识到，要让田庄村民真正过上小康生活还任重而道远。

我和水生都受不了这股气味的折磨，只好用被子裹着背靠背地坐着，谁知坐着坐着，居然都迷迷糊糊地睡着了。

虎根婶的屋子里这会儿比刚才更热闹了。因为没有电，又下着大雨，很多村民都睡不着，看见虎根婶家里人多就都涌了进来。小小的房子里挤了有十几个人，开玩笑的，讲笑话的，说着，笑着，好不热闹！

说到虎根婶家的窑洞塌了，很多人又都担心起自己家的屋子是不是也塌了。想出去看看，可是外面那么大的雨，还刮着风，响着雷，打着闪，心里就打起了退堂鼓。反正有用的东西都已经搬进了安全房，老房子里也没有什么了，塌就塌吧，等雨停了再说。村民们的话题又转移到了安全房上面，都说现在安全房好住了，村干部总算给大家干了一件大好事。

有的村民还对田树奎说："树奎，这几年就是今年刚看见咱们的党员们有了党员的样，你们村干部像个村干部。你也像个我们心目中的支部书记了。"

还有的村民对田树奎说："树奎，你就得向人家大店村的刘梅琴学学了，看人家把大店村闹得多好，大伙都羡慕，啥时候我们村也能像那个样子，过上那样的日子呢。"

田树奎是又不好意思，又高兴，满脸的皱纹都堆在了一起："咳，看你们说的个啥，咱们拿上什么和人家刘梅琴比呢，人家刘梅琴可是县人大代表哩。"

"县人大代表怎么啦？我看你今年就干得比她强，照你这么干下去，咱们田庄很快就能撵上大店了，到时候我们也选你当县人大代表。"有个村民接过了田树奎的话。

"不是选你当县人大代表，是选你当市人大代表。"有几个村民起哄地嚷了起来。

田树奎高兴得脸上像开着一朵黑菊花。

我和水生醒了的时候，雨已经小了许多，风声、雷声也听不见了，屋子外面黑乎乎的。屋里的马灯一跳一跳闪烁着微弱的光，炕沿上放着我们俩已经干了的衣服。

看来我俩睡着的时候，有人进来给我们送过衣服，我俩都太累了，睡得太死，根本没有感觉到有人进来。

我看了看表，已经四点多了。

推醒石水生，我们俩穿好了衣服下了炕。我感觉到两条腿很麻，脖子有点发硬，这坐着睡觉的滋味，实在不好受。

石家河这边应该没有什么事了，也不知道其他自然村怎么样了。我有点担心，想尽快回到村委会。水生也担心他停在路边的车。

我们俩出了郝志的屋子。天阴沉沉的，云层压得很低，看什么也是迷迷糊糊的，雨已经变成蒙蒙细雨了。

虎根婶屋子的窗户露着微弱的光，我和水生推开了门。床上，虎根婶和衣靠着被子已经睡了，郝志嫂和另一名老妇女也躺在床上睡着了。地上有几个村民居然坐在凳子上靠着墙也睡着了，只有郝志、田树奎和另一个村民围在一起嘀咕着什么，每个人手上都夹着一支烟，这帮老汉还真能熬，一宿都没睡。

听说我们要赶回村委会，郝志也没留我们。我叮嘱了他一些注意事项，就和田树奎、水生出了村。

下坡的时候，虽然路还很滑，可是比昨天好走多了。坡上有好多从山上冲下来的碎石和沙子，我们仨居然没有人滑倒就到了公路上。石水生的车安安静静地停在路边，车身让雨水冲刷得干干净净，比特意洗过的还要亮。公路也像专门清洗过一样，发出黑亮黑亮的光泽，只是隔三岔五地有从山上落下来的大小不一的石头，就像平展展的皮肤长起了一个个小疙瘩，让人感觉到很不舒服。山谷里开始冒出了一团团白雾，石家河的水声比平常大了不少，空气清新得让人舍不得闭上嘴，猛吸一口沁人心脾。

石水生的车开得比昨天快多了，我打开车窗贪婪地吸着车外的空气，田树奎斜躺在后座上，开始犯迷糊了。

"杨书记，不好了。"石水生突然大嗓门一吼把我吓了一跳。田树奎也"霍"地坐了起来。

"怎么呢？水生，你总是大惊小怪的。"

"听，你们快听，发洪水了！"石水生还是大嗓门。

我仔细一听，果然黑马河发出了"轰隆隆"的流水声。车拐到邢太线上，黑马河的声音更大了，这不是平常"哗啦啦"的流水声，而是从地里面传出的"轰隆隆"的咆哮声。我去过黄河的壶口瀑布，那声响也不过如此，想不到平常文文静静的黑马河，发起大水来居然如此吓人。文静不过是它的表象，骨子里，大自然有着超乎想象的爆发力。而常常，我们人类过分自信，忽略了或者低估了它的破坏性。被惩罚，也就在所难免。

我想下去看看，石水生罕见地朝我发了火："看看看，看什么？有什么好看的，不知道好奇心害死猫？"

田树奎赶忙对我说："杨书记，现在可不能往河边走，河水现在什么情况，咱们都不清楚，经常是上面看见好好的，下面就被洪水拉空了，万一下面让洪水拉空了，你站上去就可能塌了，要塌下去十个就有九个没命了。"

"不是十个就有九个没命了，是十个就有十个没命了！"石水生仍然气呼呼地说。

这小子，还得理不饶人了。自知理亏，我没有说话，我也理解他发火的原因。他那是担心我的安危。

石水生小心翼翼地靠着山的一侧开车，时不时地还得下去处理一下落石，回到村委会的时候已经快五点半了。

天空阴沉沉的，云层压得很低，天怎么还不亮呢。

田树奎一进门就躺到沙发上打起了呼噜，看来老汉是实在瞌睡得扛不住了，我赶紧取出一条毯子给他盖上。

我和石水生商量了一下，决定休息一下，等天大亮了，再到各自然村去看看情况。

我俩在我的大"床"上铺好铺盖，爬上去躺下很快就进入了梦乡。

"咚咚咚！"就在我们睡得正香的时候，一阵急促的敲门声响起，门外有好几个人在嚷，有个人高声喊道："杨书记，不好了，要出大事了！"

这一声喊叫，惊得我们睡意全无，呼的一声全坐了起来。又出什么事了？这一天天的，一惊一乍，心脏都要被吓出毛病了。

第十八章
洪水暴发

"呀！杨书记，看来是出大事了！"田树奎少有的尖声叫道。

"听他们瞎嚷吧，别说是咱们田庄，就这黑水河屁大点的地方，能出什么大事？"石水生睡眼惺忪，不以为然地小声嘟囔。

"别废话，快下！"我厉声对水生说，跳下了床。

石水生也跟着跳下来。胡乱把铺盖塞到写字台下的柜子，田树奎已过去开了房门。

"哗"，五六个人一起涌进村委会，领头的是王堂玉和王堂金兄弟俩。几个人的衣服倒不太湿，可头上都挂着水珠，看来外面还下着毛毛雨。进门还没站稳，王堂金就大声说："杨书记，快去我们家看看吧，我家房子快被山洪拉塌了。"

"啥？你家的房子快让山洪拉塌了？你家房子离河道有二三十米远，山洪怎么能拉了你家的房子？"

"是真的，不光是他家的，我两家的房子也快让山洪拉塌了。"另外两个村民嚷道。

"大家不要着急，说说到底是怎么回事？"我摆手安慰大家冷静，慢慢说。

"你问我老二吧，都是他办的好事。"王堂金瞪着王堂玉对我说。

"怎么又怨上我呢？"王堂玉眼睛瞪得溜圆，昂起了头摆开吵架的姿势。

"不怨你怨谁？你说说不怨你怨谁？"王堂金才不管王堂玉怎么样呢，身体又弯成了虾米样，绕着王堂玉转了半圈，可脑袋却一直朝着王堂玉。

这两个活宝，要出大事了还有闲工夫吵闹。我赶忙拦着兄弟俩，语气比较硬地对王堂玉说："你是党员，是支委，是班子成员，心里要时刻把群众利益放在第一位，而不是有了什么事急得推脱自己的责任。说说吧，出什么事了？"

"嗯，嗯，我，我——"王堂玉磕磕绊绊，半天也没有说出个子丑寅卯。把个水生急得跺脚："哎呀，二伯，你是说了个啥呀？快不用你说了，杨书记，咱们到现场看一下不就全清楚了？"

对呀，我怎么就蒙住了，我挥了一下手："走，去现场！"我冲出去，几个人紧跟我出了村委会。

没一会儿，我们就到了王堂金院子里。一路上，就听到黑马河"轰隆隆"的咆哮声，到了王堂金院子里，洪水声更响了，有点惊天动地的感觉。

走进王堂金的院子，我赶紧朝东院墙奔了过去，想看看房子什么情况？

我刚迈出第一步，就被一双手牢牢拉住。我回头一看，水生一双圆溜溜的眼睛正瞪着我，怨气满满，朝我亮开了大嗓门："你怎么记性就这么差？一着急就连死活都顾不上了？怎么？又忘了？"

我突然想到早上回村委会路上的事，感激地朝他笑了笑。谁知这小子根本不领情，又朝我嚷："整天就是想给这个处理事，给那个处理事，就不想想自家？要看也得找个安全的地方吧？"说着拉着我的胳膊往院外面走去。

不大工夫，水生拉着我到了一处视野开阔，河岸是缓坡的地方。他指着王堂金院子下面的河水说："杨书记，你要看就从这里看，又安全，又能看得清。"

我顺着他的手指朝王堂金院子下面望去。还真是不看不知道，一看吓一跳。院子的东院墙下面已经被洪水拉空，完全靠上面突出的一块大石头撑着，院墙和东正房摇摇欲坠，随时有坍塌的危险。幸亏刚才水生拉住我没有爬到东院墙上看，不然加上我的分量，说不定还真的一起塌下去，那不光我完蛋，人家王堂金东院墙和东正房也会和我完蛋，好悬！

再看黑马河，比平常涨了好几倍，平常清澈见底的河水变得混沌污浊，黄色的浪一个接着一个，一忽儿上冒，一忽儿下钻，像一群狂奔的野马咆哮着。河水里不时地翻起几截断了的树枝和几块翻滚的石头。我终于明白这条河为什么叫黑马河了，不过我觉得，它现在不是一匹黑马，而应该是一群黑马。

看见我只是看不说话，王堂金拉了我一下："杨书记，你看我家房子下面都空了，这可怎么办呀？"

其实我早就看见了，不光王堂金的房子下面是空的，前面几个村民的院子下面也快空了。

"昨天下午，我们在河道里看时你家的房子和河道还隔着三层梯田，距离有二三十米远，怎么山洪就冲到你家的房子下面了？"我感到有点奇怪。

王堂金苦笑了一声，拍了一巴掌大腿说："杨书记，我老二说不怨他，你说我怨谁去。"王堂金一板一眼给我讲述起来。

原来两天前看到大家都在清理河道，王堂金心里也犯嘀咕，别是今年真的发洪水吧。要是真发洪水，自己造地垒的坝把河道占了那么多，对面老二那边也占了那么多，就中间这四五米宽的水道，洪水肯定流不及，那样不但自己造的梯田保不住，恐怕责任田也够呛，他那会儿还没想到洪水会危及他的院子。如果责任田淹了，今年收成就打水漂。要不把最下面的那一层清理了算了，可看到一棵棵绿油油的西红柿苗和挂着的一串串青翠欲滴的西红柿他又心痛了，想想再过半个月就可以摘果出售就犹豫了。这当口，王堂玉来了。王堂金以为王堂玉是来劝他清理河道的，咬了咬牙决定把最下面的那一层清理了。他告诉王堂玉："老二，你不用催我了，这一回老大拖不了你的后腿，我这就清理呀！"

"老大，这么好的西红柿你舍得清理了，再过半个月可就有收入了，那可是近万元哩！"

王堂金奇怪了，老二这回怎么啦，替他考虑了？莫非是老二这一回心疼他哥了，——他自己那边的豆子就是成熟了，收入连自己西红柿收入的五分之一也不到。要是老二能把他造的地和坝堰清理了，河道就差不多有二十米，就是发一般的洪水也不怕了。要是保住了自己的西红柿，咱也不能让老二吃亏，年底一定把他的豆子损失给他补回来。不，还要多给老二点。这想法他本来就想和王堂玉说说，可是以他对自己老二的了解，说了也是白说，与其到老二那里碰钉子还不如不说，想想算了。没想到老二这次居然主动找过来了，虽然这次是太阳从西边上来了，可是毕竟是上来了，想想毕竟还是亲兄弟呀！

王堂金把自己的想法和王堂玉说了，王堂玉"嘿嘿嘿"干笑了几声，对王堂金说："老大，你就听杨书记瞎咧咧呢，他又不是咱村的人能晓得咱黑马河的事？"

"老二你的意思是？"

"老大，我不管你们，我是不计划清理。我这么好的豆子，怎么舍得清理了？"

"老二，你可是干部，又是咱们村的小队长，咱们村的人可都清理了，你不怕人家说你？"

"咳，老大，清理河道是两委会定的事，我总得应付应付吧。谁知道咱们村这帮傻蛋子居然真的清理了。不过人家们种的都是玉茭子，卖到水生那里也不吃亏。可我的豆子苗割了能卖几个钱？可不亏死了？再说，今年把地都清理了，明年地还能再弄起来？没有了地咱们靠什么活？"

"老二，我听天气预报了，这两天可是有大雨，万一发山洪，就咱俩的地中间这么窄的河道水肯定走不了，非淹了不可。"

"老大，你活了这么大是越活越傻了，这都多少年了，下了多少场大雨了，你见过黑马河发洪水吗？"

"老二，不怕一万就怕万一，万一呢？"

"万一？老大，哪有那么多万一？就是有了万一大不了也和现在清理了一样，咱还省几个工呢，你说是不是？"

王堂金想了想老二好像说得也对，就是万一真的发洪水了，大不了也和现在清理了一样。他已经忘了万一发洪水自己造的两层梯田保不住，责任田也够呛了。不过他还是有疑虑，疑惑地看着王堂玉：

"老二，真的能行？"

"你就等他们年底后悔吧，明年他们更要后悔。"

其实，王堂玉不让王堂金清理河道完全是出于他的私心。清理河道开始，村民们把秸秆卖给了绿星驴业，收到的钱大部分比秋收后卖还要多，而且拿的都是现钱，这让王堂玉很眼红。可自己的豆苗收割了重量太轻，根本收入不了几个钱，他后悔自己今年没种上玉茭，后悔得要死，可事已至此，自己绝不能亏了，于是就想到了不清理，赌一把。可清理河道是两委会上定的事，自己又是两委成员，不清理也说不过去，想拉个人陪他，拉谁呢？他知道现在村民们都有现成的收入，肯定不会听他的，他也不敢明目张胆和两委会作对，于是他想到了王堂金。

王堂金哭丧着脸说着，老眼滚出了泪珠，其实这给了谁都会急，造的地没有了，责任田没有了，地里的收入没有了，现在屋子也岌岌可危，怎么受得了？

王堂金给我叙述的时候，王堂玉脸上一会红一会白，我现在根本顾不上他。边听王堂金讲述，边看黑马河这一段周边的地形。我现在站的这一块比较开阔，河岸宽有六七十米，两边河坡都比较缓，因此，这儿也是从公路上到河床路的入口。平常村民们就是从这里下河底的。

我身后上了坡就是邢太线，对面坡上是一大片庄稼，洪水根本上不去，庄稼没受到冲蚀。从这儿往前十来米河面收缩成四十来米，就是王家两兄弟种的地。现在王堂金在河床上的三层梯田，一层也看不见了，洪水从直立山崖下流过，离上面的房子仅五六米高，水深应该有四米。

直立山崖上面五六十米处，就是王堂金和两户村民的院落。

这一片直立山崖并非纯粹是石头，而是沙土石混合在一起，石头相对多一些。在洪水冲刷下，不时有沙、有土，甚至是石头掉下来，河水里发出"扑通扑通"的响声。每响一声，都让人心惊肉跳。尤其是我身后的王堂金和那两户村民，山崖上掉的石头越多，他们家房子就越危险。

河对岸是王堂玉的地，第一层梯田已不见踪影，第二层梯田被冲得一片狼藉，可还看得到，最上面一层庄稼则完好无损。在第二层梯田的前面，也就是第一层梯田的地方隔三岔五地涌起高低不平的石头堆。这些石头堆，客观上起到了保护王堂玉第二层、第三层梯田的作用，但却阻碍了河道，使洪水冲到了山崖的这一边。

现在情况明了了。洪水下来的时候，因为王堂金和王堂玉兄弟俩造地的坝堰阻拦，水位升高淹没了王堂金的三层梯田。王堂玉那边的梯田比王堂金的高，只淹没了第二层梯田。随着洪水的不断冲击，王堂金的梯田坝堰全部被冲塌了，估计王堂玉那边坝堰较结实，梯田坝堰上的石头有一部分就堆到了王堂玉的坝堰上，加上把上游冲下来的石头、树枝等拦在一起，形成了高低不一的石头堆。

从山崖上洪水冲刷留下的痕迹来看，水位下降了不少，说明洪水已经减小了，可是在洪水的冲刷下，河水里"扑通扑通"的响声还在继续，这三户村民的院落时刻处在危险中，必须想办法立即处理。

"杨书记，快给我们想想办法吧，我们求你了！"王堂金和另外两个村民急得都快哭了。

王堂金啊王堂金，你可真是害人又害己，可现在责怪他还有什么用？我朝他们摆了摆手，安慰了几句，告诉水生通知两委班子成员到这里开现场会。处理的办法我已经想好了，可是可行不可行还得和大家商量一下，再说我知道自己的办法也太危险，难度也太大了。

水生还没有出去通知，两委班子成员已经围到我身边。

原来我们离开村委会不久，其他三个班子成员就到了村委会，他们知道黑马河发洪水了村里会有事，都赶到村委会，听说我们在这儿又都赶了过来。大家的主动积极让我很欣慰。不光两委班子成员来了，槐树庄的党员和不少的村民也都来了。

就地召开班子会。我直接提出了我的想法：把王堂玉的坝堰上那些高低不一的石头堆清理掉，让洪水的流水面变宽，河道通畅了，水位自然就下降了，最好是能让洪水从王堂玉的坝堰这一边流走，尽快让山崖下面露出石头或者是实地，这样就可以想办法处理被洪水拉空的山崖，让这三户村民的院落不再悬空了，险情就排除了。

我的话刚说完，两委班子成员就开始了讨论。"杨书记，你看我能不能说句话呢？"熟悉而又洪亮的声音在我身后响了起来。呀！下雨天，这老人家怎么也出来了？

我赶紧站起来转过身："狗堂伯，下了这么大的雨，您怎么不待在家里，也跑出来了？"

"怎么？杨书记，你这是小看老汉呢？不信咱们比试比试。"杜狗堂把胸脯拍得"啪啪"响。

"狗堂伯，大家都知道，你就是咱黑马河的老黄忠，可是……"

"不用可是了，你们在前面冲，我绝不能在后面躺着。我记得我是共产党员，我就听毛主席的话，生命不息，战斗不止。时间紧，咱们说正经的吧。"

"好，好，您快说吧！"

"杨书记，我刚才听你说得很有道理，要保住咱村三户村民的院落就必须加固崖，要加固崖就必须见了底，要见底就必须让河水下降，河水下降必须把河道里的石头堆清理掉。我知道有一条路能到河的对面。农业社的时候发了山洪，生产自救咱们村的人就走那儿，就是绕得有点远，要从马庄绕过去。"

"那条道我也走过，就是多少年都没有人走了。"石爱叶很罕见地在两委会上主动发言。

"多年没人走也能走，我带大家过去。"杜狗堂口气坚定地说。

"狗堂伯，你可不能去。那么大年纪了，有个好歹怎么办，我带大家去吧。"石爱叶争着说。

"年纪大怎么啦？你是女的不能下河水，我去。"杜狗堂瞪起了眼睛，声音更加洪亮了。

"狗堂伯。"石爱叶还要争，我拦住了，"狗堂伯，爱叶姐，你们两个不要争了，我已经定了这一次你们两个谁也不能去。咱们要过去的必须是六十五岁以下身体好的男人,你们两个都不符合条件,你们只要告诉我们怎么走就行。"

两人还想争,我赶紧说:"我不是不相信你们两个,是还有更重要的事要你们办,别人我不放心。"

"什么事?"两人异口同声。

"这个事一会儿再说,你们先告诉大家这路这么走吧。"

"那条路我也走过。"说话的是五十多岁的村民,是党员杜三子的小子,修拦河坝的时候一起干过活儿。

我开始分配任务。我和水生沿黑马河初步了解一下八个自然村的受灾情况。其他的两委成员到各自包管的自然村组织抢险突击队,同时了解各自然村目前的灾情情况。抢险突击队队员必须具备三个条件——自愿,六十五岁以下的男性,身体好。自带工具,主要是撬棍、洋镐、铁锹。自带干粮,要求党员带头参加突击队。一小时后在马庄村口集合。

"不行,杨书记,还得让大家带上结实点的绳子。"就在我们准备分头行动时,洪亮的声音又响起了。看到大家都看着他,杜狗堂赶紧又说道:"这么大的洪水,干活前都要把自己的腰用绳子拴好,把绳子固定好,不然万一让洪水卷走了就没有命了。"

对呀,我怎么就没有想到呢?姜还是老的辣。赶紧安排大家分头行动。

洪亮的声音又响起了:"还有一件事,进马庄村要过马庄的桥,要找两个年轻一点会耍水的走在最前面。"大家的目光又一次聚集到杜狗堂身上。

"马庄的桥是漫水桥,现在应该水也不浅,万一有个什么,会耍水的好保命。"这一句话说得大家心情有点沉重。为了缓和气氛,我赶忙问:"咱们黑马河沟谁耍水耍得好?"

"应该是光武，那后生从几岁的时候就天天在水里泡着，咱黑马河沟耍水没有人比他耍得好。"

"好，那一定把光武叫过来。"

"不用叫，早就等上了。"田光武边喊着边挤到我跟前，后面还跟着田海。"杨书记，就知道你要找我，我早就在这儿待命了。"田光武说话间还带点得意扬扬。

我的心一热，用手拍了拍他的肩膀："好，好。咱们再找一个会耍水的和你做伴。"

"不用找了，我也能耍两下水。"听这大嗓门就知道是水生。

我刚想问水生水性如何，就看见他和田光武的手已经握在一起，我还能说什么？

"大家分头行动，快！"

"还不行，杨书记！"大家刚要行动，杜狗堂又喊住了我，"我还没有任务呢？"

啊，原来是这事，我以为有什么不合适的地方呢，白着了一下急。我赶紧安排他带领六十五岁以上的老党员去站岗放哨。

"站岗放哨？杨书记。"看见他瞪着眼睛，满脸疑惑，我赶紧解释："狗堂伯，你看这天气还阴沉沉的，虽然现在还是毛毛雨，说不定什么时候就下大，现在山洪是减小了，可万一山洪突然大了，大家干活躲不及就危险了。你带上咱们的老党员还有愿意参加的村民，隔四五十米站一个人，看见山洪涨了就一个接一个地往下传话，至少站上三四里。狗堂伯，这可是人命关天的事，交给别人我可不放心。"

老人听了我的话很高兴，居然"啪"地敬了个礼，说了声"保证完成任务"，转身乐呵呵地走了。真是个有趣的老头。

水生把车开出来，我俩沿黑马河把八个自然村大致看了一遍。洪水造成的损失目前还无法估计，但肯定不会小。河沟的电线杆、电话线杆已经被洪水冲得七倒八歪，扯断了的电线、电话线像蜘蛛丝一样缠绕在树上。怪不得田庄一直停着电，所有的手机都没有信号。

河沟里不少树被洪水冲得斜躺着，埋着的塑料水管全部漂在水面上，有一截没一截地挂在树干上，像一条看不见头尾的白蛇，蜿蜒曲折。所有过河的路、桥、拦河坝全部被浸没在洪水里，不见了踪影。

公路上东一块西一块散落着石头，好在田庄的这一段还可以走车，快出坪上公路，已经有两处坍塌，最近的一处有七八米宽，一直塌到山根底，塌下去的洞有十来米深，田庄通往县城方向的路，是彻底中断了。不过这些都不大要紧，现在最重要的，还是解决槐树庄三户村民的房屋险情。

一个小时后，各自然村参加抢险突击队的人员已经全部到了马庄村口。我清点了一下人数，一共三十八个人。分成两组，每组十九个人，分别由水生和光武带队。

从马庄村口过了马庄桥就进了马庄。马庄桥是一座漫水桥，长三十多米。现在的河面差不多有五十米宽，马庄桥已不见了踪影，要通过马庄桥必须涉水，风险不言而喻。

大家整理好工具和所带物品，准备过河的时候，水生和光武却发生了争执，吵得面红耳赤，不可开交。

刚才还手握手的好兄弟，怎么就闹起来了？在这个节骨眼上……

第十九章
勇战洪水

　　黑马河马庄桥这一段河面比较宽，洪水也显得比较平缓，河浪不算太大，可依然是一个接着一个地拍打着，咆哮着，怒吼着。

　　河水里不时地漂过一些挂着青色果子的树枝和带着果实的庄稼苗，偶尔也会有翻转的石块随洪水滚落下去，这无疑为我们过河增加了难度，徒增了风险。

　　浑浊的黄色洪水翻滚奔涌，让人根本看不清水下的情况，水有多深？漫水桥有没有被洪水冲垮，是不是还完好如初？如果漫水桥还完好如初，桥面上是什么情况？桥面下有没有什么东西挂在上面？一切都无从判断，让我的心一阵紧张，莫名沉重。

　　还是常年生活在黑马河的人有经验。几个年长的村民告诉我，二三十年没有发过洪水了，在他们的记忆中，发洪水的时候，一般就没有人敢过河，都是等洪水退了能看到路了才过。曾经听老辈人讲过，有人在发洪水的时候不听劝，去过河，刚下去就不见了踪迹，还有的人是过河途中被洪水卷走，每次发洪水就没有不死人的……河岸边长大的人们，对黑马河心有敬畏，从不敢造次。

　　这么多年来，黑马河没有发洪水，人们对淹死人的事也就淡忘了。

这让我心情更加沉重。就在这时我听到水生和光武的争吵声，虽然他俩的嗓门都很高，可是和河水的咆哮声比起来，还是有点小巫见大巫，离十几米根本听不见他俩在吵什么。

我不由皱起了眉头，心里老大不高兴，都什么时候了还吵？一点儿也不懂事情的轻重缓急。周围还围着这么多村民，有什么不能办完事回村委会坐下来说，也不嫌丢人败兴。

我气呼呼地疾步向他俩走了过去，离他们五六步的时候，听清了他俩的对话，脚就像被钉子钉在了地上，再也无法向前挪动半步。

我看见水生用力拉住了光武的胳膊，一下子就甩到了身后，朝光武吼道："走得远远的吧，说不行就是不行，今天我必须先过去，我是村主任，听我的！"

光武也紧紧地拉住了水生的胳膊不放手，朝水生大声嚷道："你是村主任怎么呢？我也不是没当过村主任，比你还早当几年呢，再说山洪认识你是村主任？就你那水性，让山洪卷进去就完了！"

"就算你水性好又怎么呢？黑马河里打折（方言，死了）了比你水性好的后生多了，你算什么？靠后吧！"

"我比你壮实，别争了，你靠后吧！"

"光武，再怎么说我也是马庄人，对这儿的桥，这儿的路比你熟悉多了，我闭上眼睛都能摸过去，你就不用和我争了，我第一过，你第二个过，行吧？"

"不行，今天我必须是第一个过，你再熟悉路，关键是现在下面有没有路？万一桥冲毁了，你下去了能游回来吗？水生，你就不用和我争了，我第一过，你第二个过！"

"你这后生，怎么和你说都不行，万一我有个啥，还有兄弟四个，你呢？"水生显得有点急了。

"我也是兄弟两个呢！再说我水性好，根本没事。"

　　浑浊的黑马河水下面现在是什么情况谁也不清楚，就是河水有多深也只能是靠猜，即便是水性再好，谁也不知道在洪水的冲击下会发生什么。大家心里都明白，谁第一个下河，谁的危险系数就大。

　　面对争着把危险留给自己、把安全留给别人的两个人，我的满腹怨气顿时云消雾散了，我还能指责他们什么呢？可是时间不等人，我已经做出了决定：光武第一个下河，水生第二个下河。毕竟光武水性好，保险系数更大一点。

　　我让大家把带的绳子都接起来，绳子的一头在桥这边路边的一棵大柳树上固定好，绳子的另一头拴在光武腰上，然后每隔三米一个人，每个人的腰都和这条绳子固定好。把带的吃喝等物品固定在胸前，一只手握紧绳子，一只手拿好自己的工具，依次下河。过河时，如果发现有谁遇到突发情况了，前后两个人一定站稳了用绳子把他拉住，大家相互照应着。

　　我看到石爱叶站到大柳树下，便知道杜狗堂已经把站岗放哨的人都安排好了。为了保险，我和石爱叶打了个招呼，得到了肯定的答复，心里更踏实了。

　　马庄村口还站着十几个六十五岁以上的村民，关切地看我们过河，我想让田树奎招呼好他们，不要让他们出什么意外，同时注意一下绳子和拴绳子的大柳树，万一有什么意外就及时通知。

　　可谁又能想到，田树奎不在。这家伙，这么要紧的时候跑得没影了。干什么去了？难道站岗放哨去了？我心里有点犯嘀咕，只是现在顾不上想他了，随他去吧。我交代了一下石爱叶，让她站岗放哨的同时招呼一下这些老人。然后让她通知沿途站岗放哨的开始留意了，我们要过河开始清理石堆了，发现黑马河有什么异常，立即通知。

　　我检查了每一个队员和绳子的固定情况，没有什么问题就命令光武下河。

"等一等!"听见喊声,光武收回了已经伸进河里的一只脚,大家回过头看时,只见田树奎举着一根长竹竿,气喘吁吁地跑了过来,他直接跑到了光武面前,把长竹竿递给了光武,拍了拍光武的肩膀:

"光武,不要着急,先探探水的情况再走,不行了就回来。"田树奎语气很慢,富有感情,满脸关切的神情,这在平时是少见的。

"没事,姨父,歇心(方言,放心、宽心)吧。"光武接过竹竿,就扭过头下了水。

原来田树奎是去找长竹竿了,我错怪他了。此时此刻,他脸上带着慈爱,眼睛带着光芒,在我心中,他像完成了一次蜕变,有着令人感动的新生气质。

光武下了河后,开始水并不深,也就在他小腿肚上。接着水生也下水了,第三个下水的是王堂玉,第四个下水了,第五个下水的时候,我看见光武用竹竿捅了几下,洪水到了大腿根,他回头招呼了一下水生就继续向前走去,我猜他是上了马庄桥。人很快就下去了八九个,都很顺利。

"大家注意,快躲一下,有棵大树!"石爱叶的一声尖叫把我吓了一跳,我赶紧往前面传话,"快躲一下,有棵大树!"

河里的人都停了下来,我赶紧让大伙收缩了一下距离,千万不要让树枝挂住了绳子。大家都盯着河面,很快一棵挂满青梨的梨树连根带枝在河里翻滚着冲了下来。那棵树是冲着第四个人和第五个人过来的,不知怎么在离马庄桥约十来米的地方,突然打了个弯,径直奔向了王堂玉。王堂玉已经举起了双手抱住头,发出奇怪的叫声,但听不清内容。

说时迟那时快,水生和光武已经掉头回来了,水生把王堂玉往后推,第四个人也往回拉他,王堂玉很快退到了第四个人跟前,水生和光武现在站在了他的位置上，大梨树已经劈头盖脸地朝他俩撞了过去，我惊得张大嘴巴，发出了含混的叫声，我的那个心啊，早提到了嗓子眼，就差从嘴里跳出来了……

在梨树撞上他俩的一刹那，我看到他俩同时钻进了水里，就在梨树穿过他们头顶的时候，两人几乎是神同步同时伸出了双手托住了梨树的树杆，"哗"的一声，大梨树从他俩的头顶上方就冲了过去，接着，两人几乎同时站了起来，用手擦拭着脸上的河水。估计连他们自己也没有想到，他俩居然配合得如此默契，如此完美。

我情不自禁带头鼓起了掌。岸上围观的群众也都不约而同鼓起了掌。两人朝我们挥了挥手，又转过身继续往前走去。

下水的人有十五个了，水生和光武已经过了河的中央。

"河中间有大石头——"石爱叶的尖叫声又响了起来。

河里的人又一次停了下来，大家的注意力都集中到了河面上。

不一会儿，就看见一块几立方米大的青色石头在河中央跳跃着往下滚，估计过来的位置应该就在河中央，水生赶紧招呼光武往后退。可是已经显得有点迟了，那块大石头已经呼啸着冲到了光武面前朝他压了下去。

我用力地吼了一声"光武！"，就绝望地闭上了眼睛。

"呀——"一声声惊呼声过后，居然响起了一片片"哗啦啦"的掌声。

这是怎么啦？我惊讶地睁开了眼睛，啊？大家就像什么事也没有发生过一样继续过河，光武和水生依然走在了队伍的最前面。光武没事？我欣喜若狂，嘴里喊了一连串："太好了，太好了……"

"他们怎么？那块大石头？"我显得有点儿语无伦次，望向身边的村民。

"啊！杨书记，没有事，刚才水生把光武抱怀里了。"一个村民抢着对我说。

从村民口中我了解了，也就是在那块大黑石头朝光武压过来的一刹那，水生已经到了光武跟前，他猛地把光武抱在怀里，那块大黑石头擦着他们两个呼啸而过，总算是有惊无险。我抬头看了一下光武和水生，他们俩已经快到对岸了，洪水又到了他们的小腿肚了。光武居然手里还举着那根竹竿，只是竹竿的上部好像已经散成了几片。

接下来大家过河都比较顺利，我是第三十九个过河的，也就是最后一个，我从大柳树上解开了绳子系到我的腰上。这绳子我要带过河去，怕一会儿清理石堆时固定人的绳子不够，再说绳子拦在河面上也容易挂住一些从河上游飘下来的树枝和其他一些乱七八糟的东西，给河水流动制造新的障碍。

在十几个村民的注视下，我下了河。我一只手拉着绳子，一只手拿着一根撬棍拄在水里，河水并不像我想的那么冷，而是走着走着，反而觉得河水有一股发热的感觉从脚心传了上来。只是越往前走河水的冲击力越大，时时刻刻都有要被水冲走的感觉，好在有前面的绳子拉着省了不少劲，约莫十分钟，我顺利地到了对岸。

我清点了一下人数，没有问题，除了王堂玉丢了工具，其他人什么也没有少，顾不上多说话，我们就向目的地奔去。

我们走的都是山路，路不好走，有点滑，不过我们走得并不慢。穿过马庄村，沿着山间小路翻过了一座山，一个小时后，我们来到了王堂玉的责任田，在这里看王堂金和三户村民的院落都很清楚。

洪水比早上的时候又小了些，我赶忙安排大家干活。为了怕干活的人在水里泡久了生病，也怕村民们过度疲劳出问题，我让第一组先下河干活，第二组休息，一个小时以后再轮换。

我和第一组的十八个人在腰间拴好绳子固定好就到了第一处大

石堆上面，水生和光武过来阻拦我，被我喝开了，看见我严肃的样子两个人没敢再说话。

第一处大石堆不小，我们十九个人沿挨河水的地方站开干活。石堆有的地方很硬，有的地方比较软。有石头的地方就用撬棍撬，石子和沙子就用镐头刨，用铁锹铲。

洪水的冲击力还是比较大的，撬下去的石块马上就被洪水冲得无影无踪，石子和沙子更不用说了，不到一个小时，第一处大石堆就处理完了，大家又上了第二个大石堆。一小时后，第二组换下了第一组。

第一组上去以后，第二组的人并没有去休息，而是在王堂玉责任田靠山的位置，整理出一块供大家临时休息的地方。不知道用了什么办法，居然有人用湿树枝生了两堆火。这下子可好了，有了火光，就有了温暖，有了方向，干起活来更有劲了。

第二组上去干活也很顺利，洪水的冲击很厉害，基本撬下去的石块、石子和沙子马上就被冲走了，随着石堆消失，河面加宽，水位高度明显下降，甚至连河水的咆哮声也明显减弱。

有难度和危险的是水下部分，因为浑浊的河水让人根本看不见水下的情况，干活全凭感觉，而且冲击力也让人站不稳，达到一定深度的时候，还有让洪水随时冲走的危险。好在每个人腰上都拴着绳子固定着，倒也没有出现什么危险，每个石堆基本是清理到水淹没到大腿根就算完成了。

活干得比想象的顺利得多，到天擦黑的时候，就剩下三堆了。效果也很明显，对面的山崖下面王堂金责任田靠山崖的坝体已经露出了一小截，河水不再冲刷山崖，上面的院落也安全了不少，这让大家信心大增。

过一趟河太费事了，大家商量了一下，决定连夜把石堆全部清理完。大家又多点了两堆火，虽然火光照得并不太亮，可是毕竟还是让人能看清干活。白天的时候水生动员了马庄的村民们来支援，给大家送了热水、干柴。知道我们要连夜干活，现在又送来了五六盏头灯，这无异于是雪中送炭。

子夜时分，最后一堆石头终于清理完了。随着洪水"哗哗"流过，王堂金对面山崖责任田靠山崖的坝体全部露了出来，河水不再冲刷山崖了，院落总算暂时安全了，剩下的加固工程要明天才能进行。

给对面站岗放哨的村民们打了信号，让他们也撤退回家休息，大家就开始撤退了。因为晚上过河太危险了，水生已经让马庄可以腾出住房的村民给大家腾出了住的地方，今晚就住在马庄了。

我和光武还有三个村民就安排在了水生家。

水生父母亲都是熟人了，在头灯的照耀下，远远就看见老两口站在院门口等着我们。

进了院子，老两口笑呵呵地把我们迎进了屋。我们住的这一间房子里干干净净，很整洁。水生告诉我，这是当初他和丽萍的婚房，每年也只是过年回家的时候住几天。

屋里放着两盆热水，屋子中央放着一张小饭桌，小饭桌放着一大盆热气腾腾的小米粥，一大碗小黄瓜腌的老咸菜，一摞碗和一大把筷子。

我们刚进了屋，水生妈就招呼我们："你们快用热水洗一下，热乎乎地喝碗米汤，河水里泡了一天，恓惶的，别着了凉。"

心里热乎乎的，有种回到家的感觉。

山里的小米熬的米汤特别香，咸菜腌得特别好吃。本来大家已经疲劳至极，可是用热水洗涮了一下，就着老咸菜喝了碗香喷喷的热米汤，别提有多美，疲劳感一下子都跑到爪哇国去了。

趁大家喝完米汤美滋滋地抽烟的工夫，水生把我领进隔壁的屋里用热水泡了脚，老两口陪我坐了几分钟就催我赶快睡觉。

这天晚上，我们六个人睡在一张大炕上，我仿佛又回到了小时候。虽然烟味、呼噜声充斥了整个屋子，可我睡得很香，很踏实，那是一种亲情般的温度。

惦记着山区的五个村，第二天早上，石子润八点前就到了故城乡政府。五号的晚上，红谷县下了一黑夜的大雨。虽然说这场瓢泼大雨大大缓解了全县的旱情，可是对于故城乡的五个山区村可未必是好事。山区村旱情缓解是好事，可是比旱情更可怕的是山洪，一旦有山洪暴发，其危害程度不知道要比旱情大多少倍，现在又是汛期，万万不可大意。他也是一夜没睡好，在基层当干部，他的心啊，没有一时半刻是放松的。

他知道自己还是迟了，因为刚上楼梯，就已经听见书记办公室传来了田平艳的声音。

到了乡长办公室，石子润就挨个给五个山区村的村主任和书记打电话，询问雨后各个村的情况。各村的村主任和书记给他进行了详细的汇报，并告诉他刚才田书记已经问过了。当他得知除大店村有两三处的路段有塌方外，龙庄、窑口村、南村都没有什么大问题，他的心总算放了下来。

最让他不放心的是田庄的电话一直打不通，不光村主任和书记的电话打不通，就是我这个第一书记的电话也打不通。可是他并不觉得有什么好奇怪的，田庄当地信号一直不好，本来就经常打不通电话，下这么大的雨估计信号就更不好，打不通电话也算正常，况且田庄真的有什么情况，也会有人向他汇报。其他村没有什么特殊的情况，田庄也应该没有什么大问题，与其瞎担心，还不如就等电话吧。

一上午，石子润忙得一塌糊涂，快到中午的时候，他又想到了田庄，等了一上午田庄也没有个电话，他心里有点不安了。他又挨着给田庄的村主任、书记、第一书记打电话，依然是一个电话也打不通。他心里不由得有点恼火，这些村干部都什么素质？是什么情况也应该给我说一声呀！

石子润憋着一肚子火，来到了隔壁书记办公室，田平艳也正在为田庄担心。她也已经挨着给田庄村主任、书记、第一书记打了几通电话，结果和石子润一样，没有打通一个人的电话。两人碰了一下头，觉得田庄似乎有点不对劲，可是又心存侥幸，其他四个山区村没有什么事，田庄应该也没有什么事。

两人商定：反正已经到了下班时间，干脆先到食堂吃饭，下午上了班再联系一下田庄，如果再联系不上就派包村干部去看看情况。

两人刚出办公室，就听到乡长办公室的电话"叮铃铃"地响了起来。

"肯定是田庄的，这会儿才知道来个电话。"石子润边对田平艳说，边疾步走了回去。

石子润拿起电话，听着听着，眉头越皱越紧了。电话是县防汛抗旱指挥部打过来的，通知说昨天晚上到今天中午，黑马河发了五十年来最大的一次洪水，龙庄水库水位暴涨，早已超过警戒线，经请示批准定于今天中午两点开闸泄洪，望沿河各村做好防洪排涝准备。

接完电话，石子润一拳头砸在了办公桌上，恨恨地说："两个小时就要开闸泄洪了才通知，唉！"

石子润生气是有道理的。要知道故城乡沿河的村就占了村总数的一多半，要在两个小时内做好防洪排涝的准备工作谈何容易。他不敢怠慢，赶紧跑了下去追上田平艳。

田平艳刚走到食堂门口，看见石子润气喘吁吁地跑了过来，就知道有急事，赶忙停住了脚步。听完石子润的汇报，田平艳也急了，赶紧让办公室主任通知班子成员十分钟后到会议室开会，同时把龙庄水库两个小时就要开闸泄洪的情况通知黑马河沿河各村，让各村做好防洪排涝准备。她自己连饭也顾不上吃就回到了办公室。

不到十分钟，故城乡班子成员就全部到了会议室。大家都心里清楚，开这么急的会议一定有要紧事，谁也不敢怠慢，好多人都是饭吃到半截就放下碗跑来的。

石子润把情况简单通报了一下，就开始安排工作，要各班子成员带领所分管的沿河各村的包村干部立即到村指导和监督防洪排涝准备工作。

班子成员们都离开后，两人同时想到了田庄。黑马河发了五十年来最大的一次洪水，田庄可是在黑马河的最上游啊，到现在依旧音讯皆无。

"田庄一定出大事了！"两人互相看了一眼，几乎是异口同声。

石子润当下就要到田庄，田平艳拦住了他："子润，你是乡长，是咱们乡的防汛抗旱领导组组长，你在乡里坐镇指挥，田庄我亲自去。"

"书记，可是你——"

"不用可是了，就这么定了。"没等石子润说完话，田平艳挥着手就出了会议室。

黑色的现代车在邢太线上已经跑到了九十多迈，早已超速，可是田平艳还是觉得车很慢，不停地催着司机孙师傅。孙师傅很奇怪，每次书记总是嫌车开得快，强调安全第一，今天是怎么了？九十多迈在山路上已经不是一般快了。

田平艳现在是心急如焚。黑马河发了五十年来未见的特大洪水，田庄到现在音讯皆无，那里到底发生了什么？损失有多大？有无人员伤亡？群众状态如何？这些事困扰着她，感到有点头痛，胃也有些不舒服，她突然想起来没有吃午饭，叹了一口气，人命关天的时候，哪里顾得上吃饭。

揉了揉太阳穴，她身体向后靠住了座位，头枕在了座位的头枕上，微微闭上了眼睛。昨晚下大雨，担心山区五村，她就没有睡好，现在太需要休息一下了。

"吱——噶——"一声刺耳的刹车声之后，像是与什么东西猛烈碰撞了一下，还没有等田平艳反应过来，她的身体就猛然向前，飞了出去……她有些蒙，莫非是做了个梦……

第二十章
雨过天晴

　　田平艳一阵头晕目眩，腰部和胸部被安全带勒得生疼，膝盖被碰得发麻，她倒吸一口气，几乎疼得眼泪掉下来。

　　车在路中间，横着停了下来。

　　田平艳不知道发生了什么，她把目光投向了司机，孙师傅一言不发，愣愣地握着方向盘，好半天没有缓过神来。

　　田平艳吓了一跳，她知道孙师傅是经验丰富的老司机，一向以开车稳而著称，驾龄近三十年，连小擦小碰的事故都没听说，今天是怎么了？

　　她细着嗓子弱弱地叫了一声："孙师傅！孙师傅！"

　　"田书记！可吓死我了。"听见田平艳的喊声，孙师傅回过头来，如梦初醒，用手擦拭着额头上的汗水，"田书记，你可坐好，我得开车了。"

　　孙师傅发动了已经熄了火的车，极其缓慢地把车往前开，然后缓慢地转弯掉头，往田庄相反的方向开去。

　　"孙师傅，错了！错了！怎么往回走呢？"孙师傅慢慢地停住了车，拉上手刹："田书记，咱们下去看看吧。"

　　嗯？看什么？孙师傅是怎么了？就在田平艳疑惑间，孙师傅已经推开车门下了车。

"轰隆隆。"震耳欲聋的咆哮声马上传到了田平艳耳朵里，把她吓了一跳。刚才车跑得快，天又下着毛毛雨，车窗一直关得严严实实的，她除了听到汽车行走的声音外，没有注意到外面的其他声音。现在车门推开了，她才感觉到车外还有让她这么震撼的水流声。

黑马河发大水了！

孙师傅给田平艳拉开了车门。田平艳下了车跟着孙师傅到了刚才刹住车的地方。这一看不要紧，惊得她差一点就把下巴掉了下来。就在刚才停住车的地方，有两道明显的刹车印，无疑是自己的车留下的。在外面车轮印约莫十厘米的地方，公路塌了一个十来米深，五六米宽的洞，半圆形的洞已经塌到了山根底下，洞下面黄色浑浊的河水像锅里烧开的水一样翻滚着，周边的土、沙、石块不停地往下掉。

坍塌的路段恰好在邢太线刚刚拐转弯还略带点下坡的地方，转弯处的山坡遮挡了视线，根本看不到坍塌情况，幸亏孙师傅经验老到，不然的话，她已经不敢想象。她知道自己在刚才的一刹那，已经在生死线上走了一回。

田平艳怀着感激的心情看了一眼孙师傅，不过嘴里说的却是："孙师傅，咱们这是到哪里了？怎么路坏成这样也没有管？也不知道在路上做个标志？这要掉下去可是要出人命的。"

"书记，刚过了窑口村，应该是刚进田庄的地界。这条路平常走的车就不多，昨天黑夜雨下了那么大，到现在还没有停，估计从昨天晚上到现在还没有车走过。"

田平艳并没有接孙师傅的话，眼睛看着前方，嘴里自顾自地念叨"田庄，田庄"。

孙师傅见田平艳没有接自己的话，也不知道书记在想什么，又怕打扰了她，只能静静地站在一旁。

其实，孙师傅的话田平艳一字不落听在耳朵里，可是她一门心思都放在了田庄，根本顾不上搭理孙师傅的话。她看见在这个坍塌的路段前面，二十多米的地方还有一个比这个坍塌的洞大的塌洞，再往前怎么样，她就不知道了。山坡阻挡了视线，前面的路根本看不见。不过路并不重要，现在最重要的就是田庄。田庄现在的情况到底怎么样？会不会有人员伤亡？猜想总归是猜想，具体情况无从知晓。

现在，她对田庄的两委主干不光是怨了，甚至是有点恨了：这帮家伙电话都不晓得打一个，等见了面，看我怎么收拾你们。

但她又一想，就安慰自己：不是说没有消息就是最好的消息嘛。田庄肯定没事，真的有事，他们还能不来电话？这样一想，心里稍微安定了一些。

"孙师傅，还有去田庄的路吗？"听到田平艳的问话，孙师傅略微想了想答道："书记，要说去田庄的路还有两条。"

"嗯？孙师傅那咱们快走。"田平艳心里又燃起了希望，她期待着尽快到达田庄。

"不行，孙师傅，咱们还不能走，咱们得赶快搬点石头和树枝一类的在路上做个标志，免得过来的行人和车辆有危险。"不等孙师傅答话，田平艳就开始在路边寻找石头和树枝，孙师傅只好也跟着她寻找。走了有二三十米两人开始有点失望了。因为下了雨的路上和路边光溜溜的，只有一些小的落石，放在路上很不显眼，根本起不到警示作用。山坡上倒是有大石头，可是坡太陡了，根本上不去，即使上去了那石头也拿不下来，也无法搬到路中央。至于路下面，就更不可能找到石头和树枝了，直立立的路基下面，就是波涛汹涌、怒吼咆哮的河水。

田平艳想到了刚才在路上有落石的地方，就让孙师傅去拉点，孙师傅苦笑着说：

"书记，离咱们最近的落石有四五里路，关键是咱们的轿车拉不了石头。"

"嗯，那倒也是，咱们现在怎么办？能做点啥？"田平艳自言自语地说。

"要不给杨侯狗打个电话吧？"孙师傅小心翼翼地试探着问。孙师傅开车几十年了，从来只管自己开车，没有关心过领导的事，更不会给领导出什么主意，这也是他能在故城乡政府开了三十多年车的主要原因。今天看见田平艳真是着急了，他实在没忍住。

"行。孙师傅你打吧。"田平艳感觉到自己是有点蒙头蒙脑，糊里糊涂，关心则乱，这么简单的处理办法竟然都没有想到。

听说书记就在自家村口，杨侯狗自然不敢怠慢，和孙师傅问清位置后，很快和两个村民开着三轮车拉着几根木杆就赶了过来。看到杨侯狗和两个村民用木杆做警示，田平艳赶忙催孙师傅从其他的路往田庄赶。

孙师傅发动了车拉上田平艳往回返，走了一段路后，孙师傅对田平艳说道："书记，咱们现在可是去不了田庄，咱们还是回乡政府吧？"

"孙师傅，你说什么？咱们去不了田庄？你不是说去田庄还有两条路吗？"田平艳心里又烦躁起来，急得声音都变了调。

"是有两条路，一条是从咱们县东堡乡绕过去，那条路要走一百多公里乡间小路，几乎都是山路，平常也就走个三轮车一类的，汽车根本就走不了，现在下了雨估计三轮车也走不了，咱们的车就更别说了。另一条路要从榆县绕过去，从咱们这儿过去有二百多公里，倒都是省道，也都是山路，关键是榆县的山比田庄的山更大，路也比田庄这一段好不到哪里，万一也坍塌了，咱们也还得返回来。"

"哦。那，咱们回乡政府吧。"田平艳彻底失望了。

邢太线从窑口村往乡政府的方向就开始进入了龙庄水库的区域。龙庄水库为了保证水库的安全年年都对路基进行维护和加固。因此，从窑口村到故城的公路一般不会出现坍塌，而且刚进入山区的山坡也不像田庄那一段险要，落石不太多，又是下坡路，车跑得很快，不一会就到了龙庄水库的大坝。

田平艳从车窗里看见龙庄水库已经开始泄洪，洪水从泄洪口喷出六七米高的水柱后，化成一大片的水雾从空中落下，云腾雾罩，煞是壮观。不过她现在根本没有心思欣赏，既然田庄去不成了，就暂时不想它了，故城乡在黑马河下游沿河还有八九个村呢，现在龙庄水库已经开始泄洪了，也不知道这八九个村的情况怎么样，她必须尽快赶回乡政府。

刚回到办公室，石子润就跟了进来，进门就说："书记，去不了了吧？"

"嗯？你是怎么知道的？"田平艳奇怪地问道。

"去了田庄，这么快就能回来？"石子润笑着说道，"关键是你刚走了一会儿，我就连着接了几个电话，供电公司说田庄送不上电，应该是电线断了；移动公司说它们的光纤往田庄送不通信号；联通公司说它们到田庄的电话线一个也不通，应该是断了；公路段说邢太线上估计会出现塌方和落石，让咱们通知一下沿路各村村民通行注意，他们正派人沿路查看。"

"怪不得田庄没有电话，他们想打能打出来吗？"田平艳恍然大悟，"子润，现在田庄是进不去、出不来、没有电还联系不上，我们再耗费精力也是枉然，先顾其他村吧。让办公室给县里打个报告，反映一下田庄的情况，申请尽快修复邢太线的公路，恢复田庄的交通，不然田庄通电、通信、生活和所有的问题什么都解决不了！"

　　两人放下了田庄的话题，石子润开始给田平艳汇报黑马河下游沿河八个村防洪排涝的准备情况。

　　下午，田平艳和石子润到黑马河下游沿河八个村转了一圈，由于准备时间仓促，这几个村的安排并不充分，出现了不少状况，有冲坏了路的，有冲垮了桥的，堤坝冲毁淹了庄稼的情况就更多了。

　　两人在这个村进行指导，到那个村进行指挥，回到乡政府已经天黑透了，累得走不动路，田平艳才到食堂吃到了今天的第一顿饭。

　　突然，电视机里山西新闻播报的一条消息，让她放下了手中的筷子愣在那里。新闻上说的是，7月5日晚，榆县下了一场五十年不遇的特大暴雨，山洪暴发，多条道路被冲毁，多座桥梁被冲垮，目前具体损失还不清楚。

　　榆县下了一场五十年最大的暴雨？田庄紧挨榆县，那田庄的情况？她心一紧，习惯性地拿出了手机给田树奎拨了出去，手机好长时间没有什么反应，最后传出了甜美女声："你拨打的电话已关机。"她想起了田庄已经断了电，不可能有任何信号，根本就联系不上。她暗暗庆幸自己幸亏听了孙师傅的话，没有绕道榆县到田庄，不然自己还得返回来，白跑一趟，关键是要耽误不少工作。想到田庄两边都断了路，又没有电，也没有了通信，现在可以说是与世隔绝了，她不由得苦笑了一声，轻轻叹了口气，自言自语道："唉！田庄，田庄，田庄该怎么办？"

　　她再也没有心思吃饭，用手揉起了太阳穴。心情无比沉重，当个基层领导，哪有什么上下班，哪有不该管的事。百姓无小事，大多数时候，这些小事都要他们去落实，去一家一户贯彻下去。而此刻，田庄十二个自然村，几百口人生死不明，她无助又焦虑，怎么办？还有什么办法？

在马庄睡了一个好觉。第二天早上，大家恢复了精力，嚷嚷着要过河，今天还有活儿要干。天已经放晴，一切恢复平静。大伙心心念念的是，这场大雨过后，自己家的房子怎么样？田有没有冲坏？庄稼是什么情况？都想回去看看。可是马庄的村民坚持要大家吃了饭再过河，而且各家早早地做好了饭，各家的饭也都不一样。

我们几个在水生家里吃的是小米稀饭、烙饼，除了昨天晚饭的老咸菜，还炒了一盘土豆丝，都是家常饭，但香喷喷，热腾腾，这饭吃得那叫一个香！

吃饱喝足，心满意足，我们告别了两个老人就到了河边，这时已经有八九个人吃完饭过来等着。时间不长，三十九个人全到齐了。

河水比昨天小了许多，"轰隆隆"的咆哮声已经变成了"哗啦啦"的流水声，当然比平常的流水声还是大了不少。

雨后的天空很高很蓝，田野山峦鲜嫩欲滴，空气清新得令人陶醉。这才是田庄该有的味道。青草依依，白云悠悠，花红柳绿，如同桃花源。

太阳很亮，但并不温暖。照在黄色浑浊的河面上，并没有让河水有什么明显的变化。黑马河的余威犹在！

两边河岸在太阳的照耀下，升起了团团的白烟，雾霭流岚，将不羁的黑马河装点得犹如仙境银河，神仙居所。

没工夫多享受，眼前的难题还要一一去解决。打下凡尘，我安排大伙按照昨天来的方法，小心翼翼地过河。

也许洪水小了许多的缘故，此番过河比昨天容易得多，不到一个多小时，就全部过了河，回到河对岸。

河岸边，田树奎和杜狗堂已经带领着站岗放哨的人在迎接我们，王堂金也在。

我是最后一个过来的，刚过了河，王堂金就迎了上来："杨书记，你看现在是不是就给我们的房子加固下面呀？"

我顿时心生反感，这人怎么这么自私呢？这么多的人因为你也算舍生忘死了，怎么上来一句问候的话也没有，只是惦记着自家的破房子？我极力压住了自己的不满，口气冷淡地说："堂金哥，咱们这就给你家加固，你赶快回家准备材料吧。还有，大家不要你的工钱，可中午你得给大伙准备饭呀。"

"好，好。多少人的饭呀，我这就回去准备。"王堂金身体又弓成了虾米样。

"你看咱们连我是三十九个人，站岗放哨的有二十来个人，也就六十多个人吧。"

"六十多个人？"王堂金瞪大了眼睛，虾米腰居然直了。停顿了片刻，王堂金苦笑着对我说："杨书记，咱们商量一下，这洪水也小了，能不能不用站岗放哨的了。"

"堂金哥，这洪水说来就来，这么多人在给你家干活，万一洪水突然来了，出了事你能负得起责任？"

"这，这——"王堂金搓起了手，"杨书记，我倒是想让大家到我家吃饭，可是我家厨房小，做不了这么多人的饭呀！"

"可是，堂金哥，总不能给你家干活，到别人家吃饭吧？"我故作为难地说道。

"到别人家吃饭？"王堂金自言自语了一句，眼睛突然放出了光，他看见了站在人群后边的王堂玉。

王堂玉这一天一夜都尽量躲着不说话，以免惹火烧身，过了河后也尽量躲在了人群后边。可是怕啥就来啥，没想到自家老大偏偏又盯上了自己。

看见王堂金朝自己走了过来，王堂玉心里就开始有点发毛。心里想：老大这又要给我出什么幺蛾子了？不至于会让我给他招呼人吃饭吧？

他的心思在脑袋里还没有转完，王堂金已经走到了他跟前，笑眯眯地对他说："老二，你看你家能不能给我分上一半人？哥家里的情况你也知道，根本就放不下这么多人，别说吃饭了。"

王堂玉脸一下子就红了，他把头扭到了一边："老大，大家给你家干活到我家吃饭？不合适吧？"

"有什么不合适的？二伯，我爹要不是听上你，房子能成了那？"在一边的王二利，尖声尖气地接了话茬。

"二利，猴——"王堂玉的"鬼"字还没有说出口，就被杜狗堂洪亮的声音打断了："你们一家人不用争了，看不出杨书记是逗你们，这些人里咱们村的就有二十多个，谁会到你家吃饭呢？"其实，杜狗堂只说对了一半，我确实是有逗王堂金的成分，但更多的是想为难为难他，让他们受点教训，长点儿记性。

"啊，啊，杨书记是逗我呢。"王堂金笑着看着我。

突然，王堂金又苦上了脸："可是还有三十多个人呀！"

大家都笑了起来。另外两户需要修房子的村民，悄悄走到我跟前和我说："杨书记，咱们干活的人就到我们两家吃饭吧。"我点了点头。这才是该有的觉悟和姿态，不是吗？

"对了，对了。杨书记还有他们两家呢，他们两家的也修，吃饭他们两家也有份嘛。"王堂金身体又弓成了虾米样，挤到了我的面前。

"那我们先修他们两家的？"

"不用，不用。"王堂金赶紧朝我摆手，"杨书记，要不去我家吃饭也行。"其实他心里明白，大家已经不可能到他家吃饭了。而且我也知道，真正吃饭的也没有几个人，槐树庄的二十多个人和田庄、磨坡等几个自然村的村民离得很近，都会各回各家，吃饭的主要是石家河沟里的八九个人，我只不过就是想让王堂金着急着急，让他能吃一堑长一智。这种自私自利的人，往往只能看到眼前的蝇头小利，什么体面道义常被丢到脑后。

我觉得，光吃饭这件事还不够，计划继续再吓吓他，让他多长点记性。我让他赶紧回去准备材料，告诉他不要因为准备不好材料耽误了大家的时间。要不就谁家准备好材料就先给谁家加固。

王堂金爽快地答应了，他不知道的是，我已经给他挖好了一个大坑，等着他往下跳，可是他并没有感觉出来，乐呵呵地带着儿子回去了。

我征求了一下大家的意见，是不是都先回家看看。大家都表示不用了，刚下过雨，到处都是泥呼呼的，看了也是白看，不如赶快把活干完，再回去干自家的活。既然大家都这么说，我便决定带大家赶快去加固院基地。万一再有洪水下来就麻烦了，但这工具得换一下，撬石头的工具和砌石头的工具可是不一样的。

我正在为准备工具需要时间犹豫时，田树奎、杜狗堂、田铜虎和石爱叶等几个老党员，早已把工具准备好带了过来。田庄的两委班子成员都能积极主动工作了，这是多么大的变化呀！党员带头，我为人人，人人为我，这样的村风多好啊。

到了施工的地方，王堂金一家三口已经等在那儿。看见我们来了，王堂金并没有迎上来，而是弓着腰在原地打起了转。我心里暗暗发笑，这本来就是我意料之中的事，不过我还是一本正经地对王堂金说道："堂金哥，咱们的人都来了，材料在哪里，大家可要干活，时间紧，得赶快干！"

"杨书记，我可真没有办法了，这可咋办呀？"王堂金现在已经不仅是哭丧着脸，而是老泪纵横了，后面他老婆也在擦眼泪，王二利则怒目圆睁地盯着王堂玉。

"堂金哥，你怎么回事？"我有点心软了，可是为了达到教育他们的目的，我还得再撑一撑。

"杨书记，这房子就由它塌的吧，我实在弄不上材料，路都断了，这水泥去哪儿买？下了这么大的雨，石头也不能采，唉！"王堂金用力拍了一下自己的大腿，蹲在了地上。

看到这一家子的情况，在场的人都议论纷纷。大部分人都指责王堂金自私自利、不顾大局的行为，语言中也映射着王堂玉，因为王堂玉毕竟是两委成员，所以大家还是给他留了个面子。即便如此，王堂玉也够难受的了，脸上红一阵白一阵的。

看到大家都有了认识，我觉得我设计的这场戏达到了预期的效果，没必要再演下去了。

"堂金哥你交一千块钱，我给你买材料，你看行不行？"我直截了当说道。

"什么？杨书记，你说多少钱？你再说一遍。"听了我的话，王堂金"呼"地从地上站了起来，不大的眼睛瞪了个溜圆。

"一千块钱。"听到我肯定的回答，王堂金的脸上马上就有了笑容："真的？杨书记，别说一千，两千也行。老婆子快拿钱去。"

"嗯，等着，我就去拿！"王堂金的老婆也不哭了，从地上爬起来，转身就跑回家取钱了。

"杨书记！"刚听到声音，我胳膊上就觉得疼了一下，回头一看，水生用力地拉住了我的胳膊，脸都急得变了形。

好一阵子没看见这小子了，王家这个事来不及和他商量，不知他又要说些什么。

第二十一章
展开自救

　　大家都把注意力放在王堂金兄弟俩身上，水生在众目睽睽之下拉走我，也没人注意。

　　水生毫不客气地拽着我的胳膊，怒目圆睁，但不说话。我的胳膊生疼生疼，可是又怕引起大家的注意，只能忍着疼跟着他走，也不知道这小子搞什么名堂。

　　走到了邢太线路边，离开众人有一大截了，水生这才放开我的胳膊，我赶紧用手揉了揉。水生并没有在意这些，劈头盖脸就说："杨大哥，你怎么能随便答应呢？也不看我的暗示。"

　　"我答应什么了？"我一时没反应过来。

　　"一千块钱给人家就供材料？这平常也不够，更别说路都断了，就给你五千块你去哪儿给人家弄？"

　　看着他急得抓耳挠腮的样子，我不由得笑了，我拍了拍他的肩膀，还没等我说话，水生就朝我瞪起了眼睛："你还笑，这么多人等着你的水泥？我看你去哪给人家弄？"不过下一秒，他的眼睛就瞪得圆溜溜愣住了。

　　不远处，田树奎开着辆农用三轮车，满载水泥向这边走来。

　　原本以为水生会高兴得手舞足蹈，谁知他看见水泥车快过来了，狠狠瞪了我一眼："你什么都准备好了，净让人跟上你白操心。"说完气呼呼地转身走了。

　　我知道，水生是真的生气了，这事也怪我，没有事先和他商量。可是从上了河我就没有停歇过，也就趁大家拿工具的间隙，安排了田树奎去拉水泥的事。

　　不过现在我可没工夫跟他解释，那小子是驴脾气，不知道是不是一直养驴，受到驴的影响。最好的办法，就是晾晾他，让他自己想通了，自然就没事了。

　　田树奎把三轮车停在我面前，简单说了一下借水泥的过程。开始工程队的头儿态度很横，没得商量。后来听说是杨书记出面让借的，才同意了。工头还动员他手下的几个瓦工过来一起帮忙。果然，不远处几个戴安全帽的人急匆匆走了过来。

　　新建村委会的工程队是我朋友大林开的，因为没有人愿意垫资，我动员了他参加投标，帮我把这个活干了。到现在，两个多月了，基础工程差不多都完成了，说老实话，这工程款在哪儿我也不知道，什么时候能兑现我也不清楚。

　　大林的工程队中标后，我跟他讲了这个情况，他很够意思，说大不了就算支持我了。至今，大林也没有和我提过钱的事。他还告诉工头，什么都要听我的，我有什么困难要无条件帮忙……可真是，为了当好这个第一书记，把田庄的事办好，我是搭上钱财、牺牲家人、利用人脉，想想都觉得对不住好多人。

　　是啊，没有单位、家人、朋友的支持，想干成一件事，是很难的。我们这个社会，正是需要互相团结，伸出友爱的手，才能拧成一股绳，劲往一处使，形成合力，走向胜利。

　　冷漠，是种社会病，需要治疗，而我们每个人的温暖，都是一服药引子。

洪水刚刚退去，露出了下河床的坡路，虽然是石头路，很硬，太阳也一直晒着，可路面还是很滑。田树奎小心翼翼地开着三轮车，车上拉的水泥太重，我和几个工人在后面用力拉着，保持平衡，三轮车才慢慢到了目的地。

村民在水生和光武的带领下，开始紧张地忙碌，有的从河里捞沙，有的把原先坝堰坍塌下来的石块收集起来加固坝堰底下。

洪水小了不少，挨崖底的责任田坝堰露出了五六十厘米，但人还得站在水里干活，积水不深，刚没过膝盖。这里是在原先责任田上面，河道要低两米多，为了怕有人不留神掉进去，水生将绳子连接起来，扯了一条五十多米长的警戒线。村民都在警戒线里面干活，以防万一。越是在这个时候，安全意识越是要加强。否则，稍有闪失，就会功亏一篑。

我们制订的方案是，在原来挨崖底的责任田坝堰上垒一道加固的石墙，一直垒到崖上面，石墙与石崖之间的空隙也用石头和水泥进行填充。这样院落下面全用石头和水泥垒起来填实，外面又有一道石墙加固，以后就是有再大的洪水也不怕了。

现在水泥有了，沙子有了，石头有了，更重要的是我还有了几个专业的砌墙师傅，他们在老家的时候就是专业砌石头的，回归本行，正好露一手。真是万事俱备，东西南北风，什么都不欠，一个字"干"就行了。

今天来干活的人可真多，数了一下有六七十个。当然，有一个主要的原因是，艳阳高照，站岗放哨的人都回来干活了。大伙都吵吵说，这么大干快上的场面，已经多少年没有看见了，有的人还在回忆，说农业社的时候多热闹啊，齐心合力，激情澎湃，包产到户单干这些年，都是各顾各，还没有见过这样热气腾腾的场面。

不少的人夸原来责任田的坝堰结实，这条坝堰足有一米宽，正好做了这面石墙的基础，要是没有这个坝堰做基础砌这面石墙可就费劲了。

干活的间隙，水生蹭到我跟前，神秘兮兮地对我说："你不告诉我，我也知道你是哪里弄来的水泥，有本事你就一直保密，哼！"

看着他洋洋自得的样子，我有点好笑。这小子，有时候就像个大小孩，心无城府，质朴有趣。

水生朝我做了个鬼脸，又屁颠屁颠干活去了。

活干得很快，也干得非常漂亮。这不光是因为干活人多，更关键的是有了几个专业的师傅参与和指导，加上材料供应及时，到了第二天中午，就基本干完了——村委会院里存放的十五吨水泥用了个干干净净。

洪水的险情在大家的努力下终于解决了。回到村委会，我很高兴，但心里并不轻松。这次洪涝灾害到底给村民造成了多大的损失，还不清楚，接下来该怎样解决这些问题，我心里还没有底。刚才我已经安排了班子成员下午到各自包的自然村了解情况，下午六点回村委会开碰头会。我也计划下午在黑马河和石家河转一圈。

这两天太累了，现在要到我的大床上躺一会儿了。

脑袋刚挨着枕头，我就开始迷糊了，可是脑子里却还在胡思乱想了。半睡半醒之间，我忽然想到了一件事，惊得一骨碌爬了起来，顿时睡意全无。我怎么这样糊涂呀，昨天三户村民收回了料款三千元，可是十五吨水泥，每吨要三百三十元，一共是四千九百五十元，就算石头、沙子是就地取材不用钱，可是水泥钱还差了一千九百五十元。我当时只是一时冲动就告诉王堂金材料费要收一千元，现在怎么办？总不能就把三千元给我朋友让他贴一千九百五十元？算了，贴也是我贴吧，怪不得说冲动是魔鬼呢，还觉得人家水生有时像孩子，我的不成熟也只有自己知道。啥时候能沉稳一点，更理性一些。

这么一折腾，我再也睡不着了，又惦记着各自然村大雨、洪水过后的情况，干脆开上车沿黑马河和石家河转了一圈，这一圈就用了两个多小时。倒不是路不好走，这两天给那三户村民垒石墙，把路上的落石都拉走用了，特别小的也都清理了，路上干干净净，光溜溜的，可是在每个自然村都要下车看看具体的情况，自然用的时间就长了。

黑马河水小了一半也不止，河水已经没有了"轰隆隆"的气势，狂傲不羁的黑马就像被驯服了一般，由咆哮变成了低吟。只是洪水过后的河沟一片狼藉，七歪八斜的木杆挂满了各种杂草、塑料，像废弃了多年破船上的桅杆，河道里的杨树横七竖八斜躺着，树干上缠绕着电线等乱七八糟的垃圾，最显眼的是，河面漂着的长长的看不见头尾的白色水管子。沿河两岸梯田的堤坝被冲得七零八落，梯田里的玉米、高粱、谷子大面积倒伏。

黑马河和石家河里的九座拦河坝，除了去年我们修的槐树庄的那一座外，其余的八座已经被洪水冲得无影无踪，这对田庄来讲，是非常大的损失，会给村民的生产带来很大的影响。

坪上村外邢太线的路被洪水冲出了一个很大的塌洞，已经把田庄通往县城方向的路断了，再往前面的路有没有冲毁我不得而知。因为这个塌洞前面不远处有个小山包遮住了我的视线，前方的路根本就看不见了。

后来我才知道，这个小山包和挡住了田平艳视线的小山包是同一座。

回到村委会已经五点多了，刚洗了一把脸坐下喘口气，田树奎就来了。一进门，就是一阵唉声叹气，我赶紧给他倒了杯水。接过了杯子，他并没有喝就放在了桌子上，从上衣口袋里拿出一支烟，点上烟抽了两口，愁眉苦脸地说："杨书记，这看这可怎么办呀？"

"什么怎么办？树奎哥。"

"咱们村两边的路都断了。"

"嗯？两边的路都断了？"

"是啊，北边是坪上那儿快出村的路塌了，南边是磨坡出了村刚到榆县的桥塌了，桥的前面路也塌了。咱们这里现在是出不去也进不来，这可咋办呀？"

"树奎哥，那咱们能不能自己想办法修好路呀？"

"靠咱们自己？难啊！"田树奎长长地叹了一口气。

"树奎哥，咱们也不是全修，磨坡村那边塌了的路和桥是榆县的，咱们也没办法修，就是修好对咱们的意义也不大。咱们只修坪上这儿塌了的路。"

"杨书记，坪上这儿塌了的路，咱们也没有办法修，下面还有水，洞又那么深，那么大，没有大型机械根本就修不了，就算能修了，修好也得好多天，等修好也'误了九月八了'（方言，误了事了）。"

"你说修好也'误了九月八了'是什么意思？"

"杨书记，这路修不通，电就通不了，这年月没有电大家什么也干不了，手机和外面也联系不上，大家都快憋闷死了。这还不是最主要的，最主要的是，咱们村连个小卖部都没有，平常大家的油、盐、酱、醋、米、面等生活用品都是从外面买。现在路断了，洪水来得突然，大家都没有准备，有不少人家都快断顿了，这路要再不通，恐怕要出事了。"

听田树奎这么一说，我的心情马上沉重起来，事情的严重性超出我的预测。没有等我多想，班子成员们已经陆续到了，事不宜迟，我马上组织召开两委班子会。

大家分别汇报所包自然村的受灾情况。

村民的生活情况和田树奎讲得差不多，但汇报的情况比田树奎讲得更糟糕，因为村民不光在生活方面出现了问题，而且生产方面也面临困境，急需解决。

这场雨实在太大了，不少村民责任田的堤坝都有不同程度的坍塌，果园里积水严重，庄稼大面积倒伏。石家河沟有几户村民的房屋倒塌，牲畜棚和鸡窝也塌了不少。好在我们在大雨来之前，做了充分准备和大量的工作，所以并没有造成人员和财产损失，连只鸡都没有被压死。

村民现在理解大雨前两委会为啥要强制大家搬到安全房了，嘴上不说，心里还是很感激。黑马河这边有几户村民的房子和院墙出现了裂缝，太河村一户村民多年不住人的房子倒塌，倒塌的房子压在了前面村民的院墙上，使前面村民的街门严重倾斜，随时有倒塌的可能。这户村民的街门就邻着邢太线，对邢太线过往车辆和人员构成严重威胁，必须立即解决。

大家汇报完后会场就陷入了暂时的寂静，大家的心情都很沉重，毕竟这么严重的情况是谁也始料不及的，更关键的是现在田庄和外面的交通断了，通信也断了，所有的事都要靠自己来解决，可是小小的一个田庄能有多大的力量呀？

"办法总比困难多。同志们，现在可不是我们愁眉苦脸的时候，我们必须想办法解决目前各种问题，带领大家渡过难关。"我不能让沮丧的情绪蔓延，必须尽快让大家振奋起来。

"杨书记，你说现在也不知道什么时候能通了路，大家要吃没吃，要喝没喝，怎么渡过难关？"水生不光嗓门大，脸上又开始龇牙咧嘴了。要是平常他这副模样，早就逗乐大家了，可当下谁也笑不出来了，他们把目光都投向了我。

我知道，大伙把我当做主心骨，无论如何，我必须拿出具体办法来，替他们排忧解难。

我稍稍想了一下，对大家说："同志们，大家不要灰心丧气，党和政府不会不管我们，说不定现在书记、乡长正在组织人在那一边修路了，相信很快路就会通了。"

"现在咱们该怎么办？"还是水生急不可耐。

"现在我们要做的无非就是三件事：消除险情，解决民生，生产自救。"

"能不能具体点？"水生又开始龇牙咧嘴了。

"好，大家听我说，最好解决的是消除险情，会后马上就联系给咱们盖村委会的工人师傅，让他们马上就解决黑马河的险情。"看到大家都在点头，我知道消除险情的事就算解决了。我接着说："解决民生无非就是解决老百姓的油、盐、酱、醋、米、面等生活用品短缺问题，现在路断了，大家有点心慌。我觉得路应该断不了几天，会后，大家赶快回到所包的自然村，和各小队长到各家各户做个调查，统计一下各家的油、盐、酱、醋、米、面等生活用品，还有多少存货，蜡烛也要统计一下，电力的恢复肯定要更慢，大家晚上还是需要照明的。各自然村内对大家的生活用品先进行调派，调派不了的报回村委会，咱们在十二个自然村之间进行调派，拿了谁家的多少，给了谁家多少都要记清楚，等路通了以后由两委会负责组织大家进行找补。"

"这倒是好办法。"我刚说完，田树奎就站了起来，两眼放光。其他的两委成员也都有了精神，开始议论起来。我摆了摆手接着说："等我全说完大家再补充。关于生产自救，我觉得是咱们两委会进行组织指导，以各家各户为单位先各自解决各家的问题，对于特殊情况，由两委会想办法帮助解决。还有，在生产自救方面咱们两委班子成员要起到示范带头作用，等布置完任务后，我们就要先带领自己的家人干起来。"

"好，好。咱们就这么干吧。"

"这些办法真好，咱们怎么就没有想到呢？"

"那咱们还等什么，干吧！"

我刚说完，大家就纷纷议论起来，眼里都闪着亮光，一下子都有了精神。我让大家商量了一下生产自救的一些具体步骤和方法，大家纷纷出主意，想办法。最后定下来：

一是先排水，把所有田里的水用挖引水渠等办法想方设法排出去，特别是果树地里的水；二是把倒伏的庄稼能扶的都扶起来，不能扶的整理好地为通路后补种做好准备，班子成员把各自所包村的补种方案定下来，路通了以后马上买种子进行补种；三是垒好冲毁的坝堰，恢复原来责任田，能补肥的补肥，需要打农药的打农药，努力消除洪水对农作物的影响。暂时缺少化肥、农药的路通了马上买回来进行施肥打药；四是统计好各家各户的受灾情况，写出田庄这次受灾情况的报告，等路通了上报乡政府；最后再解决坍塌的房屋和牲畜棚与鸡窝问题，这些房屋、牲畜棚和鸡窝大家暂时都不用。

第二天，田庄一场浩浩荡荡的生产自救开始了。由于大家的生活基本上没有了后顾之忧，又明确了生产自救的步骤和方法，积极性都很高，整个田庄的男女老少都行动起来，很快就见了效果。

两天后，工人师傅就把倒塌的房子拆除了，裂了缝的院墙和街门都推倒重新垒好了，眼下田庄因洪水造成的险情已经基本消除了。

三天后，六个两委班子成员家里的生产自救基本完成，光武、田海等十几户村民的也基本完成。我立即安排班子成员去生产自救比较滞后的村民家了解情况，让班子成员带领这些村民参观其他村民生产自救的成果。光武、田海等完成了生产自救的村民们都主动积极地帮助那些没有完成自救的村民。

　　田庄的道路中断了，通信也断了，进不去，也出不来。到底发生了什么情况大家都不清楚，田平艳和石子润两人心急如焚。遇到这么大的洪水，什么情况都有可能发生，两人首先是祈祷着千万不要死人，死了人问题可就大了，再就是祈祷不要发生大规模的房屋倒塌。至于损失就不用说了，发了五十年未遇到的特大洪水，有损失一点也不奇怪，只是祈祷损失尽量小一点。不过，他们两个没有想到的是，越祈祷越心急。

　　发了洪水的第二天，乡政府就又开了应对洪水的紧急会议，启动了应急预案。安排一名副乡长专门负责赶修通往田庄的路。

　　会后，田平艳专门把田庄的情况向县委书记和县长做了汇报。县领导专门就田庄的道路问题，向水利、交通等部门做了安排。邢太线是省道，属公路段管理，要尽快协调好，立即安排修复洪水冲毁的路段。县领导指示田平艳，一定要竭尽全力做好故城乡灾后重建工作，将损失减低到最小限度。

　　当天，公路段就派出机械人员开始抢修。可是洪水还没有完全退去，坍塌部位的水流比较急，塌洞太大，这给道路的抢修带来不少困难。好在洪水一天比一天小，为了加快进度，县交通局和故城乡也派了人员和车辆参加抢修，可是邢太线这一段路太窄，大多数地方两辆车刚能错开，人员和车辆太多了也施展不开，反而容易造成堵塞。因此，抢修速度并不快。田平艳和石子润干着急没有办法，每天让人过去看进度，每天让人汇报抢修的情况。田平艳急得起了口疮，牙疼得整夜整夜睡不着觉。

　　一个星期后，两处坍塌的路段虽然没全部修复，但总算可以通车了。田平艳和石子润听到马上就能通车了，急不可待地让孙师傅拉上他俩赶了过去。结果去得太早了，还不能通行，还要等半个小时。

想到路马上就可以通行，很快就能到田庄了，两人心里都很激动，下了车站在路边看着工人们完成最后的一点活儿，期待着马上能过去。

"书记，乡长！"远远地有个人从修路的地方跑了过来，两人定睛一看，是派来负责抢修的副乡长。他一边跑，一边朝他俩摆手，"书记，乡长。你们回吧，今天过不去，到不了田庄。"

刚想问问原因，跑得气喘吁吁的副乡长上气不接下气地说："你们回吧，过了前面的那个弯还有一截路也冲垮了，今天肯定修不好。"

"估计还得修多久？"石子润问道。

"怎么也得三四天吧。"

"哦，我刚才还奇怪，田庄怎么也没个人过来，原来前面的路也断了。"石子润看了一眼田平艳，"书记，你看怎么办？"

"能怎么办？回吧！"田平艳没好气地回答。

三天后，去往田庄的路真的通了，田平艳和石子润第一时间通过修复的路段。想想田庄老百姓在断电、断路情况下，与世隔绝地生活了十几天，两人心情沉重，他们设想着到了田庄后会是怎样的惨状，做好老百姓向他们哭诉的心理准备。

车很快就到了田庄的第一个自然村坪上村，石子润让孙师傅把车停在路边，他先下去看看情况，再让田平艳下车。

他刚站到路边，田平艳就听到"呀"的一声叫。这一声，吓得田平艳赶紧推门下车。

到底是出了什么事？田平艳觉得自己不是牙疼，而是头疼，那种天旋地转的眩晕，呼吸急促……

第二十二章
灾后重建

田平艳下了车，看到石子润站在坪上村口的路边向河对岸的山上眺望，她三五步就跨到了石子润旁边。

"子润，你叫什么呀？"

"啊啊，田书记，你看。"

田平艳顺着石子润手指的方向望去，对面山坡上的梯田庄稼绿油油的，没有一棵倒伏的，梯田的堤坝修得整整齐齐，看得出，有许多地方是新修补的，和洪水过后黑马河里的一沟鸡毛形成了鲜明对比。

神了！刚才路过龙庄村和窑口村的时候，路边庄稼倒伏现象严重，不少梯田坝堰坍塌，有的还往外流水。坪上的堤坝怎么会如此完好？尤其是庄稼居然没有一棵倒伏，这哪像山洪暴雨侵袭过的样子？怪不得石子润会那么大惊小怪。

田平艳和石子润从乡政府出发前就商量过，为了尽快解决田庄的问题，尽量避免和村民接触，直接到村委会，以免被村民围困、纠缠浪费时间，影响及时解决田庄灾后的问题。

一年前，田庄几十号村民在乡政府、县政府上访时胡搅蛮缠的情景还历历在目，有坐在地上哭的，有一跳三尺高叫的，两人费了好大劲才把村民劝了回去。前年一月在给各村配包村干部时，谁也不想包田庄。最后没办法配了一个大学生村官，小伙子不了解情况，也是初生牛犊不怕虎，可没到了几次就再也不愿意去了，用石水生的话说，是吓得不敢来了。

这一次田庄断路、停电十来天，就算基础好的村子也够呛，何况是田庄这么个软弱涣散村，老百姓哭天抢地也很正常。两人已经做了充分准备，今天到田庄的不光是他俩，同行的还有两个副乡长、办公室主任、妇联主任、农经站长、林业站长等七八个人，把乡里的两辆公务车塞得满满的。人多一点，在老百姓情绪激动时好应付，以免手忙脚乱，毕竟多几个人做群众工作，更利于占据主动，安抚情绪。

当然，人多一些更主要是为了便于及时开展田庄的灾后恢复工作。

石子润刚才下车也是为了探探风，现在看到这情况吃了一惊，难道田庄没有下大雨？田平艳和石子润怀着好奇的心情决定进坪上村里看看，为了不引起老百姓的注意，他俩只带了副乡长王盛飞。

其实，田平艳和石子润也是多虑了。断路这么多天，这条路上就没有出现过外面的车，再加上车上明显的"公务用车"字样，不引起老百姓的注意是不可能的，只不过是各忙各的没人理会。

三个人过了坪上桥就进了坪上村，河水在桥下面"哗啦啦"地流着，还有山洪暴发留下的最后一点余威。

村里静悄悄的。村边卧着一条半大的黑狗，见生人进了村，都懒得站起来，只是安静地看着，还不时摇摇尾巴。连狗都如此镇定，没有一丝大灾后的慌张。

作为田庄的一个自然村，坪上村在册的只有十六户三十四口人。

整整齐齐三排院落，是前年因有地质灾害隐患，由政府重新选址新建的。

三个人在村里走了一圈，看到的是干干净净的街道，大雨和洪水的痕迹一点儿也没有留下。只是家家户户都虚掩着门，巷子里看不到一个人。几家街门前，有一大片绽放的菊花，粉色的、黄色的，一簇簇生机勃勃，不像是人为种植，倒像是天然生长的。偶尔，会有一群芦花鸡窜出来……

田平艳脑海中出现了《过故人庄》的场景：故人具鸡黍，邀我至田家。绿树村边合，青山郭外斜。开轩面场圃，把酒话桑麻。待到重阳日，还来就菊花。

"人都去哪里呢？"石子润东看西看，大声自语着。

坪上村就算不大，也有三十多个村民呀，村里怎么会一个人也看不到？村里发生了什么？三个人都很奇怪，田平艳的心又揪到了一起，不会是？她不敢想了。

三个人决定干脆挨家挨户问一遍，到底是什么情况总要弄清楚呀。

功夫不负有心人。在三排的最后一家，终于见到了一个人，这是一个快八十岁的老妇人。老人正在院子里坐在椅子上擦拭沾满泥的西红柿，擦拭好的西红柿有多半簸箩，大部分只有半红，旁边还有几纸箱子沾满泥水的西红柿。

看见三个人进了自家的院子，老人站起来招呼他们，知道他们是乡政府的人后，老人赶忙站起来，让他们坐在几个小凳子上。听得出，老人思维清晰，口齿也伶俐。看得出，老人腿脚不太灵便。

"咱们村的人都去哪了？"石子润迫不及待地问，这是三个人共同的疑问。

老人呵呵呵笑了，"你们说人啊，都在山上干活，你们出了街门往后山上看就能看到。"

"真的？"石子润站起来就往门外跑。

老人笑着说："这后生真逗人，这是什么事还要哄你们？"

"书记，你来看！"老人还没有说完，石子润就在门外嚷了起来。

田平艳站起来走到街门外，顺着石子润手指的方向望去，果然半山腰有人影在晃动，细一看人还不少，有的好像是在果树地里，也有的像是在玉米地里，离得太远，看不太清楚。但可以肯定，他们都没事，庄稼也很好。

田平艳回到院子里，问："老人家，大家是什么时候开始干活的？"

"下了雨的第二天，一天也没有歇着。"老人还是笑呵呵的。

"路断了，你们缺吃的没有？"田平艳问道。

"没有，什么都不缺。缺了什么大队都管，我们不用操心。"

这是什么情况？田平艳陷入了沉思。"大娘，停了这么多天电，你们可憋闷得够呛吧？"看到两个领导不说话，王副乡长问道。

"憋闷？"老人疑惑地看了三人一眼，马上摇头道："憋闷什么呀，再停一年电我们也不憋闷。每天晚上，大家都坐在大街倒歇（方言：说话，聊天），可热闹呢。"

"大家倒歇些什么啊？"王副乡长打破砂锅问到底。

"嗯——说说庄稼怎么种，谁家的庄稼种得好是怎么回事，谁家的庄稼种得不好又是怎么回事，反正是些家长里短的事。有时候也说说笑话，讲讲故事，有时候还唱歌。"

"唱歌？"三人又是异口同声。

"嗯。"

"你们会唱歌？"王副乡长又问。

"怎么？你们小看人？杨书记还说我们唱得好呢。"

"哪个杨书记？"王盛飞奇怪地问道。

"你们是乡政府的？怎么连杨书记也不知道？就是住在大队里的杨书记！"老人语气里竟有一些不屑。

"杨书记我们当然知道，他还听你们唱歌？"石子润不再沉默。

"杨书记当然听我们唱歌，他还和我们一起唱歌，还教我们唱歌呢。"老人都有点扬扬得意了。

"你能给我们唱一个吗？"田平艳笑着说。

"唱一个？"老人也是爽快，并没有推辞。

"嗯。"三个人同时点头。

"好，那就来一个。五星红旗迎风飘扬，胜利歌声多么嘹亮！歌唱我们亲爱的祖国——"老人大大方方，一点儿也不扭捏，虽然嘴有点走风漏气，气息也不够，但却唱得清清楚楚。

返回车上的路上，三个人都没有说话。

上了车，田平艳低声自语："看来田庄是确实变了。"石子润也颇有感触地点了点头。

车继续往田庄村委会进发，中间路过了田庄和槐树庄，他们都下去看了看，情况和坪上差不多，村里没有几个人，多半都在田里干活。田庄路边的打谷场上坐着三个人，可是人家都有活干，有一个也是在擦拭西红柿，另两个擦拭的是西葫芦。要不是他们主动去搭讪，人家根本就看也没有看他们。田平艳和石子润在乡政府出发前所做的预案，一个也没有用上，因为他们设想的场景，一个也没有出现。

车在离村委会大门二十来米的地方停了下来，大门路边停着车，有两辆是农用三轮车。没有等所有人都下车，田平艳就向村委会大院走去，石子润和其他人紧跟其后。

刚进大门，三个五十来岁的村民急匆匆地朝田平艳走了过来。跟在田平艳身后的石子润，心一下子就提了起来，看来还是有事。

他想紧走两步挡在田平艳前面，毕竟书记是女的，有什么事还是应该男人先扛着。可是来不及了，三个人已经来到了田平艳面前。

看到突然有三个人向自己走过来，田平艳也是吓了一跳，不过她很快镇静下来。这么多年在乡镇摸爬滚打，什么场面她没见过，自己是乡党委书记，老百姓的父母官，老百姓有事不找自己找谁，她干脆停了下来，做好了应对一切的准备，无论老百姓是哭是叫是骂，还是跪在地上吼她，都是有可能的。今天，无论发生了什么，她都做好了准备。

三人走到了她面前，让她没想到的是，人家根本没有理她，甚至看都没看他们一眼，自顾自地说笑着，走到路上把两辆农用三轮车发动着，"咚咚咚"地开走了。

什么状况？田平艳愣了。不光她愣了，其他人也愣了，直到他们看着三个人开着农用三轮车走远，田平艳还没有缓过神来。

"书记，咱们进村委会吧？"石子润的话惊醒了发呆的田平艳，她迈开了步子向村委会走了过去。

村委会，我正组织两委班子成员开班子会。

这几天，我和两委班子时刻关注着道路修复的进度。断路十来天了，有些生活用品就快调派不开了，我有些着急。当然，情况村民都不知道。为了保密，村民生活用品的调派也只有我、田树奎、水生、田铜虎四个人知道。我告诉他们，村民生活用品的存量是秘密，绝对不准泄露，以免引发不必要的惊慌，不利于生产自救。

今天的路总算通了，我马上召开两委会，根据现在村民生活用品的存量，组织采购，把调派的生活用品给大家找补了，同时也进一些村民急缺的生活用品。毕竟刚通了路，有些村民用车不方便，集中采购回来过渡一下，更加快捷。

　　田铜虎刚刚把购物的单子和货款交代给了三个靠得住的村民，我们正准备开两委会，田平艳推开门走了进来，后面还跟着乡长石子润和乡里的七八个领导。我们也有些手忙脚乱，没想到乡领导会这么快来，赶紧站起来迎了上去。

　　村委会办公室一下子进来这么多人，还是显得有点不宽敞，不过凳子足够坐。

　　我想给大家倒杯水，可是没电根本热不了水，正在不知所措的时候，田平艳摆手阻止了我："杨书记，不用忙了，你们谁说说看，这一段时间你们是怎么度过的？"

　　我们商量了一下，决定由田树奎、水生先汇报，我做补充，毕竟他俩才是田庄真正的两委主干。

　　听完我们的汇报，村委会办公室一阵寂静。田平艳沉思了一老会儿，抬起头终于开口了："在这次洪水暴发以来的十几天里，田庄两委表现得很不错。田庄两委班子充分发挥了战斗堡垒作用和核心枢纽作用，在断路、断电、和外界隔绝联系的情况下，带领全村老百姓战胜了洪灾。这说明，田庄两委班子是充满战斗力和凝聚力的。很好，我代表故城乡党委、政府感谢你们，你们的做法值得全乡推广学习。田庄的变化让我感到震惊，也让我很激动。该做的你们都做了，我就不多说了，但你们绝对不能大意，要继续做好抗洪救灾的后续工作……"

　　"哗哗哗"，热烈的掌声在办公室久久回荡。

　　"先通上电吧！"听到田平艳让说困难，掌声刚落下水生没头没脑地抢先开了口。

　　"还有电话线。"

　　"拦河坝得重建。"

　　"最主要的是要把那两座冲塌的桥先修好。"

"能不能给点化肥和农药？"

……

水生开了头，大家也不客气，两委班子成员你一言我一语地说起了困难。

田庄要办的事多了去了，让说困难一上午也说不完。听着听着田平艳先笑了起来，接着大家也都笑了起来。

石子润拍了拍手，让大家安静一下："你们刚才说的都是实情，可咱们要一下子全解决肯定顾不过来，一个一个地来，咱们先解决通电问题，好不好？"

"好。"

"行，那就先通电吧。"其实大家心里也都清楚，有不少困难靠乡政府也根本解决不了。"家有三件事，先从紧处来"，路通了，眼下最要紧的事就是先通上电。看到大家没有什么反对意见，石子润又强调了一些工作中的注意事项。

田庄没有什么事，工作还做得这么好，田平艳悬着的心总算放了下来。

送乡政府领导出了村委会大门，临上车前我和田平艳简单地说了修建村委会的事，田平艳表示支持，告诉我说："老杨，你就放开手大胆地干吧，年底乡里想办法给你拨点经费。"得到了田平艳的肯定，盖村委会的事我心里也算有了点底。

送走了书记、乡长一干人，两委班子继续开会，主要内容是安排路通了村里要及时处理的事情。

散了会，已经到了中午。我包里带的吃的东西已经不多了，这也多亏这几天村民们给我送来不少新鲜蔬菜，不然的话也坚持不到现在。

水生要我和他一起到马庄他父母家吃饭。

几天前，洪水变小，马庄桥已经露了出来，桥完好无损，从村委会到水生父母家开车用不了十分钟。可是我不想给两位老人添麻烦，坚持不去。

我们俩争执了起来。这时突然院子里传来了两个女人的声音。

"在了吧？"这不是我老婆程川的声音？她怎么来了？

"在了，大中午的他们能到哪去？"这是郑丽萍的声音。

这俩人什么时候走到一起了？女人的世界总是耐人寻味，男人的脑回路是搞不懂的。

我和水生停止了争执，赶紧迎出了门外。俩人已经走到了门口。把他俩让进屋里，两人进了屋里掉了个头就跑了出去，直嚷："臭死了，臭死了！"

我和水生吸了半天鼻子，也没有闻到什么臭味。可是任凭我俩怎么请，她俩也不肯进来，水生出去拉丽萍，丽萍一把推开了他，说他身上也可臭了。

水生不相信自己身上臭，进了屋让我闻闻，我使劲闻了闻，也没感到有什么臭味。女人真是矫情，程川笑着说我俩是臭味相投。我看到两个女人笑着笑着，脸上竟挂满了泪珠。

我和水生把屋里的前后窗户都打开，又把屋里清扫了一遍，打了水把自己浑身上下擦洗了一遍，换了衣服，两人才进了屋。

两人进屋后又打了水，找到毛巾把桌子、椅子细细擦了一遍，然后跑出去从车里拿出了好几个饭盒，里面装的都是好吃的菜，我爱吃的和水生爱吃的，看来两人带菜前是沟通过的。

吃饭的时候，程川告诉我，7月6日晚上，看电视从红谷新闻知道，黑马河发了五十年不遇的特大洪水，老妈让她赶快给我打电话，可是电话怎么也打不通，家里人都急坏了。第二天，程川赶紧让龙龙到田庄来看看我，结果路断了，只好返了回去。这下，家里人更着急了，不停地打电话，一直打不通，屡不通屡打，屡打屡不通，越打不通越着急。

无奈，程川只好找到丽萍。丽萍的情况也一样，给水生打了无数个电话，没有一个打通的。不光联系不上水生，田庄人她知道的电话打了个遍，没有一个能打通，丽萍正急得团团转呢。

两个女人就这样联系在一起，丽萍每天都让厂里的工人打探修路的情况，每天晚上两人都进行沟通。

今天早上，听说路马上就通了，丽萍立即通知程川，两人找饭店订了菜，一刻没停就赶了过来。

听了她们的话，我不由心生愧意，平常工作忙，家里的事也管不上，还让家里人替我操心，咱这男人当得太不称职了。

吃完饭，程川和丽萍要回去了，我让水生也回去。十几天了，还有那么大的厂子呢，总不能只靠丽萍一个人吧？

再说水生也应该好好洗个澡，好好休息一下了。水生还是坚持要我先回去。我告诉他，等村里有了电我就回去。

"哎呀。"正在写字台柜子里给我收拾脏衣服，准备拿回去洗的程川尖声高叫起来，把我们三个都吓了一跳。这是怎么了？难道柜子里有老鼠？我知道程川是非常害怕老鼠的。

我们三个赶紧跑了过去，程川已经捂着鼻子站了起来，见我们过来，用手指着我说："好我的老人家，还不承认你臭，你闻闻这是什么味？"

果然，一股怪味正从打开的柜门向房间弥漫开来，说霉味不是霉味，说汗味不是汗味，丽萍打了个响亮的喷嚏，赶紧往院子里跑，水生也跟着往外跑，一边跑还一边嚷着："这是什么味？这是什么味？真臭！"

程川拿上脸盆，一只手捂着鼻子，一只手把衣服一沓沓拖到脸盆里按了一下,抱起脸盆,就朝院子里的水龙头跑过去,打开水龙头"哗啦啦"地冲了起来。刚才程川往脸盆里拖衣服的时候,我看见有的衣服已经长了一寸长的霉,有白的,有绿的。

也难怪,十几天来,每天晚上回来总是精疲力尽,脏的、湿的、汗浸透了的,换下来就塞进去,换下来就塞进去,连看都顾不上看一眼,更别说是去洗了。好在是夏天,我带的衣服足够多,要是在冬天我早就换不转了。但也是夏天,雨后潮湿,发霉也就不足为奇了。

修建村委会的材料没有了,估计一两天也运不过来,工人师傅也想回县城一趟,正好让水生把他们捎回去。

我让工头把水泥钱给大林捎回去。马上就要进水泥、建材了,总不能让大林把这钱也垫上吧?

三户村民交回的水泥钱在田铜虎手里,水生把田铜虎接了过来。

我知道收回来的水泥款还差一千九百五十元,准备交代程川回了县城给工头补上。没想到田铜虎给工头的是五千元,比水泥款还多出了五十元。

田铜虎告诉工头,这五十元是那两户村民给了他们的烟钱,谢谢他们在关键时刻出手相助,聊表心意。工头推辞再三,收了那五十元。

这时程川已经冲洗完我的衣服,装进了塑料袋,要拿回去好好洗一洗,消消毒。

送走了程川、丽萍几个,我回到了村委会,房间里臭味已经没了。现在轮上我纳闷了,水泥款不是收了三千元,怎么铜虎哥有了五千元,那两千元是哪里来的?

田铜虎给我解开谜底。原来,修完石墙后村民都知道用了十五吨水泥,晚上那两户村民就带着两千元到了田铜虎家,一再表示,大家给他们解决了问题,他们就感谢不尽了,可不能让别人给他们贴水泥钱。多出了五十元，是给工人师傅的烟钱，表达他们的谢意。

这事办得真讲究！我又一次感到山里人的善良和淳朴。

田铜虎还告诉我，这两户村民也和王堂金说这事，王堂金说交一千块钱是杨书记自己说的，多出来的他不管。这两户也就没再搭理他，把这两千元都交了。

听了铜虎哥的话，我只是笑了笑，嘴上没说什么，可心里却腹诽："真是林子大了，什么鸟都有。"

田庄的灾后各项工作进展很快，也很顺利。三天后通了电，不久通讯也恢复了。

日子又回归正轨。根据我的建议，村民把冲毁的庄稼清理后，整理出来补种了早熟黄豆，一小部分种了白菜、萝卜。

忙忙碌碌中，我们送走了炎夏，迎来了硕果累累的秋天。

2016年，那个秋天，对田庄人来说，真是个金色的时节！勤劳的田庄人，收获了多个第一。

由于灾后补救及时，田庄的大秋作物不但没有减产，反而增产了，这在故城乡是第一家。那一年，故城乡大秋作物没有减产的只有田庄和大店两个村。

补种的早熟黄豆，经过我宣传推广，牵线搭桥，全部摘了绿毛豆卖到省城的菜市场，比黄豆成熟后的收入高了许多。能把黄豆按毛豆卖到省城，这在田庄有史以来是第一次。

村民们补种的白菜、萝卜也获得了丰收，全部卖到城里的菜市场，收入比以往正常年份还高，这在田庄有史以来是第一次。

大灾之年取得大丰收，村民经济收入比上年增加一半以上，这在田庄有史以来也是第一次。

经过两委会申请，上级林业部门批准，两委会组织村民将河道里被洪水冲倒的树整理出售，收入了两万多元，田庄实现了多年来集体经济第一次破零。

十月中旬，经田庄党员大会通过，上级组织部门批准，石水生成为中国共产党预备党员，这也是十年里田庄发展的第一个党员。

金秋十月，整个田庄，瓜果飘香，笑语欢歌，沉浸在丰收的喜悦中。

尾　声

　　2016 年 11 月初，经田庄村两委会提议，党员大会和村民代表大会通过，田庄村向故城乡党委提出退出软弱涣散村的申请。经故城乡党委批准，向县委组织部提出正式申请。

　　已是深秋，庄稼收获，颗粒入仓。进入农闲时节，我组织两委班子开会。

　　田树奎照例第一个到村委会，穿着十分讲究，头戴黑色兔毛皮帽，身穿中式褐色团花缎面的棉衣棉裤，脚蹬一双黑色毛毡靴，脸上刮得干干净净，满身洋溢着喜气。

　　猛一看，以为是哪个土财主来了，看清是他，我不由笑了起来："树奎哥，你今天穿得好阔气，以后可得这么活啊！"

　　"杨书记，看你说的，咱们村甩掉'软'帽子，我总算舒了一口气，高兴！再说农闲也敢穿得好一点。"田树奎有点害羞。他说的是实话，可还有一个更重要的原因，今年他家经济收入比往年高了一大截。早先卖给驴厂青贮的钱不算，补种的五亩多黄豆，卖毛豆收入一万多，补种的两亩多胡萝卜收入五千多，加上其他几项杂七杂八的收入，放入他口袋的超过三万元了。

　　往年，村里有点什么活他总是想方设法揽回来，或照顾与他亲近的人，惹得村民埋怨，自己脸上难堪，关键是还赚不上多少钱。今年好了，村里的活全是公开竞争，公平公正，一视同仁。他一个也没参与，只指导监督，帮忙服务。村民也没话说，对他热络客气，工作都很配合，这让他舒坦自信，底气十足，更有干劲了。

　　经济基础决定上层建筑，他的家庭地位日益提高，老婆也不敢再指手画脚，变得温柔了。他耳根清净，神清气爽，岂不快哉！

　　正说笑间，水生进来，他穿着一身皮帽、皮衣、皮裤、皮鞋。棕色皮夹克上黑貂毛领子泛着亮光，进门就亮开嗓门："杨书记，验收都合格了，是不是就不是软弱涣散村了？合格了宣布就行了，还要开会走程序，多此一举！"

　　我瞪了他一眼，他赶紧闭住嘴巴，用手做了个拉拉链的动作。相处久了，他变得越来越活泼，讨喜。清理河道时收购青贮料看似吃了亏，可谁也没想到，黑马河两岸前旱后涝，不但青贮料质量下降，且大幅减产，今年养殖业发展迅猛，大型养牛、养羊户新增十几个，青贮料供不应求，价格攀升。光收购款一项，就省了十几万元。省下就是赚下，用丽萍的话说，水生今年是什么都没干，躺着就赚了十几万元。

　　像是商量好的，两委干部都穿得体体面面，收拾得清清爽爽。脸上挂满了笑容，丰收的喜悦，谁又能藏得住呢？

　　也有人例外，就是王堂玉。虽然河道造的田被洪水冲走了，可他的整体收入持平，还略超往年。令他烦恼的是，他老大天天找他。王堂金因为听上他的话山洪暴发连三亩多责任田也冲没了，别人灾后自救，他连自救的地方都没有。

　　责任田没了，以后靠什么活？那些地来之不易，是当年社员们用平车、箩筐拉土垫起来的，现在土都被山洪冲走了，地里只剩下裸露的石头，要恢复谈何容易？这件事不仅让他心烦意乱了很长一段时间，而且也给村里以后的工作埋下了隐患。

元旦前夕，乡里召开2016年最后一次第一书记碰头会。也许是农闲，碰头会也开得散漫，会议室一片祥和。每个人脸上都带着笑，最高兴的要数田平艳，她破天荒穿了件大红羽绒服。一年半劳心劳力，终不负用心良苦。六个第一书记村的工作都有了起色。其中田庄在全县十五个申请软弱涣散村摘帽验收的村中排名第一；大店村在刘梅琴的带领下，孙晓东的工作如鱼得水，脱贫工作在全县名列前茅；张继在南沟和党员群众打成一片，各项工作推进快，向前迈了一大步；荣小鹏和马忠认真完成项目资料，为龙庄、窑口争取到了扶贫项目，赢得人心是早晚的事；南杏村情况比较复杂，积重难返，杜永一人无力回天，今年没有申请软弱涣散村摘帽验收……

田平艳被任命为红谷县卫健计局长，但要兼任一段故城乡党委书记。碰头会上通知，20日上午在田庄召开党员、村民代表大会，宣布田庄退出软弱涣散村。

田庄的会议如期举行，会议开了一会儿，我离开会场走出来。邢太线上车辆少，静谧安详。黑马河结了厚厚的冰，没有了夏日喧器，秋日斑斓。

掌声从村委会传了出来，我知道是宣布田庄退出软弱涣散村行列，眼泪无法抑制地渗出眼眶。

一年零四个月，四百八十个日日夜夜，总算不辱使命。我清楚，退出软弱涣散村行列，只是田庄脱贫致富的开端。田庄的问题还很多：房屋破旧，经济收入低；劳作方式传统陈旧；"等、靠、要"思想严重……实现小康，任重道远。

隆冬，远处山坡上灰蒙蒙的，但我能感觉到，阳光照耀下，土层下正孕育着绿意，过不了多久，田庄的绿水青山定会繁花似锦，春意盎然，成为田庄人致富的金山银山。

期待，田庄更美好的明天！